Albert I. von Monaco

Eine Seemannslaufbahn

Erinnerungen

Regenbrecht Verlag

Bibliografische Information der Deutschen Bibliothek
Die Deutsche Bibliothek verzeichnet diese Publikation in der
Deutschen Nationalbibliografie; detaillierte bibliografische Daten
sind im Internet über http://dnb.ddb.de abrufbar.

ISBN: 978-3-943889-826

Herstellung: BoD – Books on Demand, Norderstedt

Die »Hirondelle«, das Forschungsschiff Alberts

Der Frau Baronin Bertha von Suttner, die sich der mühevollen Aufgabe unterzog, die Korrekturen des vorliegenden Buches zu lesen, und dem Grafen E. von Reventlow, der mir bei der Verdeutschung der nautischen Ausdrücke hilfreich zur Hand ging, sei an dieser Stelle mein aufrichtigster Dank ausgedrückt.

Alfred H. Fried Berlin, im Juni 1903

Vorwort

Diese einleitenden Zeilen schreibe ich auf der Fahrt durch die spanischen Gewässer, da, wo ich einstens meine seemännische Laufbahn begann, und ich suche nach einer Spur meiner ersten Fahrten. Aber der Ozean – darin gleicht er dem Menschenherzen – verwischt unter anderen Regungen die Eindrücke seiner Oberfläche.

Ich schreibe, während der wogende Spiegel die Säulen des Herkules widerstrahlt, inmitten von aus allen Weltgegenden auf azurblauer Strömung hierhergetragenen Segeln, und in der Morgenhelle wird nun Gibraltar sichtbar, wie ein Tor Europas, das sich dem Glanze der aufgehenden Sonne öffnet. So erscheint uns Menschen manchmal an einer Wegbiegung die Hoffnung und verkündigt uns glücklichere Tage. In diese Blätter lege ich nieder, was das Gemüt eines im Kultus der Wahrheit gereiften Seemannes bewegt hat, als die Frucht unerschütterlicher Entschlüsse; ein Lebenswerk will ich schildern, das von jenem wissenschaftlichen und redlichen Geist eingegeben war, der die Völker in der rechtmäßigen Eroberung von Wohlstand und Sittlichkeit einander näherbringt.

Ein Ideal, das auf dem Begriff des künftigen Fortschrittes begründet ist, erfüllt die aufgeklärten Geister und verkündet das kommende Reich der wahren Zivilisation. Der Zauber dieses Ideals wird den Partikularismus aufheben, wird die Schatten verscheuchen, welche die Kinder der menschlichen Familie entzweien, wenn Hoffart oder Habgier sie berauscht oder die grausamen Lügen kriegerischen Ruhms sie irreführen. Dieses Ideal ist es auch, das die Gedanken des vorliegenden Buches leitet, sei es unter seelenberuhigenden Betrachtungen, sei es auf dem Gebiete des Studiums, sei es bis zu den wolkigen Höhen der Philosophie. Und wenn hin und wieder einige lustige Scherze aufblitzen, so möge dies für die Gewissensruhe zeugen, die man dem Bewusstsein dankt, dass man ohne Hass und ohne Bitterkeit den Lebenskampf bestanden hat.

Es mag zweifelhaft erscheinen, ob ein solches Ideal jemals die Sitten der Menschen beherrschen wird; denn allenthalben sieht man noch, wie der Eroberungsgeist die vorgeschrittensten Nationen zu den schlimmsten Irrtümern verleitet, wie – vor den Augen Europas – der Fanatismus seine Unwissenheit ausbreitet und seine Verbrechen begeht, wie die Politik die ganze Erde mit Armeen, Kanonen und Flotten bedroht. Dennoch – aus dem Fortschritt wurde eine Kraft geboren, welche die Geister verbindet. Es beginnt ein öffentliches Gewissen sich zu betätigen und den Missbrauch der Macht zu verdammen – ob diese nun einen Menschen vernichten oder ein Volk berauben will. Das noch blasse Morgenrot eines neuen Tages steigt am Horizont der Zeit empor, um allen Wesen auf ihrem Wege der unaufhörlichen Entwicklung ein Führer zu sein.

An meinen Gesinnungen in so manchen Fragen werden sicherlich die stillstehenden oder ängstlichen Geister Anstoß nehmen, solche nämlich, die ihre Furcht vor dem Unbekannten durch mystische Illusionen, durch weltliche Frivolitäten oder durch die Trägheit der Gewohnheit hinwegzutäuschen pflegen.

Doch das Gewissen der Fürsten, das sich bislang von fortschrittsfeindlichen Überlieferungen beherrschen ließ, kann jetzt durch die Lehren der Wissenschaft und der Natur geweckt werden; dann wird es eine auf den Antagonismus der Nationen aufgebaute Politik sowie das Recht des Stärkeren und die Fiktion der Grenzen verschmähen; es wird den atavistischen Rassen-, Kasten- und Glaubenshass bekämpfen und sich für die Idee einer Zukunft begeistern, in der die solidarische Menschheit Gerechtigkeit ausüben wird. Und ihre Seele, erhoben durch die Verbindung von Wissen und Gewissen, kann sich noch höher schwingen, wenn ihr das Meer die Unendlichkeit seines Horizonts zeigt; das Meer, das mit seiner Größe die Enge des Lebens verbirgt und das mit seinen Luftgebilden den im Dunkel trauriger Erfahrungen verirrten Menschen zu trösten vermag. So geschieht es auch, dass ein Gedanke, der im Gehirn eines Mannes entstanden ist, sich veredelt, wenn er im Herzen eines Weibes großgezogen wird ...

In meiner Laufbahn als Seefahrer habe ich dem Meere einige Geständnisse abgetrotzt, über die Gesetze, die seine Rolle unter den Kräften des Universums bestimmen oder die das Leben bis in seine tiefsten Tiefen erblühen lässt. Und indem sich meine Augen für die Herrlichkeiten unbegrenzter Fruchtbarkeit öffneten, hat sich mir ein Teilchen des Mysteriums erhellt, das die Schöpfung, das die endlosen Räume und endlosen Zeiten durchdringt, und ich schöpfte furchtloses Vertrauen in das Geschick, welches den Organismen durch das Gleichgewicht des Weltalls beschieden ist, im ewigen Kreislauf von Leben und Tod.

März 1901

Erstes Kapitel – Die Seemanns-Seele

Wenn die Seele wirklich jene Kraft ist, welche durch die Funktion der Organe im tiefsten Innern des menschlichen Wesens hervorgerufen wird – jene Kraft, welche das Reagieren der Sinne durch Lust und Unlust verdolmetscht und diese Regungen der organisierten Materie prüft, freispricht und verurteilt – dann ist es die Seele, von der hier die Rede sein soll.

Wie eine Führerin ist sie auf jenen dunklen Gebieten erschienen, als die Entwicklung eines tierischen Gehirns den allen Wesen eigenen Instinkt in menschliche Vernunft verwandelt hat und so der menschlichen Gesellschaft die Herrschaft über die Welt gegeben.

Dann erlitt sie die Wirkung jener Störungen, welche dem Organismus durch die vielen die Quellen seiner Kraft schwächenden Unnatürlichkeiten des modernen Lebens zugefügt werden. Von da an kannte die Menschheit den Wahnsinn.

Doch die ursprünglichen Gesellschaften besaßen, ehe jene neuen Einflüsse auf sie einwirkten, uns gegenüber die Überlegenheit einfacher sehniger Naturen, die dem Daseinskampfe eine düstere Größe gaben.

Der Mensch in seinem Trieb nach Raub, Mord und Brand hatte jene Schönheit, welche die aus strotzender Kraft erzeugte Wildheit verleiht.

Unsere moderne Gesellschaft, geschwächt durch die Erhaltung anormaler Wesen, Krüppel an Körper oder Geist, welche früher im Wettkampf untergingen, zeigt einen krankhaften Zustand, der gefährlicher ist als die einstige Barbarei, da er die Abnahme der Lebenskraft bewirkt.

Unnütze Gesellschaftsmenschen bieten das dreiste Schauspiel ihrer sinnlosen oder unlauteren Vergnügungen; durch verfehlte Erziehung missratene Existenzen werden Boudoirhelden, Lebemänner, Genussmenschen und Duellanten und vergeuden ihre Tage und Nächte in den Klubs, wo man den Wert der Zeit und die Notwendigkeit der Arbeit vergisst; die Sklaven der Mode machen durch ihre Geziertheiten die einfachsten Handlungen lächerlich, und ihr Gehirn dämmert dahin in den schalen Sensationen eines blasierten Lebens. Eine Jugend fin de siecle verletzt den Anstand vor den Frauen durch eine zügellose Sprache, die sie sich in den niederen Vergnügungen eines ungeschliffenen Milieus angeeignet hat. Und die Frauen, durch die Erfordernisse des weltlichen Lebens von ihrer natürlichen Bestimmung abgelenkt, verlieren ihren Hauptreiz durch die eitlen Freuden, bei denen die Degeneration der Rassen beginnt.

Denn die menschlichen Gesellschaften, von Luxus und Genuß übersättigt, leiden an einer Überfülle, die den Widerstand des Körpers und die Kraft der Seele zugunsten jener Eigenschaften vermindert, die die Elemente ihres eigenen Verfalles sind: Egoismus, Stolz und Feigheit. So gehen alle natürlichen organisierten Verbände zugrunde, deren Verteidigungsmittel durch die Weichlichkeit übermäßigen Wohllebens geschwächt worden sind.

Die Gesellschaften hingegen, welche für die Erweiterung ihres Gebietes und die Veredlung ihrer Instinkte kämpfen, werden kräftig und gesund wie die Wälder, die, zu den Gipfeln der Berge emporstrebend, ihre Nahrung mitten unter den Rauheiten der Natur suchen und sich trotzig, bis in die Wolken hinauf, dem Sturm und dem Schnee entgegenrecken.

Nur der starke Mann, geleitet von Gefühlen, die seinem Leben ein edles Ziel setzen, rührt jene Frauenherzen, in welchen die herrlichsten Tugenden wohnen, die Tugenden der Gattin und Mutter, deren Liebe am häuslichen Herd Freude und Friede verbreitet und deren heitere Ruhe eine Zufluchtsstätte ist. Er durchkostet die erhabenen Wonnen, die das begnadete Weib gewährt, wenn sie jenem sich ganz ergibt, der sie durch die Offenheit seines Blickes zu erobern – und durch die Macht seines Verstandes und die Kraft seines Blutes zu behaupten vermag.

Solche Gedanken kommen mir oft auf meinen Meerfahrten; besonders wenn der wissenschaftliche Zweck mir ein gefahr- und mühevolles Kommando auferlegt. Dann vergleiche ich mit jenen nichtigen Sorgen des gesellschaftlichen Lebens die gewaltige Aufgabe des Seemanns, der Menschen und Meere beherrscht, umgeben von dem Nimbus, den ihm

11

die Hingabe aller gegenüber der Macht des Einen gewährt; ich sehe seinen entschlossenen Geist emporgehoben über alle Kämpfe, Leiden und Freuden.

Auf einem Schiffe geht der Wille des Befehlshabers durch ein Wort, durch eine Gebärde in das Bewusstsein aller über, und die praktische Intelligenz der Matrosen erfasst die Tragweite der befohlenen Handlungen, so dass die Ausführung eines Befehles ihre automatische Härte verliert. Dieser stumme Zusammenhang zwischen dem Kapitän und der durch den Begriff des gemeinsamen Schutzes miteinander verbundenen Mannschaft lässt den Befehl als Beschirmung, den Gehorsam als Hingebung erscheinen und gestattet der Disziplin, von einer verrohenden Strenge abzusehen, ohne ihre Wirkung zu beeinträchtigen. Hat doch der Seemann schon seit seiner Schiffsjungenzeit jene Luft geatmet, die unter einer harten Schale die Zartfühligkeit des Herzens entwickelt.

Schon in dem Fischerboote, wo ihn seine Mutter den mutgestählten Matrosen anvertraute, lebte er unter dem gestirnten Himmel, der den Blick anzieht und den Gedanken anregt, wuchs er heran unter den Händen seines Lehrmeisters, der ihm bei ruhigem Meere glänzenden Auges die Heldengeschichten seines Lebens erzählte: von Völkern an fernen Gestaden, von verfolgten und gezüchtigten Seeräubern auf östlichen Meeren und vom Kriege, wo die Kanone die Knochen seiner Kameraden zermalmte. Er erzählte ihm, wie er mit den Kameraden zusammen Kälte, Hunger und Strapazen, Wind und Wetter ertrug, um Weib und Kindern daheim den Unterhalt zu erringen.

Eines Tages sah dann der Junge die Älteren in voller Kraft von dem gewaltsamen Seemannstode ereilt und andere an ihre Stelle treten, um weiter zu arbeiten, zu gehorchen und wie jene, ganz erfüllt von einer Pflicht, deren Heldentum ihnen selbst kaum bewusst ist, in den Tod zu gehen.

Wenn jene Kraft, aus der die Führer hervorgehen, die Natur eines Seemanns beseelt, dann stählt sie auch inmitten der majestätischen Stille oder Rauheiten des Ozeans seinen Charakter. Das Vertrauen und die instinktive Ehrfurcht seiner Genossen geben dem Kapitän den Nimbus eines höheren Wesens, und seiner Willenskraft, seiner Urteilsfähigkeit und dem zur Leitung der Geschicke seiner Mannschaft nötigen Wissen dankt er in erster Linie sein Amt.

Endlich schlägt die Stunde, wo sich der Mann mit seiner ganzen moralischen Kraft den Gefahren des Meeres entgegenstemmt. Und wenn dann Sorgen und durchwachte Nächte seine Haare ergrauen gemacht, dann findet er in seiner Seele jene Ruhe, die ihn den Tod verachten lässt, und in der Festigkeit seines Herzens eine väterliche Besorgtheit um das Leben der anderen. In den Stunden der Gefahr, da fühlt der Kapitän auf der Kommandobrücke, von Winden umbraust und von Sprühwasser durchnässt, in seinem Innern die Empfindungen aller erzittern. Die unbeholfenen, ängstlichen Passagiere, die ihre sich windenden Kinder umklammern, die Matrosen, die unter den Wellenstößen kaltblütig den Befehl erwarten, alle betrachten ihn wie eine Gewalt, die den Sturm zu bändigen und sogar den Tod zu beschwören vermag. Seelentöne dringen zu ihm in einem erschauernden sursum corda, welches das bedrohte Leben, das sich fest an seine zerbrechliche Hülle klammert, ausstößt; und er findet, getragen von dem Vertrauen, das sich auf ihn stützt, den entscheidenden Gedanken, der zum Heile führt.

Kein Befehl vermag mehr Befriedigung zu geben als der Befehl über ein Schiff; denn die Seeleute besitzen noch die Begeisterung, die die Legionen im Bann eines Höherstehenden halten; sie besitzen noch das blinde Vertrauen in den Führer, die Achtung vor einer sicheren Autorität, die Hindernisse zu überwinden vermag und durch die man zu den Triumphen großer Unternehmungen gelangt. Sie hüten noch jene Grundsätze, die alle Kulturen bilden, die aber ebenso unter der Herrschaft einer zügellosen Demokratie wie durch die Entartung einer ausgemergelten Aristokratie verlorengehen müssen; sie wissen nichts von jener Bosheit der Massen, die jeden, der sich über die Mittelmäßigkeit erhebt, niedermachen möchte.

Auf den Befehl des Kapitäns schnellt der Dampf in die mächtige Maschine, wo er wie die Atmung in den Flanken eines Ungetüms dröhnt und ihr Kraft und Bewegung verleiht. Das Schiff setzt sich mit der Zaghaftigkeit eines Erwachenden in Bewegung und gleitet vor den Zuschauern vorbei, die die Großartigkeit des Schauspiels und die Empfindung einer unnennbaren Traurigkeit erfüllt. Ist es nicht ein Teil des Landes, das sich loslöst, um nach anderen Kontinenten einen menschlichen Ameisenhaufen hinüberzutragen, mit all seinen Freuden und Leiden, seinen Befürchtungen und Hoffnungen, mit allen Empfindungen, die die Seele zu bewegen vermögen, oder vielleicht um sie alle dem Tode zu weihen, der unter den Wellen seine Ernte hält, wenn die aufgeschlitzten Kolosse zum Abgrund hinabsinken?

Auf seinen Befehl steigt langsam die Flagge empor, das Sinnbild, das den Generationen die ganze Größe eines Volkes übermittelt und das bis ans Weltenende die Ehre ihrer Kinder deckt, das verehrte Zeichen, das ihren Mut stählt, wenn es ihnen in der Ferne von ihrem Heimatsherde spricht, gleichsam als eine Erscheinung des fernen Vaterlandes. Die Luft der Fremde, in der die heimische Flagge flattert, streicht dann milder an der Stirne des Seemannes vorbei.

Auf seinen Befehl gleitet der auf der Fahrt verstorbene Genosse, umhüllt von vier Brettern, in feierlicher Stunde ins Meer hinab und verschwindet für immer.

Auf seinen Befehl endlich fällt der Anker und kündet bei dem Sprudeln des Wassers, das die losgelösten Ketten einen Augenblick lang verursachen, den Reisenden, dass die Meere überwunden sind und dass sich für ihre eitle Jagd nach dem Glück neue Ziele öffnen. Für die einen bedeutet das, dass die Aufregungen der Welt wieder beginnen, dass neue Illusionen wieder erstehen; den anderen, die von den Wundern aller Horizonte enttäuscht heimkehren, sagt dieser Moment, dass auf den einst durchwandelten Pfaden die Gespenster der alten eingeschlafenen Schmerzen auferstehen und alte Wunden wieder erwachen werden. Aber bei jenen, die vom Vergnügen verlangen, dass seine so flüchtigen Spuren überall ihr Leben kreuzen, wird der Augenblick der Ankerlegung namenlose Leidenschaften anfachen, rasende Begierden erwecken.

Das Kommando eines Schiffes erhöht die Person des Kapitäns, wenn es ihm, dem die Erde durchirrenden Elend gegenüber, eine Schützerrolle zuerteilt; die Rolle eines Friedenträgers für zügellose Naturen, die der Spielball einer unsicheren Existenz geworden; die Rolle eines Leuchtturmes für die unter den verwirrenden Eindrücken des Meeres leidenden Seelen.

Am Tage der Gefahr wird dann ein solcher Seemann, der sein Schiff Schritt für Schritt verteidigt, mit seinem sonnengebrannten, durchfurchten Antlitz ruhig den Ereignissen entgegensehen, wie er so manches Mal den Stürmen des Menschenherzens trotzte; seine Willensstärke wird die Beklemmungen seiner Gedanken, das Zucken seiner Muskeln unterdrücken, und seine befehlende Stimme wird auch angesichts des Todes nicht brechen. Geht aber doch die Gewalt des Schicksals über der Menschen schwache Kräfte, rafft es in einer unseligen Katastrophe die ihm bis zum letzten Augenblick streitig gemachten Leben hinweg; auch dann noch, wo nur mehr der Tod allein ihn zu hören vermag, erteilt der Kapitän seine Befehle. Das Meer erstickt seine mächtige Stimme, verlöscht seinen Blick, und erst in demselben Moment, in dem die Maschinen zum Stillstand kommen, hören auch die Schläge seines Herzens auf.

Als der letzte von allen geht er dahin, wie ein Riese bei dem Weltzusammenbruch. Und selbst sein Leichnam scheint noch den toten Opfern der Katastrophe als Führer auf dem Wege zur Bestattung in jenen Tonschichten zu dienen, die sich durch die mühselige Arbeit der Jahrhunderte unter der Last des Ozeans da unten ansammeln und im Schoße der Erde für immer jene organischen Gebilde festhalten, die sich während einer kurzen Lebensdauer oben, unter der ewigen Sonne, bewegt hatten.

Wenn aber mit der Ruhe der Natur der Friede einkehrt in die Seelen, wenn das Schiff auf dem ruhigen Meere sanft hingleitet und nur eine leichte Furche zurücklässt, deren Spuren sich dem Horizonte zu verflüchtigen, wenn die Wolken am Himmel in fortwährend neuen Gebilden erscheinen und eine kaum merkbare Brise die Oberfläche des Wasser kräuselt, dann durcheilt die Phantasie des vogelfreien Seemanns den Raum, um für sein Sehnen Befriedigung zu finden.

Hält dann Windstille das Schiff mitten im wüsten Ozean fest, dann empfindet der Seemann die Verzweiflung eines von der Zeit vergessenen Wesens, das, lebendigen Leibes dem

Nichts überantwortet, das ganze Weltall vor seinen Augen dahinfliehen sieht. – Eines Tages streckte sich das Meer wie eine endlose Ebene vor mir aus, und meine Augen schweiften langsam umher, ohne irgendein Fleckchen Erde mehr wahrzunehmen; denn lange waren schon die hohen Berge wie die letzten Spuren eines Rauchs vom Horizont verschwunden. Die Küstenvögel, die den ganzen Tag der Kiellinie des Schiffes gefolgt waren, um die vom Vordersteven aufgestörten Schwärme von Lebewesen zu erbeuten, waren wieder zu ihren Sandbänken und Klippen zurückgekehrt; die Schmetterlinge, die sich manchmal mit den wohlriechenden Abenddünsten, zu zweien schäkernd, der offenen See zutreiben lassen, waren bereits wieder auf der trügerischen Wasserfläche verschwunden. Das Wasser des Ozeans, dessen in der Nähe der Küste grünliche Farbe mehr hellblau wird, je mehr man in die offene See hinausgelangt, nahm eine dunkle Schattierung an, die auf hoher See den Beweis liefert, dass man über Abgründe dahinfährt. Die Luft, die die Lungen schwellen macht, ward zu jener belebenden Kraft, die man nur inmitten der Meere findet, wo der Staub der Kontinente in den Wassern verschwunden ist. So weit das Auge reichte, herrschte tiefste Einsamkeit.

Vor meinem Blicke, der an jener Stelle haftenblieb, an der ich die letzten Umrisse des Landes aus den Augen verlor, stiegen Gedanken auf, die mir all die flüchtigen Eindrücke der Abreise wieder in Erinnerung brachten, wie dies zu geschehen pflegt, wenn die Seele eindringlichen und andauernden Einwirkungen bewegender Geschehnisse ausgesetzt war. Ich sah die »Hirondelle« das ruhige Wasser des Außenhafens durchschneiden, unter der schwarzen Dampfwolke eines Bugsierdampfers, die wie ein Trauerschleier in den Lüften flatterte und deren einzelne Fetzen der Wind um die verankerten Schiffe und Boote schlang, um sie weiter über die benachbarten Bäume und Häuser hinüberzutragen.

Da sah ich das Gewoge der Menge auf der Mole: wie die Leute mit jener nachlässigen Gleichgültigkeit, die den aus aller Herren Länder zusammengeströmten Fremdlingen eigen ist, hin und her flanierten und, durch lange Reisen abgestumpft, auf den Augenblick warteten, wo sie sich wieder nach anderen Windrichtungen zerstreuen werden. Da sah ich den geräuschvollen Abschied der Mannschaft eines befreundeten Seglers, als die Leute, um die Fahne gruppiert, diese dreimal strichen. Da sah ich weiter das bewegte Leben auf einem ausreisenden Schiffe. Die in letzter Stunde an Bord gekommenen Lebensmittel wurden rasch untergebracht, damit sie im Verlauf der Arbeit nicht beschädigt wurden. An den Füßen zu Bündeln zusammengebundenes Geflügel lag auf dem Stege, wo es jammernd des Küchenjungen harrte, der es in die Käfige bringen sollte; Hammel, durch die neueste Wandlung in ihrem Geschicke überrascht, stießen ein dumpfes Blöken aus, und rechts und links stolperte man über vollgefüllte Säcke, aus deren verschiedenen Löchern man die saftigen Farben frisch gepflückter Gemüse hervorlugen sah.

Da wurden die Taue zum Ankerlichten ausgebreitet, angezogen und gespannt, und die durch den Abreiserummel erregten Seeleute verdoppelten ihre Kräfte mit jenem bewundernswerten Eifer, in dem man gleichzeitig die undefinierbare Freude des kommenden Neuen, die Trauer über die schnelle Entfernung vom Gegenwärtigen, die zunehmende Besorgnis über die zukünftigen, noch ungewissen Erscheinungen erkennt. – Abseits davon standen vor einem von einer frischen Seebrise angewehten Weiler, auf dem zum Meere abfallenden Strande, den der enge Fahrkanal ganz nahe umspülte, zwei Frauen in bretonischen Hauben, still und unbeweglich, kaum wagend, die Taschentücher der Barke zuzuschwenken, die eben ausfuhr und das Liebste, das sie besaßen, mit sich nahm.

Dann sah ich, wie die rasch losgelösten Segel unter der rhythmischen Anstrengung der Matrosen, unter dem Rollen der Taue und dem Knarren der Taljen, den Mast hinaufgezogen wurden, während das Schiff bereits unter der Brise schaukelte und fast ohne Hilfe an den Balken der Reede, dieser über dem Schaum der Küstenriffe versteinerten Schutzwehr, die den Seemann vor den Gefahren der Küste schützt, vorbeilief. Dann sah ich die Fischerfahrzeuge, weit draußen auf der Höhe des Leuchtturmes, mit ihren roten Segeln, die bei den Schwankungen des Schiffes in Bewegung gerieten, mit ihren am Hinterdeck angebrachten Netzen, und die Bemannung in blauen Blusen und Wasserstiefeln, die alten Südwester auf dem Kopfe, wie sie uns mit gutmütigen Gesichtern ansahen.

Den Abschied des Lotsen sah ich, als er über das Bugstag in sein Boot kletterte, dann die weiße Kiellinie, die der Bugsierdampfer hinter sich ließ, als er mit Volldampf zu dem Gewirre der Menschen zurückflog, nachdem er die kleine »Hirondelle«, die von da ab dem Getriebe der Welt fern war, der Sphinx der Abgründe überliefert hatte, deren Rätsel sie lösen wollte.

Plötzlich entschwand das gespensterhafte Schiff meinem festgebannten Blick und verlor sich in jene unbestimmten Weiten, wo die Träume verschwinden wie die Vögel im Nebel. Das Bild verwandelt sich, und Visionen, die aus dem inneren Heiligtum emporstiegen, in dem ich meine fernen Lieben und meine Toten hüte, folgten einander – überwältigend wie das Weh um verlorenes Glück.

Da erkannte ich eine Ebene, wo sich inmitten von Teichen und Wäldern der Sitz meiner Väter erhob, der überall die Abschnitte meines Lebens geschrieben trägt; wo auf einem Pfade, der unter der Kuppel hoher herbstlich gefärbter Bäume hinführt, häufig das Bild verlorner Wesen mir erscheint und zulächelt, in schweren Stunden meinen Mut stählt und in meinem Herzen die Erinnerungen wachruft an eine treulich geschützte Jugend, da ich die Enttäuschungen des Lebens noch nicht kannte.

Ich hörte das Geläute der Kirchenglocken, das in den Seelen die Legende der Jahrhunderte wieder erweckt und das durch die Dämmerung zittert, wenn der Tag zur Rüste gegangen, wenn Schwärme gesättigter Raben krächzend und flügelschlagend die Gehege umkreisen; wenn Schäfer und Hunde die blökende Herde zum Stalle treiben; wenn Frauen, unter der Last von Reisigbündeln gebeugt, vom Walde heimkehren und ihre Stimmen, von den ruhigen Lüften getragen, über die Wiese schallen; wenn der Rauch, der langsam in kleinen blauen Säulen von jedem Hause des Dorfes aufsteigt, dem Feldarbeiter ankündigt, dass das junge Weib daheim ist, dass die alte Mutter seiner harrt, dass die Kinder schlafen wollen, dass die Abendmahlzeit bereit ist – und beschleunigten Schrittes eilt der Vater dem gesegneten Dache zu, das sein Liebstes birgt, er treibt die Pferde an, die in ihrer schweren Gangart dahintrotten und die vor Freude wiehern, wenn sie dem Stalle sich nähern.

Und dann war es Trauergeläute, dessen düstere Schallwellen sich wie Tränen über den schwarzen Leichenzug ergossen, der, Psalmen singend, einen Toten zum Garten des Schlafes führte. Meine Gedanken verfolgten bis ins Grab jene aus Lehm geknetete Kreatur – aus dem Lehm, den sich das Leben bei der Erde borgt, um daraus eine menschliche Form zu bilden, und den die Erde wieder zurücknimmt als Zeuge dessen, was sich auf ihrer Oberfläche zugetragen.

Meine Lippen nannten zitternd einen Namen ... dieser ist ja alles, was von ihr übrigblieb!

Dann verflogen die Träume wie Wolkenzüge, die bei aufgeheitertem Himmel nach beendigtem Sturme tief dahinfliegen, und die Erinnerung an sie verschwand mit dem Erwachen meiner Sinne.

Aber diese vergeblichen Rückkehrversuche zu einer entschwundenen Zeit, diese Anstrengungen, um die ewig unfassbare Gegenwart festzuhalten, diese rastlose, hoffnungs- und führerlose Wanderung durch die versunkene Vergangenheit hatte mich grenzenlos entmutigt, hatte mich den Begriff des großen Nichts erfassen lassen, ein Begriff, vor dem der Verstand entsetzt zurückweicht, weil er die Täuschungen, die seine Unwissenheit und Ohnmacht verhüllen, aufhebt.

Meine Augen blieben am Wasser haften, das längs der Bordwand Blasen aufwarf, flüchtig wie das Menschenleben; nur die Stofflichkeit der Objekte erregte noch meine Aufmerksamkeit. Da plötzlich durchzitterte mich eine mildsüße Empfindung und führte mir wieder den Frieden zu, den die traurigen Träumereien gestört hatten. Ein Lied der Matrosen war's am Fuße des Mastes, das unter den gerundeten Segeln seine Klagen und seinen Jubel ergoss. Zuweilen wurde es durch das Geräusch des Wassers, das sich am Vordersteven brach, übertönt, oft aber auch von einem Windstoß hinweggetragen. Es schien mir, als ob die Seele des Schiffes ausklingen wollte, um die Ruhe der Nacht zu sichern und jene geheimnisvollen

19

Kräfte zu beschwören, die die Stürme vorbereiten. Wieder erhellte sich mir die Zukunft, um meine Gedanken zu leiten, die Gespenster verflogen abermals, und Hoffnung herrschte wieder im Herzen der Seeleute.

In diesem Augenblick sah ich, dass die Natur alle Hilfsmittel, über die sie im unendlichen Raum verfügt, für die Zurüstung eines Schauspiels aufwendet, das keine Phantasie eines Erzählers, und käme er direkt aus einem Feenpalaste, jemals verständlich zu machen vermag, für das keinerlei Maßstab vorhanden ist und das die überfließende Empfindung des Herzens über die Lippen treten lässt: Die Sonne ging unter in jener Apotheose, die sie manchmal den Seeleuten, und nur ihnen, zeigt, wenn ihr Blick frei die Unendlichkeit der Entfernungen durcheilt. Als wollte sie diejenigen blenden, die es wagten, ihren Weg um die Erde bis zu dem einsamen Gebiete zu verfolgen, wo sie die Wunder entfaltet, deren majestätischen Anblick die Jahrhunderte nicht zu ändern vermochten. Ihre große rote Scheibe senkte sich langsam über das Wasser, und die vom Wind gepeitschten Wellen am Horizonte nahmen sich aus wie wilde Tiere, die vor einem fernen Brande im Galopp vorüberrasen. Dann glitt bei jener trügerischen Linie, die, indem sie Himmel und Erde teilt, die Grenzen des Ozeans zurückzuschieben schien, der Rumpf eines Seglers vor dem Gestirn vorbei, das sich zu anderen Grenzen niedersenkte und während einiger Minuten in der Richtung nach unserem Schiffe ein breites Flitterband ausstrahlte, das die Wellen wie einen funkelnden Goldpfad erscheinen ließen.

Die Sonne war verschwunden, aber noch bedeckten den ganzen Westen ihre fächerartigen Strahlen, die wie ein wundervolles Denkmal auf dem Grabe eines Sternes erschienen und die ein gedämpftes Licht auf die durchsichtigen Wolkenmassen warfen, welche nun in den verschmolzenen Farben von Rot und Rosa bis zu allen Mischungen von Gelb leuchteten und schließlich zu den zerronnenen Flockenwolken ganz oben am Himmel drangen, wo ihre schillernden Umrisse durch ein unsichtbares Feuer vergoldet wurden. Der Abend gab den Dünsten, die den Raum erfüllten, eine violette Färbung, bis die Nacht sie nach und nach in ein tiefes Dunkel wandelte.

Vögel, die auf der See zuweilen recht weit vom Lande leben, glitten still am Schiffe vorbei, oftmals so dicht die Wellen streifend, dass es den Anschein hatte, als ob sie die Spitzen ihrer Flügel darin eintauchen wollten. Mit langsamem und geradem Fluge gingen sie auf ein bestimmtes Ziel los; die einen nach Westen, vielleicht um nochmals die Wohltat des Sonnenlichtes zu empfinden, die andern nach Osten, wohl um schneller jene eigentümlichen Geschöpfe aufzulesen, die nach eingetretener Nacht aus den Tiefen steigen und deren phosphoreszierendes Leuchten der Oberfläche des Meeres das blaue Licht der Abgründe verleiht.

Eine Gruppe Delphine schwamm vorbei und zeigte auf dem ruhigen Kielwasser unseres Schiffes abwechselnd ihre schwarzen Rücken oder ihre hellen Bäuche, und jedesmal, wenn sie sichtbar wurden, schleuderten sie einen Wasserstrahl in die Lüfte. Mit wenigen Sprüngen waren sie ganz nahe bei uns, und die letzte Röte des Himmels spiegelte sich in dem Wellenschaum, den sie um sich aufwirbelten. Als sie dann endlich in leichtem Wettkampf unser Schiff überholten, hörte man noch von der Ferne ihrem Plätschern zu, wie man in der Ebene den Galopp der Avantgarde verfolgt. Die Brise ließ dann nach, und langsam, mit schweren Schwankungen, wie ein ermüdeter Reisender, glitt die »Hirondelle« dahin.

Der Zauber eines solchen Abends ruft die Bewohner des Schiffes zur Betrachtung des großen Schauspiels auf Deck, und Rührung erfasst sie bei der Dämmerung, die einen neuen Schritt im Laufe der Welt bezeichnet und zartfühlenden Seelen das innere Weh bereitet, welches sie immer angesichts der Flucht des allzuschnellen Augenblickes erfasst.

Es war die Stunde der Abspannung, die der Ruhe vorangeht, sobald das Tagewerk vollbracht ist; die Stunde, wo das Alltägliche, das Konventionelle, wo Eifersucht und Hass schweigen; wo jeder versucht, sich in die stille Größe zu versenken, die über die Kleinlichkeiten des Lebens erhebt. Man sang, man lachte, man plauderte – doch wenn die Erhabenheit des Naturbildes den Beschauer erschütterte, dann verstummten sie, und man fühlte, wie ein geheimnisvoller Hauch auch die Stirn des Niedersten berühren und unter rauester Schale sanfte Regungen wecken kann. Dann folgte ich von weitem den stillen Gruppen unserer Mannschaft, die vorn an der Brüstung lehnte, wo ihre durch die Schwankungen hin und her bewegte Silhouetten bald über dem Schatten des Meeres, bald über dem hohen, dunklen Schleier erschienen, der die Unergründlichkeit des weiten Raumes bedeckte.

Ich beobachtete das wirre Durcheinander der Taue, die die Schwärze des Himmels mit noch schwärzeren Linien durchschnitten und bei ihren unaufhörlichen Bewegungen über das Sternenfeld fegten. Ich empfand das Bangen, das den Menschen überkommt, wenn das Schiff in das nächtliche Meer hinaustreibt, und das den Instinkt des Schiffers nach dem Hindernis spähen lässt, das seine Wachsamkeit täuschen und jeden Augenblick auftauchen könnte.

Dann wurde die Dunkelheit vollständig, während ich noch auf den Gipfeln der Masten, auf den höchsten Segeln meines Schiffes einen Schein erblickte, den die letzten Strahlen des ersterbenden Lichtes dort vergessen hatten, noch eine Spur der untergegangenen Sonne. Alle Geräusche menschlicher Tätigkeit verstummten, nur mehr das Rauschen der Wellen, das Pfeifen des Windes im Tauwerk und das Knarren der Schiffswanten war vernehmbar.

Ein ruhiger Schlaf schloss die Lider der Seeleute, schuf ihnen Ruhe nach den Strapazen des vergangenen Tages und erneute ihre Kraft für die Mühen des folgenden.

Der Wachtposten am Vorderteil ließ die Stunden schlagen, und zitternd glitt dieses Geklingel über die Wellen, rasch davongetragen wie Wasserstaub, der im Winde zerstiebt. Jedesmal wurden dann schwere Tritte vernehmbar, und man sah in unbestimmten Umrissen die Gestalt eines Matrosen, der schwankend dem Hinterdecke zustrebte: es war der Mann, der die Steuerwache übernahm. Seine dicke Joppe zuknöpfend, tauscht er mit einer vom Schlafe noch heiseren Stimme ein paar Worte mit dem von ihm abgelösten Matrosen aus. Dieser, froh, einen Posten verlassen zu können, auf dem man unbeweglich stehen bleiben, unaufhörlich die Augen auf die hell erleuchtete Magnetnadel richten muss, begab sich erleichtert zum Bugspriet, um die Ankerwache zu übernehmen. Dort kann man wenigstens auf und ab gehen und dazu ein Liedchen aus der Heimat trällern, man beobachtet, soweit es möglich ist, die Strecke, um etwaige Gefahren zu entdecken, man überwacht die Schiffslichter, die dem Schutze des Fahrzeuges dienen, während das Getöse des vom Schiffsschnabel abprallenden Wassers das schwindelhafte Gefühl einer rasenden Schnelligkeit erzeugt.

Kein Zeichen von Leben störte weiter die Ruhe dieses Schiffes, das so viele Menschenleben, Ideen und Kräfte über die Wasser trug, und bis tief in die Nacht hinein widmete ich meine ganze Wachsamkeit der Sicherheit aller. In solchen Stunden einsamer Wache lebte ganz und gar der Seemann in mir auf. Mein Geist ward mit dem Lichte erfüllt, das die Führer leitet; mein Herz mit der Sorgfalt, die sich zur Hingebung steigert; meine Phantasie mit den Träumen, die gewisse Naturen zur Vollbringung energischer Taten drängt. Dabei empfand ich den Stolz, der sich über die Traurigkeiten des Lebens hinwegsetzt, wenn man zurückblicken kann, ohne über eine vergeudete Jugend erröten zu müssen, und ohne Gewissensbangen dem Tode ins Gesicht sehen kann.

Später zerriss die Müdigkeit die krausen Umrisse meiner Gedanken, die sich allmählich in den Rahmen eines materiellen Instinktes einzwängten; die Masse der Empfindungen, die mein Kopf einen ganzen Tag hindurch in sich aufgenommen, schien schwer auf ihm zu lasten; dann lösten sich jene Empfindungen schließlich in Halbschlummer auf, um sich in jener Unterbrechung des Lebens zu verflüchtigen, die allein es unserem gebrechlichen Hirn gestattet, die menschliche Maschine durch alle Erregungen und Kämpfe hindurchzusteuern.

Ihr Dichter, die ihr die Wunder dieser Welt besingt, ihr Vielbeschäftigten in eurem steten Interessenkampfe, aber auch ihr Genussmenschen, die euch nichts mehr unter dem Sternenlicht bewegt, verlasst einen Augenblick die Gedanken, die euch festhalten, und folgt mir! Das großartige Gemälde, das eure Seele in die Melancholie der Dinge zu versenken vermag, will ich euch zeigen!

Am Meeresgrunde gibt es ungeheure Ebenen, die die Kontinente trennen, und wo zweifellos zum ersten Male Leben sich regte, wo zweifellos der erste Leichnam ruhte. Kommt mit mir! Aus meinen ernsten Studien, aus denen die Erklärung so manchen Geheimnisses hervorging, das seit dem Anfang aller Dinge als ein Geständnis der Jahrtausende darin verborgen lag, kenne ich dies. Ich kenne es, weil mich meine Gedanken bei den Vorbereitungen meiner wissenschaftlichen Reisen und während meiner ganzen Seemannslaufbahn immer wieder dahin führten. Eine ungeheure Totenstadt dehnt sich da aus, wo sich die sterblichen Reste aller Art Seegetiere mit den Leichen der Landgeschöpfe vermengen, welche die Flüsse von den Kontinenten herbeiführten, mit den Leichen jener, die durch die Zufälle der Wanderungen auf dem Wege aufgehalten wurden, oder jener, die das Genie der Menschen über alle Punkte der Erdkugel hinverpflanzt und welche nun – die einen und anderen – im Tode all ihr Lieben und Kämpfen beendet haben.

Da unten am Fuße der Berge, die aus diesen finsteren Tiefen herausragen und, die flüssige Decke durchbohrend, ihre Gipfel bis zu den vom Licht vergoldeten Wolken hinausragen lassen, weit ab von der azurblauen Oberfläche, auf deren Wellen sich Sonne und Himmel spiegeln und sich freudig oder ernst der Widerhall der Erde vernehmen lässt, da unten breitet sich nach allen Richtungen hin ein roter Tongrund aus, ein Teppich, gewebt aus dem Staube der Toten. Ein phosphoreszierender, teils beständiger, teils nur aufblitzender Schimmer entwickelt sich da an gewissen Lebewesen, die glänzen und leuchten, als hätten sie die letzten Strahlen verlöschender Sterne erhascht, um ihr Dasein in diesem Gebiete ewiger Nacht zu erhellen.

Dann und wann sieht man seltsames Getier herumkreisen, bald lila oder rot, bald auch schwarz, mit nach unseren Begriffen ganz ungeheuerlichen Organen ausgestattet, die ihnen zum Gehen oder Schwimmen dienen, zum Klettern oder zum Festhalten, zum Sehen, Tasten oder zum Kämpfen, mit einem Wort, dazu, um in dieser Umwelt, wo die Natur dem Leben außerirdische Daseinsbedingungen vorgeschrieben zu haben scheint, leben zu können. Bei ihren Bewegungen wirbeln diese Geschöpfe ganze Wolken feinen Schlammes auf, dessen von einer matten Phosphoreszierung umgebene Konturen für einen Augenblick im Schoße des ruhigen und eiligen Wassers hin und her wogen.

Unsere so überraschungsreiche Reise führt uns aber auch zu einem ungeheuren Schattengebilde, aus dem uns tausend Feuer entgegensprühen ... Unsere Augen erstarren, und unsere Herzen schnüren sich zusammen bei dem Anblicke dieses Leichnams ... Es ist ein Schiff, das Überbleibsel einer Meerestragödie. Nach und nach ganz von Tonmassen eingehüllt, richtet es sich in die Höhe, wie ein Ungeheuer, das wieder zur Erde hinauf will, und streckt sein Vorderteil, das einstens auf den Wellenkämmen dahinglitt, nach oben. Das zerrissene Tauwerk und die losgelösten Segel an den Masten widerstehen, bei der Unbeweglichkeit in dieser Welt da unten, dem Zahn der Zeit; und der feine Staub, der, aus zerstörten Organismen bestehend, aus den höheren Regionen wie ein feiner grauer Schnee herabfällt, legt sich an allen seinen Teilen fest; von den Stürmen, die bis in die fernsten Zeiten die Oberfläche des Ozeans aufwühlen, gelangt nicht die geringste Spur in diese ewig stillen, unergründlichen Gefilde.

Träge Lebewesen, denen der Grundschlamm zum Aufenthalte dient, wo sie sich kriechend fortschleichen und eine bald wieder verwischte Spur hinterlassen, gelangten in die Schiffsverschanzung und in die Rahen, da, wo einst im Leben die Mannschaft geschäftig umherlief. Andere geschicktere Tiere, die aus solchen ähnlichen unverhofften Funden bereits einige Erfahrung besitzen, umkreisen unaufhörlich jene unselige Wunde, die den Tod in das Schiff eintreten ließ, jene klaffende Öffnung, welche die Erinnerung an die furchtbaren Szenen der Todesstunde wachruft, jene Bresche, durch die nimmersatte Wesen mit angeschwollenen Bäuchen die tote Substanz von Menschenleibern herausholten mit ihren Zangen, Saugrüsseln und Hakenzähnen; jener Leiber, deren geheimnisvolles Wesen eine Seele zu bilden vermochte und denen vielleicht irgendwo auf Erden noch ein frommes Gedenken bewahrt wird.

Da, hinter diesen Holzmauern, die niemals fallen werden, findet man in Stoffetzen gehüllte Skelette, losgelöste Schädel, deren glatte Flächen den fahlen Schimmer jener Tiere widerspiegeln, die das vom Tode durchkrampfte Fleisch losgelöst hatten; Schädel mit der verhärteten Maske, die in diesen Abgründen die menschliche Gattung in fratzenhafter Verzerrung erscheinen lässt. So zeigen uns die Bewohner der Abgründe, wenn man sie ans Tageslicht hervorholt, die Entstellungen des Todes in vielfacher Art.

Ihr, die ihr mir folget auf dieser schauerlichen Entdeckungsfahrt des allergrößten Kirchhofes, auf dem die Natur allen Leichen die gleiche, prunklose und tränenlose Bestattung zuteil werden lässt, wobei die Hülle des Menschen in den aus anderen Leichen gebildeten Schlamm sich eingräbt und vermengt, erfasst euch nicht eine entmutigende Traurigkeit? Denn traurig ist der Gedanke, dass diese an unzugänglichen Stellen liegenden Knochen niemals einen Gefühlsausdruck in einem menschlichen Blicke hervorrufen werden, während es doch Menschen wie wir waren, die da unten liegen, Menschen, die neben uns auf Erden gewandelt sind, die unter uns gesprochen, genossen und gelitten hatten.

Die Jahrhunderte werden hinweggehen über jene Toten, die zu der Stille hinuntergingen, in der allein die äußere Form noch von der Vergangenheit spricht; sie werden über die Gesichter hinweggehen, auf denen der letzte Schmerz erstarrte, der die Eitelkeit alles Seins bezeugt. Der zähe Staub wird über ihnen Berge und Täler bilden, solange als Winde, Wellen und Leben unter der Sonne fliehen.

Der phosphoreszierende Glanz, den jene namenlosen Wesen da unten hervorbringen, wird unter der steten Neubildung der durch die Arbeit der Erde erzeugten Tonlager zurückweichen. Der Schauplatz der unter dem Meere sich vollziehenden Dramen wird sich immer wieder auf seinem eigenen Grabe erheben, das den ewigen Abdruck von Menschenleid und Menschenkämpfen trägt.

Zweites Kapitel – Meine Anfänge

In einfachen Gewohnheiten, welche die Urteilskraft eines Menschen bilden und ihn befähigen, Entbehrungen und Kämpfen, als der wahrscheinlichen Folge des Lebens, ins Auge zu sehen, wurde ich erzogen. An dem Luxus der Lebewelt, der Körper und Seele verweichlicht, die Jugend ihres wahrsten Zaubers beraubt und die Vorliebe für das »Ich« zum Nachteil höherer Interessen begünstigt, fand ich keinen Gefallen. Ich war sogar immer der Meinung, dass die schönsten Attribute der Menschheit, nämlich der Adel der Empfindung und Tatkraft, auf verständige Leute eine Anziehung ausüben muss, die mit der Einfachheit des Milieus, aus dem sie hervorgeht, nur zunehmen kann.

Wenn ich den Luxus als eine Entartungsgefahr verwarf, so glaube ich andererseits, dass man die Erinnerung an Menschen, die der Gesellschaft mit Herz und Verstand gedient, wie deren Ideen nicht genug ehren und verherrlichen könne. Ich pflege die Wissenschaften, weil sie Licht verbreiten und weil das Licht die Gerechtigkeit erzeugt, ohne die ein Volk der Anarchie und dem Verfall entgegengeht. Der Schutz des Fortschrittes will es jedoch, dass die Pflege der Wissenschaft Hand in Hand gehe mit der Pflege der Kunst. Die Wissenschaft mag vorherrschen, weil sie die praktischen Bedürfnisse der Zivilisation erfüllt, die Kunst umschlingt die Werke des Verstandes mit Wärme, rundet ihre Ecken und verdeckt die quälende Vorstellung des Nichts. Doch ist der zerfetzende Einfluss zu vermeiden, den sie durch ihren Mangel an Klarheit und Abwägung auf den Charakter der Menschen und die Festigkeit ihrer Grundsätze auszuüben vermag.

Während meiner ersten Kindheit öffnete mir meine Mutter, eine wahrhaft gute Frau, deren Mund niemals ein böses Wort entschlüpfte, meinen Blick für das physische Elend. Sie zeigte es mir täglich in den Hütten von Marchais (*Gemeint ist das Schloss des Fürsten bei Laon. D. Übersetzer), wo ihr Andenken heute noch lebt und geehrt wird.

Das seelische Elend habe ich ganz allein kennengelernt.

Später gab mir mein Vater das Beispiel der Pflichterfüllung in unermüdlicher Arbeit und des mutig ertragenen Unglückes. Der Zauber von Abenteuern zu Wasser und zu Lande, eine Leidenschaft für die Jagd und die Träume einer überhitzten Phantasie machten meine Jünglingszeit unlenksam, bis die Nachricht meines bevorstehenden Eintrittes in die spanische Marine plötzlich dieses zusammenhanglose Ungestüm eindämmte und in mir den Willen entfachte, mir in diesem Kreise, in dem ich in den Ernst des Lebens eintrat, eine Stellung zu erringen.

Heute, wo meine Seemannslaufbahn weiter fortgeschritten ist, schulde ich es meinen alten Lehrern, diesen rauen Männern, die von ihren Vorfahren Mut, Adel und Größe erbten, jene Eigenschaften, ohne die ein Seemann nicht denkbar ist, zu sagen, wie sehr ich stolz auf sie bin.

Während einer Kampagne auf den Antillen holte ich mir die Fähnrichstressen. Aber ich muss gestehen, dass mich schon damals das Studium der Natur, die Beobachtung von Menschen und Dingen mehr anzog als die Übungen an der Kanone und der Schiffsruf zum Gefecht.

Der Kapitän des Kreuzers, auf dem ich eingeschifft wurde, erlaubte mir, einen kleinen amerikanischen Kutter zu erwerben und ihn zu meinem Gebrauch mit den anderen Fahrzeugen zu behalten. Das war meine erste Yacht, und ihre Bemannung bestand lediglich aus meinem Täufling, einem Schwarzen, der kurz vorher auf einem Negerschiff, das ihn auf den Sklavenmarkt führen wollte, konfisziert wurde. Das ging nämlich so zu: Sobald im Antillenmeer ein Sklavenschiff in die Hände eines spanischen Kreuzers fiel, wurde seine Ladung auf die Stationsfahrzeuge verteilt, und ein Priester taufte die Schwarzen stehenden Fußes, wobei die Offiziere Paten waren. Dann blieben die Neger mehrere Jahre an Bord, wo sie die Laster ihrer Wildheit ablegten, um die Laster der Zivilisation anzunehmen. Sicherlich nur, um sie besser von ihrem Fetischismus zu reinigen, ließ man sie vor den Kesseln braten, indem man sie als Heizer verwendete. Arme Teufel, die ein hartes Schicksal dazu verdammte, von der Mutterbrust an alles in den dunkelsten Farben zu sehen.

Wenn man dann später die Ausbildung, die sie zwischen Feuerraum und Vorderkastell, auf den Kais und in den Kneipen gefunden hatten, für ausreichend hielt, ließ man sie frei, und sie konnten sich zu einem gemäßigten Daseinskampfe ihren zahlreichen Genossen anschließen, die durch mannigfache Abenteuer auf das Pflaster von Havanna oder in die Plantagen des Inneren gelangt waren.

Sobald mein Dienst es gestattete oder ein Offizier meine Wache übernehmen wollte, wofür ich mich bei einem Ball oder einer »Tertulia« wieder revanchierte, verschwand ich auf so lange, als es nur möglich war, an den Ufern und in den Lagunen der Küste, wo ich von der Jagd und vom Fischfang lebte, von Moskitos verzehrt, von Kaimans und manchmal auch von bösartigen Eingeborenen verfolgt wurde. Letztere hatten vielleicht nicht immer unrecht, denn meine Jagdleidenschaft oder irgendeine bezaubernde Beobachtung mochten mich manchmal indiskret gemacht haben.

So passierte es mir in Puerto Rico einmal, dass ich und mein Spießgeselle, um den feindlich gesinnten Negern zu entgehen, uns im Lagunenwasser verkriechen und darin, den Kopf unter großen Blättern versteckt, mehrere Stunden zubringen mussten. Außerdem mussten wir alle Augenblicke untertauchen, um uns möglichst geräuschlos von den Moskitos zu befreien, die durch die Ausdünstung unserer Schädel angezogen wurden und infolge der Ruhe der Luft sehr gut aufgelegt waren.

Andere Male hingegen brachte mich der Zufall mit diesen einfachen Menschen näher zusammen, und ich errang mir bald die Gunst der Frauen, indem ich beim Klang afrikanischer Instrumente mit ihnen tanzte oder ihrem Geschmack für auffallenden Putz schmeichelte. Glaube ich doch, dass das Bizarre des Impressionismus in dieser Welt zuerst aufkam, und jetzt, wo die neue Behandlung der Farbe von so manchen Künstlern aufgenommen wurde, hoffe ich, dass dadurch der Geschmack der guten Negerfrauen, bei denen ich unter dem Schutze der Kokospalme als Lebemann debütierte, weniger betört wird. Ich zählte damals noch nicht neunzehn Jahre.

Auf den spanischen Antillen erlebte man noch alle Verführungen einer tropischen Natur, die der Mensch mit der Schablonenhaftigkeit seiner modernen Importe nicht zu entstellen vermochte und deren üppiger Einfluss in Blut und Denken übergeht. Wenn es auch schon damals mehrere Lokomotiven gab, so flogen sie doch nur schüchtern unter den Lianengewinden hin; wenn auch der blaue Rock der französischen Maschinisten mit dem Lärm der Maschinen über die Meere hinüberkam, wenn auch die europäischen Fabrikate auf den mit tropischen Bäumen bepflanzten Kais ausgeladen wurden, wenn sich auch bereits die Handlungsreisenden in Havanna an der Table d'hôte zusammenfanden, blieb noch immer genug Lokalkolorit übrig, das von diesen Einflüssen nicht berührt wurde.

Diese kleine Schwärmerei für vergangene Ideale soll mich aber ja nicht als einen Rückwärtsler erscheinen lassen. Ich bin ein Freund des Fortschrittes; aber dennoch beklage ich, dass man ihn, um ihn rentabel zu machen oder um ihn in den Dienst der Modetorheiten zu stellen, auf das Niveau platter Niedrigkeit herabdrücken muss.

Ein Fremder, der Eindrücke empfangen will, brauchte auch, wenn er Havanna besuchte, nur die Augen zu öffnen. Was ihn zuerst empfing, waren zahllose maikäfergroße Schaben, pfiffig wie Affen, die bei dem geringsten Geräusch sich hinter die Zuckerfässer zurückzogen, um alsbald mit ihren Fühlern herumfuchtelnd wieder zu erscheinen.

Dann das Hafenviertel mit seinem Lokalcharakter: Neger, deren Gesicht ein breites Lächeln erhellt, während ihr Körper einen unangenehmen Geruch ausströmt; Negerfrauen, deren allzu lange Kleider den Staub aufwühlen und deren krummgetretene Stiefel auf dem mit Melasse besudelten Pflaster klappern; seltsame Vögel, die in den Häusern schnattern.

Weiter, in den eleganteren Vierteln, sieht man sonderbare Gefährte. Zweirädrige Gespanne, die zur besseren Überwindung der Pflasterlöcher mit großen Rädern versehen und mit einem Pferde bespannt sind, auf dem ein gestiefelter und galonierter Neger rittlings sitzt. Die Calesas, so nannte man die Dinger, hatte man damals in sehr reicher Ausstattung, oftmals mit Silber beschlagen, so dass man sie nicht selten in den Prunkstuben einstellte. Ähnliche Gefährte, jedoch viel primitiver, sah ich auch auf den Feldern Andalusiens. Der Führer, der weniger fein aussah als sein Kollege auf den Antillen, setzte sich da einfach auf die Gabel. Die Vehikel stürzten auf den holprigen Landwegen sehr oft um. Wie mir versichert wurde, reicht ihre Verwendung bis in die Maurenzeit zurück.

Auf den Promenaden Havannas sah man die Gefährte sehr häufig mit zwei bis drei lässig hingestreckten, lachlustigen Kreolinnen besetzt. Nach einer Erzählung, die gelegentlich meiner Anwesenheit die Runde machte, waren diese zuweilen sogar zu lachlustig. Der Führer einer Calesa veranlasste auf Anregung seiner beiden jungen Herrinnen, Töchter eines einflussreichen Beamten, einen eleganten Dandy durch geschickt ausgeführte Bewegungen, in den Straßenschmutz zu treten. Der Betreffende, bis zu den Knöcheln im Schmutz, grüßte die beiden Damen so höflich, als es seine Situation gestattete, gleichzeitig schöpfte er aber mit seinem Hute eine ausreichende Menge gelblichen Straßenschlammes auf und setzte ihn sanft auf die Knie der Spötterinnen. Mit liebenswürdigem Lächeln meinte er: »Das ist eine Ergänzung Ihres netten Scherzes; ich werde ihn in einer Badewanne beschließen und rate Ihnen, bevor Sie Ihre Spazierfahrt beendigen, dasselbe zu tun.« Ich glaube, die Geschichte endigte mit einer Heirat.

Man schlendert an den niedrigen Häusern der Hauptstraßen vorbei, wo sich die Liebenden ungezwungen unterhalten ... durch vergitterte Fenster allerdings; man betrachtet die offenen Läden, wo die Kaufleute die überraschend üppigen Tropenfrüchte theatralisch aufbauen; man stößt da mit allen möglichen Menschensorten, die sich in Havanna einfinden, zusammen: mit Chinesen, die als Kulis importiert werden, mit Negern und Mulatten aller Schattierungen und der verschiedensten Herkunft, mit Goldsuchern und Abenteuern aus allen Teilen Amerikas, mit internationalen Schönheiten, Vagabunden und Ausrufern, kreolischen Pflanzen und Matrosen aus allen Ländern; und schließlich gelangt man an das Ende der Stadt, wo hölzerne, auseinanderzunehmende Häuser eine lange Avenue bilden. Die Gärten der Vororte vermischen sich nach und nach mit üppig wachsenden Plantagen, die ihren Platz einem jungfräulichen und schlüpfrigen Boden abtrotzen müssen; und plötzlich empfindet man jenen Zauber, den die Natur hervorzubringen versteht, wenn sie unbeengt die großartigsten ihrer Bereiche beherrscht.

Zu der Zeit, von der ich spreche, fand man weite Besitztümer, wo die Pflanzer inmitten einer Legion von Sklaven ein üppiges und behagliches Leben führten, das völlig ausgefüllt war durch die Sorge um Kaffee, Tabak und Zuckerrohr oder um gewisse, der Vermehrung des Volkes dienende Kreuzungen, bei denen sie es allerdings nicht verschmähten, auch persönlich mitzuwirken.

Der Fremde genießt bei ihnen einen wundervollen Aufenthalt; freilich nicht in Hinblick auf geistige Genüsse oder verfeinerte Lebensart, sondern durch das Kennenlernen eines auf Grund der klimatischen Verhältnisse und nach den Gesetzen eines keinen Zwang kennenden Rationalismus geregelten Lebens.

»Pongase comodo«, sagt euch die Hausfrau mit lässiger Stimme, wenn man schweißgebadet und mit staubigen Stiefeln, die Reitpeitsche in der Hand, nach einem ermüdenden Ritt bei ihr einkehrt. Diese einem schüchternen Fremden gegenüber angewendete Formel ladet diesen ein, sich ohne Scheu auf dem Schaukelstuhl niederzulassen. Dann entspinnt sich im Salon, der so ziemlich aller Möbelstücke entbehrt, um die Luft durch die nach allen Seiten hin vorhandenen großen Türöffnungen möglichst ungehemmt hindurchzulassen, eine gemütliche Unterhaltung über ein Thema, so leicht wie eine vom Windzug fortgetragene Daunenfeder. Man isst dann milchhaltige Früchte von so außerordentlicher Süßigkeit, dass man sie entweder köstlich oder abscheulich finden muss, und das barfüßige Negermädchen mit dem fliegenden Röckchen, das uns diese Früchte mit unhörbaren Schritten gebracht, kniet hinter dem Besucher nieder und fächelt ihn mit einem Palmenwedel.

Zur Dejeuner-Stunde konnte der durch die Hitze ohnehin schon gestörte Appetit keinen ernsten Anforderungen genügen; man musste ihn, um ihn zur Annahme der unumgänglichsten Nahrung zu veranlassen, mit den Nichtigkeiten einer kreolischen Tafel überlisten. Wenn dann der Herr, mit seinem eckigen, von der Sonne gebräunten und von einem breiten Panama beschatteten Gesicht in seinen schlotternd an dem vom Klima ausgetrockneten Körper hängenden weißen Gewändern, wenn el Niño – wie ihn die Sklaven und Diener, welches Alter er auch immer haben möge, nennen – einen Besuch der Plantage vorschlägt, da wird es dem empfindsamen Europäer bald zumute, als wäre er in Dantes Hölle geraten. Niemals werde ich vergessen, was ich fühlte, als ich zum ersten Male den Capataz mit der Peitsche in der Hand unter den fast nackten Schwarzen sah, die unter einer glühenden Sonne das Zuckerrohr schnitten. Die Haut dieser Geschöpfe glänzte unter dem herabrieselnden Schweiße, und ihre weißen Augen sahen mit einer tierischen Stumpfheit drein. Einige von ihnen sangen eine traurige und kindliche Melodie, die über die Felder klang wie ein Echo aus afrikanischen Wäldern, wie eine ferne Erinnerung an verlorene Freiheit.

Ein Papageienschwarm schoss plötzlich auf die benachbarten Bäume nieder, und sie sahen aus, als ob sie Weise wären, die über die Dummheit der Menschen lachten.

Zuweilen erzitterte man vor einem furchtbaren Gebelle, das hinter einer Palisadenwand erscholl: das waren die wilden Doggen, die auf die Jagd flüchtiger Sklaven dressiert wurden. Waren sie den Flüchtigen erst auf der Spur, konnten diese sich vor ihren Hakenzähnen nur dadurch bewahren, dass sie auf einen Baum flüchteten, von wo sie der erzürnte Capataz mit der Peitsche bald wieder herunterholte.

Auf der »Perle der Antillen« befanden sich aber noch große Strecken, die viel ausgedehnter waren als diese Teile, wo die Plantagen vom Schweiße der Neger gedüngt wurden. Da stand alles noch in voller Wildnis, und nur die den Hunden und der Peitsche entlaufenen Neger traf man dort an.

Zuweilen passierte es den Negerschiffen noch an der Küste, dass sie von Kreuzern unter den Augen ihrer Empfänger aufgegriffen wurden, und das Schauspiel des kurzer Hand vor seiner verwunderten Ladung aufgeknüpften Kapitäns verhieß bereits das Herannahen einer neuen Zeit.

Ein Vierteljahrhundert genügte, um die Politik der Welt auf allen Meeren und in allen Ländern umzuwandeln, ohne dass die zurückgebliebenen Rassen in den Verkündigungen der modernen Philosophie einen bemerkbaren Vorteil gefunden zu haben scheinen. Die Sklaverei ist wohl abgeschafft, aber die auf der ursprünglichen, von den Weißen »zivilisierten« Scholle geborenen Menschen werden, wenn es mit Betrug nicht geht, mit Gewalt ihres Erbes beraubt, und der durch die besten Methoden kolonialer Ausdehnung ihren Adern eingeflößte Alkohol zersetzt ihr Blut.

Wohl weicht vor den Soldaten und Kolonisten der Kannibalismus zurück; aber diese metzeln das Menschenfleisch nieder, indem sie die Grundsätze der Menschlichkeit verletzen, die sie nachher zu ihrem eigenen Vorteil wieder aufrichten. Völkerschaften, die auf ihre Angreifer vergiftete Pfeile abschießen oder sie skalpieren, bezeichnet man als Barbaren, aber mit Dum-Dum-Kugeln, Opium, Lügen und einer anrüchigen und rohen Beamtenschaft führt sich der Europäer bei ihnen ein. Der Einfluss des naiven und grausamen Götzendienertums ist überwunden, aber ein unversöhnlicher Dogmatismus vermauert das Denken, entzweit die Gewissen und verfolgt sie mit heuchlerischen Mitteln. Schließlich geben die zivilisierten Menschen den Barbaren das Beispiel ihrer brudermörderischen Kämpfe, die sie um den Besitz von Gold und Macht führen.

Kurz, wenn sich der Kampf ums Dasein auch mit einer Maske umgibt, so leitet unsere Rasse doch nur durch die Gewalt ihren Überschuss an Kindern und Lastern auf die anderen Kontinente ab. Die Moral des modernen Gewissens, das den die Welt regierenden Entwicklungsgesetzen unterworfen ist, würde Expropriationen, die einem edlen Ziele zustrebten und zu einem gegenseitigen Fortschritt führen, wohl verzeihen. Aber der Weiße stellt der natürlichen Barbarei seiner schwarzen, braunen oder gelben Brüder kaum mehr als die verwickelten Laster, an denen er selbst leidet, gegenüber: Ehrgeiz ohne Verdienst, Ränkesucht, Ungerechtigkeit und Egoismus, die unter aller Menschenhaut dennoch die verborgene Bestie verraten.

Das Jahr 1868, das zu dem Unglück Spaniens noch die Revolution hinzufügte, veranlasste mich, aus der Marine dieses

Landes auszuscheiden. Nach der Verbannung der königlichen Familie, die mich so herzlich aufgenommen hatte, war es mir unmöglich, länger darin zu verbleiben. Ich beschloss zunächst, mich auf einer Yacht einzuschiffen, um Europa kennenzulernen, ohne dabei die Ausübung des erlernten Berufes zu vernachlässigen; weiß man doch niemals und am allerwenigsten in bewegten Zeiten, was das Geschick des andern Morgens einem bringen kann.

Die enge Verbindung mit diesem Meere, das in Zeiten der Stürme unter dem Kiel des Schiffes pocht und heult oder es im Halbschlummer ruhiger Nächte auf seinem Schoße schaukelt, ließ meine Leidenschaft anwachsen und veredelte sie zugleich, und ich ergab mich Genüssen, bei denen Philosophie, Zärtlichkeit und Poesie ihre Kräfte vereinigten. So fing ich die Pflege der Ozeanographie an, jener neuen Wissenschaft, die in das Geheimnis der Meerestiefen eindringt. Diese Tätigkeit füllte die schönsten Jahre meines Lebens und mein besseres Ich aus. Heute bedauere ich nichts, was ich ihr gegeben, denn ihr Einfluss schützte mich gegen die Angriffe des Bösen und der Dummheit und linderte die Leiden, die nach und nach im Herzen des Menschen die Stelle einnehmen, die zuerst von Glücksträumen erfüllt war.

Drittes Kapitel – Meine erste Mannschaft

An einem schönen Herbstabend des Jahres 1873 landete ich an der Küste Englands, wo ich eine Segelyacht mittleren Umfangs zu finden hoffte. Nicht um bei Wettfahrten zu glänzen oder um der Mode zu huldigen, suchte ich eine solche zu erwerben, vielmehr einzig und allein, um meinen Beruf weiter ausüben, um mich frei den großen und herben Genüssen hingeben zu können, nach denen mich seit meiner Kindheit ein leidenschaftliches Verlangen hinzog, das die moderne Kriegsmarine mit ihren Panzern, Torpedos und ihren höllischen Maschinen durchaus nicht zu befriedigen vermochte. Das Bild der Zerstörung und des Todes, das vom Kriegsmaterial nun einmal unzertrennlich ist, vertrug sich übrigens durchaus nicht mit meinen wissenschaftlichen Neigungen, und von der dem »Gott der Schlachten« zugeschriebenen grausamen Rolle bin ich niemals erbaut worden.

Die Yacht, die ich zu erwerben hoffte, musste demnach die zum Durchjagen der Meere nötigen Eigenschaften besitzen. Mehrere Wochen lang suchte ich an den Küsten des Ärmelkanals herum, bis ich eines Tages in die reizende Bucht von Torquay gelangte, wo ich vor den von hohen Bäumen umrahmten Villen einen vereinsamten Schoner erblickte. Er erschien mir inmitten der längs der Ufer im spiegelnden Wasser sich abhebenden Bilder wie ein köstlich eingefügtes Meereskleinod, und rasch erregte er meine glühendsten Seemannssympathien. »Pleiad« war sein Name.

Ich begab mich an Bord, und unter dem stolzen Blick des Besitzers begriff ich gar bald, dass dieses Schiff besser als jedes andere meinen kühnsten Träumen entspräche und dass mir kein anderes mehr Haupteigenschaften unter eleganteren Formen zu bieten vermochte. Aus den schmucken Linien eines schwarzen mit einem Goldbande gezierten Rumpfes erhoben sich kühn und kräftig zwei in ihren oberen Teilen unter der tadellosen Steifheit der Takelage fein gerundete Masten; zu ihren Füßen befanden sich zwei mächtige Bäume, zur Aufnahme der riesigen Segel bestimmt, die aber so fein und so korrekt gerollt und verschnürt waren, dass die sie bedeckenden Futterale ihr Vorhandensein beinahe verbargen. Auf dem Deck, das seine Länge und die weiße Farbe seiner Verkleidungen für die einzige dem Seemanne mögliche Bewegung sehr anziehend gestaltete, flößten die Navigations-Requisiten mit ihren soliden Formen volles Vertrauen ein. Im Inneren vereinigte sich der dauerhafte Luxus der Holzarbeiten mit einer ausreichenden Bequemlichkeit der Wohnräume und der Kajüte, der Küchen- und Mannschaftsräume unter einer Fülle von Licht, das durch die Traljeschotten fiel. Alles dies machte den Eindruck der Gediegenheit, und die noch junge, elegante, von den Geschicken des Meeres verschonte »Pleiad« konnte auch der Schminke entbehren.

Eingenommen von dem hübschen Anblick des Schiffes, stellte ich mit ängstlicher Ungeduld Nachforschungen darüber an. Sie fielen zugunsten der vortrefflichen Eigenschaften des Schiffes aus, riefen aber eine traurige Erinnerung an seine Vergangenheit wach. Bei einer unter widrigem Wetter ausgeführten Wettfahrt gingen zwei Mann verloren. Manchmal glaubte ich seitdem, wenn meine Augen im Kielwasser des Schoners einen weißen wallenden Schaum bemerkten, der in den wechselnden Farben schöner Seeabende hell erglänzte, die Gespenster dieser Matrosen auftauchen zu sehen. Ihre von den das Meer bestreichenden Winden aufgesträubten Haare schienen für Augenblicke aus dem Wasser emporzutauchen, eine letzte Anstrengung ließ noch ihr dem fliehenden Schiffe zugewendetes Gesicht erscheinen, und ihr angstvoll verzerrter Mund heulte einen Ruf, den das eindringende Wasser wieder erstickte. Ein letztes Mal sah man ihre Leichen von einem Wellenkamme getragen, und ihre Arme schienen eine ihnen dargebotene Hilfe erfassen zu wollen, dann sah man nur wieder Welle auf Welle folgen und hörte nur mehr das wilde Tosen des Sturmes.

Das Geschäft kam zustande, und meine erste Handlung bestand darin, den Namen »Pleiad«, der an Anfänge erinnerte, an denen ich nicht teilgenommen, in »Hirondelle« umzuwandeln, der mir wenigstens die Einbildung gewährte, als sei ich der erste Besitzer. Andererseits sollte mich dieser Name an die

Eigenschaften erinnern, die ich an dem braven Wandervogel schätze, der ihn trägt und mit dem das Schiff meiner Wahl zu identifizieren mir gefiel: nämlich abenteuerlustige Entschlossenheit bei eleganten, bescheidenen und feinen Formen. Bald nahmen die in meinem Kopfe sich anhäufenden Entwürfe feste Gestalt an, und es gelang mir, nicht ohne Mühe, sie auf den Weg zur Verwirklichung zu leiten.

Was wäre aber in dem Falle geschehen, wenn kein erhabenes Bild über diesem ziemlich wirren Enthusiasmus gestrahlt und seiner Entfaltung keine Mäßigung auferlegt hätte? Manchmal kommt es aber vor, dass ein ganzes Leben unter dem Eindrucke der ersten Empfindungen, die es erfüllten, stehenbleibt, daher heben sich die frühzeitig geprüften Seelen leichter empor als die anderen.

Ein kaum dem Jünglingsalter entwachsener Mann findet, dass ihm beim Festmahl des Lebens die bittersten Früchte zufallen und dass auf dem vor ihm sich auftuenden Wege die Dornen sich häufen. Wenn dann seine Seele im Kampfe geschwächt würde, müsste er sein besseres Ich verlieren und von Stufe zu Stufe bis zur tiefsten Entsittlichung sinken. Da aber bekundet sich bei diesem Manne ein Wille und bahnt ihm neue Wege. Obgleich er in die Schranken eines oft drohend umwölkten Horizontes eingezwängt ist, ermannt er sich und schreitet, erleuchtet von jener reinen Aureole, die das beruhigte Gewissen umgibt, dem vorgesteckten Ziele zu. Tatsächlich findet dieser Mann in dem Leid, das ihn so rau aus seinen ersten Illusionen gerissen, einen strengen Führer, dessen Spuren er später in den Irrwegen seines Gedächtnisses gern wieder nachgehen wird. So wendet der vom Schicksal geleitete Reisende, ist er oben am Bergesgipfel angelangt, den Blick zurück, um den gefahrvollen Pfad zu entdecken, dem er von Tagesanbruch an gefolgt war; dann zeigt sich dieser Pfad von weitem nur mehr wie ein Band, und die schreckensreichen Abgründe verschwinden im azurblauen Nebel.

Und dann, angesichts des Mysteriums von Zeiten und Räumen, die sich unergründlich und unsicher vor ihm erstrecken, jenem Reisenden gleich, welcher aus dem Lärm des Tales den Ton einer Stimme oder einer Glocke, ein Echo entschwundener Dinge hören will, sucht jener Mann aus der eigenen Seele das Echo vergangener Stürme herauszuhören. Aber die Zeit schwächt die Schärfe der Erinnerung, wie die Entfernung die Schärfe der Augen vermindert, und die Pfeile, die einstens den Grund seines Herzens erreichten, prallen eines Tages von einer aus Ruinen gebildeten Schutzwehr ab.

Nunmehr, allmählich seinem Lebensabend zusteuernd, wird er die Kräfte seines Seins unter einem immer kälter werdenden Winde nacheinander schwinden sehen, und schließlich wird sein Hirn verlöschen, nachdem es nochmals die großen Erinnerungen der Vergangenheit leicht gestreift haben wird, wie die untergehende Sonne die entfernten Gipfel bestrahlt.

Am 13. November desselben Jahres verließ ich Havre, begleitet von einem Obersteuermann und zwölf Matrosen, welche die Mannschaft meines in England gekauften Schiffes bildeten, dessen Kommando ich selber übernehmen wollte. Mein Obersteuermann war ein intelligenter Offizier der französischen Marine, der, nachdem er begriffen, wie reizvoll und nützlich es für einen jungen Seemann sei, eine Zeitlang unter solchen Bedingungen zu fahren, von seiner Regierung den notwendigen Urlaub erlangt hatte, um mit mir zu kommen. Meine Matrosen gehörten zur Handelsmarine und wurden, wie das bei weitreisenden Schiffen üblich, gelegentlich der Ausrüstung in großen Häfen, geheuert.

Ein unter der Bezeichnung Heuerbas bekannter Gewerbetreibender liefert den Bedarf; gewöhnlich ist es irgendein ausgedienter Gendarm, der sich in einer gewissen Sphäre sehr gut auskennt und der diesen einfachen Fischern des Küstengebietes soviel gilt wie ein Pariser Lebemann den Spießbürgern vom Lande.

Einige Tage vor der Ausreise des Schiffes, das die Hafenarbeiter ausrüsten, takeln, laden, überstreichen, lässt diese Persönlichkeit die verlangten Leute antreten: Matrosen, Jungmänner, Schiffsjungen, Köche und den Obermaat. Er führt sie dem Kapitän vor und sieht darauf, gerade einen Augenblick zu erwählen, wo sie alle Vorzüge aufzuweisen vermögen, das heißt, einen Moment, wo sie durch die Leere ihrer

Börse gegen Eingriffe gefeit sind, die ihrem guten Aussehen Abbruch tun könnten. Sie erscheinen in Gruppen, langsam und sorglos schlendernd, sie sind rasiert, wohlgepflegt, beinahe elegant gekleidet, mit einem farbigen Seidentuche um den Hals gewunden. Wenn sie sich dem Kapitän nähern, der in der Deckskajüte mit großen Schritten auf und ab geht, drehen sie verlegen den weichen Filzhut in den Händen, und man möchte nicht glauben, dass das dieselben Leute sind, die acht Tage später mit ihren gefetteten Stiefeln gewichtig auf dem Schiffsdecke herumtrampeln, auf den Aufbauten der Toppen und den Rahen herumklettern und, an ihren schwieligen Händen hängend, bis hart am Wasserrande balancieren werden. Sie beantworten die Fragen des Kapitäns, der dazwischen ihre Papiere sieht: der eine, ein Kalfaterer, kommt eben aus der Südsee, der andere, Zimmermann, hat soeben eine Fahrt nach Ostasien hinter sich; viele von ihnen verstehen Segel zu nähen, an den Seilen zu arbeiten, und alle zusammen vereinigen die für die wichtigsten Reparaturen auf See nötigen Kenntnisse. Doch sind die Leute bescheiden, kühl und schweigsam, und man kann sie höchstens nach ihren Mienen beurteilen. Nur der Koch, den die verblendete Eingenommenheit für sein hohes Amt etwas feierlicher erscheinen lässt, findet für die Auseinandersetzung seiner Verdienste eine imponierende Form, die durch die Tatsachen nicht häufig gerechtfertigt erscheint.

Man einigt sich bald; die Leute werden in die Mannschaftsrolle eingetragen, beziehen ihre Vorschüsse, damit sie ihre Schulden bezahlen und ihre Ausrüstung vervollständigen können; es ist dies das einzige Geld, das sie während der Dauer ihrer Fahrt zu sehen bekommen. Dann trennt man sich bis zum anderen Morgen oder bis zum Vorabend der Ankerlichtung. Der Heuerbas, der vom Kapitän für jeden gelieferten Mann eine Provision erhält, steht für alle gut, und wenn sich der eine oder der andere nicht wieder einfindet, so zahlt er die verlorenen Vorschüsse zurück. Dank gewiegter Aufpasser bleibt er dieser manchmal sehr flatterhaften Gesellschaft inmitten ihrer Ausgelassenheit in den Spelunken der lustigsten Hafenquartiere dauernd auf den Fersen. Er kennt genau die unsauberen Örtlichkeiten und die verborgenen Schlupfwinkel, um die Leute zur Stunde der Einschiffung aufzustöbern.

Diese Einschiffung ist übrigens nicht immer leicht; die vernünftigsten Matrosen kommen nämlich mit lärmenden Freunden beiderlei Geschlechts zum Kai, und die ganze, nicht fest auf den Beinen stehende, zerraufte, katzenjämmerliche und zerlumpte Gesellschaft, wie dies ja nach einer wüsten Nacht nicht anders möglich ist, küsst sich mit vollem Munde, und die Lippen der Abreisenden quetschen sich ohne Wahl und ungezählte Male auf die fetten und weinrüchigen Lippen der zurückbleibenden Männer und Weiber.

Andere, weniger umgängliche Kerle werden vom Heuerbas und seinen Gehilfen, die sie in den Kneipen aufgegabelt, angeschleppt. Manchmal, wenn es sich um eine sehr schwer zu bändigende, hartnäckige Natur handelt, die von der Abschiedsfeier einen unwiderstehlichen Hang zum Lande zurückbehält, passt man die Zeit der völligen Trunkenheit ab, was dann die Unterhandlungen sehr vereinfacht.

Diese verschiedenen Gruppen, deren Koffer und Säcke schon einige Tage vorher ankamen, begeben sich immer mit einem Rest kleinen Gepäcks an Bord. Entweder sind es ein Paar zusammengebundener Schuhe oder unterm Arm ein Akkordeon, um an schönen Abenden zum Tanze aufzuspielen, oder ein bei den Ohren zusammengehaltenes Kaninchenpaar, das man unterm Äquator zu verzehren gedenkt, nachdem man es drei Wochen lang mit Zwieback und gesalzenen Fischen gemästet hat. Der Heuerbas nimmt darauf sofort seine Provision in Empfang oder zahlt die vom Kapitän bezahlten Vorschüsse derjenigen Leute wieder heraus, die herbeizuschleppen trotz aller Mühe nicht möglich war, die er aber früher oder später auf eigene Rechnung schon zu finden wissen wird. Für diese Fälle bringt er in der Eile aufgelesene Bewerber mit, die die Vakanzen ausfüllen; um die Zeit nicht zu versäumen, werden sie in der Regel angenommen.

Nachdem nun die Mannschaft eingeschifft ist (und zwar auf ziemlich lange Zeit, gewöhnlich bis zur Rückkehr nach Frankreich, falls der Kapitän nicht die Gefahr und Verantwortung von Streitigkeiten, Ruhestörungen und Desertionen auf sich nehmen will), beginnt die Zuteilung der Schlafstätten, die die Matrosen ihre Kojen nennen: eine Art in Manneshöhe befindlicher, um die Mannschaftsstube herum aufgerichteter Lager. Das mitgebrachte Bettzeug wird aufgelegt, und der Obermaat begründet seine Autorität, indem er die Posten und die Obliegenheiten für den Innendienst zuteilt, und einige seiner Schäfchen, deren Eifer ihnen gestattet, einen gewissen Seelenzustand zu überwinden, bereits zur Arbeit anhält. Die anderen legen sich schlafen, und die für äußere Einwirkungen Empfänglichsten erwachen erst am Meere draußen. Die Kameraden besorgen einstweilen deren Obliegenheiten, aber nicht, ohne auch ihre Weinration auszutrinken.

Diese Gepflogenheiten finden leicht ihre Erklärung; die Matrosen für große Fahrt sind meist ganz zuverlässige Arbeiter, die unter der ungleichmäßigen Abwechslung von Ruhe und Mühe, von Genuß und Unannehmlichkeiten leben. Lange Monate, selbst auch Jahre, verbringen sie, Tag und Nacht an das raue Seemannsleben gebunden. Von der Welt getrennt, durch die Lage der Verhältnisse zu klösterlichen Gepflogenheiten gezwungen, wo selbst die legitimsten Zerstreuungen wie die entschuldbarsten Sünden ausgeschlossen erscheinen, fehlt ihnen auch der gesunde Einfluss des Familienlebens. Landen sie dann, reichlich mit Geld versehen, in einem Hafenort, so ergeben sie sich natürlich leicht den zahllosen Verführungen, die ihre nicht sehr zarten, durch die fieberhaften Träume langer Einsamkeit leidenschaftlich erregten Sinne entflammen. Wenn dann das unvermeidliche Ende der Vergnügungen eintritt und der Heuerbas, der da weiß, dass der Beutel leer ist, mit höhnischer Miene an der Schwelle irgendeines Paradieses erscheint, feiern diese großen Kinder mit verdoppelter Lust den Abschluss der köstlichen Zeit, um dann mit geringerem Bedauern eine neue Periode der Enthaltsamkeit zu beginnen. Diese alles Gleichgewicht entbehrenden Schwankungen drücken der ganzen Existenz dieser Leute einen charakteristischen Stempel auf.

Wir hatten für die »Hirondelle« eine ausgewählte Mannschaft kräftiger Männer mit einnehmendem Äußern zusammengestellt, deren Papiere die übliche Bestätigung enthielten, dass sie so brauchbar wie die anderen seien. Am meisten schmeichelte aber der Koch meiner Eigenliebe (ich zählte 25 Jahre!), nicht weil er eben ganz besonders empfehlenswert gewesen, sondern weil er ein Neger war und so meiner Meinung nach unserer Gruppe einen Stich ins Exotische verlieh. Man kann doch, wenn man so jung ist und ein Leben außerhalb der üblichen Gepflogenheiten führt, irgendeine harmlose Originalität erstreben, ohne deshalb als Poseur gelten zu müssen. Mein Neger schien mir übrigens alles zu besitzen, was für ihn sprach. Er war von guter Rasse, drückte sich gut aus, war höflich, sauber und gut angeschrieben, sogar sein Name war nicht alltäglich, er hieß Risco. Wenn er etwas jähzornig, tückisch, nachtragend und trunkenhaft gewesen wäre, wie viele seiner Stammesgenossen, so hätte ich mir auch nichts daraus gemacht, obwohl solche Eigenschaften bei einem mit der Herstellung der Mahlzeiten betrauten Bediensteten ganz unangenehme Folgen hätten mit sich bringen können. Ich schätzte unseren malerischen Koch so sehr, dass ich alle seine Launen ertragen hätte. Heute könnte ich mich noch darüber entsetzen, wenn ich mich nicht auch erinnerte, dass sich Risco stets würdig und reserviert gezeigt und strenge gegen jene seiner Genossen war, die sich gerne vordrängten.

Meine Abreise von Havre fand unter den oben beschriebenen Umständen statt, nur mit dem Unterschiede, dass wir uns alle eines Abends als Passagiere auf dem Southamptoner Dampfer einschifften. Dieser lag im Vorhafen verankert, so dass es nicht gut möglich war, zu sehen, ob die Mannschaft auch vollzählig erschien, zumal mehrere meiner Jungens unter dem Einfluss der Dunkelheit und der Menge versuchten, von Deck wieder ans Land zu gehen, um noch irgendeinen Freund zu umarmen, und der Heuerbas hatte alle Hände voll zu tun und musste von einem Landungssteg zum andern rennen, um diesen Leuten den Weg zu versperren. Der Dampfer pfiff und lichtete die Anker, und es fehlte jede Gewissheit über die Vollzähligkeit meines Personals. Des Nachts in meinem Traume sah ich dann wiederholt die kleine Truppe an mir vorüberziehen, die mein erstes Kommando bildete, und als ich am anderen Morgen frühzeitig auf Deck erschien, waren sie alle anwesend und blickten nach der englischen Küste, die aus dem Nebel hervortrat. Diese tags vorher noch so unbändigen Menschen vereinigten sich nun um mich, um höchst artig die Anordnungen entgegenzunehmen, die ich ihnen zu geben hatte. Wir landeten dann auf englischem Boden, und auf der kurzen Eisenbahnfahrt nach Portsmouth fanden sich meine Leute mit derselben Ungezwungenheit zurecht wie auf einem Schiffe.

Risco, auf den ich immer stolzer wurde, beobachtete ich mit dem meisten Interesse. Er zeigte sich liebenswürdig, fröhlich, nachgiebig, und seine weißen Zähne lachten jeden an. Was für ein akkurater Mensch er in seinem Äußeren war! Ich sehe ihn noch durch die Docks von Southampton spazieren. Er trug Pantoffeln mit eingestickten Äpfeln, sicherlich das sinnige Angedenken einer Angebeteten; anstatt des schweren Sackes, den die anderen um die Schulter warfen, trug er in einer der Hände, die ja immer wie schwarz behandschuht aussahen, seinen großen Koffer, in der andern und unter jedem Arm zahlreiche wohlverschnürte Pakete, seinen Regenschirm und seine Spazierstöcke. Auf dem Kopf trug er zwei ineinandergestülpte Hüte, um sie so vor Unfällen auf der Fahrt zu behüten. Dies machte ihn etwas linkisch, zumal wenn er grüßen wollte. Die beiden Hüte auf einmal zu ziehen, war etwas schwierig und gefährlich; einen nach dem andern, das dauerte zu lange und hätte beide Hände beansprucht, und nur den oberen zu lüften, genügte doch nicht.

Am selben Abend sah ich meine heißesten Wünsche erfüllt; ich war Kapitän eines schmucken Seglers, und grenzenlos öffnete sich das Meer vor der ungestümen Unabhängigkeit meiner Gelüste. So begann die »Hirondelle« ihre Fahrten, auf denen ich sie zwölf Jahre, bis 1885, führte. Bis dahin trachtete ich, von einem Kap zum andern segelnd, fast alle europäischen Meere durchkreuzend, ein erfahrener Seemann zu werden. Aber die Monate und Jahre eines ernsten und tätigen Lebens, in dem sich außerordentliche Strapazen, hohe Genüsse und mitunter Gefahren abwechselten, erweckten in mir den Ehrgeiz, dieses Meer, das solche Empfindungen hervorzubringen vermag, in seinen verführerischen Geheimnissen näher kennenzulernen. Ich fühlte mich auch von einer gewissen Dankbarkeit dem

Meere gegenüber geleitet, das in gefährlichen Jahren meine Zuflucht und meine Rettung gewesen. Eingehende Studien, eine besondere Vorbereitung und die Ratschläge großer gelehrter Persönlichkeiten vollendeten meine Ausbildung und befestigten meine Pläne.

Eine andere Periode meiner Schifffahrten, die völlig den fesselndsten Forschungen gewidmet war, wird den besten Platz in dem Erinnerungsschatz bewahren, den ich unter Anwendung meiner geistigen und körperlichen Kräfte für meine alten Tage aufgestapelt habe.

Sie öffnete meinen Augen ein großartiges Gebiet, in dem sich der Gedanke unter Wundern verirrt, die allmählich die Kleinlichkeiten unserer armen Menschheit vergessen lassen.

Ich habe nicht die Absicht, diejenigen, die mein Buch lesen, durch die Mannigfaltigkeit meines maritimen Lebens hindurchzuführen, denn es bedürfte eines sehr umfangreichen Buches, um all die Tatsachen wiederzugeben, die ihre nützlichen, teils freudigen, teils traurigen Spuren im Gedächtnisse eines Seefahrers zurückließen, den die außergewöhnlichen Bedingungen seines Geschickes und der Hang seiner Ideen in die Lage brachten, überall zu suchen, zu sehen und zu beobachten. Dennoch werde ich darüber berichten, wie man auf dieser kleinen »Hirondelle« zu Unternehmungen gelangte, die ihre Kräfte zu übersteigen schienen, und wie man sich durch fortschreitende Versuche und wiederholte Kämpfe in fast verzweifelten Lagen dem Ziele näherte. Ich werde zeigen, wie sie sich den Pionieren anschloss, deren Phalanx, jener wahre Adel der Menschheit, dafür lebt und stirbt, um allen erhabenen Ideen Bahn zu brechen, die im Geiste keimen, mit der Ausdehnung des Wissens wachsen und die Seelen veredeln; jener Avantgarde, die der Menschheit immer weitere Horizonte öffnet, die Leiden ihres Lebens mildert und schließlich aus ihrer Natur den Bodensatz der Barbarei ausmerzen wird.

Ich werde zeigen, wie die »Hirondelle«, obgleich sie graziös und leicht gebaut war, anscheinend nur, um längs sonniger Küsten zu segeln, auf die hohe See hinausfloh, wie sie zwischen Klippen und Zyklonen die majestätischen Rätsel des Meeres zu lösen suchte, in gemeinsamer Arbeit mit einer Elite von Männern, deren Denken weit über jenen Streitigkeiten steht, an die nur allzu viele Kräfte verschwendet werden.

Ich werde zeigen, was andauernde Beharrlichkeit vermag und wie sie unter meinen Händen Menschen, Schiffe und alle Kräfte erweckte und verdoppelte, um das große Feld des geistigen Lebens zu beackern; jenen verbrecherischen Geist zu bekämpfen, der die Massen gegeneinanderhetzt, um auf ihrer Naivität einen niedrigen Ehrgeiz aufzubauen, und der mit den Nichtigkeiten der Politik das Wirken des Denkers und Gelehrten lähmt; jene klugen Männer zusammenzurufen, die aus dem Patriotismus das große Gebiet eines der Menschheit nützlichen Wettbewerbes machen wollen und nicht den Sammelpunkt des Rassen- und Glaubenshasses: das ist das herrlichste Ideal für jene, die aus der Geschichte der Erde die beste Lehre zu ziehen verstehen. Wenn ich deshalb auf meinem Schiffe, umgeben von entschlossenen Gefährten, betrachte, was ich im Kreise meines Einflusses erreichte, fühle ich mich stärker für den Kampf und stolzer auf mein Leben.

An einem schönen Herbstmorgen, kurz nach der Ankunft der Mannschaft in Portsmouth, entfaltete die »Hirondelle« ihre ganz neuen Segel, und unsere alte monegassische Flagge stieg langsam zum Großmast empor, zum erstenmal auf dieser Adoptivtochter das Symbol aufpflanzend, das schon in den mittelalterlichen Schlachten auf der See flatterte, das aber heute, wo es über Werken des Wissens, des Lichts und des Friedens weht, einem höheren Ruhme nachstrebt.

Leicht geneigt unter der Brise passierte das Schiff die Befestigungen von Portsmouth und segelte hart vor dem bei der Insel Wight verankerten Geschwader vorbei. Bald darauf verloren sich, als wir in der Richtung nach Frankreichs Küste zu segelten, die Panzertürme, die großen Mastkräne und die im Helldunkel verschwimmenden Linien dieser ebenen Gegend, wo die Städte mit ihren Schieferdächern, Hügeln und Wäldern ineinander verschwanden.

Diese glühenden und fieberhaften Genüsse der ersten Stunden, die so lange mein Sehnen erfüllt hatten, wurden in der Folge natürlich die Quelle ruhigerer und tieferer Befriedigung. Aber die Saiten, die damals in mir erzitterten, haben bis heute ihre Kraft behalten, und noch jetzt erklingen sie, sobald ähnliche Umstände erstehen und das Seefahrerherz mit stürmischen Empfindungen erfüllen.

Kalt und neblig kam die Nacht heran. Außer dem Untersteuermann, der still die Bewegung des Kompasses beobachtete, und dem Wachtposten, der am Vorderteil, mit den Füßen trampelnd, eine Melodie summte, während seine Augen den Nebel zu durchdringen suchten, schlief alles, vom Schwanken des Schiffes geschaukelt, auf den engen Bettstellen der Kabinen oder in den Hängematten, deren pendelartige Bewegungen die ganze Mannschaftsstube ausfüllten. Sogar die Wachtmannschaft, die in geschützten Ecken auf Deck kauerte, schlummerte nach Geplauder und Abendgesängen ein. Ich wachte auch und wachte bis zum Tagesanbruch; nicht nur infolge der Besorgnis, die der Nebel auf einer stark befahrenen Strecke einflößt, auf der die Schiffspfeifen und Nebelhörner von allen Seiten ertönen, sondern auch weil wilde Gedanken mein Hirn durchwühlten und in ihm wie ein Zauberspuk tausend Erinnerungen an die Umstände wachriefen, die mich zu dieser so heiß erwarteten Lebensart gebracht hatten.

Die Finsternis der Nacht erzeugte meinem Seelenzustande entsprechende Bilder. Da sah ich den Schoner mit vollen Segeln in einen Hafen einlaufen, dessen Molen sich mit bewundernden Zuschauern füllten; dann sah ich ihn auf offenem Meere, an einem schönen, klaren Tage des Polargebietes, wie eine weiße Fee inmitten der Polarvögel dahingleiten, die myriadenweise vom Vordersteven mehr überrascht als erschreckt aufgescheucht wurden und schnell auf die kleinen Wellen wieder niederfielen. Dann kam eine tragische Szene. Die im Sturm verirrte, rettungslos verlorene »Hirondelle« lief auf schwarze, unter der Brandung verborgene Riffe auf, und als sie unter ungeheurem Krache in der Mitte barst, sprang ich atemlos empor und durchforschte in zwei Sekunden mein innerstes Wesen, um mich zu vergewissern, dass ich nur geträumt hatte.

Wenn ich heute wieder diese Erinnerungen an jene Bilder zurückrufe, bemerke ich, dass sie damals die Vorläufer der Geschicke waren, die sich für die »Hirondelle« im Laufe der Zeit allmählich erfüllten. Die Morgenröte erschien mir als die strahlendste, die ich je erblickt hatte. Der Nebel nahm bei ihrem Beginn die Form dichter Wolken an, die sich dann verflüchteten und in der Nähe die französische Küste als eine am Waldessaume liegende Landschaft erscheinen ließen. In dem Maße, als der Horizont seinen gewöhnlichen Umfang annahm, zeigten sich nacheinander immer zahlreichere Schiffe, die nach allen Himmelsrichtungen steuerten. Der während der Nacht auf das Takelwerk angesetzte Wasserdunst, der mit eintönigem Geräusch auf Deck fiel, wandelte sich in einen Diamantregen, dessen Tropfen in den ersten Sonnenstrahlen funkelten.

Wir passierten einen Schwarm von Fischerbooten, die ihre ausgeworfenen Netze aussuchten. An Bord desjenigen, an dem wir am nächsten vorbeifuhren, stand ein Häuflein Männer über die Schiffsrandung gebeugt, von dem Geflattere des braunen halbgerefften Großsegels eingeengt und vorsichtig und langsam bemüht, ein Netz einzuziehen, aus dem das Wasser auf ihre Stiefel rieselte und in kleinen Fällen durch die Ablaufrinnen, je nach den Schwankungen bald auf dieser Seite, bald auf jener, wieder ablief. Durch ein vom Rost zerfressenes Rohr, das sich hinter dem Mast befand, stieg Rauch auf; man bereitete unter Aufsicht des Schiffsjungen den Morgenimbiss, während dieser, durch die Ankunft des Schoners angezogen, aus einer Luke sein beschmiertes Spitzbubengeschicht heraussteckte.

Unsere Wachmannschaften wuschen, Hände und Füße entblößt, das Deck, die Planken, die Traljenschote, die Luken; die einen füllten ihre an Stöcken befestigten Leineneimer im Meere und gossen sie mit großem Gepantsche in alle Ecken, während die anderen das ausgegossene Wasser mit dicken bestielten Bürsten wegwischten. Es war die Reinigungsstunde, die erste Stunde des Tages, während der die Matrosen an Bord noch mit frischen Kräften arbeiten. Solange die Sonne noch niedrig steht und ihre leichte Wärme mit der Frische des Morgens vereinigt, ist die Arbeit in freier Luft für die Muskeln eines gesunden und genügend ausgeruhten Körpers eine Erholung, und die Gedanken finden dabei ihr durch den Taumel des Schlafes gestörtes Gleichgewicht wieder. Der Arbeiter fühlt dann ein zitterndes Frohlocken in seinem Herzen, das sich in fröhlichen Liedern Luft macht.

Der Lärm der Reinigungsarbeiten lässt bald nach, und die meisten Matrosen verschwinden in der Luke am Vorderdeck, die zur Mannschaftsstube führt. Sie begeben sich zum Frühstück, ohne dass es nötig gewesen wäre, sie besonders einzuladen; das besorgt schon das Kaffee-Aroma, das die Luft erfüllt. Der Matrosenkaffee ist nicht jedermanns Sache. Er mag noch so gut sein, sie wollen nun einmal, dass man ihn, der Färbung halber, reichlich mit Zichorie versetzt. Diese Menschen sind in den Forderungen ihrer Einbildungskraft immer wie die Kinder übertrieben und lassen sich mehr durch die Quantität dessen, was sie gern haben, als durch die Qualität verleiten. Es ist nun einmal Brauch, dass der Kaffee dunkel sein soll; deshalb wollen sie ihn gleich schwarz wie Tinte und recht viel davon.

Der Zwieback, den sie dazu genießen, wird vorher mittels eines Hammers zertrümmert, und zwar durch den Sack hindurch, in dem er verwahrt wird, damit die Brösel, die bei solcher Prozedur abspringen, nicht verlorengehen. Auf Schiffen, wo man weniger auf gute Manieren hält als auf der »Hirondelle«, beißt jeder mit den Zähnen das für seinen Bedarf nötige Quantum ab, das dann direkt aus der natürlichen Mühle in die dampfende Flüssigkeit hineinfällt. Dem Morgenimbiss haftet ohnehin etwas Ungeniertes an. Die Teilnehmer setzen sich in eine beliebige Ecke der Stube, auf die Proviantkiste oder gar auch auf den Boden und nehmen ihre gusseisernen Tassen zwischen die Beine. Man bleibt barfüßig, in Hemdsärmeln, mit aufgekrempelten Hosen; denn die Reinigungsarbeiten werden nachher wieder fortgesetzt, und die Morgenmahlzeit bildet nur ein Intermezzo, das man übrigens dazu benützt, um sich in bilderreicher Sprache über die Zwischenfälle der Nacht zu unterhalten.

Als die Hauptreinigungsarbeiten vollendet waren, waren wir dicht am Cap de la Hève. Einige Mann setzten die zum Anlegen nötigen Hakenstangen und Taue, die bei der Waschung durcheinanderkamen, in Ordnung, andere putzten die letzten Nässespuren vom Deck weg. Sie verwendeten dazu bunte Schrubber, aus denen man das angesammelte Wasser durch eine besondere rotierende Bewegung heraustreibt, die durch einen um den Stiel gewundenen Bindfaden bewerkstelligt wird, wobei diesen buntscheckigen Buschen wie einer Satansfrisur die Haare zu Berge stehen. In der Zwischenzeit standen ich und mein Obersteuermann über eine im stärksten Winde geöffnete Karte gebeugt, die wir noch gegen den Rückwind des Großsegels verteidigen mussten, und suchten die Bojen zu erkennen, die die Bänke und Durchgänge der Reede bezeichneten. Bald liefen zwei oder drei Bugsierdampfer auf uns zu, die ihre Morgenrundfahrten bis in die offene See hin ausdehnten, um den während der Nacht eingetroffenen Seglern ihre Dienste anzubieten, und jeder trachtete uns zuerst zu erreichen; denn Yachten sind vorteilhafte Kunden, die man oft mittels pessimistischer Wettervoraussagen zu erlangen trachtet. Für die Einfahrt in einen Hafen wie der von Havre, wo die Flut nur zu gewissen Stunden die Zufahrt zu den Bassins gestattet und wo die Ebbe den Vorhafen vollständig trockenlegt, wird den Seglern, wenn der Wind noch dazu ganz fehlt oder entgegenbläst, solche Dienstleistung tatsächlich höchst notwendig. Ein Schiff, das zur unrechten Zeit diese Ausgabe sparen will, läuft Gefahr, zu scheitern, die Molenwände anzufahren oder Zeit zu verlieren, wenn es im letzten Moment gezwungen ist, wieder die hohe See aufzusuchen oder auf der Reede Anker zu werfen.

Die »Hirondelle« aber, die sich vor dem geringsten Windhauch bewegte und sich mit der Präzision eines Bootes steuern ließ, an diesem Tage außerdem sehr günstigen Wind hatte, dankte für die zudringlichen Hilfeangebote und begnügte sich, einen Lotsen anzunehmen, der sie durch die Hafenpassagen hindurchführte. Und auch dies geschah nur aus Besorgnis vor Nebel, der wieder bedenklich drohte. Sonst hätte ich es mit der »Hirondelle« gewagt, ein Manöver auszuführen, das allein den Kapitänen Kühnheit verleiht und sie mit den Küstenverhältnissen vertraut macht, nämlich ohne Lotsen, nur mit Hilfe der Karten und hydrographischen Dokumente, das Schiff einzubringen. Kaltblütige Seeleute können dies bei günstigem Wetter und entsprechenden Instrumenten immer wagen; vorausgesetzt, dass es sich nicht um die Einfahrt in einen Fluss handelt, dessen Sandbänke sich verändern und eine unerwartete Sperrung mit gefährlichen Gegenströmungen bilden. Die »Hirondelle« gelangte auch sehr bald in den Fahrkanal und überholte alle

Segler, die denselben Weg fuhren. Ohne ihr Segelwerk vermindert zu haben, fuhr sie, in der engen Einfahrt, mitten durch die Fischerschaluppen, die zur Arbeit ausfuhren. Die Gruppen der Flaneure, die morgens am Hafendamm den Seemannsklatsch herumtragen, folgten mit ihren Blicken neugierig dem Schiffe und befragten sich gegenseitig, welcher Nationalität der kleine Schoner sein möge, dessen Flagge sie nicht erkannten.

In der Mitte des Vorhafens legte das Schiff auf einmal die Segel bei und beendigte seine Fahrt mit einer allmählichen Verlangsamung vor dem Eingang des alten Beckens. Hier umdrängte uns eine andere Schar Gewerbetreibender, um ihre Dienste anzubieten. Es waren zumeist zerlumpte Jungen und Männer, die mit zerbrochenen oder geflickten Rudern in schmutzigen Kähnen herbeikamen, wo ihre nackten Füße auf allen möglichen in den Ecken aufgehäuften Resten ausglitten. Es waren die Abfälle des Hafens, die Menschen sowohl wie die Dinge. Auf der Suche nach zufälligen Einnahmen erboten sie sich, die Taue links und rechts zu befestigen, um den Schoner bis zur Eröffnung der Hafentore festzuhalten.

Als diese endlich vonstatten ging, passierte man mit Hilfe einer betressten und plumpen Amtsperson, das Oberhaupt einer Armee guter, alter, meist schlapper und verkrüppelter Leute, ausgedienter Seemänner aus den verschiedensten Dienstzweigen, die es während eines sturmvollen Lebens nicht verstanden, das Glück zu erjagen, oder ihre Einkünfte in guten Zeiten vergeudet hatten. Im Vorbeifahren hatte ich Lust, ihnen zu sagen:

»... Allzuhohes Alter ach! bereitet oft dem braven Manne
An seiner Laufbahn Schluss ein trauriges Geschick.«

Es waren die Schiffszieher; eine erschlaffte, abgestumpfte und verhungerte Gesellschaft, die sich auf dem Kai an einem Schlepptau sattelförmig aufstellt und, mit Lässigkeit den barschen Befehlen folgend, die einfahrenden und ausfahrenden Schiffe durch die Bassinöffnungen hindurchbringt.

Die »Hirondelle« ankerte schließlich im »Bassin de Commerce«, nachdem sie in diese neue Periode ihres Daseins glücklich eingetreten war. Sie sollte sich in Havre nur so lange aufhalten, als zu ihrer vollständigen Ausrüstung nötig war, und dann den Weg nach dem Mittelländischen Meere nehmen. Da machten sich aber unter den Blumen, deren Duft mich seit acht Tagen berauschte, die ersten Dornen geltend. Es war mir übrigens klar, dass ich, je mehr ich mich in meine Kapitänsstellung einlebte, um so mehr Lehrgeld zu bezahlen haben werde.

Zunächst war es Risco, mein Günstling, der, vielleicht durch meine Nachgiebigkeit ermutigt, seine Pflicht vergaß und von einem bis Mitternacht gewährten Urlaub erst nach 24 Stunden wieder an Bord zurückkehrte. Er kam mit lächelndem Gesichte und mit einer Ausrede an, die ernstlich zu prüfen nicht nötig erschien. (Angeblich hatte er sich bei seiner Vorliebe für Feldblumen in den Feldern, wo er solche pflücken wollte, verirrt.) Man musste ihm jedoch ernste Vorwürfe machen über die Verlegenheit, in die er uns versetzte, und über das schlechte Beispiel, das er gegeben. In der Tat, mehrere meiner Leute zeigten bald darauf, wie wenig sie ihre Leidenschaften zu zügeln verstanden, und das Auskneifen wurde in einem Hafen, wo die Schiffe mit dem Kai mittels einer Brücke verbunden sind, für gewissenlose Matrosen nicht allzu schwer. Andere bekamen immer neue Verwandte, namentlich Basen und Schwestern, die sie für den Abend reklamierten. Am Vorabende einer langen Reise vermag wohl kein Kapitän, Erlaubnisse dieser Art zu verweigern. Manchmal merkte man dann am Morgen, dass manche Familien für das anständige Benehmen ihrer Gäste nicht hinreichend bedacht waren.

Nach einer durch die Umstände nötig gewordenen Säuberung konnte man mit Grund annehmen, dass der Rest der Mannschaft, nachdem diese ohne ernsten Zwischenfall die Probe einer gefährlichen Dienstpause bestanden hatte, ziemlich vollkommen war. Eine Persönlichkeit, die bisher fehlte und ziemlich die wichtigste an Bord ist, der Obermaat, ward noch eingeschifft, und ich sah mit Vergnügen den Tag herankommen, wo die kleinen Ärgernisse der ernsten Arbeit und den gesunden Erregungen des Seelebens Platz machen sollten.

Viertes Kapitel – Ein Zyklon

Im Sommer des Jahres 1887 beendete die »Hirondelle« eine wissenschaftliche Expedition nach den Azoren mit einer Kreuzfahrt in die nördlichen Gebiete der Neuen Welt. Für dieses kaum 200 Tonnen haltige und ursprünglich nur für Vergnügungsfahrten bestimmte Schiff gab es auf dieser Fahrt viele Abenteuer zu bestehen, hauptsächlich in der Grenzgegend des Polarstromes und an den Küsten von Neufundland.

Der Azoren-Archipel, den ich der großen Tiefe der ihn umgebenden Gewässer wegen als Mittelpunkt für meine Untersuchungen wählte, befindet sich wohl an der Stelle, wo sich meine Reise zwar der Dauer nach in zwei gleiche Teile zerlegen ließ, keineswegs aber in bezug auf die Gefahren. Ein Monat Verspätung in der Ausführung meiner Pläne setzte mich übrigens einer ganz besonderen Gefahr aus, die schlimmer war als alle anderen. Ich verließ nämlich die Azoren zu Beginn der Zeit, wo die Zyklone ihren Anfang nehmen, und ich musste gerade jene Seestriche kreuzen, die von diesen unerbittlichen Seeräubern gewöhnlich heimgesucht werden. Diese Drohung schwebte während des größten Teils der Reise über der »Hirondelle«, um schließlich der Bemannung eine unvergessliche Lektion über die Gebrechlichkeit ihres Lebens zu erteilen.

Eigentlich trifft man sehr selten jene außerordentlichen Stürme an, die wirkliche Zyklone sind. Die Landratten missbrauchen nur den ernsten Klang dieses Namens, um gewöhnliche Stürme so zu bezeichnen, die sowohl ihrer Erscheinung wie ihrer Wirkung nach von Zyklonen ganz verschieden sind. Wenn in unseren europäischen Ländern ein Sturm einmal Bäume entwurzelt und Mauern umwirft, besitzt er noch lange nicht jene niederschmetternde Gewalt eines auf dem Ozean entfesselten Zyklons, wie er sich in der Nähe jener Orte zeigt, wo gewisse Naturkräfte ihn verursachen, und der auf seinem Wege weder Küsten noch Berge, also keinerlei Hindernisse findet, die seinen Widerstand zu brechen imstande wären.

Heute bin ich froh darüber, dass die Zufälle des Seefahrens mich diese Naturerscheinung kennenlernen ließen und die nötigen Erfahrungen boten, um ein solches Ereignis richtig zu beurteilen. Doch beklage ich meine Ohnmacht, solch gewaltige Erscheinungen auch schildern zu können.

Die theoretische Erklärung der Zyklone ergibt sich aus folgendem: Auf unserer Hemisphäre bildet sich auf dem den tropischen Gegenden des Äquators zunächstliegenden Teile des Atlantischen Ozeans ein mehr oder weniger wirbelartiger Sturm, der zuerst seinen Weg nach Nordwest nimmt, über die Antillen und den Süden der Vereinigten Staaten hinwegfegt, indem er sich nach Norden dreht. Dann schrägt er nach Nordost ab und löst sich in dem Räume zwischen Neufundland und England auf. Die Fortbewegungsgeschwindigkeit dieser Wirbelstürme ist nicht immer die gleiche, sie variiert zwischen 22 und 5 Meilen in der Stunde. Der Wirbel wird durch furchtbare Windstöße hervorgerufen, welche sich ständig von rechts nach links um eine Achse drehen, die selbst ein kleines, windloses Gebiet darstellt, in dem jedoch ungeheure, von allen Richtungen zusammengetriebene Wellen aufeinandertosen. Sobald ein Zyklon droht, muss daher die Hauptanstrengung der Seeleute dahingehen, der Linie fernzubleiben, die durch das Zentrum führt und die oft nach den ersten Anzeichen bestimmbar ist. Gewisse Stürme und atmosphärische Störungen, deren Wirkungen auch an unseren Küsten zu verspüren sind, gehören wohl zur Kategorie der Wirbelwinde, doch äußern sich die Zyklone durch eine viel größere Gewalt auf einem geringeren Luftraum.

Die beiden ersten Reiseetappen waren immerhin verschiedenen Wechselfällen unterworfen. Bald hatten wir Windstille, bald Gegenwind, bald hatten wir mit Nebel, hoher See und schwimmenden Eisbergen zu kämpfen. Am 5. August langten wir in der Sankt-Johannes-Bai, dem Hauptplatz von Neufundland, an. An jedem Tage dieser Ruhezeit betrachtete ich meinen kleinen Schoner, dessen schmucke Linien sich nun auf den grünen Wassern einer amerikanischen Bucht abhoben, nachdem er uns brav von einem Ufer des Ozeans zum andern hinübergebracht hatte, mit gerührtem Wohlgefallen. Und in jenem fernen Schattenreich, in dessen Tiefe sich die Erinnerungen verlieren, bezeichnete ein greller Schein die

Freuden und Leiden, die er meinem Leben gegeben, so wie helles Wetterleuchten nach einem heißen Tage von der Ferne die Umrisse einer vorübergegangenen Gewitterwolke bestrahlt. Das geliebte Schiff umhüllte sich dann mit der ganzen Melancholie, die in mir aufstieg.

Der Kapitän empfindet für das Schiff, das er lange auf den unbeständigen Wogen des Ozeans gefahren, etwas wie Zärtlichkeit. Zusammen sind sie tausend Gefahren begegnet, zusammen sind sie zur Heimat zurückgekehrt. Wenn dann später beide durch dieselben Stürme verbraucht, der eine auseinandergenommen im entlegensten Teil des Hafens liegt, wird der andere, selbst schon morsch, noch jeden Tag zu der verstümmelten Ruine wandern und sein Herz in der Erinnerung erfrischen. Noch sehe ich den Greis vor mir, der auf dem Kai von Lorient saß, die Augen auf einen mastlosen, abgetakelten, gänzlich vergessenen Lastkahn gerichtet. Seine verrunzelte Stirn verdüsterte sich plötzlich. Dachte er vielleicht daran, dass dieser Kahn einst ein stolzes Schiff gewesen, auf dem seine eigene Stimme im Kommando erschallte; dachte er vielleicht an den älteren Maat, den er eines Tages in den Sarg gelegt und sanft vor der barhäuptigen Mannschaft in die Wellen senkte? Oder beschlich ihn vielleicht die Erinnerung an den Vorabend einer unseligen Abfahrt, da er und seine Lebensgefährtin, die er daheimließ, um sie immer wiederzusehen, an der Schiffswand lehnten, während die Matrosen lustige Lieder sangen und in ihrer beider Herzen ein Echo ihrer ersten Jugend erwachte? Jawohl, das wird es gewesen sein, und ich sah den Alten ganz allein, noch trauriger und noch gebrochener von dannen ziehen.

Die Jahreszeit war vorgerückt, und die Träumereien verschwanden vor der Sorge, nach Europa zurückzukehren; denn wenn man der Westwinde gegenwärtig sein konnte, die um diese Jahreszeit fast die ganze zu durchlaufende Strecke bestrichen, so ging man auf den ersten hundert Meilen auch noch der Gefahr von Nebeln entgegen, welche die schwimmenden Eisberge verbergen, und später gelangte man dann in das gefährliche Gebiet, wo die Zyklone gewöhnlich auslaufen.

Nur ungern verließ ich, ohne sie näher gesehen und kennengelernt zu haben, diese neufundländische Erde, deren düstere Poesie sich mir in den Spuren ihrer vielhundertjährigen Eisdecke auftat; in der Unzahl von Eisbergen, die, Robben mitführend, ihre Küsten abbröckeln; in dem großen Fischfang inmitten dichter Nebel; in dem dunkeln und ruhigen See, der die von Schnee dezimierten Weiden widerspiegelt; in dem erratischen Block, dem unbeweglichen Zeugen verschwundener Eisfelder, auf dem eine bei der Forellenjagd verirrte Möwe sich geräuschlos niederlässt.

Auch von den Neufundländern selbst hieß es Abschied nehmen, die so gastfreundlich und entgegenkommend, von äußerster Sorgfalt für die hübsche Besucherin erfüllt waren und uns die Abreise dringend anempfahlen. Jeden Tag konnten die heftigen Stürme eintreten, die als Vorboten des Winters gelten, der acht Monate lang auf diesem Lande lastet und ihm an seinen besten Tagen eine Sonne bringt, die so schwach ist, dass das Auge ungestraft hineinzusehen vermag; eine strahlenlose Scheibe, nichts weiter, die, wie man sagt, glutrot wird, wenn in der Ferne das Feuer ein verkrüppeltes Tannengehölz verzehrt.

Die »Hirondelle« verließ Sankt Johann am 16. August, war bald von einem ziemlich starken Südwestwind erfasst und verschwand in dem auf der hohen See liegenden Nebel, der bald die Linie der hohen Vorgebirge umhüllte und diese nur noch als einen durch das Dunkel dringenden Schatten erscheinen ließ. Eine dauernde Sorge bedrückt den Seemann, dessen Wachsamkeit inmitten der im Meere auftauchenden Hindernisse bei diesem doppelten Schleier von Finsternis und Nebel völlig lahmgelegt werden kann. Man weiß nie, ob sich nicht zwei Schiffe gegenüberstehen. Wohl ertönen ihre Nebelhörner, die sie gegenseitig benachrichtigen sollen, aber der Nebel lenkt gar oft den Schall ab und verursacht dadurch verhängnisvolle Irrtümer. Man weiß nie, ob ein schwimmender Eisberg oder ein Wrack in der Nähe ist. Die schwimmenden Eisberge bewegen sich nämlich ganz geräuschlos, außer wenn ein stürmisches Meer an ihre Höhlungen schlägt und die Bogen, Säulen, Girlanden und Verzierungen, die unter dem Einfluss des südlichen Hauches zerbrechlich wurden, mit Krachen zusammenwirft. Ein Wrack ist ein halb unter Wasser befindliches Gerippe, das kaum durch das Geräusch der Wogen oder durch einen Schaumstreifen verraten wird, ein Anzeichen, so gering wie das Schaukeln windbewegter Gräser auf der welligen Oberfläche eines Kirchhofes.

Eine amerikanische Zeitschrift, der »Pilot Chart«, bringt allmonatlich dutzendweise die auf dem Atlantischen Ozean im wracken Zustande angetroffenen verlassenen Schiffe zur Kenntnis. Dank dieser Mitteilungen vermag man den Zickzackkurs dieser gefährlichen Blöcke zu erkennen, die die Windstöße innerhalb der allgemeinen Strömung hin und her schieben und von denen viele zweifellos bis in den Wirbel des Sargassomeeres gelangen. Zwei Fälle unter vielen beweisen die dauernde Gefahr, die ein solches Wrack zu zeitigen vermag. Im Juni 1881 wurde die »Oriflamme« von ihrer Mannschaft, die des ausgebrochenen Feuers nicht Herr werden konnte, verlassen; man befand sich im Stillen Ozean, 1300 Meilen westlich von der peruanischen Küste. Vier Monate später bemerkte der Dampfer »Iron Gate«, der von Australien nach der Westküste von Nordamerika fuhr, auf 13° 27′ südlicher Breite und 127° 19′ westlicher Länge ein verbranntes und mastlos herumirrendes Fahrzeug, allem Anschein nach die »Oriflamme«. Am 12. Februar 1882 lief auf der Insel Raroria im Pomotu-Archipel ein verbrannter Rumpf auf, in dem die Eingeborenen eine Glocke mit der Inschrift »Oriflamme 1865« fanden. Ohne jeden Zweifel schwamm dieses Schiff noch acht Monate ohne Bemannung und durchlief vom südlichen Äquatorialstrom auf diese Weise 2840 Meilen (5200 Kilometer).

Ein anderes Wrack, ein gleichfalls verlassener Schoner, die »Twenty one Friends«, wurde zum erstenmal an der Westküste der Vereinigten Staaten, nicht weit von der Chesapeake-Bai, angetroffen. Vom Golfstrom erfasst, schwamm es weiter in nördlicher Höhe und gelangte rasch nach dem Osten. Es geriet hierauf nach Südost, erreichte den Golf von Gascogne und wurde dort am 4. Dezember desselben Jahres 130 Meilen vom Kap Finistère gesehen, nachdem es ebenfalls acht Monate lang eine Strecke von 3500 Meilen (6480 Kilometer) zurücklegte, wobei es von zweiundzwanzig Schiffen signalisiert wurde.

Diese beiden Ausnahmefälle sind noch lange nicht so packend wie das vielleicht einzig dastehende Ereignis mit einem um das Jahr 1887 von Neuschottland nach New York abgesandten Holztransport. Der Transport wurde in einem Zyklon von seinem gewaltigen Bugsierdampfer getrennt; das Kabel riss und nahm sogar noch ein Stück vom Deck des Dampfers mit sich. Dieses ungeheure Wrack, so lang, so hoch und so breit wie ein moderner Riesendampfer (* Es maß genau: 187 Meter in der Länge, 22 Meter in der Breite, 15 Meter in der Höhe, von denen mindestens die Hälfte aus dem Wasser ragte. Es wog 11 000 Tonnen und hatte die Form einer Spindel.*), schwamm nun unbeaufsichtigt auf einem sehr befahrenen Meere, das häufig nebelig ist. Bald jedoch lösten sich diese 27 000, zehn bis dreißig Meter hohen Bäume auseinander und schwammen, in Gruppen kettenweise zusammengebunden, umher, mehrere Monate lang die gesamte transatlantische Schifffahrt beunruhigend. Man wird es niemals erfahren, wie viele Schiffe durch Zusammenstöße mit diesem schwimmenden Wald untergingen. Jahrelang bedeckten diese Hindernisse, herumkreisend, den Atlantischen Ozean, um erst später, als sie genügend vom Wasser angesaugt waren, sanft zu der tiefen Knochenstätte hinabzugleiten, wo, in ungeheurer Aufhäufung, die großen verschwundenen Lebewesen neben den kleinen Muscheln – wo der Mensch aus allen Epochen seiner Stammesgeschichte und die aufeinanderfolgenden Erzeugnisse seines Genies ruhig schlummern.

Die »Hirondelle« setzte alle Segel bei, um so schnell als möglich in weniger gefährliche Gewässer zu gelangen. Mit ihrem durch schwere Winde und Stürme hart mitgenommenen Segelzeug, von dem täglich neue Nähte rissen, flog sie über das Meer und überflügelte sichtlich alle ihr in der gleichen Richtung begegnenden Fahrzeuge. Doch ein Schiff, das rasch die Heerstraße der Zyklone durcheilt, muss doppelt wachsam sein; es kann von einem solchen Zyklon erreicht werden, der schneller ist als es, oder selbst in einen langsameren hineinfahren, der voraus war. Die Wachsamkeit des Kapitäns ist demnach der einzige Schutz des Schiffes.

Am 23. August, als der 28. Längengrad und die nördliche Breite von 49 Graden erreicht war, schien indes ein unangenehmer Zwischenfall schon sehr unwahrscheinlich zu sein. In den ersten Tagesstunden frischte die Brise von Süd-Süd-Ost auf, und das von vorhergehenden Winden noch aufgewühlte Meer begleitete den Schoner mit länglichen Wellen, bewegten Hügeln gleich, die bei Sonnenschein den grünlichen Schatten der Wolken und während der stummen Dunkelheit der Nacht das Funkeln des sternbesäten Himmels widerspiegelten. Plötzlich stiegen hintereinander Sturmwolken mit ihren in gelblichem und durchsichtigem Nebel sich verdichtenden Umrissen vom Süden auf, während die Säule des Barometers sprungweise fiel. Dies beunruhigte aber niemand. »Vielleicht ein neuer Sturm, ein letzter Stoß nach Frankreich hinüber; man wird eben ein bisschen Öl auslassen!« sagten die Matrosen und refften gemächlich die Segen ein.

Wind und Himmel, die bald sehr verdächtig wurden, fesselten meine ganze, schon recht misstrauisch gewordene Aufmerksamkeit; denn die Möglichkeit eines unheilvollen Zyklons, der über den Ozean hin wirbelte, ein aufgeregtes Meer vor sich herstoßend, dessen Wellen ineinanderdrängten, musste von der »Hirondelle« viel ernster als jede andere Gefahr der Reise ins Auge gefasst werden. Die Gelehrten wie die Seeleute sind heute einig über die Manöver, die vorzunehmen sind, um dem Zentralgebiete eines Zyklons zu entgehen, nur fordert die Anwendung dieser Formel Ruhe und Urteilskraft, da besonders die kleinen Fahrzeuge großen Gefahren dabei ausgesetzt sind. Seitdem unsere Amerikafahrt beschlossen worden war, studierte ich daher diese Frage.

Ein ausgezeichneter Kapitän, unter dem ich lernte, sagte mir eines Abends im Antillenmeer, wo gerade stürmisches Wetter die Hindernisse einer schweren Überfahrt zu vermehren drohte: »An Bord muss der Offizier nicht nur zu jedem Kampf bereit sein, sein Geist muss sich auch im voraus einen Weg durch die Verkettung möglicher Vorfälle bahnen, denn hier treten die Ereignisse plötzlicher als sonst im Leben in Erscheinung, und die begangenen Fehler können leicht zu ernsten und unausbesserlichen Folgen führen. Während Ihrer Wachtstunden als Offizier und später während Ihrer schlaflosen Nächte als Kapitän gewöhnen Sie Ihren Geist an die Voraussicht möglicher Unfälle und an die Prüfung dessen, was in diesem oder jenem Falle zu tun nötig wäre. Eine solche Gewohnheit wird die Schnelligkeit des Erfassens der Situation und die an Bord so häufig notwendig werdende rasche Entscheidung begünstigen, für die Sie die Mittel vorbereitet haben werden.« Die Erinnerung an jene Worte hat während der an Abenteuern so reichen Kampagne, welche die »Hirondelle« im Jahre 1887 durchgemacht hatte, auf mein Handeln bestimmend eingewirkt, und das blitzartige Eintreten der Ereignisse vom 23. August fand daher unsere Abwehr vorbereitet.

Das Schiff steuerte im richtigen Kurse, als die Vorläufer des Orkans durch heftige Böen aus Süd-Süd-Ost und durch tolle Schwankungen des Barometers bei einem seltsam verstörten Himmel einsetzten.

Es war 8 Uhr morgens; man fuhr mit der bei bewegtem Meere möglichst größten Geschwindigkeit weiter. Bald wich der Wind nach Süden; auf einem gelben Firmament vermehrten sich die Sturmwolken, sie kamen immer niedriger, und man glaubte, dass sie bald die Spitzen der Masten berühren müssten. Eine besondere Störung, deren Wesen uns unbekannt ist, übt auf die lebende Materie zuweilen bei der Annäherung intensiver Erschütterung des Planeten einen warnenden Einfluss aus. Eine geheimnisvolle Woge flutet dann durch den menschlichen Organismus, welche die Sinne verwirrt und die Urteilskraft beunruhigt.

Der Zyklon umwirbelte sehr bald unseren Schoner, den ein düsteres Schicksal dazu verurteilt zu haben schien, seine Laufbahn zu beschließen, und mein Herz war sehr bedrückt, als ich den unergründlichen und geheimnisvollen Ereignissen gegenüber, die unserer harrten, meine letzten Befehle erteilte, um bis zum Ende zu kämpfen. Werden die auf der »Hirondelle« wohlbekannten Maßnahmen, wie die Aufrichtung eines Schonersegels, die Besetzung der Pumpen, die Verschließung der Luken, das Festbinden der nötigen Mannschaft auf Deck und das Ausgießen von Öl, imstande sein, eine Katastrophe zu verhüten? Ich glaubte es nicht, denn der Wind, das Wasser, die Wolken sahen aus, als ob sie der Tod selbst geführt hätte; aber nicht jener Tod, bei dem eine teure Hand seinen Opfern die Augen zudrückt, sondern jener, der den Schauer der letzten

Stunde mit einer ganzen Kette von Schrecken erhöht. Schon sah ich die See zum letzten Mal über das Deck springen, diese einzige Zufluchtsstätte zermalmen und unter dem Geschäume riesiger Wellen die zwanzig Leichname meiner Leute fortschwemmen.

Es ward Mittag; mit einer uns allen unbekannten Wut raste der Sturm über uns. Jeden Augenblick meinte man, dass er den höchsten Grad erreicht habe, und doch wuchs er noch von Stunde zu Stunde. Die von solchem Winde zerrissenen Wolken erfüllten die Luft mit einem kupferfarbenen Nebel, und eine gelbe Finsternis herrschte. Man konnte nicht sagen, ob es regnete; aber ein salziger Wasserstaub flog schneidend in die Gesichter. Dies verursachten die vom Wind hinweggewehten Wellenkämme, während ihre heftig abprallende, höhlenartig durchwühlte Masse durch ein sprühendes Weiß den Weg der Böen andeutete.

Es sträubten sich die hohen, überstürzenden Wogen, furiengleich mit tosendem Lärm hintereinanderjagend, häufig noch von dem schäumenden Zusammenbruch einer noch mächtigeren Welle übertönt, die den Raum mit einer Detonation erfüllte, die einem bis ins Mark drang. Wie Sterbegeläute ertönte dieses Tosen meinen Ohren, und ich horchte danach, so wie ein Sterbender vielleicht das letzte Echo des Weltenlärms zu erhaschen sucht. Gegen fünf Uhr tobte der Sturm in seiner ganzen Kraft, was ich nicht nur durch mein eigenes Urteil feststellen konnte, da die stärksten Empfindungen immer weniger abschätzbar sind, sondern durch den Stand des Barometers, den ich, wissend, wie kostbar solche Dokumente für die Wissenschaft sind, mit großer Sorgfalt beobachtete.

Der Schoner bäumt sich vor dem Anstoß der Wogen hoch auf und fällt dann von ihren Rücken tief in den Abgrund hinunter; und manchmal, wenn sich eine dieser Wogen mit ihrer ganzen Wucht auf uns stürzt und die folgenden Massen auf zehn Sekunden verbirgt, meint man, dass alles vorüber sei. Jeder an Bord hält sich dann an allem, was die krampfhaft gewundenen Arme nur erfassen können, an Ankerbetings, Lichttralien und Tauen. Mit dem donnernden Gekrach eines zusammenbrechenden Baues stürzen diese Wellenmassen über das Vorderteil, fegen über das ganze Schiff hinweg, erschüttern es und legen es nieder. Eine zum Himmel aufstrebende Wassergarbe fällt auf die Masten, das Takelwerk und die Segel, und eine Woge streicht von einem Ende des Decks über das andere, alles, was nicht niet- und nagelfest ist, wie ein reißender Strom mit sich fortführend.

Zuerst halberstickt von diesem überströmenden Wasser, fühlt man doch bald, dass der Schoner den nach allen Seiten ins Meer abfließenden Wassermassen noch Widerstand leistet. Die Augen folgen, in der Angst, einen von uns mitgerissen zu sehen, fieberhaft dem rückweichenden Riesen, und das Ohr lauert auf einen Schrei, während die Schläge des Herzens rascher hämmern.

Einmal neigt sich der Schoner derart, dass das große Boot die Wellen berührt, wobei es zunächst den Vorderkran mitreißt und dann, mit Wasser gefüllt, auf die nachgebenden Gurte fällt. Das Ganze hängt jedoch noch am Schwungseil und stößt bei jeder Bewegung des Schiffes an dessen Flanken. Die nachfolgenden Stöße des Meeres drohen das Unheil vollständig zu machen, und unser demoliertes Boot wäre ganz zertrümmert worden. Da wollen wir, trotz alledem, dieses wichtige Hilfsmittel retten; der Obermaat und die Wachtmannschaften stürzen herbei. Die einen ziehen das Schwungseil an, damit die anderen, die auf die Regelings und auf die ersten Wewelings des Fockmastes geklettert waren, den Kran wieder an seinen Platz bringen können. Da steht nun auf einem sich fortwährend ins Meer tauchenden Punkte ein Häuflein Menschen, das Wunder leistet, um dem Zyklon das erste Bruchstück ihres Schiffes streitig zu machen.

Nach zwanzig Minuten gefährlicher Anstrengung ist die Einholung des Bootes gelungen, doch scheint neues Unheil bevorzustehen, und für den Fall einer schweren Havarie, durch die wir veranlasst werden könnten, uns vom Meere treiben zu lassen, bringt man am Fockmast ein kleines Sturmsegel an, das festeste, über das wir verfügten, und zum Aufrollen ganz bereit.

Die Nacht bricht an. Alles, was nur möglich, war getan, und jeder trachtet danach, ein günstiges Symptom ausfindig zu machen, denn die Widerstandskraft kann gegen einen solchen Ansturm nicht mehr lange aushalten.

Aber nichts!

Unter dem Dämmerschleier, der sich nach und nach auf die gegen uns entfesselten Gewalten herniederlässt, erkennen unsere von Wind und Salz brennenden Augen noch immer den weißen Schaum der Wellen.

Nun war es völlig Nacht, und die in bläulichem Phosphorglanze sich brechenden Massen erschienen wie Seeungeheuer, die auf dem Meere umherschleichen, um schneller die Opfer des Sturmes erfassen zu können. Sie werfen die Myriaden Tierchen, die ihnen den Lichtschimmer verleihen, auf das Deck und lassen auf allem, was sie berühren, tausend funkelnde Flitterklümpchen, deren Glanz bald nachlässt und dann ganz verlöscht, wenn das Meer sie nicht sofort wieder zurücknahm. Warf sich eine Woge auf das Schiff, so sprüht eine Feuergarbe auf und hüllt Mast und Segel in ihren fahlen Schimmer.

Um acht Uhr wechselt die Wache, und an der Luke der hinteren Leiter, die sich einen Augenblick für sie öffnet, erscheinen sechs Mann. Mit ihren großen Stiefeln, ihren Wachsleinwandröcken sind diese braven, strammen und schwerfälligen Leute kaum wiederzuerkennen. So gut sie können, suchen sie, bis zum Knie im Wasser watend, bei Schwankungen ausgleitend und sich in der Dunkelheit nach Möglichkeit festhaltend, ihre Posten einzunehmen. Kaum werden einige Worte gewechselt, und die abgelösten Mannschaften gehen wassertriefend ab, um einen zweifelhaften Schlaf zu suchen, den die Erschütterung des Schiffes unaufhörlich unterbrechen muss. Aber dennoch müssen Körper und Geist ausgeruht werden, damit die Leute vier Stunden später wieder vor die Bresche treten können.

Das sonst so lachende und freundliche Innere des Schoners zeigt heute gar seltsame, schaurig-malerische Bilder. Wahrlich, wenn uns diesmal der Tod fortholt, so müssen wir ihm Gerechtigkeit widerfahren lassen, denn im Innern wie außerhalb des Schiffes macht er seine Sache großartig und bereitet einen Schauplatz vor, der nicht gewöhnlicher Art ist.

Beim Laternenscheine – die Lichttraljen sind mit Linnen und Decken verdichtet – ergeht über das gelockerte Deck eine unaufhörliche Überschwemmung, die bei jedem neuen Wellenschlage zur Sintflut anwächst. Das Geräusch des Wassers im Innern, das Klatschen der über unseren Kopf hinrollenden Wogen und der dumpfe Lärm der von außen an den Schiffsrumpf aufprallenden Wellen vereinigen sich zu einem wirren Getöse, das uns den bevorstehenden Untergang anzukündigen scheint.

Nahe an der Hintertreppe, inmitten einer Anzahl für den Fall einer Havarie vorbereiteter Werkzeuge, schlummert ein zusammengekauerter Mann ganz sorglos; dreißig Jahre, auf dem Meere verbracht, haben ihn abgestumpft. Ruhig geht er dorthin, wohin man ihm befiehlt, führt den Wellen, dem Winde, der Gefahr zum Trotz das Notwendige aus und kehrt wieder in seinen Winkel zurück, nachdem er dem Meere noch einen ärgerlichen Blick zugeworfen. So bald wird er ja seine Hängematte nicht aufsuchen können! Dann setzt er sich hin, um die Gegenstände wieder zu reinigen, die er eben naß gemacht hat, bloß um die Zeit herumzukriegen. Ein anderer, eine»Landratte«, die sich aber rasch eingelebt hatte, sieht wohl ein, dass etwas Besonderes vorgeht. Er sagt sich, den ganzen Tag hat man keinen Tisch gedeckt und nun, da die Nacht angebrochen, legt sich niemand nieder. Zum Teufel dieser Müßiggang! denkt er und öffnet sein Proviantfach, über das er zu schalten hat, und fängt an, Zucker zu zerkleinern und Rationen vorzubereiten, um für morgen vorzuarbeiten.

Sicherlich haben unsere Mahlzeiten die über die Ereignisse des Tages waltende Harmonie nicht gestört, und die nervöse Abspannung trug dazu bei, dass wir mit Geringem gesättigt wurden. Überdies funktionierte der Herd durchaus nicht. Gegen Abend versuchte man dennoch, etwas zu kochen, und in der nun halb erleuchteten Mannschaftsstube schwankten zusammengekauerte Gruppen vor ihrem Esstopf, ohne dass es ihnen immer gelang, diesen vor dem eindringenden Wasser zu retten. Eine kleine Herzstärkung, die maßvoll verteilt wurde, entsprach besser den durch die fortwährenden Überflutungen hart mitgenommenen Leuten, die ihren Nervenwiderstand von Stunde zu Stunde verlängern mussten. Im Salon herrschte völlige Enthaltsamkeit; dieser bot übrigens mit seinem Durcheinander von Büchern und Papieren und den auf den aufgeweichten Teppichen hin und her rollenden zerbrochenen Stühlen einen phantastischen Anblick.

Satan, der arme Hund, der sonst so fröhlich auf Deck herumsprang, sitzt da ganz ängstlich und erregt und hält sich, so gut es geht; wenn der Boden unter seinen Füßen zu schwinden scheint, klammert er sich an, duckt sich nieder und läuft die Stufen empor, um aufs Geratewohl zu entfliehen, kehrt aber bald, von dem Lärm draußen erschreckt, wieder zurück. Heulend und seufzend weiß er nicht mehr wohin, wenn das Wasser von der Decke herabrieselt und den Boden bestreicht. Sein Körper zittert, seine Zähne knirschen. Er brauchte zwei Tage, um sich zu beruhigen, und die Woche darauf verfiel er in Krämpfe.

In der Nacht änderte sich das Bild nur in seinen Farben und Schatten; man brachte auf irgendwelchen Geräten die roten und grünen Situationslaternen an, um sie jeden Augenblick anstecken zu können, falls sich irgendein Schiff zeigen sollte, da sie auf ihrem gewöhnlichen Platz nicht halten konnten. Bei einem solchen Wetter, das die Schiffe fast unlenkbar macht, sind alle Manöver zur Vermeidung eines Zusammenstoßes sehr misslich. Gegen Mitternacht ließ eine merkliche Besserung des Wetters in uns die Hoffnung wachwerden, dass das Unheil, das einige Stunden lang unmittelbar bevorstehend erschien, vielleicht doch vermieden werden könnte. Doch erschien dieser Hoffnungsschimmer, der sich rasch unsere Seelen eroberte, immer noch hinter einem düstern und ungewissen Schleier, da wir wussten, dass ein derartig erregtes Meer nur langsam fallen könne. Und in der Tat warfen noch bei Tagesanbruch die furchtbaren Wellen ihre glänzenden Wassermassen auf, die mir vorhin wie ein Leichentuch erschienen waren.

Aber eine neue Morgenröte, zwar noch so zweifelhaft und düster wie die vom 24. August, breitete über unsere geängstigten Herzen einen stärkenden Tau. Schon floh die Nacht und nahm mit ihren geheimnisvollen Schatten das Furchtbarste in diesem drohenden Naturspiele mit sich.

Für diejenigen Wesen, für die das Licht etwas Belebendes hat, öffnet die Rückkehr der Sonne neue Energiequellen; sie ruft neue Kräfte im Kampfe um das Dasein wach. Wenn daher der Seemann das Ende einer furchtbaren Nacht fühlt, die ihm wie ein für immer geschlossenes Grab erschienen war, so richtet er unaufhörlich sein durch Wachen abgezehrtes Gesicht gen Osten.

Nach der Zyklonentheorie musste die »Hirondelle«, da sie abseits vom Zentrum und außerhalb seiner Linie war, den Wind von hinten nehmen, der außerdem die Fahrt begünstigte. Um aber dieses Manöver vonehmen zu können, musste das Schiff einen Augenblick den Wellen, von denen noch so manche gefährlich werden konnte, seine Breitseite zukehren. Es lag da eine letzte Gefahr vor uns, die ich soviel wie möglich zu verringern bemüht war.

Nachdem ich meinen Plan gefasst, rief ich die Obermaats, um, ihre besten Ansichten zusammenfassend, die Bestimmungen zu treffen, die imstande wären, den Erfolg dieses Manövers, das uns bald aus unserer Lage herausbringen müsste, zu sichern. Vor allen Dingen musste so schnell wie möglich umgekehrt werden.

Die Mannschaft wurde so verteilt, dass sie auf den ersten Befehl das Schonersegel in demselben Moment einziehen konnte, wo das Vorstagsegel aufgezogen wurde. Man setzte das schon im voraus am Fockmast klargemachte viereckige Segel aus, sobald es vollstehen konnte. Die Kompassuhr, die seit dem vorhergehenden Tage so oft befragt wurde, zeigte auf fünf Uhr, als ich, ein kurzes Abflauen des Windes benützend, abhalten ließ. Fast augenblicklich drehte sich die »Hirondelle«, von den Klüversegeln gestützt, während das Schonersegel gesetzt wurde, und nahm eine Zuversicht erweckende Geschwindigkeit an. Eine große Menge Öl, die seit Beginn des Manövers aufs Meer gegossen wurde, hatte vielleicht dazu beigetragen, die Wellen für den Augenblick unschädlich zu machen.

Wir liefen jetzt vor dem Sturm her, der rasch abnahm, und die großen Wellen, deren Andrängen gegen die Seitenwand des Schiffes dieses vorhin noch aus den Fugen bringen konnte, rollten ihre Brandung unter sein fliehendes Hinterteil. Die Seevögel kamen wieder herbei, um die Wirbel des Kielwassers zu untersuchen, und bettelten mit ihrer schreienden Stimme.

Ganze Trupps von Walen tauchten wiederholt aus den Fluten ihre schwarzen Körper hervor, von denen dann das Wasser wie von Klippen abfloss, und ihre zylindrischen Schädel waren, da sie ganz nahe an der bewegten Oberfläche schwammen, bei jeder sich überstürzenden Welle vollständig zu sehen.

Licht und Leben kam allenthalben wieder zum Vorschein und zerriss den schaurigen Mantel, unter dem wir schon die Nähe des Todes zu fühlen gewähnt. Den Qualen des Tages, der uns der letzte zu sein schien, folgte das Vertrauen in die Zukunft und die Freude an den so hart erkämpften Stunden der Gegenwart. Die würdige Stille und Ruhe, die meine Seeleute während dieser schwersten Krise ihres Lebens beobachtet hatten, machte zunächst einer Aufwallung des Stolzes über den kleinen Schoner Platz, der aus einer Prüfung, die so oft die größten Fahrzeuge vernichtet, schadlos hervorgegangen war.

An diesem Tage schien die Sonne nicht, aber als die Nacht hereinbrach und ich nach vorwärts, weit zu den Küsten Europas hinüberblickte, bis ins Innerste durch eine Flut bewegter Erinnerungen erschüttert, wie sie nach entscheidenden Krisen über uns kommen, da erglänzte in der ersten Wolkenlichtung ein Stern. Über dem leeren Horizont nahm er gar bald die Züge eines holden Antlitzes an, den Ausdruck eines Frauenherzens, das in gefahrvollen Stunden über demjenigen wacht, den es liebt, und meine Einbildungskraft berauschte sich in Genüssen, die durch die kaum überstandenen Beklemmungen nur an Intensität zunahmen.

Fünftes Kapitel – Auf der Jagd

Die nachfolgende, aus gesunden Empfindungen hervorgegangene Schilderung dürfte namentlich bei solchen Personen Beifall finden, deren männliche Naturen die durch Willenskraft erreichte innere Befriedigung zu würdigen wissen, und solchen, deren Herz lebhaft schlägt, wenn Kummer oder Freude, Furcht oder Hoffnung ihren Lebensweg kreuzen. Von der Jagd will ich hier erzählen, aber von jener Jagd, welche die Menschen durch die unmittelbaren Beziehungen zur Natur und durch das Schauspiel des Daseinskampfes kräftig, edel und geistesgegenwärtig macht.

Die Menge moderner Jäger, wie sie unsere heutigen Sitten zeitigen, denen die Mode, die ihre Langeweile beherrscht, nur ein schales Dasein bereitet, wird von diesen Schilderungen enttäuscht werden. Sie kennen nicht die starken Genüsse, den berechtigten Stolz eines durch Erfahrung und Mut errungenen Erfolges, den Reiz solcher Taten, bei denen man sich über törichte Vorurteile hinwegsetzt. Mit ihrem elegant geschnittenen Dress, ihren glänzenden Stiefelchen, ihrer den Launen eines Herdengeschmacks streng sich anpassenden Kopfbedeckung, mit den phantastischen Handschuhen, die ihre weiblichen Hände vor Kälte, Sonnenbrand und gemeiner Berührung schützen sollen, mit ihren Gewehren, an denen keine von harten Kämpfen zeugenden Narben zu sehen sind, bilden diese Schützen alle eine gebrechliche, jeden Ernstes entbehrende Erscheinung. Sie finden ihr Vergnügen auf einem bequemen Gebiete und einem harmlosen Wild gegenüber, das für Jäger dieses Schlages besonders geschaffen zu sein scheint. Das Tagewerk beginnt bei ihnen spät und endigt früh. Manche haben den Klub oder den Salon ihres Schlosses, wo die neuesten Klatschgeschichten breitgetreten wurden, erst um zwei Uhr morgens verlassen; außerdem kann ihnen das Wild nicht stundenlang in solcher Menge zugetrieben werden, dass die Schießerei auch nach etwas aussieht. In den Kreisen, wo man die Jagd der Mode wegen und nicht aus Neigung betreibt, will man nämlich vor allen Dingen als Vielschießer gelten und Streckrapporte erreichen, von denen die Zeitungen berichten.

Unter solchen Bedingungen ist das edle Waidwerk nichts weiter als ein barbarischer Zeitvertreib, und wenn das Töten der Tiere zum Zwecke der Verteidigung oder zum Zwecke der Nahrungsbeschaffung den Gesetzen der Natur entspricht, so war das grundlose und erbarmungslose Töten aus Üppigkeit und Wollust immer ein Zeichen des Verfalls.

Ganz etwas anderes geht in der Seele des Jägers vor, durch dessen Adern ein atavistischer Funke zuckt, der seine Augen erglänzen, seine Brust höher atmen macht; ganz etwas anderes seine Haltung unter dem Antrieb kraftvoller Muskeln.

Der erste Sonnenstrahl, der die Morgennebel durchbohrt, erklimmt die Berggipfel und bedeckt mit seinem gelblichroten Schleier die Berge, die Gletscher und Wälder; in der weiten Durchsichtigkeit der Atmosphäre lässt er das Wasser blinken, das aus den Schluchten sickert, übersät er mit funkelndem Glanze das letzte Hälmchen im feuchten Grase. Für alles, was da lebt, ist dies das Zeichen des Erwachens, und die furchtsamen Wesen, die sich während der Nacht verborgen hielten, geben ihr erstes, zaghaftes Lebenszeichen. Die Belebung einer geschäftigen Welt kündigt sich durch eine aufklingende Harmonie an, durch ein fortwährendes Hinüber und Herüber. Inmitten solcher Zauber, die seine Seele der einfachen Größe der Natur erschließt, schreitet der Jäger dahin, und als einzige Eitelkeit, die hier aufzukommen vermag, erfüllt ihn am Abend der Glaube, dass die untergehende Sonne nur zu seiner Freude geleuchtet hat.

Bewaffnet, bekleidet, ausgerüstet, nur um einen Zweck, allen Hindernissen zum Trotz, zu erreichen, genoss er die Freuden seiner Jagd, weil er sie erfasst und ihnen einen Zweck gegeben hatte. Mit schwingender Seele kehrt er heim, und aus seiner inneren Bewegung heraus teilt sich auch etwas dem gleichgültigen Gemüte der Seinen mit.

Selbstverständlich bringt er einen gesegneten Appetit mit; jenen schönen und gesunden Hunger, der sich vor einer dampfenden Suppenterrine freudig entfaltet, und bald fordert er von seinem Bette jenen Schlussgenuss, den nur ein von gesunder Ermüdung befallener Körper, ein von Eindrücken berauschtes Hirn, ein jeden Vorwurfs freies Gewissen von ihm fordern darf.

Soll man aber daraus schließen, dass eine solche Lebensweise dem Geselligkeitshange eines Menschen schadet? Dies trifft vielleicht zu, wenn er ohne Kultur in einer gemeinen Umgebung dahinvegetiert, eine primitive, von den Verführungen eines äußerlichen Lebens gefesselte Natur ist, die sich dann der geistigen Anstrengungen, die ja stets unfruchtbar bleiben, völlig zu entwöhnen vermag. Es trifft aber nicht zu, wenn er sich einen Herd gründen konnte, dessen Atmosphäre unaufhörlich sein Inneres mit dem Einfluss höherer Interessen und dem Reize inniger Beziehungen erfüllt.

Im Monat März 1879, als ich mich mit meinem Schoner »Hirondelle« Madeira näherte, erblickte ich nicht weit von dem Hauptorte Funchal eine Kette kleiner länglicher, sehr gebirgiger Inseln, deren zerklüftete Umrisse sich von einem blauen Himmel abhoben wie die Rückenflossen eines ungeheuren Fisches, der auf einer Untiefe festgelaufen wäre. Aus meinen Karten ersah ich, dass die Inseln »Wüste Inseln« hießen, zweifellos in Rücksicht auf die Bedingungen, die ihr dürrer Boden der menschlichen Existenz auferlegt.

Abenteuerliche Unternehmungen, schwierige Expeditionen, gewagte Seefahrten hatten für mich immer etwas Verführerisches; deshalb wurde ich auch von diesen öden Inseln, wo nur wilde Ziegen, Robben und Seevögel hausten, von der Poesie auf diesem fast jungfräulichen Gebiete, das die Wellen des Ozeans wie ein Gürtel umgaben, mächtig angezogen. Das Fehlen jeglichen Zufluchtsortes, noch dazu in einer Jahreszeit, wo furchtbare Stürme über den Atlantischen Ozean fegen, zwang mich diesmal, davon abzustehen und meine Reise nach den Azoren, wo mein kleiner Schoner sich besser halten konnte, weiter fortzusetzen. Bald verschwanden die Berge am Horizont und ließen in mir jenes Bedauern zurück, das den durch die Kürze des Lebens zur Eile angespornten Reisenden so oft erfüllt.

Neun Jahre später führte mich der Zufall wieder an denselben Ort, und die damaligen Empfindungen machten sich bei mir abermals geltend, nur um jene Nuance der Traurigkeit vermehrt, welche die Dinge der Vergangenheit nun einmal für uns besitzen.

In Madeira beschlossen drei Engländer, ein Russe und ich, auf jenen Inseln eine Jagd abzuhalten, die meine Wünsche erfüllen sollte, deren Veranstaltung jedoch nicht leicht war, weil man genötigt war, für Transport und Erhaltung einer Anzahl Menschen zu sorgen, in einer Gegend, die der notwendigsten Lebensbedingungen entbehrte.

Zunächst suchten wir nach einem Fahrzeuge, das imstande wäre, außer uns noch gegen zwanzig Schiffer und Bergbewohner, die wir zur Aushilfe mitnahmen, zu tragen und außerdem noch das für acht bis zehn Tage unentbehrliche Gepäck. Diese Inseln boten nämlich keinerlei Unterkommen, kein Trinkwasser und kaum das nötige Brennmaterial. Dazu kommt, dass der wankelmütige Ozean, der bei ruhigem Wetter die Landung zulassen mochte, später Wellen aufwerfen könnte, welche die Ausgänge tagelang absperren.

Mitten in einer schönen Märznacht traten meine Gefährten und ich nacheinander am Treffplatz an. Ein Matrose mit der Fackel in der einen, das notwendigste Gepäck in der andern Hand ging jedem von uns voraus. Auf dem stark abfallenden Strande von Funchal sprangen unter dem Anschlag der Wellen die Kieselsteine in die Höhe und verursachten ein Geräusch, das sich die ganze Küste entlang als ein ununterbrochenes Rollen fortsetzte. Einige Lichter der auf der Reede ankernden Schiffe flimmerten durch die Nacht, und mein durch sie geleitetes Auge erkannte drüben über der Brandungszone eine schwimmende Masse, die einige Augenblicke lang vom Fackelschein bestrichen wurde; wir vermuteten, dass es unsere Schaluppe sei.

Unsere Matrosen suchten einander, über ein wrackähnliches Boot stolpernd, das uns an Bord bringen sollte, und ihre Stimmen widerhallten an der Fassade der alten Häuser des Hafenviertels. Wir wurden dann in der malerischen Art eingeschifft, wie sie in Madeira gebräuchlich ist, wenn man sich nicht zu weit ab unter den Schutz einer kleinen Insel begeben will. Passagiere, Matrosen und Gepäck werden in ein auf den

Strand gezogenes Boot gesetzt, und mehrere halbnackte Männer stemmen sich auf jede Seite des Fahrzeuges und stoßen es, eine momentane Beruhigung der Brandung ausnützend, auf runden Holzscheiten, die die Fortbewegung erleichtern, ins Meer hinaus. Sobald das Boot schwimmt, setzt die Mannschaft die Ruder aus und trachtet, aus der gefährlichen Zone herauszukommen.

Wenn aber bei bewegtem Meere der Bootsmeister den Moment verfehlt, kippt das Schiff um und alles liegt im Wasser. Die Matrosen sind an solche Fälle schon gewöhnt und bemühen sich dann wie die Bademeister um die Passagiere und helfen ihnen, ohne Schaden ans Land zu gelangen. Gute Schwimmer ziehen es jedoch vor, sich ruhig an das umgekippte Schiff zu halten und die Hilfe eines anderen Fahrzeuges abzuwarten.

Die Landung bringt aber noch mehr Gefahren mit sich, da die Schiffer schwerer den richtigen Moment abzupassen vermögen. Falls sie diesen Moment außer acht lassen, wird das von den Wellen beherrschte Schiff gar bald deren Beute; es wird dann von ihnen hin und her geschleudert, bis es querliegt und wie ein Fass auf den Strand gerollt wird.

Tagsüber behilft man sich mit Ochsengespannen; der Führer geht dabei soweit er kann ins Meer hinaus, befestigt hurtig den Zugstrang am Bug des Bootes, und die Ochsen ziehen an, ehe die Wellen das Schiff zurückwerfen können; die ganze Last wird mit einem Ruck ans Land gezogen. Bei großen Booten werden manchmal vier, sechs, auch acht Ochsen verwendet, und es ist immer interessant, die Präzision dieser Landungen zu beobachten. Auch die Bestürzung jener Passagiere, die zum ersten Male auf solche Weise landen, ist der Beobachtung wert, besonders wenn die geschilderten Umstände ihr Boot bereits in eine Badewanne verwandelt haben.

Rasch hatten wir die Distanz, die uns von unserer Schaluppe trennte, zurückgelegt, und wir konnten noch das Erlöschen der am Strande zurückgelassenen Fackeln beobachten, als uns bereits ein leises Knistern verriet, dass wir anlegten. Ein Mann sprang auf die Schaluppe, wo sich nichts rührte und wo er vergeblich versuchte, aus einem Haufen Lumpen einige müßige Hände hervorzuholen, bis diese Versuche schließlich den Bootsmann veranlassten, in Erscheinung zu treten. Der Schein einer fettigen Laterne, die unter Gähnen angezündet wurde, beleuchtete nun in Umrissen Gestalten, die unter Ballen hervorkrochen, und gegen fünfzehn Matrosen streckten und reckten sich, dabei einen Geruch verbreitend, wie er unsauberen Leuten beim Schlafen eigentümlich ist. Fünf Minuten später war der Anker oben, und unsere Schaluppe fuhr unter dem Antrieb ihrer Ruder in die Stille einer unbeweglichen Luft hinaus, ein phosphoreszierendes Kielwasser, das sich wie ein von den Wellen getragenes leuchtendes Band hinschlängelte, hinter sich lassend.

Mittels Paketen errichtete man auf der Schanze eine Art Windschirm, um die Feldmatratzen, auf denen wir den uns noch verbleibenden Rest der Nacht verbringen wollten, etwas zu schützen.

Meine Gefährten, lauter Menschen friedlichen Sinnes, brauchten keine drei Minuten, und ihr Schnarchen klang geräuschvoll unter den auf die Nase gezogenen Mützen hervor. Ich konnte mich nicht so schnell von einer Erregung befreien, die gewisse Gemüter erfasst, wenn die Natur in ihrer eindringlichen Weise zu ihnen spricht. Meine Augen folgten den länglichen Wellen, die ferne Stürme bis zu uns hertrieben und welche die Schaluppe sanft der Küste zuführten, wo sie sich wie durchgegangene Pferde hoch aufbäumten; dann blickte ich zum unendlichen Sternenhimmel auf, dessen Mysterium uns fesselt und verwirrt.

Die Ruderstangen, die von einem Dutzend Matrosen bewegt wurden, waren massiv und schwer; damit die Verschiebung des Gleichgewichts mit weniger Anstrengung vor sich gehe, waren sie am Handende mit einem ungeheuren Stein belastet. Die Reibung, die dieses ewige Hin und Her am Bordrand verursachte, rief ein Quietschen des Holzes hervor, das man durch Anfeuchtung zum Schweigen bringen musste, wenn es zu arg ward. Diese Pause benützten die Seeleute gewöhnlich, um eine Zigarette anzuzünden, wobei jeder Zug ihre Lippen durch das Bartgestrüppe hindurchleuchten ließ. Manchmal benützten sie auch die Pause, um einige Worte in ihrer musikalisch klingenden Sprache miteinander zu wechseln. Ich schickte mich an einzuschlafen, als der Refrain eines Liedes mich noch aufhorchen ließ. Die im Meere sich abspiegelnden Lichter von Funchal waren noch lange sichtbar, aber die Umrisse einer steilen Landspitze, die wir umfuhren, ließen sie nach und nach verschwinden.

Schließlich übermannte auch mich der Schlaf, bis ein lebhaftes Stimmengewirr die Schläfer erweckte. Wir befanden uns in einer kleinen Bucht, wo wir, um unsere Gruppe zu vervollständigen, die Bergjäger, ihr Gepäck und ihre Waffen aufnahmen. Einer Stunde und einer Menge Gerede bedurfte es, um diese Angelegenheit zu erledigen. Die Gleichgültigkeit dieser Eingeborenen beraubt sie nämlich vollständig der Möglichkeit, die Zeit abzuschätzen, und lässt sie bei Verabredungen immer äußerst unpünktlich sein.

Kurzum, als die Schaluppe sich wieder in Bewegung setzte, hoben sich auf dem von der aufgehenden Sonne geröteten Horizont die Bergspitzen der Wüsten Inseln ab. Ich lauerte auf das Hereinbrechen des Tages, der den in dieser Schaluppe zusammengepressten Schatten Gestalt verleihen sollte. Wir waren fünfundzwanzig Jäger, Matrosen, Bergführer und Diener an Bord.

Manoël, der Koch, ging mit dem Beispiel der Pflichterfüllung voran, obgleich seine verstörten Gesichtszüge den Ausdruck des Schmerzes zur Schau trugen. Wenn er seinen häufig über das Meer hinausgebeugten Kopf wieder aufhob, sah dieser ganz rund, ehrlich und glatt aus und versuchte, trotz eines leider nicht geheimen Übels, zu lächeln. Mit Hilfe seines großen weichen Hutes, aus dem er bald einen Schornstein, bald einen Blasebalg machte, entfachte er auf einem zu diesem Zwecke im Hintergrunde des Schiffes errichteten Stein ein Feuer. Während das Wasser im Topfe, den ein Matrose festhielt, kochte, suchte er aus seinem Gepäck alles, was für unser Frühstück nötig war, heraus und breitete es auf Kisten, Säcken und den umstehenden Bänken aus. Ein dichter Qualm lag bald über uns, den die stockende Luft an Ort und Stelle zusammenhielt und dem man innerhalb der engen Grenzen des Schiffes vergeblich zu entrinnen suchte.

Dann machten wir schnell etwas Toilette, denn die Seeluft bedeckt die Haut, besonders beim Schlafen in freier Luft, mit einer klebrigen Feuchtigkeit, deren wir uns schleunigst zu entledigen suchten, obwohl es Schwierigkeiten machte, auf diesem mit Menschen und Gütern vollgestopften Schiffe unsere Arme zu bewegen.

Ein Schauspiel von zunehmendem Reize machte mich recht bald unempfindlich gegen die kleinen Leiden dieser Fahrt und ließ mich sogar deren Langsamkeit angenehm empfinden. Ein wolkenloser Tagesglanz, der das Meer zu einem tatsächlichen Spiegel gestaltete, gestattete mir, die Bewegung jener Lebewesen zu beobachten, die sich nicht zu weit von der Oberfläche aufhalten. Ganze Schwärme winziger Fische sah man aus dem Wasser herausspringen, um hin und her hüpfend den Scharen von Thunfischen zu entfliehen, die sie von rückwärts verfolgten und oft selbst in die Höhe sprangen, um die Flüchtlinge sogar in der Luft noch aufzufangen. Wenn ein Sonnenstrahl über diese Massen hinglitt, so war es wie das Rieseln silberner Nadeln, die mit einem Geräusch vom Meere abprallten, als ob es hagelte. Die Seevögel, diese unersättlichen Fresser, deren scharfer Blick die willkommene Beute vom fernsten Punkte des Horizontes erhascht, kamen von allen Seiten herbei, die einen pfeilschnell fliegend, die anderen unendliche Spirallinien beschreibend. Schreiend stürzten sie sich zu Hunderten auf die Beute, die ihnen die Thunfische zuzutreiben schienen, und unterbrachen die Jagd nur, um sich gegenseitig zu bekämpfen, wobei dem Unterliegenden manch schönes Stück zu Nutz und Frommen des Siegers aus dem Schnabel gerissen wurde.

Mit jedem Augenblick wurde der Wirbel der Vögel und Fische toller, bis plötzlich in der Nähe drei große Wale, wahrscheinlich Pottwale, erschienen. Bald ließ der eine, bald der andere, bald alle drei, jedesmal, wenn sie ihre ungeheuren Nasenhöhlen entleerten, ihre schwarzen Rücken aus dem Meere auftauchen. Sie schwammen gemächlich, verschwanden auf der einen Seite, um auf der andern wieder zum Vorschein zu kommen, kreuzten ihre Wege ganz wie Jäger inmitten einer leichten und zahlreichen Beute. Bei diesem Herumkreisen kamen sie ganz in unsere Nähe und zeigten sich unserer Schaluppe gegenüber so sorglos, dass wir ein wenig ängstlich wurden. Glücklicherweise benahmen sie sich ganz anständig. Wenn man nämlich so schwer ist, wenn man die ungeheuren Flossen und den kräftigen Schwanz nach allen Richtungen hin bewegt, wenn man in jedem Augenblick das Bedürfnis empfindet, mächtige Wassersäulen in die Luft zu speien, so kann es wohl vorkommen, dass man ohne böse Absicht die Passanten belästigt.

Nach diesen Zwischenfällen bewegte eine kleine Brise das Meer, es blähten sich unsere Segel, und die Matrosen stellten das Rudern ein; der Schlaf übermannte sie und beugte ihre Köpfe auf die Griffe der Ruderstangen nieder, die sie noch immer in den Händen hielten, um abzuwarten, ob sich die ziemlich unsichere Brise verstärken werde. Nun fuhr unsere Schaluppe, leicht zur Seite geneigt, rechts und links einen dünnen Schaumrand aufwirbelnd, kräftig vorwärts, während unsere ermüdete Aufmerksamkeit nur mehr dem Lärm des unter dem Kiele hinrauschenden Wassers folgte.

Seit sechzehn Stunden fuhren wir nun ich dichtester Enge; für schüchterne Naturen, die nicht imstande gewesen wären, sich abzusondern, um, ängstlich besorgt, nicht jedermann das Schauspiel ihrer geringsten Verrichtungen geben zu müssen, wäre dies etwas zu arg gewesen; konnte man doch nicht einmal niesen, ohne dass es der Nachbar verspürte.

Die große Wüsteninsel hob sich bereits wie eine Mauer vor uns in die Höhe, an der das Auge keinerlei Landungspunkte entdecken konnte. Unsere Schaluppe steuerte daher auf ein zerklüftetes Felsenchaos am Fuße der Klippe zu, wo man anscheinend selbst bei ganz ruhigem Wetter nicht ohne Mühe ans Land gelangen kann. Von da aus hoffte man dann durch eine enge Schlucht, deren Aufstieg wohl steil, aber ungefährlich war, zu den höheren Regionen emporzugelangen. Leider versuchten wir es vergeblich! Sogar der schwache Wellengang hätte beinahe den gebrechlichen Kahn, den wir mitführten, an den Felsen zerschmettert, und so verzichteten wir auf eine Operation, bei der unser Gepäck sehr gefährdet gewesen wäre.

Wir fuhren ins Meer zurück, um einen anderen Punkt am Ostabhang der Insel ausfindig zu machen, der in der Regel noch zugänglich ist, wenn es die westliche Stelle nicht mehr ist. Dieses unerwartete Vorkommnis verdarb ein wenig unsere Laune, zumal uns die Bergführer sagten, dass der Aufstieg auf der anderen Seite für den Transport des Gepäckes Schwierigkeiten mit sich brächte und auch für die Personen nicht ohne Gefahr wäre. Unsere Augen wandten sich daher auch während dieser kleinen Ergänzungsfahrt von der mit ihrem vierhundert Meter langen Abhang vor uns aufgepflanzten Klippe nicht ab. Wir legten schließlich am Felsen an und schwangen uns, nicht ohne einige Stücke unserer Kleider dabei zu verlieren, auf eine aus dem Meere herausragende Fläche, die gerade soviel Platz bot, um uns und unser Gepäck aufzunehmen, aber nach allen Seiten hin abgeschlossen zu sein schien. Eine Stunde brauchten wir, um alles, was die Schaluppe enthielt, in Sicherheit zu bringen, und es war noch nicht abzusehen, wie wir von dem Plateau wieder wegkommen sollten. Einer der Bergführer erreichte dann, unter Anwendung seiner nackten, wie altes Kupfer gebräunten und zerschundenen Füße und seiner langen muskulösen Arme, mit affenartiger Geschicklichkeit ein Gesimse, das unseren Landungsplatz überragte. Er ließ einen an seinen Hüften befestigten Strick zu uns hinunter und bedeutete uns, auf demselben Wege zu folgen.

Für Abenteuerer unseres Schlages war das nun gerade keine sehr schwierige Sache, und wir hätten uns sogar darüber amüsiert, wenn der uns vom Bergführer zugeworfene Strick nicht so sehr dünn und schadhaft gewesen wäre. Wir beschwerten uns auch abwechselnd darüber, fassten aber dennoch zu.

Das Gepäck wurde derselben Prozedur unterworfen, und jeder von uns geriet dabei in eine verschiedene Gemütserregung: Der eine zitterte für die Waffen und die Munition, der andere lärmte über die Matratzen und die Zelte, die da hart über Meere balancierten, ein dritter prophezeite ein Unglück, als er mit seiner ganzen Aufmerksamkeit dem Aufziehen eines mit Lebensmitteln vollgefüllten Ballens zusah, den die Leute beim Hinausreichen roh an die kantige Felswand schlagen ließen. Als unser gesamtes Material unter der Mithilfe aller glücklich dieses Hindernis bewältigt hatte, ließen wir die Bergführer die Verteilung der Lasten vornehmen und setzten uns, unter Führung eines von ihnen, in Bewegung. Zunächst erkletterten wir einige Terrassen, die stark mit Schlacken bedeckt waren, welche unter unseren Schritten abrollten; dann kamen wir über einige schmale Galerien, die an Abgängen vorbeiführten und wo man beim Festhalten abbröckelndes Gestein in den Händen behielt. Niemals noch hatte mir eine Bergjagd aufregendere Situationen geboten, und ich werde auch nie im Leben ein Detail dieses Aufstiegs vergessen.

Man muss Menschen oder Gemsen in die Abgründe fallen gesehen haben, um die Schwindelangst zu kennen. Die Erfahrung in diesen Dingen kostet viele Ängste, und selbst bei häufiger Übung wird jede neue Wanderung nur schüchtern begonnen. Bis zu dem kritischen Moment plagt einen immer die Vorstellung eines Absturzes; kommt dieser Moment aber heran und man übersieht plötzlich die Gefahr, biegen sich sofort die Beine, die Füße krümmen sich wie Krallen, und die weiteren Schritte werden sehr klein. Vernimmt man irgendein Knistern, bleibt man unschlüssig stehen, und kalter Schauer rollt einem über den Rücken, die Stirne gerät in Schweiß, und den steifen Hals wendet man dem Abgrunde zu. Das ist die Furcht. Von da ab denkt man an die andern nur, um über ihre Nähe zu fluchen. Aber welche Erleichterung empfindet man beim letzten Schritt! Mit Wonne tritt man wieder auf festes Erdreich, stützt man seinen Stab darauf, und sobald man sich wieder ein wenig erholt hat, überfällt einen sofort die Scham. Man lässt das Auge zu den noch gefährdeten Kameraden schweifen und möchte gern – es bezeichnet dies eine Empörung des Selbstgefühls – den Augenblick der Schwäche durch Heldentaten wiedergutmachen. Die natürlichen Regungen im Menschen sind eben tierisch, und es bedarf eines Willens, der sie nach dem Guten hin anspornt, wenn dieses Gute sich mit dem Instinkt nicht in Einklang befindet.

Die Kontraste folgten einander ohne Abschwächung, und angeregt von immer neuen Wechselfällen marschierten wir vorwärts, bis wir einen Pass erreichten, wo der Aufstieg, zur Zufriedenheit aller, endigte. Vor uns erstreckte sich da ein friedliches Tal, das die Gebirge der Insel in zwei fast ihrer ganzen Länge nach getrennte Kämme schied. Hinter uns erschien der Horizont so erweitert, dass die Grenzlinie des ebenso blauen Meeres kaum festzustellen war. Längs der unheilvollen Klippe bemerkte ich auf Augenblicke eine Gruppe unserer Leute, die sich einer hinter dem andern mit Lasten beladen hinaufschlängelten, wo wir mit Mühe unsere eigenen Personen durchbrachten. Verschwanden sie manchmal hinter einem Vorsprung, so verfolgte ich ihren Marsch an dem Geknister der Steine, die in der Nähe unserer Schaluppe ins Meer fielen und trotz ihrer Winzigkeit auf dem Schaukeln der Wogen noch bemerkbar waren.

Das Tal, das uns ein Unterkommen bieten sollte, fiel vom mittleren Gebirgsmassiv, dem letzten Schauplatz der vulkanischen Tätigkeit der Insel, ab und endigte nicht weit von der Felsspalte, durch die wir eindrangen, in einem winzigen Kessel, der die Regenwasser abfließen ließ. Das Bett eines fast leeren Gießbaches zog sich an den glühenden Felsen und der dürftigen, vertrockneten Vegetation dahin. Es war eine dürre Gegend, auf der man nichts sah und nichts hörte. Wir wussten nicht, wo wir auf diesem durchweg abschüssigen Terrain, das überall den Zelthaken Widerstand leistete, den Ort für unsere Niederlassung auswählen sollten. Nach langem Herumsuchen und hauptsächlich in Ermangelung von etwas Besserem wählten wir einen den Kessel beherrschenden Pass. Ein aschenreicher, mit vielen Steinen besäter Boden zeigte da auch etwas Gras; es war nicht zu schwer, die am meisten hinderlichen Steine beiseite zu schaffen, und die beiden mitgebrachten kleinen Zelte erhoben sich bald an dieser Stelle. Sie wurden möglichst gut befestigt, denn der Platz war derart exponiert, dass sie ein starker Sturm leicht den nahen Abgrund hinuntergefegt hätte.

Mittlerweile kamen im Tale drei der Träger zum Vorschein und legten triefend und abgemattet unter lärmvollem Seufzen ihre Last nieder. Sie trockneten sich ihre Stirne ab, schöpften zwei Minuten lang Atem und gingen rüstig wieder zurück, um eine neue Last zu holen. Leider brachte diese erste Auspackung durchaus nicht die Hauptbedürfnisse einer bequemen

Niederlassung zum Vorschein; denn weder Nahrungsmittel noch Schlafzeug oder Beleuchtung waren darunter, hingegen Kisten mit Wein und verschiedene Hausgeräte. Die andern Bergführer, die herbeikamen, zeitigten jedesmal eine neue Enttäuschung, und der Boden war bald mit Gegenständen bedeckt, die uns, für den Augenblick wenigstens, nichts nützen konnten. Der Tag endigte mit einem lächerlichen Souper, bestehend aus Champagner, den der Russe lieferte, und aus Zwieback, den wir in unseren Taschen fanden und den wir in der Finsternis verteilten. Unser Nachtlager bereiteten wir auf Zelthüllen, Ballen und verschiedenen Lappen, die unsere Epidermis gegen die Rauheiten des Bodens nicht zu schützen vermochten; wir hofften aber, dass die Müdigkeit das übrige tun werde.

Auch unsere Leute zogen sich mit dem Eintritt der Nacht unter ein bescheidenes Schutzdach zurück, das ihnen in der Nähe des Lagers eine einwärtsgebogene Felswand gewährte. Es fehlten aber noch drei Mann, die ihr Arbeitseifer zu einer nochmaligen Expedition verleitet hatte. Meine Gedanken folgten diesen armen Teufeln auf ihrem gefährlichen Wege, wo sie sich nach einem so harten Tage noch beim Fackelscheine abquälten. Bald verließ ich das Zelt, um mich am Klippenrande aufzustellen, von wo ich ihre Rückkehr besser erspähen konnte.

Felsen, die der Blitz oder die Eruptionen ganz und gar zertrümmert hatten, umgaben mich mit ihren in der Stille des Abends so suggestiven Gestaltungen, und seltsame Gesichte stiegen in mir auf. Ich erblickte mich auf diese Insel verbannt, die so schaurig ist wie ein Grab, vergessen auf dem Gerippe einer vergangenen Welt, in der nur allein noch die Stürme einiges Geräusch verursachten; ich irrte ohne Zweck, ohne Glauben und ohne Hoffnung herum, wie die Seele eines Verdammten, die ihre Sünden büßt. Dann sah ich beim Licht eines aufsteigenden Tages meine Drangsal schwinden, und durch den dicken Nebel der Jahrhunderte enthüllte sich mir ein bewegtes Bild: Karawellen, die der Ostwind hierhergeführt, brachten historische Gestalten an die Küste. Abenteurer, die sich alsbald den Gipfeln zuwandten, umgaben einen Häuptling, dessen begeisterte Blicke in mystischer Glut die

Eingebung eines Gelübdes suchten. Die Häupter neigten sich vor der entfalteten Fahne, der von den Karawellen her der Name eines begeistert gepriesenen Vaterlandes zugerufen wurde und die sich wie eine Weihrauchwolke die ganze Felsenküste entlangzog.

Träume dieser Art stiegen wie Zauberwerk vor mir auf und wurden wieder hinweggefegt, ohne eine andere Spur zu hinterlassen als eine Erinnerung an vergangene Dinge. Da fiel ein rötlicher Schein in meine Augen, der immer näher und näher die Felsenwand bestrich. Dann sah ich Riesenschatten, die auf der Rückwand des Berges flackerten, und schließlich Lichter, die durch einen offenen Felsenspalt klar hindurchschienen. Das war kein Traum mehr.

Es waren die wackeren Träger; ich konnte sie an der Zahl der Fackeln zählen, und ich empfand dabei eine Erleichterung. Immerhin hatte ich da gerade nicht das beste Mittel gewählt, um einen friedlichen Schlaf zu finden, und ich hatte eine elende Nacht. Bis zum Tagesanbruch kämpfte mein aufgeregtes Hirn unter Alpdrücken einen endlosen Kampf gegen allerhand namenlose Wesen, die ich zwischen Abgründen und Bergspitzen auftauchen sah. Aber nicht nur die Phantasmagorien störten meine Nachtruhe, auch die raue Wirklichkeit trug dazu bei, in Gestalt ganzer Regimenter von Insekten, die durch die Beiseiteschaffung der Steine, die bisher ihren Aufenthalt schützten, obdachlos geworden waren. Hauptsächlich waren es Asseln, die mich kitzelten, wenn sie mit ihren zahlreichen Füßen auf mir herumliefen oder über die Krümmungen meines Körpers purzelten, wenn sie sich infolge eines Alarms zu Kugeln zusammenrollten.

Ich war übrigens nicht das einzige Opfer dieser Rachezüge, und so fanden wir uns denn schon beim ersten Sonnenstrahl bei einer Morgenmahlzeit zusammen und waren bereit, uns auf den Weg zu machen. Wir wollten am Westabhang der Insel eine Treibjagd auf wilde Ziegen unternehmen, und das Gros unserer Bergführer war bereits unterwegs nach dem Revier, wo das Wild aufgescheucht werden sollte.

Unsere Posten nahmen längs der Klippen vom Kamme bis halben Wegs zum Meere hinab in Staffeln Aufstellung, und zu einer im voraus festgesetzten Stunde suchten die Treiber die Schlucht ab. Sie huben ein wildes Geschrei an, das die auf den Felsenböschungen liegenden Ziegen erschreckte, oder sie rollten Felsstücke hinab, deren Splitter auch bis zu den in der Sicherheit ihrer luftigen Zufluchtsstätten einsam thronenden alten Böcken gelangte. Zuweilen gaben sie auch mit ihren ramponierten Pistolen Feuer, wenn so ein alter Knasterbart auskneifen wollte. Manchmal zwang ein unüberwindliches Hindernis alle Treiber, bis zum Gebirgskamm zurückzuklettern, und ein anderes Hindernis, wieder durch unmögliche Schluchten bis zum Meeresrand hinabzusteigen.

Seit einer Stunde wartete ich unbeweglich, zwischen Felsen gelagert und bereit, meinen Karabiner anzulegen. Ich wandte keinen Blick von dem einzigen Hohlweg, durch den die Ziegen kommen konnten, als sich endlich durch jene Öffnung mehrere gehörnte Köpfe vom Blau des Himmels abhoben. Neugierig blickten sie nach der Gegend zurück, die sie verließen, ohne recht zu wissen, ob die Gefahr ernst sei, schließlich ihr ganzes Vertrauen in die Kraft ihrer Kniekehlen setzend. Sie horchten lange auf, bis plötzlich auf einem vorspringenden Felsen ein Mann erschien und in die Schlucht hineinpfiff, so dass es das Echo von allen Seiten wiedergab. Eine der Ziegen ließ ein dumpfes Blöken vernehmen, die andern steckten ihre Köpfe einen Augenblick nach der Richtung, von wo die neue Drohung erscholl, und dann machte das Rudel kehrt und setzte sich nach der Richtung in Trab, die sie mir gerade zuführte.

Die Achtung vor der Wahrheit verpflichtet mich, zu meiner Beschämung zu sagen, dass ich einen sehr schlechten Anfang machte. Die Ziegen, die ich zu nahe herankommen ließ, merkten trotz der Langsamkeit meiner Bewegung, wie ich anlegte, und sprangen so gut davon, dass ich den herrlichen Bock, den ich aufs Korn nahm, zweimal fehlte. In dem Augenblick aber, wo er hinter einer meinen Blick begrenzenden Bodenerhebung verschwinden wollte, hatte ich die Freude, ihn durch eine Kugel meines Nachbarn fallen zu sehen.

Der größte Teil der aufgescheuchten Ziegen erreichte bald die Kämme der Insel, überschritt das Tal, das diese trennte, und warf sich in die Schluchten der östlichen Klippe. Unsere Treiber, die ebenso passioniert waren wie wir, folgten ihnen dahin und waren, mit ihren Stöcken fuchtelnd, im Handumdrehen mit ihnen verschwunden.

Wir postierten uns nun längs der Gipfel, um die Ausgänge der engen Schluchten zu beobachten, die zum Meere abfielen und durch die unser Wild zurückkommen musste. Es schien zunächst nicht möglich, dass die Leute oder die Tiere von einem dieser Schlünde zum andern gelangen könnten, da sich dazwischen Vorsprünge wie Schiffsschnäbel in den Raum hinausstreckten.

Dennoch sah ich drei ausgewachsene Böcke einen nach dem andern in den von mir beobachteten Schlund eindringen, mit der Ruhe von Geschöpfen, die sicher sind, dass man sie da nicht stören könne. Bald erfasste sie jedoch eine unbestimmte Unruhe, und nach einer Viertelstunde schreckten sie heftig; zweifellos kam hinter ihnen einer unserer Bergführer zum Vorschein. Von Furcht getrieben, rückten sie noch weiter vor, und der mir unsichtbare Bergführer folgte ihnen, was mir seine Rufe und die von ihm ins Rollen gebrachten Felsstücke verrieten, die mit furchtbarem Aufspritzen ins Meer fielen. Lange Zeit sah und hörte ich nichts, da die Verfolgung in einer verdeckten Gegend vor sich ging.

Daher verließ ich meinen Posten, um mich in der Nachbarschaft des Vorganges aufzuhalten und einen Augenblick abzupassen, wo mein Dazwischentreten möglich sein würde, als ich die drei Böcke unter einem Felsvorsprung am Ende einer engen Böschung bemerkte, die ihnen kaum das Umdrehen ermöglichte. Es war ihnen durch eine Wand, die sich überall vor ihnen erhob, unmöglich, weiter, höher oder niedriger zu kommen, so dass ihnen nur die Wahl zwischen Unbeweglichkeit und Selbstmord blieb. Auch ein Umkehren war nicht mehr möglich, denn der kühne Treiber schnitt ihnen den Rückzug ab, was ich an dem Entsetzen erkannte, mit dem sie nach jener Richtung blickten.

Zweihundert Meter trennten die Tiere noch von mir; das war zum Schießen zuviel, weil sich die rötlichgraue Farbe der Tiere mit der Farbe der Felsen vermengte und vor allen

Dingen, weil ich mich an den Rand eines nicht ganz festen Kammes hätte platt niederlegen müssen. Die Versuchung, meinem Jagdtagebuch einen gelungenen Coup hinzuzufügen, ließ mich dennoch das Abenteuer wagen, und meine erste Kugel warf ganz nahe bei dem aufs Ziel genommenen Bock eine dicke Staubwolke auf; dieser bewegte nur seinen Kopf. Der zweite, besser eingestellte Schuss schlug unter den Füßen des Tieres ein, das sich jetzt auf seinen Nachbar stürzte, um ihn zurückzudrängen, und einen Augenblick mochte ich glauben, dass die ganze Gruppe in den Abgrund fallen müsse. Doch alsbald traf mein dritter Schuss, und der arme Bock fiel Hals über Kopf hinunter.

Ich verfolgte das Echo des Schalles, den sein Körper von Sturz zu Sturz diesen höllischen Schlund entlang verursachte, und ich hörte den dumpfen Prall, der mir ankündigte, dass er unten angekommen sei. Wenn man kein Herz von Stein hat, so erschüttert einen ein derartiges Schauspiel, und dies ist die richtige Vergeltung des Vergnügens, das man am zwecklosen Töten findet.

Rufe, die von verschiedenen, für mich unsichtbaren Punkten aus erhoben wurden, benachrichtigten mich, dass mein glücklicher Schuss nicht ohne Zeugen war. Ich gestehe, dass ich mich darüber freute; denn im Grunde unserer Natur, wäre sie noch so unabhängig und stolz, liegt ein Körnchen Eitelkeit, das sich aufbläht, wenn man unseren empfänglichen Seiten schmeichelt, und wodurch das seltenste Verdienst unserer Handlungen, die natürliche Begeisterung, verkleinert wird.

Als wir zwei Stunden später im Lager dinierten, brachte der Bergführer, der hinabgestiegen war, um mein interessantes Wild zu holen, eine noch zuckende Masse heran, die er vor uns niederwarf und deren Reibung auf seinem eigenen Rücken einen mit Haaren, Erde und Schweiß gemengten Blutklecks zurückließ.

Von der neuen Anstrengung nach den Klet021;ereien dieses Morgens war der brave Junge beileibe nicht erschöpft; er scherzte, und seine schönen Zähne blitzten in dem olivefarbigen Gesicht. Er befestigte den Bock an einem zwischen zwei Zelten gespannten Strick, um ihn abzuhäuten; da er hierzu manchmal seine beiden Hände benötigte, nahm er das blutige Messer in den Mund und beschmutzte sich so das ganze Gesicht von der Nase bis zum Kinn.

Abgehäutet ließ der Kadaver des armen Tieres erst recht die Spuren des Falles erkennen: violette Flecken, Blutgerinsel, zerbrochene Knochen, die die Muskeln durchbohrten, das geifrige Loch einer Kugel im Nacken, durch welches bei der geringsten Bewegung der Schultern ein wenig in den Lungen gebliebene Luft und Blut hervorgurgelten. Ein gespenstischer Kopf mit verstörten Augen, ohne Wimpern, ohne Lider und mit einer Zunge, die aus dem schlenkernden Gebiss lang hervorhing, krönte das Ganze. Der geöffnete Schädel zeigte ein von blutigen Streifen durchfurchtes, zerfetztes Hirn. Ich ließ es mir nicht nehmen, selbst mit Hammer und Meißel die Kricke abzuschlagen, die der Jäger so oft mit Lebensgefahr erwirbt, um die Trophäe dann mit Stolz unter seinen besten Andenken aufzubewahren.

Als die Operation beendigt war, flogen Scharen von Seevögeln mit heftigem Geschrei über die Klippen und benachrichtigten uns damit, dass sie bereits den Aufbruch meines Opfers entdeckt hatten, den der Bergführer rauchend am Fundorte zurückgelassen hatte, um sich dadurch seine Last zu erleichtern.

Wir ergriffen dann wieder unser Jagdzeug, um die Zentralhöhen der Insel zu erreichen, die von Haufen roter Asche bedeckt waren. Unterwegs fanden wir die Spuren einer ehemaligen Kolonie, die in ihrer ewigen Einsamkeit noch von Menschen einer anderen Zeit redeten. Es waren die Reste primitiven Mauerwerks, zwei Feigenbäume, die sich am Boden schlängelten wie die schwächlichen Sprösslinge einer verkommenen Rasse, eine den Ruinen des Vulkans abgetrotzte Grube, die zur Sammlung des Regenwassers gedient hatte, ferner eine Spur von Bemühungen, einige Streifen des undankbaren Bodens für die Bebauung zu gewinnen.

Ein längerer Aufenthalt vor dieser Totenstätte umnebelte meinen Blick, und ich sah im Geiste die Epopöe jener menschlichen Familien, die an diesen Ort verschlagen wurden, um auf diesem Gestein ein elendes Dasein zu fristen bis zu dem Tage, wo der Tod sie in diese Asche bettete; der Tod, der weniger barbarisch erscheinen muss, wenn er der Trauer eines solchen Lebens ein Ende bereitet. Im Fortgehen dachte ich daran, wie wohl der Tod daran tut, überall und unaufhörlich zu mähen, Freund und Feind, jeden zu seiner Zeit; denn wenn man auch nicht weiß, wo die geliebten Wesen, die er uns nimmt, hingehen, so will man ihnen doch auf der geheimnisvollen Spur ihrer zärtlichen Liebe in die Unendlichkeit folgen.

Bevor ich diesen Ort verließ, näherte ich mich einigen Stellen, wo das Gras höher, grüner und dichter wuchs, und ich sah, dass dieses erhöhte Wachstum einen Knochenhaufen von enthornten Tierschädeln und zerstreuten Gerippen bedeckte, die zu drei Vierteln in der Erde steckten wie Wracks, die das Wasser allmählich verschlingt. Die Knochen krachten unter meinen Schritten, die sie zu Pulver mahlten. Hier war es also, wo die Besucher der Insel immer ihr Lager aufschlugen, zweifellos hier, wo sie, um sich über die Angst der Einsamkeit hinwegzutäuschen, ihre Jagdbeute zerteilten, neben verloschenen Herden, von denen noch leichte Atome, untastbare Erinnerungen an verschwundene Generationen, aufzusteigen schienen.

Die Empfindungen, die den Morgen ausgefüllt hatten, belebten auch mehreremal den Nachmittag. Als der Rückzug beschlossen wurde, hatten wir die Hälfte unserer Insel durchwandert; die Sonne neigte sich bereits dem verdüsterten Meere zu und übergoss, in der Dämmerung eines ruhigen und reinen Abends, einige am Himmel zerstreute flockige Wölkchen mit zartem Rot.

Der letzte Trieb hatte uns noch auf den Gipfel der Insel geführt, von wo man sehr weit, ganz am Ende des Tales, auch unsere weiß erstrahlende Zeltgruppe erblickte, der wir nun eiligst zuschritten. Den Heimkehrenden gestattete das letzte Tageslicht noch, festzustellen, dass das elende Lager, das wir am Vorabend inmitten des schrecklichsten Durcheinanders errichtet hatten, einen mit unserem Gepäck so mühevoll herbeigeführten Komfort Platz gemacht hatte.

In jedem Zelte, wo die Effekten und Waffen um den Mittelpfahl an Schnüren hingen, winkten uns wieder die seit achtundvierzig Stunden entbehrten Toiletten-Freuden in Form von Behältern aus wasserdichter Leinwand; und die Feldmatratzen, die auf einem von hinderlichen Steinen und indiskreten Tieren gesäuberten Boden ausgebreitet waren, versprachen uns für die Nacht eine ungestörte Ruhe.

Der Raum, der mehrere Zelte trennte und vor der Sonne durch eine leichte Decke geschützt war, sollte der Speisesaal werden; denn auf einem aus leeren Kisten gebildeten Tisch, der mit Linnen säuberlich bedeckt war und der, der Neigung des Bodens entsprechend, ein bisschen schief stand, waren die Gedecke aufgelegt. Etwas abseits davon, aber gerade weit genug, dass der Rauch uns nicht belästigen konnte, lehnten einige Feldherde an einem Felsvorsprung. Das war die Küche, wo Manoel eifrig beschäftigt vor kochenden Töpfen hantierte. Da standen unter seiner Oberaufsicht eine Reihe von Körben, Feldkoffern, halbgeöffneten Säcken, welche die raffinierte Auswahl unserer Lebensmittel zeigten, während weiter ab ein Berg von Kollis, die unter einer Plane geschützt waren, den Reichtum unseres Vorrats erraten ließ.

Fünf ausgewachsene Böcke reihten sich an ihren Galgen den morgens aufgehängten an, und die Bergführer beendeten eben die Prozedur des Hautabziehens, ein Schauspiel, das den Jäger erfreut, wenn er seine schweißgetränkten Kleidungsstücke abgelegt, seine brennende Haut gekühlt hat und mit Wohlbehagen die Mahlzeit erwartet, die ihm seine Kräfte neu beleben soll. Das ist das Nachspiel zu all den Anstrengungen.

Unsere flinkeren portugiesischen Hilfsmannschaften hatten sich bereits neben der Küche zu Tisch gesetzt, das heißt, sie umringten, die einen hockend, die andern kniend und auf ihren Absätzen sitzend, einen mit der aus Tomaten und Reis bestehenden Nationalsuppe gefüllten Kessel. Jeder tauchte da seinen Löffel ein, der bis zur Mitte des Stiels über und über gefüllt zurückkam, und man wühlte in dieser Masse herum, bis nichts mehr davon übrig blieb.

Die Essenszeit, welche Tage dieser Art beschließt, ist für die Beobachtung der Menschen, die dem Naturzustande noch nahestehen, immer günstig, weil bei der eintretenden Ruhe ihrer Seele die leidenschaftlichen Erregungen, die sie bewegt hatten, ruhig nach außen dringen und so flüchtige Äußerungen festzuhalten gestatten. Dieser malerischen Mahlzeit der Leute folgte bald die Nachtruhe, und die auf der Erde lagernden Tischgenossen stellten sich nur mehr als stumme Schatten dar, die vom letzten Glanze der Glut leicht gerötet erschienen.

Ein Abend im Lager erweckt bei einem zivilisierten Menschen, der sich in der wilden Natur zur Ruhe begibt, jenen innern Taumel, der den Gefangenen erfasst, wenn ihm der Wind von offener See her einen Hauch der Freiheit zuträgt, ein entferntes Echo von Tönen, wie sie einst die Wiege seiner Rasse umbrausten. Es ist wie ein leises Erschauern des Urwesens, das in unserm Innern schlummert und darin etwas aus seiner Entwicklungs-Epoche bewahrte; gewissermaßen als eine Mahnung, dass das Zivilisationswerk der Jahrtausende etwas Fragwürdiges ist, als ein Protest der verjagten und mit Windeseile wiederkehrenden Natürlichkeit.

Meine über solche Dinge hintreibenden Gedanken beunruhigten sich über die Gefahr, die unserer Kultur droht, wenn die Ehrgeizigen und die Utopisten der Politik das wohltätige Werk kluger Männer gefährden, indem sie die vor der Roheit der Massen schützenden Schranken öffnen. Meine Gedanken sahen, wie der Wettstreit der Intelligenzen, welcher Kunst und Wissenschaft hervorgebracht hat, wieder zum unerbittlichen Daseinskampf sich wandelt und wie die Anarchie in einem Sturm von Leidenschaften und Lastern die menschliche Gesellschaft wieder in das Dunkel ihrer Kindheit zurückführt; sie sahen die Menschheit, diese wunderbare Frucht der Jahrhunderte, dahinsiechen, weil sie zu schnell emporgeschossen war. Unter dem Einfluss der auf unserer Insel herrschenden Öde sahen meine Gedanken weiter, wie alle organischen Arten sich durch das Nachlassen der Lebenskraft vermindern, die ihnen einstens in so verschwenderischem Maße innegewohnt und aus der sie hervorgebracht waren, die aber nun nicht mehr imstande sein wird, ihrer Entartung Einhalt zu tun. Ich sah alles Leben schwinden von der erkaltenden Erde – die Sonne erlöschen und unser ganzes System zerfallen, in seinen ursprünglichen Staub.

Unsere kosmopolitische Gesellschaft bekundete nunmehr in den verschiedensten Sprachen ihre berechtigte Ungeduld, ebenfalls zu dinieren. Einer nach dem andern waren wir mit unseren Laternen herbeigekommen und hängten diese an der Zeltdecke auf, um so zur Beleuchtung der Tafel gemeinsam beizutragen. Diese launenhafte Beleuchtung schwankte unter dem Abendwind und erzeugte auf den Schüsseln Schatten und Lichtreflexe, die unsere Vermutungen über die kulinarischen Darbietungen Manoels irreleiteten.

Das Wetter blieb herrlich, aber dabei genügend frisch, um uns allmählich auf das Vergnügen vorzubereiten, wenn wir unsere durch die Höhe, die Seeluft und das Aroma der überall hervorsprießenden wohlriechenden Pflanzen schon gestärkten Glieder unter die warmen Decken stecken würden. Da bewegte sich von der Küche her ein Schatten auf uns zu. Es war Manoel, der uns eigenhändig seine erste Schüssel auftrug und dabei über die Unebenheiten des Bodens stolperte. Ein wohltuender Zephir badete uns übrigens seit einigen Augenblicken in jenem verführerischen Duft, den ein echter Koch gerade vor dem Servieren seinem Werke zu verleihen weiß. Im Halbschatten stehend, passte Manoel auf das Lächeln unserer Augen auf, jenes höchste Lob, das die geringste Hebung des Deckels bei uns hervorrufen sollte.

Es war immer mein Verlangen, die Küchenkunst jener Gegenden kennenzulernen, die ich besuchte; denn es ist dies ein für das Studium der Sitten und Charaktere nicht uninteressanter Behelf. Doch haben mich zu unangenehme Erfahrungen vorsichtig gemacht. Der treue Alexander, der zwanzig Jahre lang während meiner Fahrten verschiedenster Art mit meiner Verpflegung betraut war, musste sogar oft dazwischentreten, wenn ihm die Eingeborenenphantasie außer Verhältnis zu jener Dosis Toleranz zu stehen schien, die er an mir kannte. In Rücksicht darauf herrschte in betreff dieser Mahlzeit, der ersten richtigen Mahlzeit auf dieser Expedition, in der Küche ein kleiner Wettstreit.

Die erwähnte Schüssel machte übrigens dem portugiesischen Geschmack alle Ehre. Sie schien gegen die Kunst großer Köche zu protestieren, die nur die Arbeit des Arztes vorbereitet, wenn sie Genussmenschen mit den künstlichen Zutaten, die sie ihrem Blute zuführt, glauben machen will, dass sie noch einen Magen haben; es war eine gute, derbe Speise, für ehrlichen Hunger berechnet. In dem Gemenge eines Breis von Nudeln und Kartoffeln erschienen Tomatenstücke, die den etwas faden Geschmack würzten, während Setzeier die Oberfläche hügelig verzierten und den Hang zeigten, zum Schüsselgrund hinunterzusinken.

Diese Schüssel, der sehr zugesprochen wurde, stellte aber dennoch die nächstfolgende, ebenfalls eine Suppe, nicht in den Schatten. Es war eine Fischsuppe, die durch das russische Element unserer Gesellschaft, als eine Erinnerung an die Wolga, beeinflusst war. Ausgezeichnete Fische waren es! Erst des Morgens unter der Klippe gefangen, hatten sie den gefährlichen Aufstieg zur Insel, durch die Kiemen an einer Schnur befestigt, zurückgelegt, und ihre gesottenen Köpfe schienen, je nach der Gattung, ihr Erstaunen oder ihren Zorn darüber auszudrücken, dass man sie in einem Topf mit gewöhnlichen Gemüsen zusammenbrachte, sie, die Bewohner jener unterseeischen Prärien, wo Tang und Algen sie so oft schlängelnd liebkost hatten.

Noch eine letzte Schüssel erschien auf unserem Tische: eine dritte Suppe, der klassische Potaufeu, eine Reserve, die des Erfolges immer sicher ist. Dazu tranken wir portugiesischen Wein, englisches Bier und Vichy-Wasser, ein Dreibund zur Aufrechterhaltung des Friedens unserer Magen, welchen eine schwere Aufgabe bevorstand.

Manoel, der sich nun schon aller Sympathien erfreute, wurde gerufen, um einstimmige Komplimente entgegenzunehmen. Nur meine Komplimente brachte ich, trotz der Genüsse, die ich ihm dankte, recht zaghaft hervor, und ich hatte gute Lust, ihm wie jener Sklave dem römischen Triumphator zuzurufen: »Blick hinter dich, und erinnere dich, dass du ein Mensch bist!« Ich hatte nämlich bei diesem hingebenden, aber taktlosen Diener eine Schwäche entdeckt: Er verschmähte, und sogar mitten in der Ausübung seiner Obliegenheiten, den Gebrauch des Taschentuchs und quetschte häufig eine schäumende Nase zwischen zwei skrupellose Finger.

Schon schien dieser Tag beendet, als einer unserer Genossen, der unter der Sonne Madeiras geboren war, aus der Tiefe eines Sackes, in dem Pfeifen, Stiefel und Patronen lagen, eine Gitarre hervorzog. Er ging in die nächtliche Wüste hinaus, bis zu einem Felsenwinkel, den der Widerschein unserer Feuer noch beschien, und während einer nur zu kurzen Stunde stimmten die alten Eingeborenen-Melodien, die in zarten oder feurigen Tönen sich seiner Brust entrangen, die Saiten unserer Seelen auf eine poetische Note.

Dann wurde es still in unserem Lager, und nichts hörte man mehr als hie und da das Knistern eines unter der Asche erstickenden Brandes. Das Erlöschen der letzten Laterne ließ den verschwommenen Schein, der, solange ein Licht drin brennt, durch die Zeltwände dringt, verschwinden. Über alles legte sich der Schlaf. Gegen Mitternacht wurden wir jedoch durch ein seltsames Geräusch in der Luft erweckt; es war ein Durcheinander klagender und höhnender Stimmen, die ich im Traum des Halbschlafs dem Hohngelächter einer Gruppe von Idioten zuschrieb, die im Ballon auf unserer Insel gelandet wären.

Die Unterhaltung über diesen Zwischenfall füllte natürlich die erste Stunde des Tages aus, und wir erfuhren, dass Sturmvögel die Urheber jener Störung gewesen seien. Diese Seevögel suchen des Nachts einsame Gebirge auf, und ihre Überraschung, als sie uns da antrafen, musste ihre sonderbare Konversation hervorgerufen haben.

Die Jagd begann wieder. Ich will nicht alle Abenteuer aufzählen, die sich innerhalb eines so begrenzten Gebietes ziemlich ähnlich bleiben, auch nicht das tapfere Verhalten der Bergführer, der Jäger und des Wildes nochmals schildern, wobei in der Hitze der Verfolgung und der Verteidigung manchmal schwindelhafte Leistungen zustande gebracht wurden; auch nicht von den Rauheiten der Wesen und der Dinge will ich nochmals sprechen, die die Gebirgsjagd zu einer Passion stählerner Naturen macht.

Manchmal habe ich dieses, bei einem zivilisierten Menschen in Erstaunen setzende Vergnügen zu analysieren versucht. Es beruht auf atavistischen Einflüssen, die der Daseinskampf erzeugt, wie das auch gewisse Träume zeigen, die unseren Schlaf, namentlich während der Kinderzeit, ausfüllen. Die Träume übermitteln uns nämlich in ihren seltsamen Gebilden Eindrücke, die dem Individuum von den Generationen hinterlassen wurden, die es erzeugten; und aus diesem Grunde können wir sie nicht immer verstehen.

Man sieht sich manchmal in die Lüfte steigen, man durchschreitet den Raum auf einem leichten Stab, und der Genuß solchen Schwebens durch den leeren Raum ist kaum zu beschreiben. Das ist nichts weiter als ein uraltes Gespenst, das in unserem schlafenden Hirn auflebt. Nun empfinden wir auch im wachen Zustande ein ähnliches Gefühl, wenn wir zu einem steilen Berggipfel hinaufsteigen, neben dem ein Abgrund vorbeiläuft; und wenn das Auge über einen weiten Raum schweift, dann möchte man sich noch höher emporheben, der Gedanke sucht, über den Horizont hinaus, weitere Horizonte. Das ist immer dieselbe Gärung, die in uns arbeitet, wenn die uns umgebende Welt fast erloschene Empfindungen wieder erweckt.

Und hier sehen wir diese ungebildeten Bergführer großen Gefahren trotzen, um geringfügige Objekte zu erreichen: Ziegen und junge Sturmvögel, die sie zum Einpökeln brauchen, ein wenig Färberflechte, die sie aus den Abgründen hervorholen, um eine Farbe daraus zu bereiten. In solchen Familien setzen Vater und Sohn ihr nichtiges Leben leidenschaftlich der Gefahr aus, und die meisten endigen mit zerbrochenen Knochen. Einer unserer jüngsten Treiber, dessen Vater im vorigen Jahre so abstürzte, dass man seinen Leichnam nie mehr fand, sagte mir, er hoffe einst ebenso zu enden.

Das Wetter war herrlich, und die Stunden der Unbeweglichkeit, die mir die Treibjagd auferlegten, vergingen mit der Beobachtung von tausend Kleinigkeiten, die sich um mich ereigneten, sehr rasch.

Frühzeitig hatte ich mich unter roten Aschenhügeln postiert, die wie Maulwurfshügel den mittleren Höhenzug einer Barrikade umgaben, die aus der ganzen Gewalt des vulkanischen Terrains entstanden war. Doch befanden sich nicht weit von da, auf einem zur Klippe hingeneigten und vom Wasser der Regengüsse ausgehöhlten Erdhaufen, dicht gedrängt, wie eine in der Wüste verirrte Menschentruppe, zwei

Dutzend verkrüppelter Seekiefern. Noch heute habe ich ihren traurigen Schattenriss in Erinnerung. Vom Rande dieses Erdhaufens sah ich, wenn ich mich glatt niederlegte, ganz unten Ziegen fliehen, und ich fragte mich, ob Geschöpfe ohne Flügel tatsächlich solche Stellen berühren könnten.

Von meinem Posten aus sah ich auch eine Fischerschaluppe, die das schöne Wetter aus Madeira herführte und die man von der Höhe auch für einen Seevogel hätte halten können, wenn die milchweiße Furche, die sich hinter ihr dahinzog, nicht gewesen wäre, wenn nicht ein leichter Windzug fächerartig über das sich dann plötzlich verdunkelnde Blau des Meeres hingestrichen wäre und sie leicht zur Seite geneigt hätte. In weiter, sehr weiter Entfernung ließ die durchsichtige Luft die hohen Berge von Madeira und die sonnenbeschienene Weiße erkennen, die am Ufer den Platz von Funchal bezeichnet.

Meine Augen richteten sich mit einem schmerzlichen Gedanken auf jene Küste, wo durch ihr Leiden verbannte Menschen ihren armen erschöpften Körper ans Sonnenlicht schleppen; wo der zwanzigjährige Schwindsüchtige seine letzten Tage verkeucht und die Laster seines Vaters büßt; wo der Wüstling, den das Pflaster der großen Städte ausgeworfen, in Verachtung verfault; wo das von einem unheilsamen Übel befallene junge Weib mit sich das kaum erblickte Glück dahinsterben sieht und im Dufte der Blumen ihren letzten Seufzer aushaucht. Wo der von der Last der Tage ermüdete Greis und der seiner selbst müde gewordene Egoist, wo sich tausend ungekannte Schmerzen in einem gemeinsamen Todeskampfe aneinanderdrängen, der sie alle bald vereint haben wird in den Eitelkeiten dieser Welt.

Dann erschien ganz am Ende des Firmamentes eine am Horizont schwebende schwarze Flocke: Es war das Dampfschiff aus dem Norden, das die Neuigkeiten bringt. Und wie durch einen traumhaften Flug ging mein inneres Ich den Weg dieser Fahrt zurück bis zu der verschwommenen Luftspiegelung der europäischen Küsten.

Bald darauf gewahrten meine Augen, bei der Verfolgung jener Flocke, die sich zu einem immer größeren Streifen ausgestaltete, an einem andern Punkte des Horizontes einen brauen Fleck. Es war die Insel Porto Santo, die erstentdeckte in dieser Gruppe. Sie erinnerte mich an ein sonderbares Begebnis, das in alten Schriften erzählt wird: Die ersten Besiedler lebten dort ein ganzes Jahr, ohne eine Ahnung von dem ganz in der Nähe befindlichen Madeira zu haben. Madeira hatte damals dichte Wälder, deren Ausdünstung zweifellos die Umgebung mit fortwährenden Nebeln erfüllte.

Ich weiß nicht, ob sich irgendeine wilde Ziege meine Zerstreuung während der ersten Stunden dieses Tages zunutze machte; ich würde es aber angesichts der Freuden nicht bedauern, die mir diese kleinen Beobachtungen verschafften, welche in gewissen Augenblicken in der Seele widerhallen, als ob die Schärfe ihrer Wahrnehmungen sich verdoppelt hätte.

Ich entdeckte dann noch unzählige Lebensformen auf dieser angeblich unbewohnten Insel und sagte mir, wie eingebildet der Mensch doch ist, wenn er ein Land aus dem einzigen Grunde, weil er es nicht bewohnt, für wüst erklärt.

Eine Möwe kreiste im Raum herum, um das Aufspringen der Fische besser sehen zu können, und bestrich zuweilen mit durchdringendem Geschrei die Gipfel, auf denen ich mich befand. Eine Schar Kanarienvögel, die bedauernswerten Erforscher eines undankbaren Bodens, belebten durch ihr Gezwitscher und das Sausen ihrer Flügel für einen Augenblick die ernste Stille des Orts. Ein Schwarm wilder Tauben flog auf, der durch einen pfeilschnell sie verfolgenden Sperber, der schrille kurze Töne ausstieß, aus ihrer Höhle aufgescheucht wurde. In dem Schatten der Schlucht, die sich vor mir auftat, bemerkte ich ein Wesen, das auf die schroff aufsteigenden Felsen hinankroch; eine wilde Katze war's, die einen von der Sonne erwärmten Stein suchte, um darauf ihr Fell auszubreiten, während sie auf Kaninchen ausspähte. Da flatterte ein Schmetterling, vom Winde getragen und emsig bemüht, eine Blume zu finden, um seinen Saugrüssel ansetzen zu können; und unter einem Stein, den ich mit meinem Fußende beiseite schob, flüchtete eine ganze Welt bestürzt auseinander, um Gänge, Löcher, gemauerte oder gewebte Schlupfwinkel aufzusuchen, während eine Tarantel, unter diesem Haufen eine Riesin, ganz allein der Gefahr trotzte, indem sie ihren abscheulichen, schwarzsamtenen Körper auf ihren Füßen strebepfeilerartig stützte.

Nein, die Erde ist nirgends unbewohnt; von den Tiefen der Gewässer bis zu den Grenzen des Luftraums, an allen Stellen, die vom Lebensprinzipe benetzt werden, verbreitet sich das Leben in der unendlichen Mannigfaltigkeit seiner Erscheinungen.

Um Mittag versammelte sich unsere Truppe an einem vor der Sonne geschützten Platz. Die Mundvorräte, die wir im Rucksack einiger Bergführer mitführten, wurden auf einem Teppich roter Asche ausgebreitet, dessen Weichheit den Teilnehmern gestattete, die nachlässigsten Stellungen einzunehmen. Die gute Laune, die das freie Leben den Jägern bei einem ihren Unternehmungen günstigen Himmel verleiht, erheiterte diese ungezwungene Mahlzeit, als plötzlich eine mit sehr großer Lebhaftigkeit geführte Unterhaltung unserer Leute die allgemeine Aufmerksamkeit erregte. Hockend auf diesem eisenhaltigen Staube, der die Lappen ihrer Kleidung rot färbte, sprachen sie alle auf einmal. Einer von ihnen, der sich auf seinen Knien aufgerichtet hatte, warf Erdstücke nach einem nicht weit davon bemerkbaren Steinhaufen und behauptete, dass dies der Platz sei, wo er einmal seinen bei einem Falle zerschmetterten Vater begraben hätte; die Kameraden aber behaupteten, dass sich der Platz auf einer andern Seite befände. »Gut!« rief der erstere und lief dem Hügel zu, wo er einige Steine beseitigte und durch die entstandene Öffnung seinen Arm bis an die Schultern hineinzwängte. Er brachte ein vom Fleisch entblößtes Glied zum Vorschein und schwang es triumphierend den Widersprechenden zu. Diese mussten sich einem solchen Beweisstück gegenüber ergeben und der nunmehr beruhigte Jüngling trug dieses pietätvoll wieder in das Versteck zurück, wo es seit der Katastrophe einen Schutz gegen die Schnäbel der Möwen gefunden hatte.

Wie dies in den Bergen zuweilen zu geschehen pflegt, änderte sich plötzlich das Wetter; eine graue Wolke, die sich nach und nach verdüsterte und an Größe zunahm, legte sich um den Hauptgipfel. Ein Südwestwind erhob sich, und zwei Stunden nach unserem gemütlichen Frühstück fegten heftige

Windstöße über den Talhang der Insel, schwer mit Aschenwolken beladen, die sie über die Bergkämme trugen und in unseren Lungen ablagerten. Wir beschlossen, deswegen unsere Jagd nicht zu unterbrechen, und setzten sie am entgegengesetzten Talhang, der uns einigen Schutz bot, weiter fort.

Abends beim letzten Treibjagen verfolgte ich von meinem Platze aus, wie von einer Theaterloge, folgenden Vorgang. Eine Ziege wagte sich mit ihrem Jungen ganz dicht an unsere Stellungen heran, als sie plötzlich einen Schützen gewahrte, der sie übrigens, unserer Verabredung gemäß, verschonte. Zunächst hüpfte sie nun zurück; als sie dann sah, dass ihr Junges ihr zu folgen zögerte, kehrte sie wieder an den Ort der Gefahr zurück, wo das arme Kleine, durch die für seine Schwäche unüberwindlichen Hindernisse zurückgehalten, jämmerlich blökte. Sie suchte es mit allen möglichen Mitteln anzutreiben, bald durch leichte Stöße mit den Hörnern, bald, indem sie sich so stellte, als ob sie davonginge; das Junge, das nach dem raschen Laufe, den beide, von den Treibern verfolgt, gemacht hatten, vor Müdigkeit ganz gebrochen war, kam nur mühsam vorwärts.

Zu ihrem Unglück zeigten sich diese interessanten Wesen schließlich einem unserer Genossen, der mit Champagner und Rotwein auf den Anstand ging, und bald erkrachte ein Schuss, der auf mich den Eindruck eines Mordes machte. Die Ziege fiel nicht und begab sich auf ein unbedecktes Terrain – wo sie der Pseudojäger, der für eine mutige Mutter kein Mitleid hatte und keine Bewunderung für ein solch rührendes Schauspiel, mit seinen Schüssen weiter verfolgte. Die Ziege setzte aber, dafür unempfindlich, ihr Treiben weiter fort. Glücklicherweise und zu meiner großen Freude gingen die Schüsse fehl, das Paar gelangte in meine Nähe und entkam der gefährlichen Zone.

Ich lehnte unbeweglich an meinem Felsen und sah das Junge, das die Kräfte verließen, auf seinen schwachen Beinchen wanken, sah den verstörten Blick der Mutter, als es dann schließlich schwerfällig zusammenbrach. Die Ziege richtete einen erschreckten Blick rings herum, dann kniete sie zunächst zögernd neben ihr Junges nieder, um sich schließlich ganz hinzulegen, unbekümmert um die Gefahr, die sie umgab und der sie mit einigen Sprüngen hätte entschlüpfen können.

Bei der Ankunft der Treiber gestattete mein Schutz dem Jungen mit seiner Mutter zu entkommen, und lange sah ich den beiden noch zu, als sie in der Ferne auf einem Felsen lagerten und, während wir den Heimweg antraten, in ihrem kleinen Hirn vielleicht darüber nachdachten, welch seltsame Feinde das gewesen sein mögen.

Der Sturm, der mittlerweile wütend anwuchs, machte unserer Jagd ein Ende, und wir marschierten ziemlich zerzaust über die Kammreihe, die uns zu unseren Zelten hinführte. Diese lagen bereits wie kleine Löschhütchen vor uns, als ich bemerkte, dass unsere Bergführer vor einer Höhle stehenblieben und mit ihren Stöcken darin herumwühlten. Ich erstaunte sehr, dass sie sich einbildeten, auf solche Weise Kaninchen auszunehmen, als ich plötzlich einen großen Vogel mit verdrießlicher, aber ruhiger Miene hervortreten sah. Während seine geblendeten Augen gegen das Licht ankämpften, bemächtigte sich ein Portugiese seiner, band ihm den Schnabel zu und steckte ihn in einen Sack. Es war einer jener Sturmvögel, die während der Nacht über unseren Zelten höhnten, die aber tagsüber die Wohnungen der Kaninchen, mit denen sie auf gutem Fuße leben, aufsuchen. Unsere Leute nahmen ihn mit, um ihn nach Madeira zu bringen, wo nach diesen Vögeln von europäischen Sammlern starke Nachfrage herrscht.

Unser Lager, welches von den Windstößen arg mitgenommen wurde, hatte seinen Reiz verloren. Die Zelte drohten einzustürzen, wenn man nicht unaufhörlich ihre Pfähle in der Erde neu befestigt hätte, die, trocken und staubartig, nicht imstande war, sie dauernd festzuhalten und die obendrein überall ins Innere drang und die Betten wie unsere Effekten mit einer dicken Schicht bedeckte.

Bei der Küche bot sich ein kläglicher Anblick. Manoel konnte seinen Hut nur durch einen Strick befestigen, der ihm die breiten Krempen über die Wangen legte und auf diese Weise eine Düte bildete, unter der seine glänzenden Augen angstvoll auf die furchtbaren Unfälle lauerten, die den Pfannen drohten. Richtete er sich mit der Front gegen den Wind, so bedeckte ihm seine Schürze bald den Kopf, und hinter ihm zappelten die Schoße seines Rockes. Drehte er sich dann um, um sich zu befreien, flog ihm die ganze flatternde Leinwand in die Töpfe. Leere Körbe, die die Reihen verlassen hatten, lagen am Boden und flogen soweit herum, als man nur sehen konnte, und mit jedem Windstoß wurden sie noch weiter getragen. Zuweilen hüllte eine kleine Windhose das Lager in einen Wirbel von Federn, Abfällen und Papier, und der bestürzte Manoel lief bald nach seinen Hühnern, die fertig gespickt davonflogen, bald nach dem Brande seiner zerstörten Feuerstätte.

Unser Diner gestaltete sich episch. Man hatte den Tisch unter ein durch die Nachbarschaft der anderen Zelte ein wenig geschütztes Zelt aufgestellt, das aber für uns alle zu klein war; das letzte Gedeck befand sich schon außerhalb des Zeltes, und der Unglückselige, der es benutzte, musste jeden Bissen gegen die Heftigkeit des Sturmes verteidigen, obwohl das Essen ohnehin schon mit Erde und Asche besprengt war, da die Schüsseln erst nach mannigfachen Abenteuern zu uns gelangten, von denen wir niemals etwas erfahren werden.

Der Schauplatz war durch eine kleine, zur Hälfte in einer Kiste verborgene Laterne, die trotzdem öfter verlöschte, nur spärlich beleuchtet, während der Mond seinen silbernen Schein über die abgehäuteten Ziegen ergoss, die auf ihren Galgen hingen und uns durch heftiges Schaukeln das Herannahen der Windstöße signalisierten. Wir unterhielten uns während des Abends fast gar nicht, ein jeder trachtete vielmehr danach, so früh wie möglich ins Bett zu kommen, um endlich dem Winde, der uns seit Mittag überallhin verfolgte, zu entgehen. Aber auch hier drangen durch die undichten Nähte der Zelte die Windstöße ein und bedeckten unseren Körper, unsere Augen und Ohren mit Sand.

Die Erschütterung dieser schwachen Schutzdächer nötigte uns, einige Male und kaum bekleidet aufzustehen, um sie zu befestigen, da sich unsere in ihren Schlupfwinkeln verkrochenen Portugiesen nicht mehr mit uns befassten. Zunächst musste man dabei am Boden liegend unter dem leicht gehobenen Türvorhang hindurchkriechen, aus Angst, dass sich ein Windstoß darin verfangen und das ganze Gebäude hinwegfegen könnte; dann musste man blindlings nach den Pfählen suchen und geriet dabei mit dem Kopf oder den Füßen in das Strickwerk. Unter diesen Umständen war unser Schlaf nicht viel wert, und obendrein erfüllte das Getöse der Wellen meinen Kopf mit schlimmen Gedanken. Ein längere Zeit anhaltender Sturm konnte für uns die Verbannung auf einem elenden Boden bedeuten, wo wir bald in Ermangelung von Lebensmitteln, Wasser und Patronen wie die Überlebenden aus einem Schiffbruch elendiglich hätten zugrunde gehen müssen.

Aber selbst wenn uns auch das Meer gestatten würde, die Insel zu verlassen, bevor uns eine Hungersnot in Belagerungszustand versetzt hätte, so mussten wir doch zum mindesten auf jenem furchtbaren Wege wieder hinuntersteigen, auf dem wir heraufgekommen. Hätte schließlich ein Bergsturz diesen einzigen Faden zerrissen, der uns mit der Außenwelt verband, so hätte er aus uns eine Gruppe – auf vierhundert Meter Höhe – verlorener Wesen gemacht. Der wirkliche Lärm der Windsbraut vermengte sich mir dann mit dem bloß eingebildeten Krachen jener Felsen, die ich im Geiste schon aufeinanderstürzen sah.

Meine Augenlider wurden aber schließlich doch schwer, und die Anspannung meiner Nerven kapitulierte vor dem göttlichen Einfluss des Schlafes, diesem Zauberer, der sich uns geräuschlos naht, der beim Kinde das Wachstum der Kräfte fördert, den ermüdeten Mann ausruhen lässt, ihn tröstet und zu neuen Kämpfen vorbereitet, der den Bekümmerten den besseren Teil ihres Lebens gewährt und der dem einen wie dem andern ein sanft heraufbeschworenes Abbild des Todes vorführt.

Eine wilde Landschaft erschien beim ersten Tagesdämmer. Schwere dicke Wolken, die dem Meere eine bleierne, vom Schaum der Wogen gewaltsam durchbrochene Farbe verliehen, flogen in närrischem Laufe über unseren Köpfen dahin und hüllten die ohnehin düsteren Schluchten in die Melancholie finstern Wetters.

Mit einer der frühen Morgenstunde entsprechenden leichten Kleidung angetan, welche der Wind übel zurichtete, machten wir mittels der uns vom Sturme arg streitig gemachten

Geräte, die uns fortwährend entrissen wurden, oberflächlich Toilette. Mancher von uns verfolgte sein Hemd, das aufgebläht den Abhang hinunterflog, oder verlor seine Pantoffeln zwischen den Steinen, was ihn den Bissen der Tarantel aussetzte, manch anderer aber, der sich ankleiden wollte, ohne das Zelt zu verlassen, zertrümmerte dieses schließlich durch zu weit gehende Bewegungen und war plötzlich im Durcheinander mit seinen ganzen Geräten unter einer Ruine vergraben. Beim Frühstück bewegten kleine Zyklone den Kaffee bis zum Tassengrund und verwehten die Brotschnitten und Biscuits, so dass wir diese Mahlzeit abkürzen mussten, die sonst auf Ausflügen immer so anziehend ist, wenn die ausgeruhten, munteren Gefährten durch die Morgenfrische, die ihnen über den Schnurrbart träufelt, heiter gestimmt sind und die Rückkehr der Sonne sie mitteilsamer stimmt als je.

Jagdunternehmungen boten bei diesem entsetzlichen Wetter wenig Aussicht auf Erfolg. Da aber die Untätigkeit unter den herrschenden Umständen kaum zu ertragen gewesen wäre, beschlossen wir, die Jagd dennoch aufzunehmen. Die wilden Ziegen hatten auch vor den Treibern, die sich nicht mehr zu jenen Punkten wagten, wo diese hinliefen, und vor den durch Aschenwolken geblendeten Jägern ein zu leichtes Spiel.

Unverrichteter Dinge und übel gelaunt machten wir uns spät auf den Rückweg. Ich ging voran, und auf der Höhe des Kammes, den wir überschritten, forschte ich gerade nach der Windseite, als ich drei stattliche Böcke bemerkte, die ganz ruhig wie wir ihrem gewohnten Heim zusteuerten, nachdem sie mit unseren Treibern den ganzen Tag Verstecken gespielt hatten. Sie liefen einen schmalen Felsgang entlang, der nur ein wenig vorspringend eine vertikale Mauer horizontal teilte und in der ganzen Höhe der Klippe das Meerufer überragte. Meine Augen gingen auf diesem engen, fortwährend unterbrochenen Gang den Tieren immer voraus und suchten vergeblich, wohin sie ihre Füße setzen würden; ich erzitterte bei jedem equilibristischen Wunder, das diese Tiere mühelos ausführten, wenn sie mit einem Sprunge den leeren Raum übersetzten, um dennoch wieder auf ihre, auf einem zerbrechlichen Punkte vereinigten vier Füße zu gelangen.

Ich hatte schon eine Plattform in Tischgröße bemerkt, auf die der enge Gang auslief und auf der meine Böcke sicher anhalten und mir dann Gelegenheit zum Schießen geben mussten. Als der erste Bock seine Füße daraufsetzte, brachte ich einen Stein ins Rollen. Sofort sprang die ganze Gruppe auf die Plattform, und die durch diese Kleinigkeit beunruhigten drei Köpfe verfolgten den Stein neugierig bei seinem Fall. Der auf diese Weise herbeigeführte Moment der Ruhe gestattete mir, einen in guter Sicht befindlichen Bock aufs Ziel zu nehmen, indem ich, da die Entfernung zweihundert Meter betrug, meinen Karabiner auf meine Knie stützte. Mein Schuss knallte los, und der Felsen rauchte nahe dem Tiere. Alle drei sprangen auf dem Platz in die Höhe, ohne zu wissen, von wo die Detonation herkam, die durch das Echo lange widerhallte. Ein zweiter, besser gezielter Schuss konnte noch losgehen, ehe sich die Böcke zu etwas entschlossen hatten. Diesmal brach das getroffene Tier auf seinen Beinen zusammen, und ich musste fürchten, dass es für mich verloren bleiben würde, da es von dort kein Mensch jemals hervorholen könnte. Unmittelbar darauf verursachte aber ein letzter Krampf seiner Muskeln, dass es ausglitt und die Höhe des Abgrundes bis zu den Uferfelsen hinunterfiel.

Zehn Sekunden lang flog der Kadaver durch den Raum, mit dem Rücken nach unten gekehrt, die Beine von sich gestreckt, als ob er sich noch irgendwo anklammern wollte. Halbwegs stieß er an einen Vorsprung, der ihn überschlagen machte und weiter abstieß. Nicht größer als ein Punkt sah er aus, als es am Fuße der Klippe anlangte.

Die anderen Böcke streckten nach einem neuen Sprung ihre erschreckten Köpfe nach dem Gefährten aus, der das Opfer einer ihnen so unfassbaren Katastrophe geworden war; dann verschwanden sie wie Gespenster auf demselben Wege, der sie hingeführt hatte.

Ein Mann stieg alsdann hinab, um zu versuchen, ob etwas von meinem Bock zu erlangen wäre; zwei Stunden später erschien er wieder und brachte tatsächlich eine Trophäe mit, nämlich den Kopf des Kadavers, den er als eine völlig zermalmte Masse vorfand. Um den Gebrauch seiner Hände und seines Stockes frei zu halten, trug er den Kopf des Tieres auf dem seinigen. Die zerbrochenen Knochen dieses Tierschädels knirschten unter den Fingern, und die Hörner wie das Gebiss hingen nur noch schlaff an der losen Haut.

Der Schweiß des Trägers hatte sich mit dem Blute des Tieres vermengt und bedeckte sein Gesicht, seine Haare, seine Hände und seinen Anzug. Als er in diesem Aufzuge hinter der Klippenbrüstung erschien, war sein Anblick geradezu erschreckend.

Nach und nach ließ der Sturm etwas nach, und wir schliefen unter unseren »Löschhütchen« in dem Gedanken ein, dass sich die für morgen festgestellte Abreise vielleicht auf der günstigen Seite der Insel werde bewerkstelligen lassen. Doch bewies uns ein dumpfes und ununterbrochenes Getöse, das wir beim Erwachen vernahmen, dass uns das noch immer bewegte Meer zu dem fürchterlichen Abstieg nötige. Das machte auf manchen von uns einen unangenehmen Eindruck, da zu erwarten war, dass die Schwierigkeiten des Gebirges, die wir ja durch den Aufstieg kannten, sich, wie dies immer der Fall ist, beim Abstieg noch verdoppeln dürften.

Unser zur Verpackung auseinandergenommenes Lager hatte bald das traurige Aussehen jener Stätten, die man sich zu verlassen anschickt. Die abgebrochenen Zelte lagen unter den verschnürten Gepäckstücken, und unsere Leute luden sie nacheinander auf. Unsere kleine Jagdgesellschaft setzte sich endlich in Bewegung, und jeder warf, indem er den Karabiner unter den Arm nahm, noch einen letzten Blick auf dieses vorher so belebte Terrain, das ferner nur mehr die Trümmer unseres Luxus aufzuweisen haben wird, wie Federn, Knochen, Pfropfen, die zwischen den Steinen umherlagen, und die zertretenen runden Grasflächen, dort, wo die Zelte gestanden hatten. Etwas Rauch, der noch aus der Feuerstelle hervorkam, schien nur auf unseren Abmarsch zu warten, um ebenfalls zu vergehen und dann dieses öde Stückchen Erde wieder auf Monate oder auf Jahre hinaus der völligen Einsamkeit zu überantworten.

Der Abstieg begann; sehr bald befanden wir uns auf den ununterbrochen von Abgründen eingefassten abfallenden

Wegen, die mit losen Schlacken bedeckt waren. Manchmal fiel man inmitten dieser gefährlichen Stellen auf eine Lage jener spitzen Steine hin und verletzte sich beim Festhalten die Hände.

Halben Wegs erwartete uns ein mit Gepäck beladener Portugiese, um uns zu sagen, dass links ab von unserem Wege auf einem ca. zwanzig Schritt entfernten sehr abschüssigen Vorsprung einer der zweifellos in diesen Tagen verwundeten Böcke, in einem Winkel kauernd, zu erblicken sei. Dieser Abschiedsschuß lockte mich, und ich begab mich kletternd zu der bezeichneten Stelle; eben wolle ich abdrücken, als der Boden, auf den ich meine Füße stützte, nachgab und mich haltlos über dem Abgrund schweben machte. Es war keine Sekunde zu verlieren, um aus dieser Lage herauszukommen.

Ich schob mich ganz langsam, um nicht das, was von dem Stützpunkte noch übrigblieb, auch noch zu erschüttern, zur Seite, und als ich etwas festeren Grund fühlte, suchte ich wieder den Bock; denn ich hatte meinen Karabiner nicht ausgelassen. Das kranke Tier, das bei der Erdrutschung ganz teilnahmslos geblieben, war noch immer in Sicht, und ich nahm es von neuem aufs Korn. Die Erregung infolge meines Abenteuers wirkte noch auf meine Finger, so dass erst die dritte Kugel traf. Es war die höchste Zeit; denn in meiner kritischen Lage brachte mich der Rückstoß eines jeden Schusses ein wenig tiefer dem Rande des Abgrundes zu.

Man schätzt die Freude am Leben nie so sehr, als wenn man aus einer üblen Lage herausgekommen ist. Die Spanier drücken dies in einem Sprichwort aus: Ha nacido ustedhoy! (Ihr seid heute geboren worden!)

Der Abstieg war weiter reich an Wechselfällen. Bald streckte sich mein braver Alexander auf ein weiches Schlackenlager aus, mit dem er immer weiter rollte, rollte ... und froh war, dass er sich kurz vor einer sehr gefährlichen Stelle, wenn auch mit Aufopferung einiger Fetzen seiner Epidermis, aufzuhalten vermochte; bald darauf machte ein Portugiese mit seiner Traglast einen vollständigen Salto mortale. Der Portugiese blieb uns glücklicherweise erhalten, aber das Gepäck fiel von der Höhe des Berges ins Meer hinein. Als sich dann alles wieder, ohne weiteren Schaden genommen zu haben, in der Schaluppe befand, atmeten wir ordentlich auf.

Da unsere frischen Lebensmittel aufgezehrt waren, warf man einige Angeln aus, die aus diesem fischreichen Grunde sehr bald das Material für eine Mahlzeit heraufholten; und weil der Wogengang der offenen See draußen einigen Magen, die der Mahlzeit schon freudig entgegensahen, vielleicht einen Schabernack spielen würde, beschloss man zu frühstücken, solange die Inseln uns noch Schutz gewährten. Der vom langen Gebrauch geschwärzte Herd im Hintergrunde der Schaluppe wurde wieder angezündet, und unser Appetit wurde in dem Maße drängender, als sich die Kochdüfte dem Topfe entrangen. Inzwischen erfuhren wir eine ergötzliche Geschichte.

Vor einiger Zeit hatten Fischer in der Nähe der Wüsten Inseln ein großes schwimmendes Fass gefunden; sie brachten es nicht ohne Mühe an Bord und entdeckten, dass es Branntwein enthielt. Diese angenehme Entdeckung brachte sie einigermaßen in Verlegenheit, da der Fiskus von Madeira sicherlich sein drakonisches Strandrecht geltend gemacht, andererseits auch die Zollbehörde ihr Recht gefordert haben würde, was den Vorteil der Finder um ein Bedeutendes verringert hätte. Es war aber unmöglich, einen so umfangreichen Gegenstand an Bord zu behalten. Die Fischer beschlossen daher, ihren Fund einer Grotte anzuvertrauen, zu der ihre kleinen Schiffe bei ruhigem Wetter herankommen konnten. Sie bewahrten so ihr Geheimnis und die schöne Aussicht, inmitten der Härten ihres Berufes recht lange das Versteck aufsuchen zu können. Aber siehe da, die gesegnete Quelle versagte eher, als die Berechnungen dies hätten befürchten lassen, und so stieß man denn, um der letzten Tropfen habhaft zu werden, die es nur mehr unwillig herzugeben schien, dem Fass den Boden aus, aber welche Überraschung bot sich dar! Es stak ein menschlicher Leichnam darin, der die Fischer angrinste, als wollte er ihnen Vorwürfe darüber machen, dass sie ihn so aufs Trockene gesetzt hatten. Vielleicht war es die sterbliche Hülle eines auf seinem Schiffe verstorbenen Kapitäns, der von seiner Mannschaft auf diese Weise pietätvoll konserviert worden war und dann zum Spielball der Wellen wurde. Nun wurde aber der

Fiskus von Madeira aufgefordert, sein Anrecht auf Strandgüter auszuüben.

Unsere Rückreise war nicht gerade sehr angenehm, da die Schaluppe mit ihren mit Löchern besäten Segeln und ihrer abgenützten Takelage bei dem herrschenden hohen Seegang schlecht fuhr. Die Leine des Großsegels zerriss sogar, und ihre Rolle streifte einen Mann ganz leicht am Kopf, was diesen aber dennoch veranlasste, unter heftigem Gejammer unter die Bänke zu purzeln.

Es war nämlich ein Schlauer, dem es nach der Schnapsflasche gelüstete, die wir bei dem geringsten Unfall dem Opfer zu reichen pflegten. Bald darauf begann er wieder wie die andern zu rudern, um sich seine Ansprüche an der gemeinsamen Ration, die im Verlauf der Reise erwartet wurde, nicht entgehen zu lassen. Da unser elendes Fahrzeug kein anderes widerstandsfähigeres Tau besaß, mussten wir die Überfahrt durch Rudern bewerkstelligen.

Als wir gegen Eintritt der Dunkelheit die Küste von Madeira erreichten, übermittelten wir eine Botschaft nach Funchal, dass man uns einen Bugsierdampfer entgegensende, und setzten den Weg weiter fort.

Der mutige Manoel, die Schrecken der Seekrankheit überwindend, machte uns nochmals das Diner. Aber unter welchen Umständen, du lieber Gott! Glücklicherweise deckte die Nacht den Schleier des Geheimnisses darüber, nur der Schein des Ofens enthüllte zuweilen die qualvollen Stellungen, die er einzunehmen gezwungen war. Da wir unsere letzte Fackel aufbewahrten, um uns dem Bugsierschiff zu signalieren, falls es bei bedecktem Wetter vorbeifahren sollte, ohne uns zu sehen, setzten wir uns in der Finsternis zu Tisch. Im selben Augenblick hörten wir ein Pfeifen in der Ferne und gewahrten gleichzeitig die drei Lichter des Dampfers.

Der kleine Zug dampfte unmittelbar darauf durch den Schein eines wundervollen Meerleuchtens, das die gewaltige Bewegung des Bugsierdampfers und die Schnelligkeit unseres Kielwassers um uns hervorrief. Als wir diese Erscheinung stattsam bewundert hatten und zu dem unser harrenden Diner zurückkehrten, bemerkten wir zu unserem Leidwesen, dass dieses von der Rauchwolke des Bugsierdampfers ganz mit Ruß bedeckt war.

Um Mitternacht landeten wir bei Funchal, und glücklicherweise konnten wir unbemerkt durch die verödeten Straßen huschen; denn unsere Gesichter, Hände und Kleider waren derartig geschwärzt, dass man uns für eine Mannschaft von Schornsteinfegern gehalten hätte.

Sechstes Kapitel – Die letzte wissenschaftliche Reise der »Hirondelle«

Während vier Jahren, von 1885 bis 1888, wurde die »Hirondelle« fortgesetzt Umänderungen unterzogen, die sie in die Lage setzen sollten, den Wandlungen zu entsprechen, die sich in meinen Ideen vollzogen. Die zierlichen Einrichtungen des Decks machten der Sondierwelle und dem Scharrnetze Platz; das schönste Zimmer wurde zu einem Laboratorium umgewandelt, und sein Getäfel wurde mit physikalischen Instrumenten bedeckt. Sogar meine Mannschaft nahm unter dem Einfluss der neuen Rolle, die ihr zufiel, eine veränderte Physiognomie an, so wie sich das von friedlichen Weideplätzen herkommende Vollblutpferd unter der kraftvollen Hand des Führers belebt und, die Erde stampfend, sich in das Rennen oder in die Schlacht stürzt.

Mein Schoner erfüllte seine Aufgabe nur unter fortwährenden Kämpfen gegen die Schwierigkeiten des Meeres, welche durch die unvorhergesehenen Schwierigkeiten seiner ganz besonderen Arbeit noch vergrößert waren, so dass die Mannschaften, die ihn bedienten, oftmals glaubten, dass ihr letztes Stündlein geschlagen hätte. – Aber das Ideal meines Kultus ging durch meinen Willen auch auf meine Leute über und schützte sie vor dem Erlahmen ihrer moralischen Kraft.

Die Wellen haben mein Schiff in allen Fahrstraßen Europas gepeitscht, bei den Azoren, in Afrika und in Amerika, und mein Werk ist herangewachsen wie ein Baum, der den Stürmen zum Trotz zum Himmel emporragt.

Im Jahre 1888 erhielt die »Hirondelle«, die damals schon reich an Ruhm und Erinnerungen war, für eine wissenschaftliche Reise nach den Azoren neue Apparate, die ihr gestatteten, die kühnsten Erforschungen der Meerestiefe vorzunehmen. Zwei Gelehrte und ein Künstler begleiteten mich, und es schien, dass der kleine Schoner am Höhepunkt dessen angelangt wäre, was man von einem so schwachen Schiff ohne Dampf, das nur mit 15 Matrosen bemannt war, fordern könnte.

Zwei Spulen mit zehntausend Meter Stahlkabel für das Fischen mit dem Scharrnetz und für das Hinablassen der Reusen nahmen die Mitte des Decks ein; zu ihrer Handhabung befand sich vor dem Fockmast eine Welle mit einer beweglichen Handkurbel, die die ganze Breite des Schiffes einnahm und an der 12 bis 15 Mann arbeiten konnten. Eine dritte Spule mit 4000 Meter Stahlkabel, die als Sondierungsmaschine benutzt wurde und die zwei Mann mit einer kürzeren Handkurbel bedienten, befand sich hinter dem Großmast.

Die Einrichtung der Laboratorien in den Wohnräumen reduzierte die Aufenthaltsräume der drei Personen meiner wissenschaftlichen Gruppe und meiner Person auf das geringste Maß.

Im Schiffsraum hatte man ein beträchtliches Material für die Bewegung und Unterhaltung des Schiffes, für unsere Ernährung, für die Bedürfnisse des Laboratoriums und für die Funktionierung der wissenschaftlichen Instrumente aufgestapelt. Die Stellung des Schiffsraummeisters war dementsprechend durchaus keine Sinekure, und zuweilen schwitzte der unglückliche Beamte einen halben Tag lang Blut und Wasser, um Gegenstände herauszuholen, die unter einer Menge anderer versteckt lagen. Für meine Reisen nach den Azoren musste ich ganz besonders gut ausgerüstet sein, denn diese Inseln bieten nur sehr kümmerliche Hilfsquellen an Lebensmitteln und absolut nichts von dem Material, dessen ich für meine besonderen Arbeiten benötigte.

Am 28. Juni stach der Schoner in See, getragen von einem Windhauch, der die Gedanken der der Wissenschaft ergebenen Männer und die überschäumende Kraft der Matrosen einem gleichen Ziele zutrieb. Am Abend erstrahlte, so weit unsere Augen reichten, die Küste Britanniens im lächelnden Glanze der untergehenden Sonne, und später warf uns Belle-Isle mit den Strahlen seines infolge der Entfernung fast bis zur Wellenfläche sich senkenden Leuchtturms die letzten Abschiedsgrüße zu.

Erregt, wie man es am Vorabende leidenschaftlich erträumter Unternehmungen ist, fühlte ich mein Leben zwischen der Vergangenheit, welche die Kämpfe, Zuneigungen und Schmerzen der Wirklichkeit auf festem Lande ausfüllten, und jener Zukunft schweben, die mir auf dem Horizonte des Meeres, durch das Ideal eines großen Zieles verklärt, entgegenstrahlte.

Als die Nacht herankam, setzte ich mich in die Nähe des Steuers und betrachtete durch das Durcheinander meiner Empfindungen hindurch den von den Windstößen hingetriebenen Schoner. Als der Mond aufging, bewegten die Schwankungen des Schiffes die Schatten der Masten und des Tauwerks auf den geschwellten Segeln.

Aber bald machte sich in meiner Nähe ein eigentümliches Geräusch bemerkbar und lenkte meinen Gedankengang ab. Einer der Gelehrten und der Künstler, die ich zum erstenmal in ihrem Leben auf die Wellen führte, wo sie die Stärke ihres Könnens entfalten sollten, begannen dem Meere einen Tribut zu zollen, den sie mühevoll aus dem Grunde ihres Magens hervorbrachten.

Meine Neulinge verfolgten mit schlaffem Blicke das Geopferte, das sich in den Spiegelungen des Kielwassers überstürzte; dann, von der Sorge erleichtert, die sie bedrückt zu haben schien, klammerten sie sich aneinander und suchten im Zick-Zack die Tiefen des Schiffes auf, um unter ihren Decken ihre ohnmächtigen Anstrengungen zu ersticken.

Das Meer zeigte sich für die erste Fahrt dieser Herren in der Tat etwas grausam; anfangs nur bewegt, nahm es alsbald einen stürmischen Charakter an. Die »Hirondelle« litt vom ersten Augenblick an unter den unregelmäßigen Windstößen, die für einen Segler immer unangenehm sind; bald ließ eine plötzlich eintretende Windstille das Schiff fünf Minuten lang haltlos und ohne Steuerung inmitten aufeinanderstürzender, aufgeregter Wellen, oder der Gegenwind, der sich bereits durch den Lärm der die Oberfläche bestreichenden Böen ankündigte, stürzte sich auf die noch hochstehenden Wellen und warf deren Kamm, der infolge des vorhergehenden Antriebs schäumend zusammenbrach, nach rückwärts. Als wäre es eine Legion von Sirenen, vom Sturm zurückgeschlagen, deren weißes Haar einen Augenblick auf dem Wasser trieb, um dann in der Luft zu zerstieben.

Die von rückwärts erfasste »Hirondelle« wurde heftig gegen die Wellen geworfen, die sich über ihr Hinterdeck ergossen. Als man dann die Segel in Ordnung gebracht und den Gang des Schiffes reguliert hatte, bekam das Schiff, solange das Meer nicht seine normale Fläche annahm, von allen Seiten auf einmal Sturzseen.

Aber mitten im Sommer konnte ein derartiges Wetter nicht von langer Dauer sein, und meine angehenden Seefahrer öffneten gar bald, obwohl sie anfangs ziemlich mitgenommen wurden, ein Auge nach dem andern und schließlich auch den Mund, um etwas zu essen zu verlangen. Die Bekanntschaft mit dem Meer war nun gemacht.

Um die Leiden dieser mühseligen Lehrzeit zu mildern, musste Alexander seine Hingebung und Regsamkeit vervielfachen. Mitleidsvoll und zartfühlend, wie er war, widmete er seine Aufmerksamkeit bald dem einen und bald dem anderen, indem er Eimer, die peinlichen Katastrophen vorbeugen, und Schwämme, die deren Spuren rasch vertuschen sollten, bereithielt. Zuweilen reichte er auch eine kleine Magenstärkung dar, die er jedoch sehr bald, mit der Galle des Patienten vermischt, wieder zurückbekam. Der brave Mann besorgte diese Leistungen neben seinen ihm übertragenen Beschäftigungen, und ich sah ihn, als ich ganz allein an der Tafel saß, bald mit den rauchenden Schüsseln für das Frühstück, bald mit dem brodelnden Abhub der Kranken vorübereilen. Auch in der Art, wie man die Seekrankheit erträgt, prägt sich, wie im Gang oder in der Sprache, etwas Persönliches aus. Man zeigt sich, wenigstens während der Kämpfe, die der völligen Niederlage vorangehen, stark oder schwach, arglistig oder aufrichtig, geistreich oder albern. Es ist nicht schwer, unter der grünlichen Larve, unter dem Geseufze und den Verwünschungen der Kranken ebenso die Leute von Zartgefühl zu erkennen, wie man bei Tisch den Mann von guter Erziehung zu unterscheiden vermag. Diejenigen, die gewöhnlich mit vollem Munde sprechen, den Leuten direkt ins Gesicht hineinreden oder das Tischtuch mit Flecken besäen, bewahren solche Unarten auch, wenn ihr Mittagessen beim Schwanken des Schiffes die umgekehrte Richtung einschlägt.

Bald wagten sich meine beiden Mitarbeiter wieder auf Deck, wo sie sich mit einem dritten Neuling, ebenfalls einem Pariser, dessen Amtsbereich in der Küche lag, eng befreundeten. Der Seekrankheit und der Anomalie des Lebens an Bord gelingt es viel rascher, die gesellschaftlichen Unterschiede zu beseitigen, als den Theorien des Sozialismus. Einer, der zum ersten Male auf dem Meere ist, bereitet den Seeleuten durch ein schwankendes Wesen und die Verdutztheit in seinen Blicken manche Stunde der Belustigung. Hat er die ersten Heimsuchungen überwunden, so erscheint er wieder an der Sonne, wo seine bleichen und verstörten Gesichtszüge mit dem kraftstrotzenden Aussehen seiner Umgebung kontrastieren; er weiß nicht, ob er da oder dorthin gehen soll, und es ist für ihn auch schließlich alles eins, denn die Gegenstände, die er gewahrt, sind ihm alle unbekannt und höchst gleichgültig. Nach und nach wagt er sich von der Stiege weg und klammert sich aufs Geratewohl an alles, was in seine ungeschickten Hände fällt; misstrauisch betastet er die unschuldigsten Dinge, klammert sich an andere, die ihm aus den Händen gleiten, und fällt schließlich über irgendein Tau lang hin. Seine Augen schweifen über das weite Meer hinaus, ohne es zu sehen, und es fehlt nicht viel, so erkundigt er sich, wo es eigentlich sei.

Meine Hauptsorge beim Beginn einer jeden wissenschaftlichen Expedition der »Hirondelle« bildete die Mannschaft, da die kleine Anzahl von Leuten, die mir für meine schwierigen Unternehmungen zur Verfügung standen, es als unumgänglich erscheinen ließ, dass diese mutig und gewissenhaft bei der Arbeit waren. Aber trotz aller Sorgfalt, mit der man die Auswahl der Mannschaft vornimmt, weiß man doch nie, wie sie sich aufführen wird. Viele Matrosen sind eben wie die Kinder, bei denen eine Kleinigkeit Haltung und Laune zu verändern vermag. Der Einfluss eines Stänkerers genügt, um unter den Leuten eine verdrießliche Stimmung aufkommen zu lassen, die direkt auflehnend wird, wenn die Wachsamkeit oder die Energie des Chefs nicht rechtzeitig dagegen einschreitet.

Gewöhnlich ist es ein Schönredner, Sänger und Komiker, ein Mann für alles, Barbier der Mannschaft, Possenreißer, Erzähler, geschickter Ausbeuter seiner Kameraden, der ihnen

Geld abzulisten weiß, um sie nachher auszulachen. Er spottet über die Guten, hetzt die Schwachen auf und sammelt die Schlechten um sich. Die Vorgesetzten weiß er in einem fort zu kritisieren, um ihr Ansehen herabzusetzen. Eine aus braven Leuten bestehende Mannschaft kann schließlich durch solche Leute so weit gebracht werden, dass ernstliche Unannehmlichkeiten entstehen können, wenn das Kommando nicht mit großer Weitsicht und strenger Gerechtigkeit ausgeübt wird.

Trotz des vagabundierenden Daseins, das die Matrosen auf alle Meere herumführt, gelingt es mir, dass alljährlich ein Stamm sicherer und für meine Anforderung tauglicher Leute wieder zu mir kommt, um die andern abzurichten. Allerdings suche ich meine Leute nicht mehr wie in den Zeiten Riscos auf den Kais von Havre, Marseille oder Toulon unter den Besuchern des Chapeau-Rouge. Sie werden vielmehr in den abgelegeneren Dörfern der bretonischen Küste unter den Fischern und Küstenfahrern ausgesucht, in Kreisen also, die von den Café-Chantants und den Gossen der Politik noch nicht angefault sind. Hier findet man noch Leute, die einen in Entbehrungen und Gefahren erworbenen Lohn den Bedürfnissen ihres Hausstandes opfern und die Einfachheit ihrer ehrlichen Seelen bewahren. Sie entstammen Familien, bei denen noch Traditionen vorhanden sind, naive Gebräuche, die oft eine Schutzwehr für die Herzen der Menschen bilden.

Ich entsinne mich der Hochzeitsfeier eines Matrosen der »Hirondelle«, die in der Umgebung von Lorient stattfand und, wie in der Gegend üblich, in Gemeinschaft mit einem andern Ehepaar, um an Kosten zu sparen. Die Feste währten drei Tage und wurden bei Anwesenheit von ungefähr vierzig Eingeladenen fast durchweg im Freien veranstaltet. Die Küche wurde unter einem aus Schiffersegeln erbauten Zelte in der Nähe der ungleichen Tische untergebracht, die, so gut es ging, aneinandergefügt waren und so auf festem Boden die Erinnerung an ein bewegtes Meer wachhielten.

Um die Mitte des Tages wurde die erste richtige Mahlzeit serviert, da die Gäste zu Hause bereits ihren Morgenimbiss zu sich genommen hatten; nur den von sehr weit Hergekommenen hatte man eine einfache Butterschnitte geboten. Diese

Mahlzeit bestand aus einem Ragout, das man mit Apfelwein befeuchtete. Man verwendete dabei sein eigenes Messer, hingegen benützte man ein Trinkglas für drei oder vier Personen. Es entsprach nicht dem Brauche, etwas im Glase drinzulassen, wenn man es seinem Nachbarn anbot; wollte man aber nicht bis zur Neige trinken, so goss man den Rest unter den Tisch, wo sich gar bald ein kleiner Sumpf bildete.

Um den Anteil der gemeinsamen Kosten für die beiden Hochzeiten feststellen zu können, benützte man die durch diese Mahlzeit gegebene Gelegenheit, wo sicherlich alle Gäste vollzählig waren, und jeder Bräutigam zählte durch abgeteiltes Erheben und Sitzenbleiben seine Angehörigen; doch musste die Zählung mehrere Male wiederholt werden, weil es mit der Rechenkunst nicht sehr gut stand, auch weil einzelne Gäste bereits angeheitert waren und sich zur unrechten Zeit erhoben.

Den ganzen Nachmittag tanzte man beim Geräusch des Dudelsacks im Freien, denn kein Haus der Gegend wäre imstande gewesen, so viele Leute aufzunehmen; man scheute sich dabei nicht, in den flüssigen Schmutz zu trampeln und Kleider wie Hosen völlig zu bespritzen.

Ein saftiges Schauspiel beendigte den ersten Tag, als das Vergnügen alle bereits etwas benebelt hatte. Die beiden Ehepaare begaben sich, eskortiert von den Gästen, unter den Tönen des Dudelsacks gemeinsam in ein Zimmer mit zwei Doppelbetten, wo sie sich inmitten der von Ausgelassenheit überschäumenden Gäste entkleideten. Jene Person, die die Ehen vermittelt hatte, der »Darbaudeur« genannt, ging mit einem Teller umher, um kleine Gaben einzusammeln. Endlich verließen die Gäste dieses Hochzeitszimmer, in welchem die Liebe so billig ihre Mysterien preisgab, nicht eher, als bis sie die Eheleute unter ihrem Betttuch genügend betrachtet hatten. Einige Kühne wagten es sogar noch, vorher ihren Kopf unter die Vorhänge zu stecken, welche die Glücklichen des Tages, als ob sie damit um Gnade flehen wollten, vorgezogen hatten.

Die aus diesen Gegenden entnommenen Matrosen bilden in der Regel, wenn sie gut kommandiert werden, eine sehr zuverlässige Mannschaft. Sie sind von dem Pflichtgefühl eines guten Hausvaters ganz erfüllt, und sobald eine schützende Hand die auf der Reise drohenden Versuchungen von ihnen fernzuhalten versteht, so wandert fast ihr ganzes Einkommen nach dem armen Häuschen ihres Heimatdorfes. In keinem Falle haben sie Neigung für gewisse Abenteuer, die aus dem Leben weitgefahrener Matrosen wie Heldengesänge überliefert werden und von denen ich einige in Erinnerung behalten habe.

Ich war einmal in Lissabon genötigt, eine neue Mannschaft für die »Hirondelle« anzuwerben, und musste mich der Hilfe eines Heuerbas bedienen. Dieser präsentierte mir bald als die Frucht seiner Verhandlungen: zwei Engländer, zwei Amerikaner, einen Deutschen, einen Holländer, einen Italiener, einen Norweger und noch einige andere Leute. Es wären gute Jungens, meinte er, die, von langen Fahrten ermüdet, wieder in ihre Heimat zurückkehren wollten. Ihre Physiognogmie entsprach zwar wenig dem Ideal eines guten Äußeren, aber ihre Haltung war seemännisch, und da ich dringend abreisen musste, wurde man handelseinig. Das Gepäck wurde als Garantie an Bord gelassen, und alle stiegen ans Land, um dort die Zeit bis zu der für den andern Tag festgesetzten Ankerlichtung zu verbringen.

Einer der Engländer, der Anfälle von Vorsicht hatte, wollte der Schiffskasse eine Summe von einigen tausend Franken, den Lohn seiner letzten Fahrt, übergeben, den er wie üblich am Ende seines letzten Engagements eben erhalten hatte. Sein Kamerad, der nahe daran war, es ihm nachzutun, spazierte höchst erregt am Deck auf und ab, die Hände in den Taschen und mit dem darin befindlichen Golde klimpernd. Schließlich ging er ab und beschloss, seine Barschaft, die ihn so zu beschäftigen und zu beängstigen schien, doch lieber bei sich zu behalten.

Am folgenden Tage bewegte sich in den Straßen von Lissabon ein Zug von drei eleganten Wagen, in denen sehr eng aneinander und wenig korrekt, dafür aber um so lustiger meine neuen Matrosen mit den Damen ihrer Bekanntschaft saßen. Man war berechtigt, über den Schatz des unschlüssigen Engländers und über die bevorstehende prompte Ankerlichtung einige Besorgnis zu hegen.

Doch der Mannschaftsvermittler lieferte die Mannschaft pünktlich ein und, abgesehen von einigen wenigen Ausnahmen, fähig, sich würdig zu verhalten.

Während wir am andern Morgen rasch die Küste Portugals hinaufsegelten, ging der einst so reiche englische Matrose noch immer unruhig umher und befragte diesen und jenen um ihre Ansichten über die tags zuvor aus Lissabon mitgebrachten Andenken. Er zeigte gleichzeitig ein mit gelben Bändern geschmücktes weißes Kaninchen vor, für das er mehrere hundert Franken bezahlt hatte. Dies genügte, um den Zustand zu charakterisieren, in dem die Spazierfahrt am Tage vorher unternommen wurde, und die Umstände näher zu kennzeichnen, die den Ertrag zweier Jahre, die Entschädigung für so viel Entbehrungen und Gefahren, daraufgehen ließen.

Wir wurden ferner in dem Verdacht bestärkt, dass der Heuerbas, um diese internationale Mannschaft zusammenzubringen, selbst einige Desertionen auf anderen im Hafen liegenden Schiffen begünstigt oder gar hervorgerufen hatte. Immerhin waren seine Leute tüchtige Matrosen, wie man sofort sehen wird.

Ein hartnäckiger Nebel hatte uns bei der Einfahrt in den Ärmelkanal aus dem Kurs gebracht, als eines Tages bei auffrischendem Winde, der uns über das aufgewühlte Meer hinwegtrug, einige hundert Meter vor uns eine Klippenreihe auftauchte, deren schäumendes Gewirre schwarze, dicht nebeneinander befindliche Massen zudeckte und wieder bloßlegte, die auf ein Schiff nur zu lauern schienen. Es waren die Pierres Vertes zwischen Ouesant und Brest.

Die Richtung des Windes und der Gang des Schiffes gestatteten uns nicht, genügend rasch die offene See aufzusuchen, um die Klippensperre zu umschiffen, und das einzige Manöver, das uns retten konnte, bestand in einer Schwenkung des Schiffes, die aber selber die ernstesten Gefahren in sich barg, da man die volle Breitseite des für diese Situation mit einem überreichen Segelwerk versehenen Schiffes der ganzen Kraft des Windes aussetzen musste. Sicherlich wären wir alsbald gescheitert, als plötzlich die Mastspitzen nachgaben und die oberen Segel krachend durch das verwirrte Takelwerk auf die Hauptsegel stürzten.

Der Schoner näherte sich bald dem kritischen Moment des Manövers, und eine halbe Minute lang erwartete uns der Tod in den von den Riffen tosend emporgeschleuderten Wellen. Da ich aber sah, was für Leute das waren, die ich kommandierte, wie sie unter meinem Befehl wahrhaft Wunder wirkten, dachte ich in meiner stolzen Trauer, dass der Tod in ihrer Mitte etwas Großartiges haben müsse. Die »Hirondelle« wich unter dem Geknatter ihrer zerrissenen Segel, während die geplatzten Taue schnalzend in der Luft herumflogen; mit eingehaltenem Atem standen wir sekundenlang unbeweglich unter den Sturzwellen, die das Schiff abdeckten.

Schließlich schien das Manöver zu gelingen, die Großsegel blähten sich wieder, und der Schoner umfuhr mit seiner früheren Schnelligkeit in einer Entfernung von hundert Metern die Klippenreihe.

Als unsere Rettung feststand, bemächtigte sich meiner jenes unsagbare Wohlgefühl, wie es sich nach großen Gemütserregungen einzustellen pflegt, als plötzlich das Bugspriet einer überschäumenden Welle nachgab und der abgebrochene Stamm des Mastes mit seinem ganzen Segelwerk unter furchtbarem Krachen über die Windseite des Schiffes hinausfiel. Eine neue Katastrophe stieg vor meinem inneren Auge auf: sollte ich denn meine Leute in derselben Minute untergehen sehen, wo sich eben ihr Mut und ihre Hingebung so glänzend bewährt hatten? Zum Glück befand sich die »Hirondelle« fast schon am Ende der gefährlichen Stelle, und die folgenden Riffe standen weit genug auseinander, um dem Schiffe die Durchfahrt ohne unmittelbare Gefahr zu gestatten. Meine Leute strengten sich mehr als jemals an, um das Vorderteil des Schoners, das sich in das ins Meer gefallene Takelwerk verfing, frei zu machen. Einige von ihnen kletterten, mit einem Seil um den Hüften festgehalten, bis zum Vordersteven und bearbeiteten das zumeist aus Stahl bestehende Tauwerk, von welchem sie erfasst und verschlagen werden konnten, mit Hackenschlägen. Andere versuchten die Klüversegel wieder zu erlangen oder sie zu zerstücken, auf die Gefahr hin, in das Segeltuch verwickelt zu werden, wenn eine Welle über das Schiff stürzte.

Die letzten Riffe des Pierres Vertes passierten wir so nahe, dass man die wassertriefenden Seepflanzen, die wie nasse Haare vom Gestein herabhingen, unterscheiden konnte, jedesmal, wenn sich die Wasser zurückzogen, um alsbald mit erneuter Kraft wieder anzustürmen. Der Schauplatz, wo wir einem Tode knapp entgangen waren, der mit den Leichen erst herumjongliert, ehe er sie an den Felsen zermalmt, verschwand im Nebel; in der trüben Luft, die einen Trauerschleier über die zahlreichen Schiffbrüche breitet, die hier vorkommen, erschien Ouessant, und die »Hirondelle« steuerte wieder im offenen Fahrwasser.

Kehren wir wieder zu unserem Schiff zurück, das jetzt mit sehr vernünftigen Bretonen besetzt ist und das, während dieser Abschweifung, wo wir gesehen haben, wie sich echte Matrosen in der entscheidenden Stunde aufraffen, bei günstigem Winde bereits den halben Weg nach den Azoren zurückgelegt hatte. Die atmosphärischen Verhältnisse gestatteten uns übrigens, unsere Arbeiten durch Anwendung eines sehr feinen Apparates zu beginnen, den ich zur Aufsuchung kleiner gebrechlicher Tiere konstruierte (* Ich habe es »Oberflächenkurve« benannt (Chalut de surface).*), die an mondlosen Nächten aus einer gewissen Tiefe emporsteigen und an der Oberfläche das glitzernde Meerleuchten hervorrufen.

Ob sie weit schwimmen oder diesen Aufstieg hart erkämpfen müssen? – Kaum sieht man ihre Unmassen jemals vor Mitternacht erscheinen, aber dann sieht es aus, als ob das Schiff Feuerwellen aufwerfen würde, und hinter ihm schließen sich die Wasser wieder unter einem Funkenregen. Wo alsdann das Auge in das ruhige Wasser eindringt, bemerkt es eine lebendige Masse, die je nach den Stößen und Reibungen verschiedenartig leuchtet und schillert.

Die durch die Anzahl ihrer Arten ins Staunen versetzende und durch die Gestalt und die Feinheit der Einzelwesen überraschende pälagische Fauna bewegt sich periodisch in einer vertikalen Oszillation; sie gleicht einer belebten Welle, die zugleich mit der Nacht den Ozean umwogt, während sich in ihrem Schoße unaufhörlich ein ruheloser Daseinskampf abwickelt. Die Schauspiele der Liebe, der Jagd oder des Todes, die sich dort zwischen den Grenzen des Tageslichts und den Tiefen des Abgrundes abspielen, ziehen in überreicher Fülle und Gestaltung vor den inneren Augen des Forschers vorbei, den die Wissenschaft in dieses von Leben durchsättigte Gebiet führt.

Fische aller Größen, Haie, Thunfische, Scopelus und hundert andere noch, machen da aufeinander Jagd; die einen tragen glänzende Schuppen, die anderen leuchtende Punkte, und alle sind für den Angriff und die Verteidigung bewaffnet, weil, in Ermangelung von Pflanzen, einer vom andern lebt. Krustrazeen in einer unendlichen Mannigfaltigkeit der Formen, umhüllt von einem durchsichtigen Panzer, unter dem die farbigen Organe zucken, am ganzen Körper mit Scheren und Stacheln versehen, kreisen da lebhaft umher, steigen auf und nieder; die einen mit ihren als Ruder organisierten Gliedern sich fortbewegend, die andern dahinschießend wie von einer geheimnisvollen Kraft losgeschnellte Pfeile. Dicke, kurze Mollusken rollen herum, inmitten von Ringelwürmern, die wie fliegende Schlangen flattern. Die langhaarige Medusa, die nur einer einzigen Bewegung fähig ist, die ihr durch den Pulsschlag ihres Schirmes ermöglicht wird, verlängert ihre giftigen Haarstränge, die alles, was in ihre Nähe kommt, erfassen und töten. Die ebenfalls durchsichtigen Salpen, die durch einen schleimigen Muskel aneinanderkleben, schwimmen in Ketten, bald zu großer Länge entwickelt, bald in einen trägen Knäuel zusammengerollt, je nachdem das reifere Alter oder die Wildheit des Meeres ihre nachlässigen Reihen auflösen oder nicht.

Zuweilen schwimmen Riesen vorbei, wie die Wale oder Butzköpfe, und suchen inmitten dieser Menge von Lebewesen ihr eigenes Leben zu fristen, und allein die Fortbewegung ihrer Körper jagt schon, mit der Roheit des Unbewussten, Legionen auseinander. Ungeheuer, wie gewisse Polypen, die ihre Natur an den Abgrund fesseln und die das menschliche Auge noch niemals im ganzen und lebend gesehen hat, bewegen sich mittels Zurückdrängens ihrer Trichter in Gründen, deren finstere

Räume unseren Nachforschungen noch unzugänglicher sind als der Meeresgrund.

Überall ersteht bei dieser unaufhörlichen Zerstörung in der Höhe und in der Tiefe neues Leben aus den Ruinen, überall schwimmen die Larven und Embryos, je nach ihrem spezifischen Gewicht von der Strömung getragen, herum. So können die an den Ufern des einen Kontinentes entstandenen Keime das Meer durchqueren und dabei Umwandlungen durchmachen, die kurz alle jene Phasen zusammenfassen, welche im Laufe der Zeiten die Gattungen, von denen sie stammen, durchlebten. So findet man zum Beispiel sehr weit im Atlantischen Ozean Hummernlarven, die unter den verschiedensten Abenteuern bis zu jenem Tage herumvagabundieren, wo sie, wie die Samenkörner, die erst aufgehen, wenn sie einen günstigen Boden gefunden haben, ihre Entwicklung erst weiter fortsetzen, wenn sie an der richtigen Küste landen.

Der Tag erscheint, und auf der grauen Meeresfläche bleiben einige tote oder sterbende Wesen allein zurück: die Opfer des nächtlichen Kampfes, die bei den Zufällen der fürchterlichen Jagd vergessen wurden. Zum ersten Male bescheint die Sonne diese aus tiefen Regionen emporgekommenen Körper, und die Seevögel, die sie bei ihren unaufhörlichen Kreisflügen erspähen, zerreißen sie schließlich unter schrillem Geschrei. Häufig bieten diese Kadaver Formen von einer nur den Meerestiefen eigenen Seltenheit dar, und das Auge des Gelehrten untersucht sie deshalb mit Sorgfalt, wenn er ihrer in früher Morgenstunde habhaft werden kann. Man lässt dann sofort ein Boot ab, das längs der Kiellinie hinfährt und den kleinen Kadaver auffängt, mit denen das Laboratorium unter Umständen um ein kostbares Stück bereichert wird. In der Regel handelt es sich dabei um den Bewohner großer Tiefen, den die Jagd oder die Flucht über das Gleichgewicht der in seinem Körper enthaltenen Gase hinausgetrieben hat, so dass diese, durch das Schwinden des Luftdrucks anschwellend, aus dem Körper einen wirklichen Luftballon machen und ihn so in die Höhe treiben.

Die ersten ozeanographischen Zoologen, die in die Geheimnisse dieser schwimmenden Zigeunerwelt eindringen wollten, verfügten nur über Schmetterlingsnetze, die sie über die Oberfläche hinzogen oder etwa hundert Meter tief ins Meer versenkten; die auf diese Weise zustande gebrachten Fänge lieferten nur matte und kleine Arten zutage. Um tiefer aus dem Schatz des Meeres schöpfen zu können, konstruierte ich ein sehr umfangreiches Werkzeug, das jedoch in Rücksicht auf die leichte Zerstörbarkeit der unterseeischen Fauna selbst sehr zarter Konstruktion ist. Es ist dies ein Sack aus sehr feiner, aber sehr fester Seidengaze mit zwei Flügeln aus Hanf, die sich links und rechts öffnen, und mit einem Vorhang, die sich stark nach unten neigt. Ein Metalleimer mit labyrinthischen Windungen bildet das Ende des Werkzeugs. Korken sind am oberen und Bleikugeln am unteren Rande angebracht.

Die Flügel des untergetauchten Apparates gehen infolge langsamen Zugs des Schiffes auf zwei divergierende, an ihrem Ende angebrachte Platten auseinander und schieben sich gegenseitig die angetroffenen Tiere zu, bis diese, zurückgehalten durch den Vorhang, nach unten entkommen wollen und in das Labyrinth des Eimers gelangen, der sie dann gegen die gegenseitigen Reibungen und die heftige Strömung schützt. Man lässt den Apparat auf hundert Meter Kabellänge hinab, damit er abseits vom Schiffe in jungfräulichem Gewässer arbeite; bald wird der von phosphoreszierenden Tieren vollgefüllte Sack eine bläulich schimmernde Masse, der, fernab auf der Hohlsee, an der kaum noch sichtbaren Kielfurche auf und nieder steigt.

Wenn das Netz an Bord zurückgebracht wird, bietet es ein zauberhaftes Schauspiel: Mit der phosphoreszierenden Materie gesättigte Wassermassen überschwemmen den Boden und fallen in blitzenden Sturzbächen ins Meer zurück, während sich der Fang zuckend und leuchtend auf dem Deck ausbreitet. Auch die Maschen des Netzes und die Hände und Kleider der Mannschaften funkeln. Und wie eine Zaubervision wird dieses feenhafte Bild von der unter den geblähten Segeln herrschenden Finsternis verschlungen. Die Porzellanwannen und die Glasbehälter füllen sich alsdann mit dem Tiermaterial, und unter dem intensiven Licht des Laboratoriums zappeln die Millionen Gefangenen nach allen Richtungen. Sie, die niemals Grenzen im Ozean gekannt, scheinen durch die Enge ihres neuen Horizontes ganz sinnverwirrt zu sein.

Unter der Vergrößerung des kristallklaren Wassers erblickt man undurchsichtige Krustazeen (*Krebstiere*), kleiner als Sandkörner, pfeilgeschwind durch die Menge fliegen; wieder andere Tiere, längliche oder zusammengeballte, schmale oder breite, bewegen sich durch das Zusammenkrampfen ihrer Füße vorwärts, und ihre Augen strahlen einen phosphoreszierenden Schein aus. Gelatineartige Gebilde sieht man mittels unsichtbarer Werkzeuge sich nach allen Richtungen hin bewegen; winzige Medusen führen langsam ihren Schirm ohne Schaden durch den wilden Haufen spazieren; Pfeiltierchen, deren spindelartiger Körper wie ein Torpedo durch das Getümmel gleitet, Staatsquallen, wie bewegliche Kronleuchter, und zahlreiches anderes Getier in der unendlichen Mannigfaltigkeit der Formen.

Und dann: ganz kleine Fische, mit Silberschuppen auf schwarzem Grunde, die rechts und links, zwischen ihrem unverhältnismäßig großem Munde und ihrem Schwanz, eine Reihe Punkte, wahre Karfunkel, aufweisen, die wir in unserer gegenwärtigen Unwissenheit für künftige noch in der Entwicklung begriffene Augen ansehen.

Man entdeckt auch seltsame Tiere, deren völlig durchsichtiger Körper seine Gegenwart nur durch die Ortsveränderung der benachbarten Massen, die er vor sich hertreibt, verrät. Es sind dies Wesen, die nicht eine Spur von Schatten geben, obwohl sie alle zum Leben nötigen Organe besitzen. Man sieht endlich die Trümmer von solchen Tieren, die unser Fangwerkzeug in diesem volkreichen Meere beschädigte und die aneinanderklebend hie und da eine Art Wolke bilden.

Die Gelehrten des Laboratoriums neigen sich mit ihren Instrumenten über diese belebten Haufen, um aus ihnen die intimsten Geheimnisse des Ozeans herauszulesen, bis zu dem Augenblick, wo sie durch einen Tropfen in diesen Mikrokosmos gegossenen Giftes alles Leben, das sich so mannigfach kundgibt, aufhören lassen, damit die Formen konserviert werden und deren Beschreibung gegeben werden kann. Die hingeopferten Lebewesen stellen nacheinander ihre Bewegungen ein und fallen auf den Boden ihres Gefängnisses, wo sie ganze Berge von Leichen bilden.

Zweifellos entgehen unseren Fangwerkzeugen noch sehr viele pelagische (*zum Meer, zur Tiefsee gehörend*) Arten; so bemerkt man häufig des Nachts bei Meeresleuchten, wenn man auf die Rahen steigt, das Schiff inmitten einer Bank von Fischen, die so groß ist, dass die Durchfahrt mehrere Stunden dauert. Wenn die durch das Geräusch des Vorderstevens erschreckten Kolonnen nach allen Richtungen dahinfliehen, spritzen dann ununterbrochen Feuerstreifen, wie die Strahlen eines vor dem Schiffsvorderteil ausgebreiteten Fächers in die Höhe. Doch haben wir noch keine Ahnung, zu welcher Gattung diese Tiere gehören.

Die Sonne kehrt wieder, und die pelagische Fauna verschwindet, als ob das belebende Gestirn sie mit ihrem Feuerschein, ihrem teuflischen Aussehen und ihren grausamen Sitten zur Hölle zurücktreiben wollte. Große Fische, vor allen die Thune, gleiten dann wie die Herren des Meeres dahin, oder sie halten eine wilde Jagd ab, dabei aus dem Wasser herausschnellend, so dass man meinen könnte, sie wären beauftragt, die Säumigen zurückzujagen.

Aber auch sie sind vor unseren Untersuchungen nicht sicher, und ich konnte bereits feststellen, dass jene Tiere, deren Fang nur in der Nähe des Landes bekannt ist, einen großen Teil des nördlichen Atlantischen Ozeans durchstreifen. Wenn ich mich ihrer Gegenwart versichern will, brauche ich nur das folgende Mittel anzuwenden: Wenn bei Tagesanbruch die Geschwindigkeit des Schiffes einige Knoten nicht überschreitet, legt man lange Angelschnüre zu beiden Seiten und am Hinterteil des Schiffes aus, die man, damit sie dem Kielwasser fernbleiben und nicht durcheinanderkommen, an Angelstöcken anbringt. Diese Angelschnüre besitzen Fischhaken, an denen grobgeschnittene Maisblätter in der ungefähren Form eines Tintenfisches angebracht sind. Sie stehen mit einer Schlagglocke in Verbindung, die sofort ertönt, sobald ein Thun anbeißt. So verlangt das Tier selbst seine Aufnahme an Bord.

An verschiedenen Küsten ködert man auf diese Weise Makrelen, die leiblichen Verwandten des Thuns, indem man ein Pfeifenrohr nachschleppen lässt; die Barsche mit einem alten glänzenden Löffel und die Polypen mit dem Stück eines zerbrochenen Spiegels. Auf diese Weise ist oft ein Stück alten Hausrats noch imstande, die Granden des Ozeans auf die Pfanne zu bringen.

Sobald sich ein Thunfisch fängt, eilen die Matrosen beim Klang der Glocke herbei und ziehen mit vereinten Kräften, unter dem Knarren ihrer Stiefelabsätze, auf die sie sich stützen, die betreffende Angelschnur an Bord. Bald gelangt ein gediegener, muskulöser Fisch von 10, 20 oder 30 Pfund über die Bordwand, der mit seinem mächtigen Schwänze zappelnd um sich schlägt, bis er sich nach und nach beruhigt. Hernach tut man ihn in eine Kufe, wo bereits diejenigen seiner Vorgänger drin sind, welche die Opfer der gleichen Versuchung geworden und deren letzter Schlaf durch den kraftvollen Todeskampf des Neuankömmlings jetzt gestört wird. Hundert Pfunde schönen auf so leichte Weise gefangenen Frischfleischs tragen zur Vervollständigung des Lebensmittelvorrats schon etwas bei. Welch gefundenes Fressen, wird man sagen. Jawohl, für die Matrosen schon, die sich unbegrenzt damit gütlich tun können, aber nicht für feinere, das heißt degeneriertere Naturen, denen dieses schwere Fleisch den Magen in Unordnung bringt und die Nachtruhe stört.

Ein solcher Fang war übrigens an Bord der »Hirondelle« auch nur eine trügerische Erscheinung, von der man annahm, dass sie die Alltäglichkeit der langweiligen Konserven unterbrechen werde, mit denen man auf diesem Schiffe in Ermangelung einer Kühlvorrichtung die Matrosen ernährte. Der Betrug begann in dem Topfe, wo die Köpfe der Thunfische im Verein mit Kartoffeln und Zwiebeln zu einer erstklassigen Suppe verkocht wurden und sich dabei mit ihrem bösartigen Auge herumdrehten und sich für die Guillotinierung dadurch zu rächen schienen, dass sie versengenden Dampf dem Koch ins Gesicht schleuderten. Das Ende davon war ein Alpdruck, der den Leuten nach einem glücklichen Arbeitstag die schönsten Träume hinwegnahm, wenn sie, durch die wohlriechende Schüssel in gute Laute versetzt, vertrauensvoll einschliefen.

Die Schrecken traten dann zuweilen in Gestalt eines schweren Fisches in Erscheinung, der sich auf seinem gespaltenen Schwanz in die Höhe richtete und auf dem angeschwollenen Bauche seiner Peiniger herumtrampelte, indem er sie mit seinen spitzen Flossen im Takte ohrfeigte und seine wütenden Blicke auf sie richtete.

Wenn die Thunfische aber auf dem Mittagstische eine Enttäuschung herbeiführen, so ist dies am Laboratoriumstische keineswegs der Fall, da der Magen in der Regel die noch unverdorbene letzte Nahrung enthält und uns auf diese Weise Tiere liefert, die uns kein Fangwerkzeug zu erlangen imstande wäre. Die andern Organe liefern uns Parasiten, jene sonderbaren Lebewesen, die ihr Heim im Innern der tierischen Körper, sogar mitten in den dichtesten Geweben aufschlagen, sich dem Schicksal eines höheren Lebewesens anvertrauen und auf Kosten seiner Substanz leben. Sie dürfen mit den weniger indiskreten Schmarotzern, die sich außerhalb des Körpers aufhalten und es nur auf einen Raub der Nahrung abgesehen haben, nicht verwechselt werden. Diese nennt man Kommensalen.

Der ganze weite Meeresraum strotzt von Leben; ein Beispiel wird erhärten, auf welche Unendlichkeit der Forscher bei dem Studium dieser Lebensäußerungen zu stoßen vermag.

Während einer Reise der »Hirondelle« besuchte ich die Sardinenfischereien von La Corogne in Galizien, wo ich folgendem Schauspiel beiwohnte. Sobald die Buchtwächter die Ankunft eines Schwarmes melden, schneidet man diesem den Rückzug mit einem ungeheuren Nezte, cedazo genannt, ab, das wie ein Vorhang gearbeitet ist, 1600 Meter in der Länge und 30 Meter in der Höhe misst und von etwa hundert Leuten auf ca. vierzig Fahrzeugen gehandhabt wird. Mit Kabeln von 2500 Metern Länge, die am Ufer durch Windemaschinen angezogen werden, treibt man diesen Vorhang langsam der Küste zu.

Wenn der Moment kommt, wo das dem Lande sich nähernde Netz auf dem Boden anlegt, löst man die beiden äußersten Enden los, um auf diese Weise eine kreisförmige Einfriedigung zu erhalten, in welcher die Sardinenbank wochenlang lebend gefangen bleiben kann. Ringsherum ausgelegte Anker halten den ganzen Apparat in der einmal gebildeten Gestalt dauernd fest. Diese Manipulation erfordert zu ihrer Ausführung 10 bis 14 Stunden.

Einzelne Züge dieser Art ergeben drei bis vier Millionen Sardinen; im Jahre 1834 lieferte ein solcher Zug neun Millionen Stück, und es kam schon vor, dass an ein und demselben Tage drei Züge 12 Millionen Fische auffingen.

Zwei meiner Mitarbeiter, Pouchet und de Guerne, die in La Corogne die Nahrung der Sardinen studierten, wiesen nach, das diese, wenigstens in dieser Jahreszeit und an dieser Küste, fast ausschließlich ein kleines Lebewesen, ein Peridinium, bildet. Nach den Messungen der beiden Gelehrten kann der Inhalt eines einzigen Darms (abgesehen vom Magen) auf zwanzig Millionen Peridinien geschätzt werden. Wenn man für jedes Einzelwesen eines Sardinenschwarms eine dreimal im Tage vorgenommene Mahlzeit annimmt, so erhält man eine Zahl, die einen schwindelig machen kann. O du blaues Meer, das den Poeten göttliche Begeisterung eingibt, hüte dich, ihnen zu sagen, was in deinem Schoße wimmelt.

Als ich von meiner Oberflächen-Kurre sprach, sagte ich, dass sie einzig für die pelagischen Tiere bestimmt sei, die durch die Natur ihrer Organe in die Lage gebracht werden, dieser nächtlichen Oszillation zu folgen, die eine lichtfeindliche Welt an die Oberfläche bringen. Um die viel tiefer, jedoch noch weit über dem Meeresgrund lebenden Gruppen zu erreichen und um deren Lebensbedingungen bestimmen zu können, musste man Kombinationen von Apparaten suchen, die gestatten, diese Wesen ohne Beschädigung auf Tausenden von Metern zu erlassen und gleichzeitig die Meeresschicht festzustellen, aus welcher der Fang stammt.

Keine der vorher in der kleinen Welt der wissenschaftlichen Schifffahrer verwendeten Erfindungen erschien mir praktisch und sicher. Auch ich hatte schon vielfache vergebliche Versuche gemacht, als ich eines Tages auf der Expedition, von der ich eben spreche, eine Idee bekam, welche die Grundlage eines neuen Verfahrens bildete, durch das ich auf dem Gebiete der pelagischen Untersuchungen verschiedene Fortschritte erzielte und das deren noch wichtigere zu liefern imstande sein wird.

Das Problem lag folgendermaßen: Man musste in die beabsichtigte Tiefe ein sehr fest geschlossenes Seidennetz versenken, es dann öffnen, schleppen lassen und wieder schließen, ehe man es aufzog. Hierfür hatte man bisher nur eine kleine Zahl von Hilfsmitteln in Betracht gezogen, wie die Aufbringung von zwei Laufringen längs des Kabels, von denen der erste die Öffnung, der zweite der Schließung einer Türe durch das Klinken der Sprungfedern besorgte, oder eine in gleichem Sinne arbeitende Schraube, die durch den Gegendruck des Wassers in Tätigkeit gesetzt wird, wenn der Apparat, der zuvor auf die gewünschte Tiefe versenkt war, unter Anwendung langsamen Zuges sich horizontal weiterbewegt.

Bei diesen ebenso feinen wie komplizierten Apparaten war man aber niemals sicher, ob die Funktion auch richtig vonstatten gehe; es genügte in der Tat irgendein Fremdkörper oder bloß das Dazwischenkommen einer Meduse oder Staatsqualle, um das Einspielen einer solchen Feder zu hindern.

Das neue Prinzip meiner Erfindung bestand nun darin, das Gewicht und den Fall meines Apparates auszunützen, um unter sehr einfachen Bedingungen die Öffnung des Netzes zu erreichen. Es wird dann weiter nur noch ein einziger Laufring für die Schließung erforderlich. Ich ließ zuerst ein Stahlkabel hinab, an dessen Ende eine gusseiserne Platte befestigt war. Dann versenkte ich an diesem Kabel mein Fangnetz, das so konstruiert war, dass sich die Öffnung in dem Momente aufklinkte, sobald es auf die Gusseisenplatte aufstieß. Wollte man die Operation beenden, ließ man auf demselben Wege den einzigen Laufring hinab, der durch eine andere Klinke wieder die Schließung bewirkte.

Wir machten uns nun unmittelbar an die Arbeit und konstruierten mit dem an Bord befindlichen sehr dürftigen Hilfsmaterial den von mir ersonnenen Apparat, der einige Tage später unter allgemeiner Spannung in die Tiefe gesenkt wurde.

Man kann sich meine Freude vergegenwärtigen, als ich am Grunde des Sackes mehrere kleine geheimnisvolle Wesen erblickte, welche die Anwendung meiner Idee aus solchen Tiefen heraufgeholt hatte. Ich betrachtete diese untersten Bewohner unbekannter Gegenden, während ich mir die Phasen ihrer Odyssee, ihres Aufstiegs zur Sonne, vergegenwärtigte, den Weg den flüssigen Raum hindurch, wo, zonenweise verteilt, all die verschiedenen Arten, die wir in unseren Glaspokalen ansammeln, übereinanderleben. Und mit einer gewissen Dankbarkeit betrachtete ich das Instrument, das mir soeben einen neuen Genuß verschafft hatte.

Wir waren mitten in den Juli hineingelangt, ehe unsere Beschäftigung, die unsere ganzen Kräfte in Anspruch nahm, uns nur gestattet hätte, die Flüchtigkeit der Zeit zu bemerken oder die Ferne des Landes zu bedauern. Es gibt aber Menschen, die so geartet sind, dass es ihnen unmöglich ist, längere Nervenanspannungen zu ertragen, ohne bald die Reaktion zu fühlen. Wird dann ihr Geist ausschließlich von Genüssen berauscht, bei denen das Herz ausgeschlossen ist, so erfüllt sich dieses mit Trauer, und Entmutigung überkommt sie, wie eine Müdigkeit bei Vollbringung harter Arbeit.

Wenn die Nacht mit ihrer Stille und Ruhe mich in solcher Stimmung findet, dann lausche ich den Geräuschen, von denen ein fahrendes Schiff durchbebt ist. Und das Echo des durch die Rahen pfeifenden Windes, des an die Schiffsflanken antosenden Meeres, der Kämpfe, die die Gefährten auf Deck in Erfüllung ihrer Aufgabe bestehen, erweckt aufs neue meinen Mut, so wie der Atem der Geliebten oder das Knistern ihres Kleides die Sehnsucht anspornt ... Ebenso wie Glockenklänge, die das Gebet in Gemüter zurückführen, wo der Glaube schon verschwunden, wie Fanfaren, die in friedlichen Seelen den kriegerischen Atavismus loslösen, wie der sanfte Ton einer vergessenen Stimme, der die Bilder verlorener Liebe im Traume erscheinen lässt.

Eines Tages bei völlig ruhigem Wetter, das die auf dem Meeresspiegel schwimmenden Gegenstände von großer Entfernung aus erkennen ließ, wurde mir ein Wrackstück gemeldet. Die Begegnung mit Objekten dieser Art erregt in der Küche wie im Laboratorium immer große Freude, denn sie sind oft von einer Menge von Tieren umgeben, namentlich wenn sie durch längeres Umherschwimmen mit Enten-Muscheln besetzt sind. Diese Krustazeen lieben das Vagabundenleben so sehr, dass sie sich an alles, was sich umherbewegt, ansetzen, und bauen sich, wenn sie nichts anderes finden, selbst ein Floß, das sie sich aus einem schäumenden Speichel zurechtbrauen. Sie sind die richtigen Ozeanbummler. Mit der Zeit erreichen sie eine große Länge und bilden dann auf allen dem Lichte zugewendeten Flächen ihrer Unterlagen einen dichten Wald, dessen Einzelbestandteile mit dem Wellengang hin und her schaukeln und sich je nach den empfangenen Stößen oder Erschütterungen verlängern oder zusammenziehen.

Sofort wurde ein Boot, mit Harpunen, Handnetzen und Glasgefäßen ausgerüstet, abgelassen, und dieses erkannte in dem Wrack einen ziemlich alten Eichenpfosten, der so sehr mit Enten-Muscheln besetzt war, dass er kaum noch schwimmen konnte. Dicke Fische in beträchtlicher Anzahl drängten sich um unser Boot, und in fünf Minuten hatten wir gegen zwanzig harpuniert. Es waren Riesenbarsche, die die Wracks zu bevorzugen scheinen, denn man findet sie immer in deren Nähe. Außerdem schwammen zwischen den aufgelösten Reihen der Barsche dichte Scharen anderer, kleiner, aber sehr glänzender Fische hin und her, die bei jeder ihrer geschickten Wendungen ein Bündel vom Blau des Wassers gebrochener Strahlen an die Oberfläche schleuderten.

Das Meer zeigte hier eine um so erstaunlichere Dichtigkeit des Lebens, als die ganze Umgegend sonst ziemlich öde erschien. In diesem auf dem Atlantischen Ozean als ein Spiel der Strömung und der Stürme herumirrenden Wrack mit seiner bunten Gefolgschaft fand mein Geist ein neues Problem dieser wunderbaren Seewelt, als plötzlich ziemlich nahe bei meinem schwanken Boote drei Wale sichtbar wurden. Nicht allein, dass sie ganze Wolken verdampfenden Wassers zum Himmel schnellten oder von Zeit zu Zeit ihren runden, dicken, schokoladefarbenen Rücken im Sonnenglanze erscheinen ließen, lieferten sie mir auch das Schauspiel gewisser Belustigungen, deren Zweck ich mir nie recht erklären konnte. Sie traten einer nach dem andern senkrecht bis zur Höhe eines Hauses aus dem Meere heraus, während ihr Schwanz im Wasser blieb, und ließen sich dann mit einem furchtbaren Plumps, dabei ringsherum hohe Wellen aufwerfend, wieder auf ihre Flanken oder auf den Rücken fallen.

Ich glaube, dass die kolossalen Tiere sich in solchen Fällen unterm Wasserspiegel einander nachstellen und, durch den

Eifer geblendet, in gerader Linie zur Oberfläche emporsteigen, ohne die Entfernung zu berechnen, so dass sie durch die angenommene Schnelligkeit einfach bis in die Luft schnellen. Diese Unbesonnenheiten des schelmischen Wals wird nicht jedermann zu schätzen wissen; ich ergötze mich immer aufs höchste dabei.

Die Ruhe des Meeres gab mir Gelegenheit zu einem Experiment, das zwar nicht selten ist, das aber die Umstände nicht immer auszuführen gestatten. Ich ließ das Wrack auf das Deck der »Hirondelle« ziehen. In dem Augenblick, wo dieses das Meer verließ, entstand unter den Fischen, die ihm gefolgt waren, eine vollständige Verwirrung; sie kreuzten nach allen Richtungen, um immer nach der Hebungsstelle wieder zurückzukehren, wie eine Meute, die die Spur verloren hat.

Das von den Enten-Muscheln zurückgehaltene Wasser strömte in Bächen auf das Deck, und nach und nach fielen auch die Muscheln ab und bewegten ihre Haaranhängsel in der Luft. Man hörte ein Knistern, das aus den beim Einschrumpfen des klebrigen Fleisches aufzischenden Blasen hervorkam. Bald kroch auch eine Menge Tiere hervor, die in der Dichtigkeit dieses buschigen Waldes verborgen waren, wie Krabben, pelagische Krustazeen, Anneliden, die durch die unbekannten Eindrücke dieser Katastrophe sehr erschreckt davonliefen.

Es war aber für diese ewigen Pilger des Ozeans mit den Überraschungen noch nicht zu Ende, denn unbarmherzige Finger, Zangen, Schmetterlingsnetze verfolgten sie trotz des Protestes ihrer Kiefer, Füße und Fühler, um sie in Alkohol zu tauchen, der wie ein Feuerstrom in sie eindrang und ihre Glieder im Todeskampf erschütterte.

Als man einen Teil der Oberfläche des Wracks aufriss, bemerkte man auf dem bloßgelegten Holze von Pfahlmuscheln ausgehöhlte und bewohnte Löcher. Wir nahmen mehrere dieser Tiere aus ihren Höhlen und fügten sie unseren Sammlungen ein. Nach eingehender Untersuchung warf man das verwüstete Wrackstück mit einem ungestümen Schwung wieder ins Meer, und sofort setzte sich eine Möwe darauf, als ob sie gegen diese Ergreifung eines ihr gehörigen Gegenstandes protestieren wollte.

Als die »Hirondelle« an einem schönen Julitag des vorigen Jahres, auf der Fahrt von den Azoren nach Neufundland begriffen, eben die zahlreichen Trümmer eines neuerlichen Schiffbruchs passierte, signalisierte man einen riesigen Mondfisch, der wie ein gewöhnlicher Riesenbarsch lässig einem Holzpflock nachschwamm. Welch seltsames Tier ist dieser Fisch, mit seinem plattgedrückten Leib, der auf der Schmalseite aufrecht steht, und seinen beiden verlängerten Flossen, von denen die eine auf der Bauchseite dem Sturm-Besan eines Schiffes, die andere, am Rücken befindliche, einem lateinischen Segel gleicht; namentlich wenn der an der Sonne eingeschlafene Fisch letztere beim Rollen der Wogen hin- und herschlenkern lässt. Vor seinen zwei Brustflossen, die so klein sind, dass man sie nicht sofort sieht, und die wie gestutzte Glieder aussehen, zeichnet sich ein direkt menschlich dreinsehendes Profil ab.

Die Mondfische sind besonders stark von Parasiten heimgesucht; namentlich findet man an ihnen platte, kleinen Silberstücken ähnliche Krustazeen, die bald außerhalb des Fischkörpers auf und ab gleiten, sich bald wieder mit starken Klammern an dessen Haut festsetzen, so dass es fast unmöglich wird, sie dort zu entdecken. Auch noch andere Parasiten, so rot und länglich wie etwa mit Federn versehene Regenwürmer, sieht man dort bis auf mehrere Zentimeter Tiefe eingebohrt, zuweilen auch in den Augen des Tieres, aus denen sie dann wie buschige Grashalme heraushängen. In den Eingeweiden dieser Fische entdeckt man Bandwürmer, in ihrer Leber ganze Haufen verschlungener Zestoden und Trematoden, die manchmal so zahlreich sind, dass sie eine größere Masse bilden als der noch vorhandene Rest der Leber.

Ein kleines Boot wurde ins Meer gelassen, und ich näherte mich langsam dem Tiere, um es zu harpunieren. Es ließ mich ruhig herankommen, ohne zu fliehen oder sich zu sträuben; sowie es aber getroffen war, setzte es seine kleinen Flossen in Bewegung und strebte nach unten. Ich hielt die kurze Leine der Harpune fest, fühlte aber, dass mein leichtes Boot die Kraft dieses Ruckes nicht aushalten würde, und fürchtete zu kentern. Glücklicherweise befand sich ein Ende des Wrackstückes im Bereich meiner Hand, und ich konnte im letzten Moment die Leine einige Male darum herumwinden. Trotz der Erschütterungen, denen mein zufälliger Retter ausgesetzt war, fand der Mondfisch doch seinen Meister und geruhte schnell zu sterben, was mich aus einer neuen Verlegenheit herausbrachte, denn der vom Wind im Stich gelassene Schoner trieb immer weiter von mir ab. Ich und der einzige Matrose, der mit mir im Boot war, hatten große Mühe, die Beute zum Schiff zu bugsieren, und das Hinaufziehen des Fisches auf das Deck war erst recht keine leichte Sache.

Während ich vom Boote aus den Vorbereitungen für dieses Schlussmanöver zusah, bemerkte ich zahlreiche kleinere Fische, die wie toll um den Kadaver herumkreisten, und ich begriff, dass diese Fische die Satelliten des großen Fisches waren, wie dieser der Satellit des Wrackstückes gewesen. Um einen dieser Fische mit einer ganz kleinen Harpune einfangen zu können, musste das Aufziehen der Beute an Bord einen Augenblick unterbrochen werden. Ich erreichte aber mein Ziel nicht, und als ich nach verschiedenen Versuchen erneuten Befehl erteilte, das große Tier aufzuziehen, sah ich, wie sich die Fische auf ihren aus dem Wasser gehenden Meister stürzten und sich an ihm wie die Blutegel festhielten. Auf diese Weise gelangten sie bis auf das Deck der »Hirondelle«; meine Befriedigung über diese unvorhergesehene Lösung, welche die ersehnten Stücke in meine Hände führte, wurde mir nur durch die Erinnerung an die vergebliche Mühe, die sie mir eben bereitet hatten, etwas verdorben. Es waren Schildfische, denen ein über ihrem Kopf befindlicher Saugnapf gestattet, sich an den Gegenständen ihres Gefallens festzuhalten, wenn diese einen zu schnellen Gang annehmen oder wenn Fälle wie der vorliegende ihm ein für die einfältigen Wesen unfassbares Schicksal bereiten.

Der seinem Aussehen wie seinen Gepflogenheiten nach ziemlich langweilige Mondfisch trägt in den dicken Büchern des Laboratoriums den etwas schwerfälligen Namen Orthagoriscus mola, der ihm vollkommen geziemt. Unser Exemplar wog 350 Kilo.

Die Nahrungsmittel der bunten Gesellschaft, die sich um solch ein Wrackstück gruppiert, blieben mir unbekannt, da die unter solchen Umständen aufgegriffenen Exemplare fast durchweg leere Magen hatten. Doch scheint ein bestimmtes Gesetz bei dieser Schein-Tischgesellschaft zu walten. Ich ließ oftmals große Bojen, die zur Befestigung bestimmter Apparate ausgesetzt werden, mehrere Tage im offenen Meere schwimmen. Wenn ich dann zu diesen zurückkehrte, fand ich schon ein oder zwei große Fische, eine Gesellschaft kleinerer Fische oder gar eine Schildkröte vor. Wurde der Apparat dann heraufgebracht, folgten ihm ebenfalls Fische, die über sein Verschwinden in den Lüften ganz trostlos erschienen und sich nicht früher entfernten, bis sie nicht rund um das Schiff herumgeschwommen waren. Im Mittelmeer betrachtet man einen meterlangen, bandförmigen blauen und gefransten Fisch, der sich um ein aufgezogenes Tau herumschlingt und manchmal sein Maul derart daran festhält, als ob er hypnotisiert wäre; es ist dies ein Regalecus.

Delphine, die sich vor dem Schiffe herumtummeln, zu harpunieren ist für kräftige Seeleute eine Freude. Während der Reise, von der ich hier spreche, habe ich öfter solche Fänge gemacht, die namentlich dann für das Laboratorium sehr schätzenswert waren, wenn die Fische ihre letzte Mahlzeit in einer gewissen Tiefe eingenommen hatten und die Wirkung ihres Verdauungssaftes den Inhalt ihres Magens noch nicht zu sehr beschädigt hatte.

Zuweilen unterbricht eine Truppe Delphine die Jagd nach Beute, um unter dem Vordersteven des Schiffes ein bisschen zu spielen. Der Harpunist klettert alsdann aufs Bugspriet, steigt zum Stampfstock hinab und befindet sich da gerade über jener Stelle, die diese Tiere mit Vorliebe aufsuchen. Immerhin ist im Interesse seiner Sicherheit wie seiner Annehmlichkeit erforderlich, dass das Meer ruhig sei; denn wenn ihn eine Welle von seinem Posten hinwegtriebe und ihn mitten in die Delphine hineinwürfe, würde er nicht gerade gut wegkommen.

Um dieser lustigen Gesellschaft gegenüber, deren Laune höchst wandelbar ist, keine Zeit zu verlieren, lasse ich immer eine Reserve-Harpune zurechtstellen. Die an Bord befindliche, an einer Winde befestigte Leine ermöglicht dem schnell herangelaufenen Zuschauer das gefangene Tier sofort aufzuziehen, um es dem Wasserwiderstande zu entreißen, der es im Verein mit der eigenen Kraft des Fisches leicht wieder ablösen kann.

Die Delphine gelangen bis unter die Füße des Seemannes, der ihren Körper, ohne dass ihre Flossen die geringste bemerkbare Bewegung machen, in seiner nächsten Nähe an der Meeresoberfläche hinstreichen sieht. Er beobachtet ihre gegenseitigen Neckereien vor dem sie treibenden Vordersteven, er verfolgt das Spiel ihrer Leiber, ihrer Spritzlöcher, ihrer Augen, und er hört sogar ihre durch das Wasser erstickten Schreie, die einem gedämpften Pfeifen ähneln, weshalb auch die Matrosen glauben, die Delphine an das Schiff locken zu können, wenn sie in ähnlicher Weise pfeifen. Sieht er dann einen der Fische an einer günstigen Stelle an die Oberfläche kommen, harpuniert er ihn mit seiner ganzen Kraft. Ein sehr kräftiger Stoß ist schon nötig, denn die Harpune muss von einer Seite des dicken und fetten Körpers bis zur andern gehen oder zum mindesten ihre Widerhaken zwischen zwei Seiten des Tieres öffnen, so dass dieses nicht wieder entkommen kann, wenn die an der Leine beschäftigten Leute mit aller Macht anziehen.

Auf den Ruf »Hol an Bord!«, der wie ein banger Befehl aus den versteckten Regionen des Bugspriets ertönt, wird das Opfer rasch aus dem Wasser gezogen und zappelt, nicht weit von seinem Mörder, in der Luft, diesen mit Blutflecken besudelnd. Das Blut bedeckt auch die Schiffswand, fließt bis ins Meer und vereinigt sich da mit der Blutwelle, die in schwerem Flusse aus der Wunde herausrinnt. Bald wird das Kielwasser schaurig mit einem rötlichen Streifen durchzogen, von dem sich die weißen Schaumblasen abheben.

Der Harpunist nähert sich dem Delphin, um so rasch wie möglich eine Schleife um seinen breiten Schwanz zu winden, denn erst dann ist der Fang gesichert. Hierauf steckt er sein Messer dem aufgehängten Tiere in den Rachen, um ihm das noch vorhandene Blut abzuzapfen, das ihm nichts mehr nützt, den Seeleuten aber hinderlich ist. Dann nimmt das Schiff wieder seine frühere Schnelligkeit auf, die es einen Augenblick vermindert hatte, und fährt durch die Delphine durch, die nach allen Seiten über das Wasser davonspringen.

Wenn das getroffene Tier sich aber von der Harpune loslöst, sieht man die andern um die Blutlache herumschwimmen, in deren Mitte die letzten Reflexe des weißen Bauches des getroffenen Tieres sichtbar werden. Der Schauplatz des Dramas kräuselt sich mit neuen Wellen, die die Brise, verstärkt durch das Stoßen des Schiffes, aufwirft, und die Delphintruppe verschwindet nach anderen Seestrichen, während die »Hirondelle« die Stätte den Seevögeln überlässt, die, einer geheimnisvollen Eingebung folgend, sofort an der Stelle des vergossenen Blutes erscheinen.

Sobald ein Delphin an Bord gelangt, wird er im Kreise umstellt, denn er interessiert alle. Sachverständige Matrosen nehmen ihm streifenweise die weiße Speckschicht ab und werfen sie zur Freude der Vögel ins Meer, falls man nicht einige Liter Öl daraus ziehen will, das zur Beruhigung der Wellen bei Stürmen Verwendung findet. Wenn dann sein violettes Fleisch zuckend daliegt, wie die sterblichen Reste eines gefolterten Feindes, kommen die Gelehrten mit ihren Instrumenten, ihren Glasbehältern und Bassins. Das ist dann die kleine Selcherarbeit nach der großen Schlächterei.

Man öffnet den Magen, und oft entspringt der klebrigen Masse der verdauten Materien ein Polyp, wohl keiner der Kolosse, die man nach homerischen Kämpfen den Walfischen entnimmt, aber doch ein Wesen, das bei seinem bescheidenen Äußeren zuweilen von sehr großem Werte für die Wissenschaft ist. Der mittels Scheren seiner ganzen Länge nach aufgeschnittenen Darm überzieht die abgehärteten Finger des Operateurs mit einer feineren, dabei aber nicht appetitlicheren oder wohlriechenderen Flüssigkeit, in der die Bandwürmer ihre endlosen Körper entwickeln und nicht wenig erstaunt sind, in solchem Versteck aufgestöbert zu werden.

Dann kommt die Leber dran, wo die Parasiten wie in einem Käse wimmeln und die man in schöne rosa Schnitte zerlegt, um sie in allen Winkeln prüfen zu können. Und auch der Speck, der wie Marmor glänzt, zeigt in seinen Geweben eingenistete Zestoden.

Wenn die Bistouris wieder in ihren Futteralen stecken, erscheint eine dritte Zerstörergruppe auf der Bildfläche, nämlich die Köche. Mit mehr Ungezwungenheit gehen sie ans Werk und zerschneiden die Filetstücke, die dicken Muskeln und den Kopf, da die verschiedenen Tafeln an Bord, je nach Rang und Geschmack ihrer Gäste, diese Stücke zugeteilt erhalten sollen. Die Mannschaft erhält das gröbere Fleisch in einer breiartigen Zubereitung. Unserem verwöhnten Gaumen wird die Zunge auf kleinen Pfeffergurken in einer pikanten Sauce serviert oder die acht Tage lang in der Sonne geräucherten Filetstücke, die ganz so wie die Filets vom Reh zubereitet werden.

Schließlich erscheinen zwei Mann, zwei Leichenträger, und werfen das unnütze Gerippe über die Bordwand, das sofort wie ein leckes Schiff in den Wellen verschwindet. Die Gewissenlosen! Sie lachten über das Aufklatschen, die die fallende Masse im Wasser hervorrief, und zwanzig Köpfe blickten dem Kadaver nach, der durch unsere Operationen, die zur Befriedigung unserer Neugierde, unseres Vergnügens und unserer Leckerhaftigkeit vorgenommen wurden, ein geradezu faschingsmäßiges Aussehen erhalten hatte.

Nicht ohne Beklemmung, nicht ohne nachträgliche Vorwürfe höre ich noch den Lärm dieser widerlichen Komödie, dieser spöttischen Entlassung eines Lebewesens, dem man mit seinem Fleisch und seinem Blute das Dasein stahl.

Es kommt auch vor, dass man einen Delphin während der Nacht harpuniert; das Bild wird dann besonders malerisch.

Der Harpunist, der inmitten des Tauwerks wie in einem über das Meer gespannten Spinnennetz dasteht, ist von einem blinkenden Feuer umgeben, und die Delphine kommen ihm durch die leuchtenden Schlangenlinien zu Gesicht, die sie um das Schiff, durch die Aufwühlung der phosphoreszierenden Organismen, hervorrufen. Wird eine dieser lebenden Feuerkugeln in den Bereich der Harpune kommen? Da – schon drang diese in das flammende Tier ein.

Unter dem Seegetier, das vom Zufall der rohen Meereskräfte getrieben wird, gibt es eines aus der Gruppe der Staatsquallen, das für jeden, welcher der von der Natur im Interesse des Daseinskampfes angewendeten Verschwendung von Formen nicht gleichgültig gegenübersteht, höchst interessante Eigenschaften besitzt. Ich spreche von der Physalia, die besser unter den Spitznamen der »Seeblase« oder der »portugiesischen Galeere« bekannt ist und die man im warmen Gewässer, namentlich in den Breiten der Azoren vorfindet.

Dieses wie die Medusa aus einer gelatineartigen Masse gebildete Tier zeigt einen Kranz, der mit ausstreckbaren Fasern dicht besetzt ist, die sich in die verschiedensten Funktionen des Organismus teilen und an einer gasgefüllten Schwimmblase hängen. Der Form nach erinnern diese Geschöpfe an einen Generalshut, sind dabei aber nicht größer als zwei Fäuste. Die Fasern, von einer schönen marineblauen Farbe, können sich drei bis vier Meter weit ausdehnen. Sie besitzen eine Unmenge kaum sichtbarer Bläschen, deren jedes, am Ende eines zusammengerollten Fadens, einen kleinen Stachel trägt, der immer bereit ist, sich auf ein Beutestück zu werfen. Außerdem sind diese Bläschen mit einer ätzenden Flüssigkeit gefüllt.

Die Frage, ob sich die Physalia freiwillig oder unbewusst bewegt, ist noch offen. Tatsache ist, dass sie ihre Schwimmblase dem Winde immer unter einem für ihre Schwimmfahrt günstigen Winkel aussetzt. Sie schillert wie altes venezianisches Glas, und es ist wunderbar, das Tier in einem großen Wasserbehälter zu beobachten, wie es seine Fasern ununterbrochen, aber unabhängig voneinander ausstreckt und wieder zusammenzieht.

Sobald irgendein träumerischer Fisch diesem Ballon nahe kommt, sobald er nur ganz leise die streichelnden Fäden berührt, sofort werfen die gereizten Bläschen ihren in Gift getauchten Stachel auf ihn, und das dadurch augenblicklich gelähmte Opfer vermag dem Schicksal, das ihm nun beschieden, keinerlei Widerstand mehr entgegenzubringen. Sofort beginnt ein anderer Kranz von kleineren Fäden, denen die Verdauung obliegt, sein Werk, und der Fisch, der noch vorhin unter dem Glanze seiner silbernen Schuppen vergnügt hin und her zappelte, wird mit einem beizenden Geifer bedeckt, der seine erstorbenen Fleischteile bloßlegt.

Die letzten Tage vor unserer Ankunft auf den Azoren wurden dazu verwendet, die uns begegnenden Physalien zu sammeln, um das in ihrer Schwimmblase befindliche Gas und die Methode zu erforschen, durch die es die Tiere aus dem Meere zieht. Es bedurfte dazu einer großen Geschicklichkeit, denn trotz aller Vorsicht konnte der Operateur es kaum vermeiden, dass ihm nicht brennende Stiche beigefügt wurden, die ihm stundenlang große Schmerzen bereiteten.

Wenn man viel mit Physalien zu tun hat, kann man diesen Unannehmlichkeiten kaum entgehen, da sich ihre lockere Substanz auf alle Gegenstände festsetzt, die mit ihnen in Berührung kommen, ohne dass sich tagelang die Kraft des daran haftenden Giftes abschwächt.

Um das Gas aus dem Schwimmball herauszubekommen, wendet man folgendes Verfahren an. Man taucht das Organ in eine mit Wasser gefüllte Kufe, in die man zuvor eine offene Flasche und einen Trichter gebracht hat. Dann legt man die Schwimmblase unter die Erweiterung des umgekehrten Trichters und lässt dessen Röhre in die ebenfalls umgekehrte, jedoch vom Wasser gefüllte Flasche treten. Wenn man dann der Schwimmblase, die auf diese Weise ein Ballon captif wird, einen Lanzettstich versetzt, entweicht das Gas und steigt in die Flasche, wo es ein entsprechendes Quantum Wasser verdrängt. Wenn durch eine Reihe solcher Operationen die Flasche mit Gas gefüllt ist, verschließt man sie, ehe man sie aus der Balje herausnimmt.

Wir fuhren geduldig zwanzig Tage lang, um die Azoren zu erreichen, wo ich Tiefen von 3000 Meter, die äußerste Grenze für die an Bord der »Hirondelle« eingerichteten Forschungsmittel, zu suchen beabsichtigte. Ich wollte meine Untersuchungen über das Tiefseeleben in der Umgebung jener Gebirgsmasse fortsetzen, welche die Kräfte der Erde 2200 Meter über den Atlantischen Ozean herausgehoben hatten.

Mit der Präparierung der gesammelten Materialien, mit der Beobachtung der neuen Tatsachen, die diese zunächst boten, mit der Erwartung von Ereignissen, die alle Augenblicke eintreten konnten, und mit der Diskussion jener, die bereits eingetreten waren, ferner durch die Freude, die uns das mit unseren kleinen Mitteln unternommene große Werk gewährte, verging uns die Zeit mit einer Schnelligkeit, die den Unnützen und Untätigen, die in einer engen Welt dahinvegetieren, ebenso unbekannt ist wie denjenigen, die den besseren

Teil ihres Lebens aus solchen Vergnügungen zu schöpfen hoffen, die nicht durch edle Bemühungen verdient worden sind.

Der an Leib und Seele gesunde Mensch empfindet eine mächtige innere Genugtuung, wenn er befruchtend auf seine Mitmenschen wirkt, und er empfindet einen berechtigten Stolz, wenn er sich sagen kann, dass er, ohne jemandem zu Dank verpflichtet zu sein, durchs Leben geht.

Endlich, nach 17tägiger Meerfahrt, befanden wir uns am 15. Juli 70 Meilen nördlich der Insel Graciosa, und ich beschloss im Hinblick auf eine vorzunehmende Tiefen-Operation zu loten.

Der für diesen Zweck bestimmte Apparat war etwas vollkommener, als der, welcher mir auf meiner ersten Expedition zur Verfügung stand, er besaß aber dennoch einen großen Fehler. Da er nach dem von dem französischen Marineingenieur Thibaudier für die Expedition des »Talisman« entwickelten Prinzip hergestellt wurde, wäre für seine Verwendung Dampfkraft vonnöten gewesen, so mussten wir uns aber damit behelfen, ihn durch die Kraft der Arme in Funktion zu setzen.

Das stählerne Sondierungstau von 17 Millimeter Dicke und 4000 Meter Länge drehte sich um eine im Mittelpunkt des Decks aufgestellte Rolle, die mit einer Kurbel und einer Bremse versehen war. Es glitt zuerst durch einen Tourenzähler, der zur Feststellung der Tiefe dient, dann über einen mit Metallplatten besetzten Schlitten, der frei auf den an einem vertikalen Bock angebrachten Schienen lief. Dieser diente als Regulator der Sonde und zur Verminderung von Hemmungen der Winde während des Abstiegs. Außerdem zeigte er dadurch, dass das Kabel schlaff am Boden des Bockes liegenblieb, die Ankunft der Sonde am Grunde an und hielt alsdann durch Einstellen der Bremse das Weiterrollen der Winde ein.

Die Sonde führt Ringe mit sich, deren jeder 15 Kilogramm wiegt. Je nach der Tiefe, die man zu erreichen beabsichtigt, setzt man ihrer zwei oder drei um ein längliches Stahlrohr an. Sie werden daran durch einen Gurt befestigt, der sich bei Berührung des Grundes auflöst und sie dort unten liegenlässt. Die Ringe gleiten alsdann die Röhre entlang und schließen einen Hahn, der den inneren Teil bis dahin offenhielt. Auf diese Weise bleibt die in die Röhre eingedrungene Bodenmasse in dieser gefangen.

Man befestigt auch an das Sondierungskabel ein für diese Operationen besonders konstruiertes Thermometer, um die Temperatur in einer ganz bestimmten Tiefe festzustellen; manchmal setzt man auch in gewissen Abständen mehrere Thermometer an, um gleichzeitige Wärmeangaben in verschiedenen Tiefen zu erhalten.

Es war nicht leicht, eine genaue Sondierung mit einem Schiffe zu bewerkstelligen, das, um sich während der Tauversenkung, manchmal eine halbe Stunde dauernde Zeit, über der Sonde zu halten und das gegen Wind, Strömung und Wellen anzukämpfen kein anderes Mittel besaß als seine Segel. Die Aufwindung des Taues wurde durch die Kraftanstrengung zweier Männer bewerkstelligt, die sich alle fünf Minuten abwechselten und die häufig mehrere Stunden lang die Kurbel drehen mussten.

Ich berechnete, dass eine Sondierung in einer Tiefe von 2400 Metern mit einem darauffolgenden Fang mittels der Dredsche infolge der durch die unzureichenden Mittel notwendigen Mehrarbeit bis zu 85 000 Kurbelumdrehungen veranlasste.

Unter diesen Umständen, und da es sich doch um einen Versuch handelte, der über die bisher auf der »Hirondelle« innegehaltenen Grenzen hinausging, versetzte mich die Versenkung des Taues in eine gewisse Erregung. Ich sollte nun erfahren, ob meine seit drei Jahren unter Hindernissen und aufs Ungewisse, oft unter Gefahr unseres Lebens vorgenommenen Experimente, ob die ausdauernde Anspornung meines Denkens nach dem von mir verfolgten Ziele hin, ob die große in meiner Umgebung zutage tretende Hingebung da von einem Erfolge gekrönt sein sollte, wo einige Vorgänger nur durch sehr überlegene Mittel etwas erreicht hatten.

Auf meinen Befehl löste sich das Sondierlot los und verschwand gar bald im blauen Wasser, und hinter ihm das Stahlgewinde, das sich wie unter den Fingern eines Zauberers ins Unendliche abzurollen schien. Mit einer gewissen Ekstase lauschte ich dem rhythmischen Geräusch des Räderwerks, als plötzlich der Klang zerbrochenen Metalls an mein Ohr drang und mir einen Stich ins Herz gab. Das für die Beobachtung der Kabelabrollung und zur Feststellung der bei der Grundberührung erreichten Tiefe notwendige Instrument, der Zähler, war soeben gebrochen. Man stelle sich einen Unfall vor, der einen auf dem Wege zu einem süßen Stelldichein ereilt, und man wird meinen Ärger begreifen.

Ich war aber nicht der Mann, um mich lange über ein erlittenes Missgeschick zu grämen, und meine Enttäuschung beherrschend, hatte ich bald mit erneutem Eifer den Kampf mit den Schwierigkeiten aufgenommen.

Wir erinnerten uns eines alten Instrumentes, das früher zu ähnlichen Arbeiten verwendet wurde; und als man es unter dem alten Eisen wieder vorfand, konnte man es so einfügen, dass diesem Gerumpel eine für das ganze Schicksal meiner Expedition entscheidende Rolle zufiel. Nur hatten wir statt des netten Schmuckkästchens, auf dem man die Zahlen hintereinander ablaufen sah, von nun ab einen schwerfälligen alten Kasten, den ein Mann, während der ganzen Dauer der Sondierung vor der Wellenachse kniend, halten musste. Man verwendete für diesen Posten einen alten Heizer, der für den Dienst der Dampfpinasse engagiert worden war.

Calvez – so war sein Name – war eine zu drollige Persönlichkeit, als dass meine Gefährten von damals – dessen bin ich sicher – ihn hätten vergessen können. Er hatte eine große Nase, einen großen Mund, große Ohren, einen knochigen und bartlosen, vielkantigen Schädel, der auf einem langen, steifen, seltsam geformten Körper aufsaß, von dem zwei lange Arme herabhingen, die ihn, wenn sie kein Werkzeug hielten, zu belästigen schienen und die in verrenkten, durch zahlreiche Unfälle ganz verbeulten Fingern endigten. Sprach man ihn unvermuteterweise an, so zog er alsbald aus seiner Tasche eine Handvoll Putzbaumwolle, die er zwischen seinen Händen knetete; eine Angewohnheit, die er sich durch lange Arbeit an der Maschine erworben hatte, bei der man sich stets die fettigen Finger abwischen muss. In seinem Munde hatte er immer ein Priemchen Kautabak, das bisweilen so groß war, dass es ihm das Sprechen unmöglich gemacht hätte. Flink spuckte er es dann in seine Mütze und setzte diese mit einer bestimmten Bewegung, die dem matschigen Kloß ein wenig Festigkeit verlieh, schräg auf den Kopf. Schließlich warf er mit einem geschickten Schnalzer seiner Zunge eine von seinem Munde ganz warm verarbeitete bräunliche Flüssigkeit so kräftig aus, dass sie die Bordwand überflog, um das Azur des Meeres zu trüben. Nachdem er so noch mehr als siebenmal seine Zunge umgedreht hatte, konnte er furchtlos sprechen.

Calvez versah an Bord verschiedene Ämter, da ihm die Besorgung der Dampfpinasse viel Muße ließ. Er bekleidete daher noch die Stelle eines Brandmeisters, Lampenwarts und Eisbereiters; denn ein kleiner Apparat verschaffte uns bei der größten Hitze die angenehme Erquickung gefrorener Karaffen oder gefrorenen Käses. Mein Maschinist erfüllte seine Funktionen mit der Würde eines Menschen, der sich für unentbehrlich hält, mit jener Beharrlichkeit, die einem die Gewöhnung an Schwierigkeiten verleiht, und mit dem ständigen Ehrgeiz, seine Sache gut zu machen.

Durch sein gutmütiges Wesen erlitt er einmal folgendes Missgeschick. Seine Kameraden beauftragten ihn gelegentlich einer Dienstfahrt mit dem Kahn, am Lande Melonen zu besorgen. Leider sah er bei dieser Gelegenheit etwas zu tief ins Glas, und ein findiger Geschäftsmann benützte boshaft die Gelegenheit. Der arme Maschinist musste sehr unangenehme Kundgebungen über sich ergehen lassen, als er seinen Kameraden bei Tisch Kürbisschnitte zuteilte.

Unsere Sondierung, die durch den leidigen Unfall, durch den ich veranlasst wurde, Calvez hier vorzustellen, steckenblieb, wurde dann bald wieder aufgenommen und ergab eine Tiefe von 1850 Metern; außerdem erhielten wir durch das Thermometer Temperaturanzeigen, und schließlich fand sich auch eine geologische Probe des Meeresbodens in der Sondierungsröhre.

Da mir das Glück wieder hold zu sein schien, musste man die Gelegenheit wahrnehmen und einen Fang in einer solchen Tiefe versuchen, in der ich ihn noch niemals unternommen hatte. Das im vorhinein hergerichtete besondere Netz verschwand langsam mit seinen an beiden Seiten der rechteckigen

Öffnung angebrachten Quasten, die die Matrosen in ihrer reichen Einbildungskraft sofort als Schnurrbart des Fangnetzes bezeichneten. Tatsächlich arbeitet dieser Apparat wie ein Raubtier, wenn er sich auf seinem Wege in die Tiefen des Wassers aufbläht und verlängert, wenn er unten, durch Ebenen und Schluchten, seinen gähnenden Rachen, seinen dem Ende zu schmäler werdenden Körper, der in einem olivenartig geformten Ballast endigt, dahinschleppt, wenn er die ihm auf seinem Wege entgegenkommenden Lebewesen verschlingt und sie durch seine Hemmvorrichtung nicht mehr herauslässt. Sein Schnurrbart aus Werg, der mit einer Unzahl kleiner, an seinen Fäden festgesetzter Dinge wieder herauskommt, wurde daher von den Kindern des Meeres ganz richtig benannt.

Meine Aufmerksamkeit blieb den ganzen Tag an den Phasen dieser Arbeit hängen, die durch die Schwankungen eines Dynamometers ebenso angezeigt werden wie die Schwankungen der Luft durch einen Barometer; mein Herz erlitt bei dem ewigen Hin und Her der Nadel fast dieselbe Spannung wie das Kabel selbst. Es wäre, glaube ich, ebenfalls geplatzt, wenn dieses gesprungen wäre. Handelte es sich doch um eine Kraftprobe, die in meiner wissenschaftlichen Laufbahn ebenso wie eine Sondierung ins Unbekannte das Feld meiner Untersuchungen erleuchten konnte und deren Gelingen mich gleichzeitig über die Größe meiner Kraft aufklären und ein unbegrenztes Feld zu ihrer Verwertung eröffnen konnte. Solche Erfolge, die dem energischen Wunsche entspringen, die menschliche Erkenntnis zu vermehren und die Erschließung neuer Ideen für den Kampf mit der Natur zutage zu fördern, geben eine Befriedigung, die hochgesinnter Seelen würdig ist.

Abends um 6 Uhr, also nach einem ganzen, sorgenerfüllten Tage, erschien das Netz an der Oberfläche, von unseren Blicken angstvoll erwartet. Wird es in Wirklichkeit in der Tiefe von 1850 Metern gearbeitet haben und mir die da unten gefangenen Lebewesen liefern, oder sollten meine Berechnungen und Hoffnungen durch irgendein Missgeschick getäuscht werden?

Vor allen andern bemerkte ich hinter dem Wasser, das während der Aufwindung vom Kabel abrieselte, einen im Werg der einen äußeren Quaste sitzenden Seestern und stieß einen Triumphschrei aus. Es kam mir vor, als ob dieser Stern der Tiefe, in seinem roten Glanze, sich mir als der erste von den unbekannten Bewohnern jungfräulicher Gegenden zeige, um mich vorwärts gehen zu heißen, immer vorwärts, den Strahlen eines noch größeren Lichtes zu.

Als dann der Apparat seinen vollgefüllten Leib ausleerte, welch seltsame Gebilde waren es, die da unsere kindische Neugierde erregten! – Einige rollten zu unseren Füßen; andere erblickten wir mitten in dem am Boden des Sackes aufgehäuften Schlamm.

Für diejenigen, die mit der Leidenschaft des Entdeckers an die Sortierung solchen Materials gehen, ist dies ein ausgesuchtes Vergnügen; aber die Forscher können nur dann unersetzliche Beschädigungen vermeiden, wenn sie die tausendfachen Geheimnisse über die leichte Zerbrechlichkeit gewisser Tiere, über den Umfang, die Zahl und Lage ihrer Glieder kennengelernt haben. In Ermangelung einer solchen Erfahrung und wohl auch trotz derselben setzt man sich nicht selten schmerzhaften Zwischenfällen aus. Der brennende Stich eines Seeigels oder die Infektion der Haut mit kieselhaltigen Pilzinfusorien gehören gerade nicht zu den Annehmlichkeiten.

Vier Mann transportierten die die geheimnisvollen Schätze bergenden Behälter nach dem ruhigeren und geschützteren Schiffshinterteil. Geschickte Hände durchwühlten dann diesen kalten Schlamm, der sich manchmal sogar eisig anfühlt, wenn er aus großen Tiefen herrührt, wo die Temperatur 2 bis 3 Grad nicht überschreitet, und legten ihn abteilungsweise auf die Lochwand eines Siebes, das über anderen, stufenweise immer dichter werdenden Sieben steht. Dann werden mittels eines Strahls aus der Pumpe Ton, Sand und Tiere voneinander getrennt.

Jetzt treten erst die lebhaften Farben der Sterne, der Holothurien und der Krustazeen hervor, so wie die Farben der Blumen nach dem Dunkel der Nacht unter den Ausstrahlungen des Tages hervorbrechen. Das samtartige Schwarz der Fische, das Weiß, Gelb, Rosa und die Schattierungen von Grau der Mollusken reinigen sich vollständig, und das bezauberte Auge des Forschers fällt mit Entzücken auf diese neuen Schönheiten, die die Sonne zum ersten Male bescheint. Menschliche Hände bemächtigen sich mit jener Andacht, die die Liebe zur Wissenschaft verleiht, dieser vorher unzugänglichen Wesen. Der Maler hält in seinem Album das durch die unbekannten Geschöpfe des Meeres hervorgezauberte Bild für immer fest, während der Leib der Tiere den kräftigen Flüssigkeiten anvertraut wird, die die organische Materie wohl vor der Zerstörung bewahren, die herrlichen Farben jedoch bald verschwinden lassen.

Die andern übereinandergestellten Siebe liefern uns dann je nach der Größe ihrer Löcher immer kleinere Lebewesen, bis zu jenen, die man im feinsten Sande kaum mehr zu unterscheiden vermag. Hier in der Nähe des Landes befindet man sich auf einem verhältnismäßig losen Meeresgrund, auf dessen Formation die Felsen der Küste nicht ohne Einfluss sind, weiter in der offenen See draußen und tiefer unten wird der aus unbekannten Ursachen zersetzte Sand zu reinem Ton.

Zum Zwecke der Untersuchung winziger Lebewesen, die mit dem Schlamme vermengt sind, schließt man eine Handvoll davon in ein mit Alkohol gefülltes Fläschchen, um sie durch eine spätere mikroskopische Untersuchung festzustellen.

Der durchwegs ernste Versuch, an dem ich eben meine Kräfte gemessen hatte, brachte mehrere violette Seeigel zutage, in der Größe eines Tellers, platt und weich wie eine baskische Flachmütze und mit borstigen Stacheln bewachsen. Ein Gelehrter hat ihnen den wohlklingenden Namen Phormosoma gegeben. Außerdem fanden sich zahlreiche Mollusken mit ihren schönen, unendlich verschiedenartigen Muschelschalen, und darunter auch mehrere riesige »Elefantenzahn«-Schnecken.

Ich will es nicht unterlassen, auch den zerquetschten, verstümmelten, klebrigen und knorpeligen Haufen derjenigen Tiere zu erwähnen, die der Apparat auf seiner gewaltsamen Schleppfahrt am Meeresgrunde beschädigte und die man alle zusammen in ein Glasbassin schüttete. Bei dieser Gelegenheit möchte ich noch der empfindlichen Natur gewisser Holothurien Erwähnung tun, jener niedrigen wurstförmigen Tiere, die fast unbeweglich und völlig träge erscheinen und die die Form einer an den beiden Enden geöffneten Verdauungsröhre besitzen. Man hat stets ein unangenehmes Gefühl, wenn man sie anfasst. Sobald man sie in die Hand nahm, zeigte sich ein Vorgang, wie ihn die Überraschung bei empfindsamen Wesen hervorzubringen vermag; sie stießen nicht nur einen in ihrem Darm geformten Sandklotz aus, sondern auch den Darm selbst, der sich neben der zusammengeklappten leeren Hülle, den Trümmern eines vielleicht vor kurzem noch nach Holothurien-Art geliebten Körpers, ausbreitete.

Ich beschließe diese oberflächliche Übersicht mit dem Prunkstück meines Fanges: ein für die Tiefsee typischer Fisch mit hervorstehender spitzer Stirne, die einen zu einem Saugrüssel sich abrundenden Mund überdacht, und mit einem fadendünnen langen Schwanz, der ihm seitens der Zoologen den Namen Makrure eintrug. Er zeigte sich an Deck in der ganzen den Fischen gestatteten Nacktheit, das heißt – ohne Schuppen. Diese hatte er durch den Druck von 180 Atmosphären, dem er im Verlaufe seines Aufstiegs ausgesetzt war, alle verloren, außerdem schien sein Mund einen fleischigen Gegenstand zutage fördern zu wollen, nämlich seinen Magen, der von der aufgeschwollenen Schwimmblase nach vorn gestoßen wurde. Dies bewirkte ebenfalls jener Druck, der den Verlust der Schuppen verursacht hatte.

Ich fragte mich an diesem Abend, wie sich da unten in den großen Tiefen wohl die Ästhetik mit den manchmal so drolligen natürlichen Bedürfnissen vereinbaren ließe.

Die Ankunft der Dredschen zeitigt manchmal ganz unerwartete Zwischenfälle. So sah ich im Jahre 1886, wie ein im Golf der Gascogne arbeitender Apparat auf dem Deck der »Hirondelle« eine derartig große Anzahl von Krabben landete, dass die Raummessung der Masse 5000 Einzelwesen ergab. Dabei hatte die Dredsche, die an einigen Stellen geplatzt war, noch eine große Anzahl unterwegs verloren. Diese Tiere, Polybien genannt, sind so groß wie eine Maus und entstammen dem unter dem Wasser liegenden Erdreich. Sie fuchtelten mit ihren natürlichen Schutzwaffen herum, die so spitz waren wie die Krallen einer Katze, und verkrochen sich überallhin, sogar unter die nackten Füße der Matrosen, die sie bald blutig stachen.

Um das gute Wetter und das gute Meer und auch das Glück, das mir günstig zu sein schien, auszunützen, entschloss ich mich, ohne Aufschub eine Reuse in großen Tiefen auszulegen, tiefer als bei irgendeiner meiner früheren Operationen. Da es mir aber zweifelhaft erschien, ob ich die Boje auf hoher See leicht wiederfinden werde, näherte ich mich etwas den Inseln, um einige Erkennungszeichen zu haben. Die Sondierung ergab 1370 Meter, also die doppelte Tiefe, die ich früher bei ähnlichen Unternehmungen erreicht hatte.

Die Reuse besteht aus einem großen Zylinder aus galvanisiertem Stahlblech, der an jeder Seite mit einem Eingang versehen ist. In ihrem Innern enthält sie noch mehrere kleine Reusen, die dazu bestimmt sind, jene Tiere, die infolge ihrer Kleinheit durch die Maschen hindurchgekommen sind, festzuhalten und um die Schwächeren vor der Gefräßigkeit oder Roheit einzelner Gefährten zu schützen. Dass Gewalt vor Recht geht, ist eben bis jetzt noch ein an allen Orten und zu allen Zeiten geltender Grundsatz.

Die Köpfe der zuletzt gefangenen Thunfische hatte man als Lockspeise verwendet. In kleinen Bündeln wurden diese an den Fäden angehängt, die von den Scheidewänden der Reuse herunterhingen, und während man den Ballast an ihr befestigte, wackelten diese Leichenbündel hin und her, und als der Apparat nach gegebenem Befehl hinabgelassen wurde, war's wie ein toller Reigen abgeschnittener Köpfe, der langsam ins Meer versank.

Um das Manöver auszuführen, musste man gar manches Hindernis besiegen. Die Reuse glitt langsam hinab; sie war an einem eigens dazu hergerichteten Kabel befestigt, das in Abteilen von je 500 Meter getrennt oder mittels Aufsteckknoten verlängert werden konnte. Ein Stahlkabel muss stets in Spannung gehalten werden, sonst krümmt es sich und bildet Kinken, zugezogene Schlingen, die imstande sind, einige der Kabeldrähte zu zerreißen; der geringste Widerstand vermag alsdann einen Bruch des ganzen Kabels herbeizuführen.

Beim Fischen mit der Dredsche hält das Schleifen selbst, infolge des Widerstands des Apparates, diese Spannung aufrecht. Legt man aber eine Reuse auf dem Meeresgrund aus, so ist es, um die notwendige Unbeweglichkeit des Apparates zu erhalten, erforderlich, dass das Kabel der Boje übermäßig lang sei. Das erwähnte Übel ist deshalb nur dann zu umgehen, wenn man direkt an der Reuse ein Hanfkabel befestigt, das das erforderliche Übermaß gestattet; so ist es möglich, ein Stahlkabel zu versenken, dessen Länge geringer ist, als es der Tiefe entspräche, das auch durch sein eigenes Gewicht gespannt bleibt.

Bei der hier erwähnten Operation trennte man das Kabel bei 1000 Metern ab, um es mit der Boje, die in diesem Falle ein 150 Kilo schweres Holzstück war, zu verbinden. Man befestigte auf dieser Boje ein kleines Floß mit Mast und Flagge, um es später leichter wiederfinden zu können.

So leicht es ist, den Vorgang eines solchen Unternehmens zu beschreiben, so ist es doch ein ander Ding, die Schwierigkeiten und die Gefahren zu begreifen, die es dadurch mit sich bringt, dass man genötigt ist, bald mit sehr großen Gewichten, bald mit dem stark gespannten Kabel zu hantieren und die Ausführung so schnell wie möglich zu betreiben, damit das Schiff während der Dauer der Manipulation aus der Vertikalstellung zum Apparate nicht herauskommt. Dies ist deshalb wichtig, damit die Reuse nicht am Grunde schleift und sich mit Schlamm füllt und nicht an einer Böschung zerreißt oder in eine zu große oder zu geringe Tiefe gelangt.

Zu Beginn meiner Experimente, mit deren geringsten Details wir noch auf Unbekanntes stießen, erfüllte mich die Boje solcher Reusen ebenfalls mit Unruhe. Unter dem Einfluss der Strömung oder einer hochgehenden See konnte sie sich doch losreißen, und ebenso konnte sie durch neugierige oder unwissende Schiffer abgenommen werden.

Die Matrosen der »Hirondelle« fanden ein wahres Vergnügen an der Beobachtung des Floßes, der Fahne und der Boje, die sich ruhig auf den Wellen schaukelten, und unser schwierigster Versuch schien ohne irgendein schlechtes Anzeichen glatt vonstatten zu gehen.

Eine unbezwingbare Besorgnis störte nichtsdestoweniger meinen Schlaf mit den Gesichten aller möglichen Unfälle, die meinen Plan vereiteln könnten, und am andern Morgen vermehrte eine Reihe unvorhergesehener Ereignisse meinen Kummer. So trat Nebel ein, der die Aussicht über einige hundert Meter sperrte und uns die Boje verbarg, kurz darauf kreuzten wir mit einem der seltenen Küstenfahrer, und der Verdacht stieg in mir auf, ob dieser nicht, wenn er zufällig an dem großen Holzblock vorbeikäme, ihn vom Kabel lösen und ihn sich als Wrackstück aneignen könnte. Ich fuhr auf ihn zu, er verschwand jedoch bald im Nebel.

Später am Morgen klärte sich die Luft auf, und die Insel Graciosa erschien in der Ferne, auch die Boje trat aus dem Nebel hervor. Es war ein Glücksfall, dass wir uns weder durch die Strömung, noch durch unser Herumlavieren zu weit entfernt hatten. Um die Reuse wieder auf Deck zu bringen, musste man in umgekehrter Reihenfolge die ganze Kette der bei der Versenkung vorgenommenen Prozeduren abermals vornehmen. Die Arbeit erforderte volle zwei Stunden, und die Freude war groß, als der ersehnte Gegenstand seine verschwommenen Umrisse in den obersten blauen Wellen erkennen ließ.

Ein kleines Delirium brach unter der vor dem Apparat versammelten Schiffsbewohnerschaft aus, als man bemerkte, dass der Apparat zahlreiche Fische enthielt. Was waren das für Tiere, die da mit einem neuen Mittel aus so wenig erforschten Tiefen zutage gefördert wurden? Niemand hatte die geringste Ahnung davon, aber jeder äußerte eine Ansicht.

Bald unterschied man zwei Arten, die sich beide der Gruppe der Aale näherten und eine schieferartige Farbe zeigten. Die Augen waren blassblau, matt und scheinbar in Atrophie begriffen, vielleicht weil diese Tiere zumeist im Schlamme leben. Einzelne zeigten ein direkt abstoßendes Äußeres, einen runden zahnlosen Mund, der als Saugrüssel zu dienen schien, was durch einige auf den Köderstücken vorhandene Eindrücke bestätigt wurde. Sie hatten einen angeschwollenen, durch die Spannung bläulich gewordenen Bauch und sahen aus wie eine mit einem kleinen Kopfe und einem kleinen Schwanze versehene Blutwurst.

Andere wieder, mit ihrem verlängerten, gut besetzten Gebiss waren wie Raubtiere; auch sie zeigten uns alle eine Sonderbarkeit: Im Munde eines jeden saß nicht weit von den Kiemen ein Krustazeenpaar fest, von dem das Männchen manchmal so groß war, dass es die Bewegungen des Gebisses verhinderte. Eine Backe eines solchen unglückseligen Fisches war angeschwollen, als ob er einen Riesenkloß Kautabak im Munde hätte.

Diese Krustazeen scheinen unter den Müßiggängern der Tierwelt das beste Los gezogen zu haben. Sie wohnen an einem Fenster, von dem man nach außen sehen kann, und wenn ihr Vermieter den Mund öffnet, können sie aus der ganz frischen Nahrung, die dieser hinunterschlingen will, das, was ihnen daran gefällt, weghaschen. Ihre Lage ist eine viel bessere als die der im Magen ansässigen Parasiten, wo man zwar gegen die Unbilden der Witterung und sonstige Unfälle gesichert sein mag, aber doch unter der sehr unangenehmen Bedingung, dauernd in dem unruhigen Verdauungsbrei herumwaten zu müssen. Immerhin erscheint das Schicksal dieser Parasiten noch ideal im Vergleich zu dem eines benachbarten Genres, das sich noch tiefer, in dem Zickzack der Eingeweide, aufhält, wo es gegen die Fluten des Ernährungssaftes ihres Abfalles einen fortwährenden Kampf auszuführen hat.

Man kann aber auch diese Wesen zu ihrer Situation noch beglückwünschen, wenn man bedenkt, dass eine bestimmte Krabbenart, die in Gemeinschaft mit der Schildkröte lebt, o Schande!, die Antipodenseite des Mundes bewohnt, wo sie den Abgang der durch die Verdauung abgestoßenen Rückstände abwartet, um daselbst Nachlese zu halten, ohne dass sie befürchtet, den beiden Geschlechtern dabei einen nicht gern einzugestehenden Kitzel zu verursachen.

Die Tiefe war durch meine Reusen überwunden; es handelte sich aber doch noch darum, diesen Sieg zu befestigen, deshalb wurde für den übernächsten Tag ein ähnliches Experiment mit einem größeren Apparat auf 2000 Meter Tiefe vorgenommen. Am Abend verursachte mir ein Zwischenfall einige Besorgnis: damit wir die Boje nicht aus dem Auge verlieren, sandte ich gegen Abend ein Schiff aus, das daran Laternen befestigen sollte. Der Wind flaute aber ab, ehe diese Manipulation ausgeführt werden konnte, und das unlenkbar gewordene Schiff trieb ab, während das Boot in der nebeligen Nacht verschwand.

Man setzte nun starke Lichter auf, man brannte bengalische Feuer ab, und auch das Nebelhorn wurde angewendet. Als nach stundenlanger Arbeit unsere Jungens müde wurden, hörten wir plötzlich durch die dichte Finsternis der Nacht ein Geräusch menschlicher Stimmen und bald darauf den rhythmischen Schlag der Ruder.

Am anderen Morgen hatten wir, während der Aufzug des Apparates bewerkstelligt wurde, neue Aufregungen durchzumachen. Glücklicherweise sahen wir aber auch diesmal die Reuse, trotz der Gefahren, denen sie ausgesetzt war, aus der Tiefe von 2000 Metern heraufsteigen, mit einem Schatz von Tieren gefüllt, die uns ein Entzücken waren.

»Anker los!« kommandierte ich nach einer von Stürmen durchtobten Nacht, die zwischen den beiden benachbarten Inseln hin und her wüteten, und wir legten auf der Reede von Horta de Fayal auf den Azoren an.

Meine Augen ruhten auf einem hübschen, unter dem üppigen Grün eines Gartens verborgenen Hause, und mein Herz folgte meinen Augen, denn eine mir befreundete, in friedlicher Arbeit eng miteinander verbundene Familie lebte darin, eine Familie, die das Erscheinen der »Hirondelle« immer mit denselben unwandelbaren Gefühlen der Freude begrüßte.

Samuel Dabney, Konsul der Vereinigten Staaten, war, da vor ihm sein Vater dasselbe Amt ausübte, auf der Insel erzogen. Er war ein regsamer Greis, liebenswürdig und wohlwollend, dessen kolonisatorisches Talent ihn, nicht ohne Vorteil für die handels- und landwirtschaftliche Entwicklung Fayals, zum reichen Manne gemacht hatte.

Die Wohltaten, die daraus einem Lande zuteil wurden, dessen Reichtumsquellen durch unselige fiskalische Maßnahmen verstopft worden waren, was anhaltende Auswanderung zur Folge hatte, eroberten den drei Generationen, die an der Sanierung dieser Zustände teilnahmen, den anerkennenden Dank der vortrefflichen azorischen Bevölkerung.

Wenn ich infolge der durch meine Seeforschungen bedingten Abgeschlossenheit in düsterer Stimmung war, überließ ich mich gerne der ansteckenden Heiterkeit, die dieser Familienvater verbreitete, der in der Würde seiner Stellung, in der Pflege seiner Familie und in Grundsätzen alt geworden war, die zur Verachtung des unrecht erworbenen Reichtums führen.

Ich sah bewegten Herzens die ihm von allen Seiten in naiver Einfachheit und im reichsten Maße entgegengebrachte Ehrerbietung, während das Echo der Schlechtigkeiten der großen Welt nur wie ein verhallendes Geräusch und durch die weite Entfernung kaum verständlich an sein Ohr drang.

Diese Atmosphäre wirkte herzstärkend auf uns, die wir aus einem Milieu kamen, das durch die den Massen eigentümlichen Übel: politische Intrige, religiöser Hass, gesellschaftliche Heuchelei und Raffiniertheit des Luxus – verderbt war. In ihrer ozeanischen Abgeschiedenheit verfolgten diese Leute, die alten wie die jungen, die Arbeit des Geistes und die Ereignisse dieser Welt mit jener Geradheit, wie sie nur bei einem ruhigen Hirne, bei praktischer Lebensauffassung und bei der Entfernung vom Schauplatz möglich ist.

Ich liebte die Kraft, Gelenkigkeit oder die erhaltene Rüstigkeit meiner Freunde, die sich an der Jagd in wilden Bergen oder auch an der Verfolgung des Walfisches erfreuten und sich absolut nicht um die Kleinlichkeiten des Lebens kümmerten. Sie kannten hinreichend die Verhältnisse und die Menschen, um reizvoll plaudern zu können, ohne das Bedürfnis zu empfinden, den guten Ruf irgend jemandes zu beflecken. Oftmals dachte ich, wenn ich ihnen zuhörte, welchen Platz die Rivalitäten und Eifersüchteleien in den Unterhaltungen bei uns einnehmen. Vom Anbruch des Tages an sah ich sie an der Wohlfahrt der Gemeinschaft arbeiten. Dabei musste ich denken, dass es in unserer alternden Gesellschaft eine müde Jugend gibt, deren Moral verfällt, deren Fähigkeiten sich abschwächen und deren Kräfte schwinden. Als meine Augen das hübsche Häuschen verließen, aus dem solche Eindrücke wie aus einem Neste herausflogen, fielen sie auf ein stattliches Boot, auf dem uns eine Gruppe verdrießlich dreinsehender

Männer langsam zusteuerte. Ich erkannte darin die Gesundheitsbehörde mit allem Zubehör: Chef, Arzt, Dolmetscher, Pinzetten und Essig. Bei dem gesunden Aussehen der 23 sie anblickenden Gesichter zog es der mit der Prüfung der Pestbehafteten Betraute vor, sein gewöhnliches Altweibergeschwätz zu unterlassen und, ohne zu den zur Freude der Mikroben erfundenen Maßnahmen zu schreiten, unser Gesundheitszertifikat aus meinen Händen entgegenzunehmen.

Nachdem sie sich an der hinreißenden Lektüre genügend erquickt hatten, während welcher der Chef andächtig seinen geöffneten Sonnenschirm über sein Haupt hielt und der über seine Schultern gebeugte Dolmetscher die schwierigen Wörter mit einem selbst erfundenen Akzent hermurmelte, blickte uns der Arzt durch seine Brille an und gab die Erklärung ab, dass wir zugelassen seien. Warum zeigte er kein Interesse für unser Wasser, für unsere Lebensmittel, für unsere Wäsche, unsere Kleider, für den Staub, den unser Schiff von überall mit sich brachte, noch für die anderen in den offiziellen Vorsichtsmaßregeln nicht vorgesehenen Gefahren? Man frage dies die Bürokraten, die nur zu oft den Geist der Routine in Dingen walten lassen, von denen sie nichts verstehen.

Vollkommen beruhigt erstiegen die Herren die für sie bereitgelegte Leiter und geruhten an Deck das Eis zu brechen, mit welchem eine auf ihr Prestige bedachte Sanität ihr erstes Auftreten umgeben muss.

Da näherte sich uns flink wie eine Möwe ein schmucker Kutter, gerudert von zwei geschickten jungen Leuten und gesteuert von einem alten Herrn mit langem weißen Spitzbart und großem Strohhut. Es waren meine Freunde, deren Gesichter mir entgegenlächelten und deren Hände bald in den meinigen ruhten. Wo könnte das Herz schönere Freuden empfinden als in der Aufnahme durch Menschen, die freimütig und zwanglos zu uns kommen, weil sie uns lieben und für deren Unerschütterlichkeit uns ihr Charakter bürgt! Welch edlere Empfindungen gibt es als jene, die uns unsere Augen übermitteln, wenn sie jenseits der Meere und Berge einem jene Wertschätzung ausdrückenden Blicke begegnen, die den Kitt echter Zuneigung bildet. Welche Wahrheiten liegen in einem

Worte, das vom Herzen zu den Lippen aufsteigt; denn die Eingebungen einer festen Freundschaft bedürfen nicht vieler Worte. Bewegt so süßer Zauber jemals die weltlichen Seelen, die, nach Austauch eitler Phrasen und falscher Gefühle, sich verbinden, sich trennen und sich verraten?

Meine Freunde aus Fayal gaben ihren Gefühlen zuweilen einen wägbaren Ausdruck, der wie stärkendes Manna auf uns herabfiel. Dieses Mal nahmen sie die Form eines über und über mit Blumen gefüllten Korbes an, unter dessen leichter Hülle eine Menge frischer Nahrungsvorräte verborgen lagen. Das will etwas heißen in einem Lande, wo der Markt fast nichts bietet und wo man sich gegenseitig einige Bündel Karotten oder ein Halbdutzend Kohlköpfe verehrt. Die Früchte, Salate, Gemüse, verfolgt von unseren durch die Kargheit des Seeregimes gierig gewordenen Blicken, wanderten in die Küche, wo sie der Koch mit Entzücken entgegennahm.

Seeleute, die nach langer Fahrt endlich vor Anker gehen, berauschen sich an den von der Küste aufsteigenden Dünsten, an dem friedlichen Odem der Täler, der des Abends bis zu den Schiffen auf der Reede hindringt. Sie atmen tief die vergessenen Gerüche der feuchten Erde oder der an der Sonne bratenden Felsen ein. Sie lauschen dem Lärm, der von den Feldern, den Häusern oder den Straßen zu ihnen dringt, und ruhen auf den Umrissen des Landes ihre Augen aus, die von den offenen Horizonten so ermüdet wurden, wie die Augen eines Liebenden an der Nacktheit seiner Schönen ermüden. Um solche Sinnesermüdung zu bekämpfen, wird die auf meinem Schiffe bestimmte Arbeit mit Ausflügen abgewechselt, die dem Geist des Arbeiters Erholung gewähren und mit tausend Erinnerungen bereichern – dieser im Gedankenaustausch so kostbaren kleinen Münze.

Auch bewundern wir, weil wir sie so gut kennen, diese Azoreninseln mit ihrem bald durch Triebkraft eines Vulkans abgerundeten, zuweilen durch die Risse eines Kraters zerrissenen, an ihren Ufern abschüssigen und selbst über den Wolken noch von Grün bekränzten Geländen; überall von der Erhabenheit zeugend, die ihnen der Ozean verliehen hat, um über das Gebiet der Stürme hervorzuragen.

Beredt sind ihre Berge mit der Holprigkeit abgekühlter Lavamassen inmitten verbrannter Stätten, mit ihren stummen Kratern, deren Schlaf noch häufig gestört wird durch tiefe Stöße unterhalb des grünen Mantels, mit dem die Tropennatur sie bedeckt zu haben scheint, um ihre letzten Kraftanstrengungen zu bändigen.

Inmitten der von blauem Meeresgefunkel belebten Herrlichkeiten, im Kreise eines Horizontes, der an Weite zunimmt, je höher man gelangt, schwillt das Menschenherz in mit Trauer und Freude gemengten Eindrücken, wie sie die Berührung mit dem Unendlichen stets hervorruft.

Steigt der Reisende zu den Gipfeln empor, die die Erde einstens mit der Gewalt ihrer innern Feuer zweitausend Meter hoch emporstülpte und deren Grund schroff zum Meeresgrunde hinabfällt, dann eilt sein Blick durch den für ihn unermesslichen Raum, und seine Gedanken fliegen auf den Wolken, die sich unbeweglich zu seinen Füßen ausstrecken, ihn gleichzeitig von Erde und Wasser trennend, diesen beiden übereinandergesetzten Welten, in denen das Leben seine Geheimnisse ausbreitet. In dieser Verlassenheit, Ruhe und Stille, wo sein Schritt allein die Luft erschüttert, erscheint es ihm, als ob sich alle Betätigung des Weltalls in ihm selbst konzentrieren würde.

Unsere Ausflüge bewahren ihren wissenschaftlichen Charakter durch die Untersuchungen, die wir auch in den Gebirgsseen vornehmen, in diesen am Grunde undurchdringlicher Becken vorkommenden süßen Gewässern, die in ihrer Isoliertheit oftmals ein Geheimnis des tierischen Lebens bewahren. Man stellt die Karawane längs des Strandes, bei Anbruch eines frischen Morgens zusammen. Esel oder Maultiere bilden den Vortrab und teilen sich in die mannigfache Last, bestehend aus Lebensmitteln, Seidennetzen, Thermometern und Kabeln, Gewehren, Mänteln und Alkoholtuben, zuweilen auch aus einem auseinandernehmbaren Boot und einem Zelte.

Während dieses Ferien-Aufenthaltes auf Fayal schickte ich meine Leute einmal in den Hauptkrater der Insel, zur »Caldeira«, wie man auf den Azoren jene schachtartigen Höhlen benennt, worin die Sonne das Streben zu haben scheint, ihre Strahlen anzuhäufen.

Der Aufstieg zur »Caldeira« von Fayal ist nicht schwierig. Man erreicht zunächst die Grenzen der Stadt mit ihren engen Gässchen, die in einer aus düsterer, glanzloser und poröser Lava errichteten Mauer eingezwängt sind, welche die vorstädtischen Besitzungen gegen den Seewind schützt. Dieser erste Teil der Wanderung bietet dem Blick daher keine andere Zerstreuung als die Wipfel einiger Araukarien und Magnolienbäume, die ihr Gefängnis überragen. Zwischen diesen hohen Wänden schreiten die Hufe der Esel knirschend über die runden Kieselsteine, die die Chaussee bedecken, während die Treiber neben den Tieren einherlaufen und sie in langen Sätzen mit Ermahnungen überschütten, worin viel die Rede ist von guter Kost und schönem Quartier, wie von guten Freunden, die sie am Abend nach getaner Arbeit wiedersehen sollen.

Hinter der Wegbiegung lässt sich plötzlich ein monotones, unaufhörliches, geradezu teuflisches Quietschen vernehmen. Es ist ein Wagen, ein richtiges Überbleibsel aus der Römerzeit. Das primitive Gefährt ruht auf massiven Rädern, die aus dem Grunde niemals geölt werden, weil, nach der Meinung der naiven Wagenführer, das Geächze den Eifer der vorgespannten Ochsen antreibt. Tatsächlich bewirkt das Näherkommen dieses Mordsspektakels eine fürchterliche Beunruhigung, und man hätte Lust, wenn die Begegnung unvermeidlich ist, aus Leibeskräften davonzulaufen.

Nach und nach senken sich die Mauern; Feldkulturen werden sichtbar, und der holprig gewordene Weg steigt dafür zwischen einem Spalier blauer Hortensien, die den Berghang schmücken, hinan. Man erreicht dann einen mittleren Kamm, der zwei Täler beherrscht, wo nette weiße Häuschen mit schwarzen Lava-Einrahmungen um die Fenster und die Mauern das Grün der Yamswurzeln, Bataten und Maispflanzungen unterbrechen. Man sucht innerhalb dieser friedlichen Anlagen den einfachen Glockenturm, der in der ersten Morgenhelle sein Geläute ertönen lässt.

Unterbricht die Karawane ihren Marsch, um einen Rundblick auf die Gegend zu werfen, wie die Bergbesteiger zu tun pflegen, um gewissermaßen aus der Ferne von dem zurückgelegten Raum Besitz zu ergreifen, dann entringt sich allen ein bewunderndes Gemurmel. Unter dem Einfluss der ersten Anstrengungen, unter einem so bedrückenden Klima begnügt man sich jedoch mit einem raschen, die Entfernungen abmessenden Rundblick. Bald aber befreite eine von der Nacht auf den Höhen zurückgelassene Frische den Geist von der Erschlaffung, mit der ihn der als »Azorische Betäubung« bekannte Zustand umfangen hielt.

Der erloschene Vulkan Pico, der hohe, schneegekrönte Gipfel der Nachbarinsel, beherrscht mit der Majestät ewigen Schweigens zweihundert Meilen des Ozeans. Düster und majestätisch, in violetten und roten Farbentönen gekleidet, mit scharfen Linien zunächst schroff abfallend, hierauf sich allmählich zum Meere ausbreitend, ragt diese erloschene Fackel über die Meerenge hinweg.

Nicht leicht wird dem Meere der Kampf um die Großartigkeit mit diesem Riesen, den das durch die Strömungen schillernde Wasser dicht unter den Ortschaften umspült, die sich bandartig dahinstrecken und den Bereich der Menschen bezeichnen.

Weiter hinauf als diese Häuser ragt das düstere Grün einer wilden Vegetation, an welche sich die Wüste der hohen Regionen anschließt, die das Feuer der Erde einstens den Wolken streitig machte. Und da – erblicken wir ein Schiff, das, als ob es die menschliche Kühnheit gegenüber jenen Kräften dokumentieren wollte, die imstande sind, die Welt zu erschüttern, ruhig auf der Reede vor Anker geht, nachdem es sich durch den Atlantischen Ozean hindurchgekämpft.

Von Überraschung zu Überraschung schreitend, erreichen meine Ausflügler endlich den Rand der »Caldeira«, einen kreisförmigen, sich scharf abhebenden Kranz, in dessen Innern sie einen großen Krater erblicken, während die Seiten mit Rasen bewachsen sind und im Grunde seines Beckens sich ein Sumpf ausdehnt.

Die jähe Abdachung ist jedoch für die Reittiere äußerst hinderlich, und die Treiber müssen sich dazu entschließen, die Lasten selbst hinunterzutragen.

Nun konnten die Gelehrten der »Hirondelle« in den Gräsern, in der Erde, den Steinen und im Sumpfe herumwühlen und eine Insektenernte abhalten, denn die Untersuchung der Erdfauna dieser Inseln ist noch sehr ergänzungsfähig. So wollte man zum Beispiel erfahren, woher einzelne Arten auf diese Inseln gekommen sind, um dann die Umwandlungen festzustellen, die sie durch die Anpassung an die besonderen Lebensbedingungen erfahren haben. In der Tat erscheinen manche in irgendeinem Lande vorkommende Arten zuweilen auf irgendeinem andern, oft sehr entfernten Punkte der Welt, und ausschließlich nur auf diesem. In der Regel bringen die Wandervögel die Eier und Larven solcher Tiere in ihren Federn, in den Winkeln ihrer Schnäbel oder an ihren Beinen mit sich.

Die Suche nach den Insekten am Kratergrunde dauerte die ganze Nacht fort, denn es gibt Tiere darunter, die am Tage nicht aufzufinden sind. Unsere Leute stolperten daher noch sehr spät mit ihren Laternen unter den Steinen, Erdschollen und Pfützen umher. Dem anbrechenden Morgen gingen sie in einer wenig angenehmen Verfassung entgegen, die sie ebenso ihrer eigenen Unkenntnis auf freiem Felde wie der Dummheit ihrer Führer verdankten. Die erreichten Resultate ließen aber meine jungen Gelehrten die trüben Erfahrungen einer am Grunde eines Kraters verbrachten schweren Nacht leicht ertragen, und wenn ihre Toilette, als sie sich am andern Tage wieder an Bord einfanden, auch etwas mitgenommen war, so hatten sie doch den freudigen Gesichtsausdruck von Leuten, denen das Bewusstsein gut verrichteter Arbeit ein gutes Diner ersetzt.

Trotz der stillen Freuden, die uns den Aufenthalt auf Fayal als eine Ablenkung von den Schwierigkeiten unserer Expedition erscheinen ließen, hieß es doch, dem uns gesteckten Ziele mit um so größerem Eifer nachzugehen. Die »Hirondelle« spannte aufs neue die Segel und ging in die Gegend von Flores und Corvo, den westlichen Vorposten des Archipels.

Einige Meilen von Fayal, in unmittelbarer Nachbarschaft der bevorzugten Insel, arbeitete unsere Dredsche, deren Havarien, die sie zu Beginn unserer Expedition erlitten, durch die Bemühungen unserer Freunde ausgebessert waren, in einer

Tiefe von 800 Metern. Die Operation ging gut vonstatten, und als der Apparat heraufkam, ergoss sich eine ganze Flut von Wundern auf das Deck. Da waren kieselartige Schwämme, die wie Nester aussahen, die Vögel mit ihren Schnäbeln zurechtgezimmert hatten, oder den von Künstlerhand gefertigten Körben aus gesponnenem Glase glichen. An dem schlanken Fuße, mit dem diese gleichzeitig zur Tier- und Pflanzenwelt zuzurechnenden Gebilde am Boden festsitzen, hingen noch Fetzen des glänzenden Gewebes, die das Scharrnetz abgerissen hatte. Auch viele jener weichen Seeigel, die man für alte Baskenmützen halten könnte, fanden sich vor. Auch Stachelfische, mit Stäben, die wie angerauchte Pfeifenrohre aussehen, sowie andere Fische, die sich im Augenblick der Katastrophe in die Schwämme geflüchtet hatten, fanden sich unter dem Gewimmel. Einer, zu der Klasse der Langschwänze gehöriger, bot den Anblick einer wahrhaft lächerlichen Karikatur. Seine außerordentlich lange Nase bedeckte den Mund und bedrohte die Passanten mit drei von spitzen Stacheln umgebenen Kugeln, die sich nebeneinander am Nasenende befanden; ein endloser Schwanz verlängerte die entgegengesetzte Extremität des Tieres bis zur Dünne eines Fadens.

Eine Art von großen, hübsch in Rot gekleideten Meergarnelen fanden sich, die in ihren Fühlern, die zehnmal so lang waren wie der Körper, Bruchstücke anderer verstümmelter Körper hielten und einen unentwirrbaren Knäuel bildeten, den man erst auseinanderlösen musste. Der Strahl aus einer Pumpe verjagte eine ganze Menge kleiner Tiere, Anneliden und Krustazeen, aus den Schwämmen, ihrem gewöhnlichen Aufenthalt, der ihnen plötzlich zu einem verhängnisvollen Lift geworden war. Nun erschienen unter dem Wassergeriesel, das den durchgesiebten Schlamm ins Meer führte, die überraschendsten Formen und glänzendsten Farben einer im Tode unbeweglichen Menge. Dieser Schlamm bildete bald eine schwimmende Lache, die das Kielwasser des Schiffes gelb färbte und sich weit hinaus auf das Blau der Wogen legte und im Hintergrunde langsam, wie eine Wolke zum Grunde niederfiel, den Wesen der Tiefe den phosphoreszierenden Schein verhüllend, der in ihren ewigen Nächten erglänzt.

Leider ist es nur zu wahr, dass auch die schönsten Rosen Dornen haben. Viele dieser Schwämme mit den künstlerischen Formen hatten unsere Hände tückisch mit ihren scharfen Stacheln bedeckt, die zu Tausenden unter der Haut zerbrechen und kleine Entzündungen hervorrufen. Mehrere Tage zwang uns diese nachträgliche Rache der vergewaltigten Schwämme, unsere Hände, aus Furcht vor Reibung, mit auseinandergespreizten Fingern herumzutragen.

Hier taucht mir eine weniger angenehme Erinnerung auf. Das Schiff fuhr durch eine von heftigen atmosphärischen Schwankungen heimgesuchte Gegend; infolgedessen verspürten wir fast alle einige jener Unbehaglichkeiten, die in heißen Klimaten die Neulinge, namentlich wenn sie sich nicht sehr in acht nehmen, leicht befallen. Einige Matrosen, die den Ragouts aus Meerschweinen und Thunfischen acht Tage lang allzu eifrig zugesprochen hatten, erkrankten an wohlverdienten Krämpfen. Andere, die nach der Hitze des Tages auf Deck schliefen, um die Frische der Nacht zu genießen, wurden der schädlichen Bestrahlung des Mondes ausgesetzt, der den vorübergehenden Schleier, den einige Wolken über ihn gezogen hatten, durchbrach. Wieder andere seufzten unter der Qual hartnäckiger Übel, die infolge der Einsperrung an Bord oder des Klimas jener Insel auch die vollkommensten Verdauungsorgane befallen. Ich, der ich ganz allein die Fahrt des Schiffes und die Arbeiten zu leiten hatte, empfand diese ununterbrochenen Prüfungen, die uns bei einem niederdrückenden warmen Gewitterregen auferlegt wurden, lebhaft mit. Dennoch musste weitergearbeitet werden, und meine Mannschaft besorgte trotz der Hindernisse die Arbeiten an der Winde, bei denen sie durch ein Zeltdach gegen die direkte Einwirkung der gerade vertikal über ihren Köpfen herabbrennenden Sonnenstrahlen geschützt waren. Ich musste zu jeder Stunde mein Lager verlassen, bei Nacht wie am Tage, um zu überwachen oder zu kommandieren. Zum Glück kam recht bald schlechtes Wetter mit Stürmen und Wellen, das wohltuend auf uns einwirkte.

Wir waren nicht mehr sehr weit von Flores entfernt, das uns der Nebel verbarg, als ich bei abschwächendem Winde mein Scharrnetz auf einem flachen Grunde von 2000 Metern arbeiten ließ. Die Mühe war leider vergeblich gewesen, denn der Apparat kam hinauf, ohne den Boden berührt zu haben, vielleicht infolge einer von uns unbeachteten Strömung, die das Schiff zu schnell getrieben haben mag.

Nichtsdestoweniger brachte das immer geöffnete Scharrnetz bei seiner Rückkehr aus dem Wasser eine seltsame Gruppe mit: Es war eine Beroë, ein durchsichtiges, gelatineartiges Tier, so rund wie ein Fass, dessen Gattung auf der niedrigsten Stufe organischer Wesen steht. Der Unglücksgefährte dieses Tieres war ein besser organisiertes Lebewesen, das sich aber durch seine Schmarotzergewohnheiten degradierte. Man nennt es Phronima (Quallenfloh); es ist ebenfalls durchsichtig wie Kristall, erreicht die Größe einer Heuschrecke und dringt auf eine unanständige Weise in die Beroë ein, deren Organe es sukzessive auffrisst. Ist das Tier ausgehöhlt, dann lauert die Phronima auf ein neues Opfer, während die Beroë herumschwimmt, sich dreht und wendet und ihre tausend zitternden Flimmerhaare spielen lässt, bis ihr letztes Stündlein schlägt.

Es ist vielleicht nicht allein die Leckerhaftigkeit, die diese bloß einseitig Vorteil bringenden Beziehungen zwischen der Beroë und der Phronima zustande bringt; der Selbsterhaltungstrieb mag einige der Quallenflöhe zuerst in das leicht zugängliche Innere einer Beroë geführt haben, die gute Gelegenheit und das zarte Fleisch mochten dann das weitere veranlassen. Schließlich mag die Mimikry, derzufolge gewisse Tiere die Farbe eines sie ständig umgebenden Milieus annehmen, die ursprüngliche Undurchsichtigkeit der Gewebe der Phronima in eine sonst nur den gelatineartigen Organismen eigne Durchsichtigkeit verwandelt haben.

Das schlechte Wetter wütete mehrere Tage gegen die »Hirondelle«, die hinter der Insel Flores, ganz am westlichen Ende des Archipels, Schutz suchen wollte und dabei einen Teil ihres Bugspriets verlor. Nichtsdestoweniger ankerten wir nach einem längeren Lavieren unter den Stößen der großen Ozeanwellen am Fuße der grünenden Klippe von Santa Cruz, deren Bäche und Pflanzungen in Kaskaden zum Ufer hinabfallen.

Zum dritten Male in zehn Jahren betrachtete ich die schroffen Linien der Berge, zu deren Füßen sich unser Schiffchen mit den Möwen vermengte und deren höhere Regionen dauernd mit Wolken bedeckt waren. Es schien mir dann, als ob die »Hirondelle« unter dem Schutze eines verlorenen Postens von Europa stünde, der über das bewegte Gebiet der Zyklone hinaus die wachsende Macht der Neuen Welt im Auge behält. Und ich sah im Geiste Flotten, mit verjüngten Völkern besetzt, Bienenschwärmen gleich, die Stöcke Amerikas verlassen, um unseren entarteten Kontinent zu überfluten, als plötzlich ein bescheidener Walfischfänger aus den Riffen hervorkam, der, die kleine Bucht von Santa Cruz versperrend und auf unseren Ankerplatz zufahrend, die englische Flagge entfaltete.

Wohl wusste ich, wer das Schiff führte, und schon tauchte die Silhouette eines alten Bekannten auf den kleinen Wellen der Reede, zwischen den Fallreeps des Steuers auf. Es war der Konsularagent Englands, der jedesmal erschien, um mir seine Dienste anzubieten. Es machte mir stets Freude, sein rotglühendes Gesicht zu erblicken, das ein großer Sonnenschirm beschattete und ein altmodischer Zylinder – der sich zwischen den Bergen dieser ozeanischen Insel sicher nicht heimisch fühlte – mit seinen abgeplatteten Krempen erdrückte.

Sobald an Bord seine drollige Gestalt – ein massiver Klotz auf kurzen Beinen –, in einen mit goldenen Knöpfen versehenen Überzieher gehüllt, sichtbar wurde, strebten ihm alle Hände zu, während die Portugiesen seines Schiffes hinter dem unsrigen anlegten und uns mit dem üblichen Wortschwall der Südländer betäubten.

Mein offizieller Besucher hieß mich in einer knappen, aber mühseligen Sprache willkommen. Er war nämlich nur ein Halbportugiese; sein Vater war ein Engländer, der während seines Aufenthaltes in Flores durch den Anblick der Maisfelder, die er für Rohrzuckerplantagen hielt, verführt wurde und alsbald sein Heim auf dieser, während der rauen Winterzeit fast völlig von der Welt abgeschnittenen Insel errichtete.

Zur Zeit meines letzten Besuches auf Flores befand sich die Insel seit mehr als einem Jahre ohne Arzt, und der Konsul bat, dass mein Arzt die Kranken besuche. Das Vergnügen, zu einem wohltätigen Werke beizusteuern, machte mir die Zustimmung leicht, und ein ganzer Tag wurde dazu geopfert.

Aber der Doktor sprach weder portugiesisch noch englisch. Wir mussten daher folgendermaßen vorgehen. Jeder Kranke erläuterte seinen Zustand dem Konsul in portugiesischer Sprache, dieser übersetzte mir das in ein etwas phantastisches Englisch, und ich übermittelte alsdann dem Arzt meine allgemeinen Eindrücke.

Einen ganzen Tag lang kramten beiderlei Geschlechter vor diesem internationalen Trio ihre verschiedenartigen Leiden aus. Und manchmal mussten wir, um mittels dreier Sprachen ein Geheimnis aufzuklären, unsere Fragen mit um so peinlicherer Dringlichkeit stellen, als ich und der Konsul nicht imstande waren, deren Derbheit durch eine technische Terminologie, mit der wir nicht vertraut waren, zu verdecken. Manchmal verliehen sogar gewisse Gebärden, die unumgänglich notwendig waren, wenn das Wort den Gedanken nicht wiedergeben konnte, der Szene einen Charakter, der alle erröten machte.

Als der Abend der Konsultation ein Ende machte, waren wir am Ende unserer Kräfte und Stimmen angelangt, aber die Klienten strömten noch immer zu, und bereits begannen sie von den Ortschaften der Küste hinabzusteigen. Da die Insel 18 000 Einwohner zählte, mussten wir einer Überflutung weichen, der man schließlich nicht mehr hätte standhalten können. Der Doktor verbrachte die darauffolgende Nacht damit, die von ihm verordneten Medikamente anzufertigen, denn der von Flores verschwundene Arzt war auch der einzige Apotheker des Ortes gewesen.

Wenn die Barmherzigkeit die verschiedensten Menschen vereinigt, so trennt die Eitelkeit sie wieder ziemlich rasch. Unter den Standespersonen von Santa Cruz befand sich ein Eingeborener, der das Amt eines Konsularagenten für ein anderes Land ausübte; er und sein englischer Kollege sowie deren beider »Damen« baten mich, als ich mich anschickte, die Insel zu verlassen, sie zu photographieren. Da ich jedoch nur eine Platte zur Verfügung hatte, machte ich ihnen den Vorschlag, dass sie sich alle zu einer Gruppe vereinigen möchten; dagegen erhob sich ein allgemeiner Protest, den ich nur durch das Versprechen zu beruhigen vermochte, dass man ja die Paare nachher auf den Abzügen trennen könnte. Während der Sitzung waren die Leute nun derart mit dem Gedanken an die Trennung beschäftigt, dass die beiden sehr starken Damen nur jede zur Hälfte auf die Platte kamen und ich den beiden Ehepaaren nur mit Dreiviertel ihres Bestandes dienen konnte. Ich kenne so manchen, der das für genügend gehalten hätte.

Ich nehme nun meine Erzählung wieder auf, um gewisse interessante zoologische Untersuchungen, die ich in der Umgegend von Flores angestellt habe, zu schildern. Meine Mannschaft wurde zunächst durch sechs Eingeborene der Azoren verstärkt, die wir zur leichteren Handhabung der Winden in Santa Cruz aufnahmen. Diese braven Seeleute, ein bisschen Walfischfänger, ein bisschen Bauern, stiegen mit einem Gepäck an Bord, das sie in ihrem Taschentuche bei sich trugen. Der Kühnste unter ihnen, der weder Stiefel noch Schamgefühl besaß, blieb vor mir stehen, seinen Hut am Bauche haltend und mit einem Fuße den anderen kratzend. Bald hob er seine, von den vier anderen Fingern weggespreizten Daumen bis zu seinen von einem unterwürfigen Lächeln halb geöffneten Lippen und machte damit die bei einfachen Leuten übliche Gebärde des Durstes, und um keinerlei Zweifel über die Qualität der ersehnten Flüssigkeit aufkommen zu lassen, wiederholte er in der Sprache Shakespeares »Brandy, Brandy«. Die Vorräte der »Hirondelle« standen zwar zur Befriedigung armer Leute zur Verfügung, da aber der Bittsteller keinerlei plausiblen Grund vorzubringen wusste, wurde ihm das Wort entzogen.

Einer meiner Gefährten stieg an Land, um das Gebirge zu durchforschen, in dem sich der Volksstimme nach einige auf der Karte vergessene Seen befinden sollten. Unser kleines Leinenboot, pälagische Netze, eine Sonde, Wachstuch, Kleider und für drei Tage Lebensmittel wurden auf den Schultern eines Matrosen und zweier Träger verladen. Alsbald verschwand die Karawane im Dickicht der Schluchten.

Es handelte sich darum, dieser Insel ebenso wie der anderen das Geheimnis zu entreißen, das das organische Leben in ihren Gewässern bewahrte, und während ich ihr Haupt über den Wolken durchwühlen ließ, wollte ich selbst zu ihren Füßen, die sie tief ins Meer hineinversenkte, Nachforschungen anstellen.

Kurz nachdem die »Hirondelle« an die Arbeit gegangen, verkündete uns die Sonde eine Tiefe von 1558 Metern. In der Nähe dieser durch vulkanische Ausbrüche gebildeten Insel vollzieht sich der Abfall ziemlich unvermittelt, und der Boden setzt sich aus winkeligen, höhlenreichen Felsen zusammen, die mit einem aus ihrer Zersetzung herrührenden Sande bestreut sind. Ein solches Terrain ist für die Dredsche sehr gefährlich, da diese, trotz ihrer besonderen Form, fortwährend in Gefahr ist, sich festzuhaken und zu zerreißen; allerdings macht man hier auch die besten Fänge. Die Schwimmtiere finden da je nach ihrer Anlage Schlupfwinkel oder günstige Stellen zum Auflauern; die kriechenden Tiere sind nicht so, wie im offenen Meere, im Schlamm verborgen; die Tierkorallen und Steinkorallen finden einen Stützpunkt, der sie festhält, und die benachbarte Küste trägt durch die Abfälle ihres organischen Reichtums zur allgemeinen Ernährung bei.

Zur Erforschung dieser Gegend wurde eine Dredsche mit allen nur erdenklichen Vorsichtsmaßregeln hinabgelassen. Bald verkündigten uns die häufigen Schwankungen des Dynamometers, dass man auf holpriges Terrain gelangt sei, und als die Nadel plötzlich anzeigte, dass das Netz eine Zugkraft von 1600 Kilogramm besitze, die nicht mehr weit vom Bruch entfernt ist, stellte man den doch zu gefährlichen Versuch wieder ein. Die Verwicklungen einer sehr schwierigen Rückbeförderung begannen nun. Häufig steifte ich das Kabel bis zu seiner äußersten Widerstandsfähigkeit, zeigte dann aber nach einer Erschütterung bald wieder eine beruhigende Spannung. Es ereigneten sich noch weitere Zwischenfälle. So glaubte man, dass das Netz zerrissen sei und seinen ganzen Fang verlieren müsse, und das Schiff manövrierte, soweit es ihm Wind und Segel gestatteten, um das Netz durch einen nach allen Richtungen abwechselnden Anzug frei zu machen. Nach einem letzten Widerstand übte das in vertikale Richtung zum Schiff gebrachte Netz schließlich eine reguläre Spannung auf das Kabel aus, die uns gleichzeitig eine Bestätigung für das Verlassen des Grundes und für die Fülle des Inhaltes lieferte. Sicherlich hatte es vorher auf seinem Wege einen felsigen Berg gefunden und überschritten.

Welch Schauspiel bot es aber auch, als es außerhalb des Wassers erschien! Welches Entzücken entschädigte uns für alle Befürchtungen! Man fand in diesem Sack, vermischt unter den Trümmern tausendfältiger Produkte eines felsigen Grundes und ohne die geringste Schlammverunreinigung, Fische, deren Gestalt allein in Erstaunen setzen musste; andere Fische wiederum, denen ein mächtiger, unter der Zunge sitzender Parasit ein verdrießliches Aussehen gab. Außerdem Garnelen von kirschfarbiger Röte, groß wie Langusten, mit Fühlern, die zehnmal so lang waren wie ihre Körper und die in ganz dünnen Fäden endigten, deren unentwirrbare Knoten sie miteinander verbunden hielten. Ganze Büschel von Tierkorallen fand man, zwischen denen kleine, in glänzendes Gelb, Rot oder Lila gefärbte Wesen herumkrabbelten. Das Sortieren dieser Menagerie währte bei dem undeutlichen Scheine des Meerleuchtens bis spät in die Nacht hinein.

Mehrere Tage des herrlichsten Wetters vergingen für uns unter immer gleichbleibenden Sorgen und Erfolgen, und die »Hirondelle« ankerte neuerdings in Santa Cruz, nachdem sie die Runde um die Insel gemacht und die zerklüfteten Vorgebirge umsegelt hatte, die zwischen den steilen Felsenküsten liegen.

Unser Gefährte, der zur Bergforschung ausgegangen war, kehrte mit mannigfachen Eindrücken zurück. Zunächst hatten ihn die Führer, wenig verlässliche Leute, über seine gewissenhaften Forschungen in dem See, wo die Goldfische ihre ganze Aufmerksamkeit gefesselt hatten, verlacht. Sie konnten seine Begeisterung für die Sondierungen nicht begreifen, zumal wenn die unzureichende Länge seiner Angelschnur ihn veranlasste, alle vorhandenen Taschentücher und Hosenträger in Anspruch zu nehmen, ja sogar von dem Zerschneiden der Kleider und Hemden zu Streifen zu sprechen, noch vermochten sie seinen Kummer zu verstehen, wenn diese äußersten Mittel dennoch nicht genügten, um den Grund zu erreichen. Bei Eintritt der Dämmerung machten sie sich in aller Stille aus dem Staube, um einen Küstenhügel zu erreichen, während der Gelehrte oben in seinem kleinen, viel zu kurzen Kahn schlafen musste, wo es ihm unmöglich war, Füße und Kopf gleichzeitig gegen den fallenden Tau zu schützen.

An den anderen Tagen fand er in den Ortschaften bei der Bevölkerung, die ihr Leben mit dem Anbau von Yamswurzeln, der Jagd nach Walfischen und der Zeugung einer zahlreichen Familie verbrachte, aber eine Küche wie die Wilden führte, herzliche Aufnahme, so dass er nacheinander freudig bewegt und sehr zornig wurde. Mit einem Wort, wenn unser Gefährte seinen Untersuchungen auch geistig gewachsen war, so erschien er durch das Fasten und Wachen physisch ziemlich herabgekommen.

Nach einem kurzen Besuch an Land, wo man uns die Ergebnisse unserer denkwürdigen Konsultation zeigen wollte, an dicken Damen, die von ihren Geschwüren befreit wurden, an jungen bleichsüchtigen Mädchen, die mittlerweile starke Frauenzimmer geworden, verließ ich Flores, um die etwas nach Norden gelegene Insel Corvo zu besuchen.

Corvo, dieses Pünktchen im Meere, dieses düstere Inselchen, das sich 500 Meilen von Europa erhebt wie ein Verbindungsglied zwischen Amerika und unserem Kontinente, ist ein erloschener Vulkan mit steil abfallenden Wänden und begrünten Höhen. Nahe der Spitze, am Grunde des ruhigen Kraters, schlummert ein See, der den von den Stürmen ermüdeten Seevögeln jenen Frieden bietet, den alle Wesen nach großer Unruhe suchen.

Diese jetzt so stumme und unbewegliche Klippe, die einst Zeugin jenes Schauspiels gewesen, bei dem die Vulkane entstanden und wobei vielleicht die geheimnisvolle Atlantis verschwand, soll auch, den auf den Azoren verbreiteten Sagen nach, eine Rolle in der Geschichte gespielt haben. An einer Stelle der Westküste besaß ein hoher Felsen die Gestalt eines Reiters, der seinen unbeweglichen Arm nach Westen streckte. Als Christoph Columbus den Archipel besuchte, bemerkte er die imposante Figur, und von dieser Zeit wurde er von mystischer Träumerei erfasst und arbeitete den Plan aus, der ihn nach der Neuen Welt führte. Später, unter der vorübergehenden spanischen Herrschaft, wollte ein König den Reiterkoloss nach Madrid transportieren lassen, und riesige Apparate wurden zu diesem Zwecke mühevoll errichtet, als plötzlich die ganze Masse zusammenstürzte.

Am Fuße eines kurzen, dem Meere sich zuerstreckenden Lavastreifens hatten die ersten Ansiedler ein Dorf erbaut, wo Generationen ihr Leben verbrachten, ohne etwas anderes als ihre Insel zu kennen. Man findet dort heute einige hundert Portugiesen vor, deren leichtes Dasein den von dieser Welt Enttäuschten gefallen würde. Ein Dampfer, der alle Monate nach Flores kommt, legt drei- oder viermal im Jahre in Corvo an, und die Küste ist so abschüssig, dass die Landung oft lange Zeit hindurch ganz unmöglich ist. Der anlegende Seemann muss demnach, wenn er sein Schiff an der sehr kläglichen Anlegestelle von Rosario verankert hat, ständig das Meer im Auge behalten, das ihm beim geringsten Wellengang dieses Inselchen zu einem unentrinnbaren Gefängnis machen kann.

Zur Zeit meiner früheren Expeditionen bin ich dennoch wiederholt dort gewesen, und einige Erinnerungen an diese Ausflüge werde ich immer im Gedächtnis behalten. Sehr kräftige und sehr schöne Seeleute halfen uns damals die Uferfelsen passieren, und bald erschienen abschreckend hässliche, aber äußerst saubere Weiber, die von den Feldern kamen und uns Früchte anboten. Und wir Fremdlinge, die wir diesen Insulanern wie die Abkömmlinge eines in fernen Träumen erschienenen Königreiches vorkamen, nahmen die Darbietungen ihrer naiven Gastfreundschaft entgegen.

Ich erinnere mich, dass wir einmal in das Innere des Dorfes gelangten und in den engen Gässchen von einer bis zum Aberglauben erregten Menge umdrängt wurden und dass die Leute verstohlen die Kleider der beiden Passagierinnen, die mich begleiteten, berührten, als ob es wundertätige Dinger gewesen wären. Dann ritten wir – eine ganze Gesellschaft – auf Eseln, um eine Untersuchung des Kraters vorzunehmen, und fortwährend wirbelte ein Schwarm von Männern, Weibern und Kindern, den ganzen Weg entlang, um uns herum, ohne uns aus den Augen zu lassen.

Während unsere wissenschaftlichen Instrumente die bescheidene Tiefe des Kraters untersuchten, wurde unsere Tafel auf einem brüchigen, der Sonnenhitze offenen Boden gedeckt. Man genoss dabei die Unbefangenheit ländlicher Sitten: einige Schweine, denen dort das Weiderecht zustand, näherten sich, um mit unbewusster Vertraulichkeit aus unseren Tellern zu essen und unser Brot zu stehlen, was die Hunde, die sie bewachten, mit der Diskretion einer besseren Erziehung sofort nachahmten. Dann näherten sich auch unsere Esel und wollten sich auf unserm Gepäck wälzen.

Die Rückkehr fand in einem lärmenden Durcheinander statt. Manchmal verstopften sich die Pfade an einem Hohlweg, unser Zug stürzte sich stoßend und rutschend hinein, und meine Reiterinnen hatten alle Mühe, sich auf den dicht umdrängten Eseln festzuhalten. Daher auch das Gezischel der guten Leute, dessen Thema natürlich wir bildeten.

In der Nähe des Ufers erwartete uns ein trauriger Haufen, nämlich die seit langer Zeit von allen möglichen Übeln befallenen Kranken, die sich, da die Insel keinen Arzt besaß, bittend an den unsrigen wandten, der sie dann in voller Öffentlichkeit untersuchte.

Nach der anfänglichen Neugierde stellte sich bei diesen naiven Wesen das Vertrauen ein, und unser Abschied vollzog sich unter Umarmungen und Segenswünschen. Einzelne wünschten mir viele Walfische, andere wieder viele Kinder, und die Kühneren sprachen die Hoffnung aus, mich im Himmel wiederzufinden.

Als ich die Anker lichtete, fragte ich mich, ob ich diesen Felsen jemals wiedersehen werde, dessen Einsamkeit in Seelen, die gegen ein schweres Leben ankämpfen, eine so wohltuende Empfindung der Ruhe auslöst. Der Rückblick meines Geistes nach vergangenen Dingen erweckte in mir eine alte Trauer: bei meinem ersten, schon sehr weit zurückliegenden Besuche erlitt mein Lieblings-Jagdhund, der Gefährte aller meiner Expeditionen, auf Corvo einen tragischen Tod, und sein armer Körper, eben noch so fröhlich belebt, ward plötzlich zu jener traurigen Hülle, die Mensch und Tier auf das gleiche Niveau toter Sachen drückt. Man scharrte ihn hinter einer der düsteren Lavamauern ein, die die ganze Insel durchschneiden. Bald nachher entfernte sich langsam die »Hirondelle«, wie man sich von einem Grabe entfernt.

Während der Reise, die ich in diesem Kapitel beschreibe, suchte ich nach der Stelle, wo mein Hund seit 15 Jahren ruhte, aber entweder gab die veränderte Jahreszeit den Feldern ein anderes Aussehen, oder das menschliche Gedächtnis hält es nicht der Mühe wert, sich den Platz zu merken, wo ein Hund begraben liegt – ich fand sie nicht wieder. Und ich fürchte, dass ich lachend an dem Orte vorbeigegangen bin, wo mir einst eine Träne im Auge stand.

So lassen auch geringfügige Vorfälle, wenn sie einst unsere Seele in einer Stunde der Schwäche überraschten, in unserem Leben Marksteine zurück, welche die Flucht der Zeit messen.

Kehren wir wieder zur »Hirondelle« zurück, die ihre Werkzeuge auf den gefährlichen Meeresgründen um Corvo herum arbeiten ließ. Seit einigen Tagen machten mir die verschiedenen Unfälle Sorge, bei welchen die für die Wissenschaft so nützlichen Reusen untergingen – nützlich, obwohl sie in der Form meiner ersten Versuche den Schwierigkeiten ihrer Verwendung nicht ganz entsprachen, und ich benützte nun die an Bord befindlichen Hilfsmittel, um einen neuen Typ herzustellen. Dieser bestand nur aus Holz und Netzwerk, weil das Metall viele Fische abschreckte, und statt der früheren Zylinderform, die zu leicht in dem schlammigen Terrain steckenblieb, wählte ich die Form eines Polyeders, das stets auf einer seiner Flächen zu ruhen vermag. Außerdem konnten wir immer, je nach den Erfordernissen, solche Apparate konstruieren.

Mit der ersten Verwendung meines neuen Apparates, der übrigens viel größer war als die andern, war ich meines Erfolges sicher, denn ich erhielt gleichzeitig mit einer Menge Fische auch eine riesiggroße neue Krabbenart. Diese Krabben hatten die Größe eines Tellers und besaßen Scheren, die einem die Finger hätten abschneiden können. Seltsamerweise hatten sich einige auf der Außenseite der Reuse festgeklammert und blieben während des ganzen Aufstieges daran. Aus welchem Grunde mögen diese völlig frei außerhalb des Apparates befindlichen Tiere, trotz der Verminderung des Druckes, trotz der Temperatur und des zunehmenden Lichtes, was sie alle sicherlich fürchterlich ängstigen musste, den Apparat eine Stunde lang bis zur Oberfläche begleitet haben? Warum verließen sie ihn nicht, als die Reuse schon außer Wasser war, in der Luft schwebte und aufs Deck gesetzt wurde? Ich habe nur eine Erklärung: diese Krabben sind keine Schwimmer, und als sie sich vom Boden getrennt sahen, überkam sie jenes zögernde Gefühl, das auch ein Mensch haben mag, der den Strick eines plötzlich unvermutet aufsteigenden Luftballons nicht sofort ausgelassen hätte. Nicht minder setzte uns der Umstand in Erstaunen, dass sie auf der Oberfläche noch lebten, denn wir hatten noch niemals bei Tieren, die aus einer solchen Tiefe des Ozeans heraufkamen, diesen Fall beobachtet. Meine Forschungen im Mittelländischen Meer haben mir später mannigfache Ausnahmen einer Regel zugeführt, die alle zur Wärme, zum Licht und zu vermindertem Luftdruck emporgebrachten Tiefseebewohner als zum Tode verurteilt betrachtet. Allerdings ist in diesem Meere die Temperatur der Tiefe im Verhältnis nicht so niedrig wie im Ozean. Sie fällt nirgends unter 13 Grad, während sie im Ozean bis zu 0 Grad fällt.

Diese Tatsachen bezeugen mir auch, dass die aus den Tiefen entnommenen Tiere viel eher dem jähen Wechsel der Temperatur unterliegen als der Verminderung des Luftdrucks. Die Ursache jenes ungewöhnlichen Widerstandes ist mir deshalb noch nicht ganz erklärlich.

Das Meer wurde neuerdings ungünstig, und ich fürchtete einen Augenblick, dass mich der Sturm zwingen könnte, die eingeschifften Insulaner mit nach Europa nehmen zu müssen. Aber die ausgezeichnete »Hirondelle« arbeitete sich immer heraus, und nach 24 Stunden harten Kampfes konnte ich diese Seeleute ihren Familien wieder zurückgeben. Sie hatten mir sehr viel genützt und hatten sich auch schon für das nächste Mal ihre Stellen gesichert. Am andern Tage erreichte ich Fayal und langte gerade zu einer Zeit an, wo es mir vergönnt war, die Verwirklichung eines langgehegten Wunsches zu erleben. Es wurde nämlich in die Pim-Bucht ein Pottwal eingebracht, von zwei Walfischfahrern, die ihn, nachdem sie ihn vor einigen Tagen tödlich verletzten, soeben aufgefunden hatten. Bei ruhigem Meere und günstiger Brise war es ihnen möglich, das Tier unter Segeln zu bugsieren, inmitten eines Schwarmes von Hai- und anderen Fischen, die gierig die begehrte Beute geleiteten, obwohl sie bereits in voller Zersetzung begriffen war.

Dabney hatte in der Pim-Bucht, gleich an der Küste von Horta, eine kleine Werkstätte für Walfisch-Abschlachtung und zur Gewinnung von Öl aus ihrem Fette errichtet. Es waren da Kräne vorhanden, an denen man die kolossalen Tiere anband und die nacheinander abgeschnittenen Speckmassen zu den großartigen Kesseln emporzog. Die Walfischfahrer, von deren Heroismus ich weiter unten noch erzählen werde, vollendeten als Zyklopenschlächter das auf offener See unter Kämpfen begonnene Werk. In der Folge war die reizende Bucht lange Zeit von blutigen Ölflecken, die auf dem Wasser schwammen, und von den organischen Resten, die am Strande liegenblieben, besudelt.

Diese Örtlichkeit war sonst der Lieblingsbadeplatz von »ganz Fayal«, so dass die Ankunft eines Wales immer einige Bestürzung hervorrief. In der Tat drang der üble Duft des Öles den Badenden bis unter die Haut, und die ins Wasser geworfenen Eingeweidestücke legten sich ihnen um die Beine und beschmutzten diese mit einer klebrigen Masse. Manchmal stieß man auch mit den Füßen auf einen am Grunde liegenden Walfischkiefer, auf dem noch die Riesenzähne des Monstrums saßen. Außerdem kam man da mit geschäftigen Arbeitern zusammen, die nicht gerade einladend aussahen und deren Kleidung durch die Arbeit am Walfischkadaver mit einer ekelerregenden Flüssigkeit befleckt waren.

Der Anblick der durch diese großartige Jagd erreichten Ergebnisse und verschiedene Unterhaltungen mit den Männern, die dabei mitwirkten, legten mir den Gedanken nahe, ebenfalls einen Walfischfang zu unternehmen, und ich ließ zu diesem Zwecke sechs Portugiesen auf der »Hirondelle« einschiffen. Diese waren geübte Walfischfänger und brachten das nötige Material mit an Bord. In der Zeit bis zur Erscheinung eines Walfisches mussten sie übrigens, wie ihre Vorgänger aus Flores, an den Arbeiten, die ich einstweilen weiter zu verfolgen beabsichtigte, teilnehmen.

Eine Woche lang manövrierte ich zwischen den Inseln und arbeitete, trotz ernster Besorgnisse um die Sicherheit meines Schiffes, ununterbrochen weiter. Die Stürme waren nämlich manchmal furchtbar, und der kleine Schoner verteidigte sich mühevoll gegen ihre Macht, während die Orientierung unter all diesen Küsten bei einem fast sintflutartigen, mit dichtem Nebel vermischten Regen äußerst schwierig wurde.

Einmal benützten wir die Menge roter Meergarnelen, die uns die Reuse aus 1200 bis 1500 Meter Tiefe heraufgebracht hatte, um den Nahrungswert dieser so weit hervorgeholten Wesen festzustellen. Sie wurden ausgezeichnet befunden. Aber ein anderes Mal wollte man die in sehr großer Anzahl gefangenen Fische einer Gattung, wie wir sie beim ersten Versuch mit der Reuse kennenlernten und die auf schlammigem Grunde zwischen 700 und 2000 Metern vorzukommen pflegten, kosten; sie waren entsetzlich. Die materiellen Genüsse, die die Bewohner der großen Tiefen uns bereiten, halten sich also bis auf weiteres die Waage.

Diese Umtriebe führten mich in die Nähe der Insel Graciosa, im Norden des Archipels, wo ich zwischen der kleinen Stadt Praya und einer kleinen Insel gleichen Namens vor Anker ging. Hier fand ich inmitten der unaufhörlichen Anstrengungen meiner Expedition eine bescheidene Zerstreuung. Diese von den großen Wellen des Atlantischen Ozeans bespülte Insel ist nur an einer einzigen Stelle und auch nur wenn das Meer ruhig ist zugänglich; sie bietet in den Winkeln und Spalten ihrer Felsenküste einer wilden Taubenart, die die Azoren bevölkert, einen ruhigen Schutz. Hinter dem Chaos zerbröckelter Felsen versteckt, habe ich oft zu der Stunde, wenn die Vögel von den Feldern von Graciosa zurückkehren, um ihre Schlupfwinkel aufzusuchen, Dutzende von Tauben geschossen, trotz der Gefahr, mir bei der Suche nach den besten Aufstellpunkten den Hals zu brechen. Manchmal fielen die Tauben hinter Felsenmassen und gingen so verloren, auch in das Meer fielen sie zuweilen, wo sie in der Brandung und im Strudel sofort untergingen.

Die Ufer aller Azoreninseln besitzen Höhlen, in die sich die Tauben zu bestimmten Stunden verkriechen; man verfolgt sie mit einem Boote, und das Echo der Flintenschüsse ertönt von allen Bergen.

Abenteuerlustige Seefahrer kennen diese kleinen blauen Tauben sehr gut, denn man trifft sie überall, wo sich rissige

Felsenküsten in der Nähe von bebauten Feldern befinden. In Marokko, beim Kap Spartel, habe ich sie am zahlreichsten gefunden, und ich habe dort einmal während eines Sonnenunterganges 80 Stück geschossen.

Sonst gibt es wenig Wild auf den Azoren, dennoch sind Schnepfen und Wachteln dort ansässig, und auf den meisten Inseln kommen Kaninchen vor.

Als Hauptanziehungspunkt bot uns Graciosa eine am Grunde des Kraters seiner Caldeira gelegene Höhle, die mit dem Erdinnern in geheimnisvoller Verbindung stehen soll. Ich besuchte diese geologische Merkwürdigkeit unter Umständen, die wert sind, berichtet zu werden.

Man verlässt die Stadt zu Fuß oder zu Esel oder im Ochsenwagen und klettert bei glühender Sonne den äußern Abhang des erloschenen Vulkans empor; man überschreitet dann einen Pass, der so regelmäßig ist wie der Rand eines Waschbeckens, und steigt den innern felsigen Abhang, wo die Tauben ebenfalls ihre Schlupfwinkel finden, hinab. Schließlich erreicht man einen unebenen Rasenplatz, der den Grund bedeckt. Plötzlich gelangt man zu einer außerordentlich abschüssigen Stelle, die in einer Länge von 50 Metern über einen unter den Gräsern fast versteckten Spalt hinübergeht. Von da ab muss man sehr auf der Hut sein, denn der geringste verfehlte Schritt kann einen in den Abgrund stürzen lassen, der nur mittels Stricken, die von Eingeborenen gehandhabt werden, zugänglich ist. Diese Stricke sind aber gewöhnlich so alt und so dünn, dass wir uns, infolge früherer Erfahrung, vom Schiffe einen vertrauenerweckenderen mitgebracht hatten.

Der portugiesische Führer trat hart an den Rand der Öffnung auf den glatten und glitschigen Rasen und pflanzte einen großen eisernen Pflock in das Erdreich. Er rollte dann einen Strick um den Pflock, um diesen als Handgriff zu benützen. Damit ist man bereit, und einer der Exkursionisten klettert behende zu dem Führer hin, der ihm einen zweiten Strick um die Hüften befestigt.

Um diesen Abstieg von zirka 40 Metern ohne Unfall bewerkstelligen zu können, muss man den Handgriff festhalten und in einer horizontalen Lage bleiben, indem man die

Füße an die Wände stemmt. Der Führer lässt langsam den Strick nach, und man bewegt sich rücklings wie ein Insekt auf einer Mauer. Schließlich gelangt man in einen schiffartig ausgedehnten Raum, der, nach den entfernten und lange sich wiederholenden Echos zu schließen, von riesiger Ausdehnung sein muss.

Bald erinnert sich der Reisende, dass er nicht da ist, um gemütlich ein bequemes Schauspiel zu genießen; er muss vor allem den Eingangskamin verlassen, weil die von den Nachkommenden losgelösten Steine auf ihn fallen. Da der Boden aber mit großen Blöcken bedeckt ist, die sich unter verschiedenen Einflüssen von der Decke losgelöst haben, so sucht man auf allen vieren, fast ohne Licht, eine bessere Gegend auf. Glücklicherweise gewöhnen sich die Augen nach und nach, sonst könnte man in den stillen See fallen, der in nächster Nähe beginnt. Wenn man nun am Ufer des Sees entlanggeht und noch einige scharfkantige Blöcke überschreitet, so kommt man zu einer Wand, die einen mit Schwefel bedeckten Spalt aufweist, durch den zuweilen gefährliche Dünste aufsteigen und von wo aus man oft ein entferntes Geräusch vernimmt, das Echo der geheimnisvollen Arbeit im Innern der Erde.

Für unsere Seeuntersuchungen hatten wir ein zusammenlegbares Leinenboot und das verschiedene dazugehörige Material mitgebracht, alles dies baumelte hinter uns an dem Stricke, der uns als Pfad diente. Bei Fackelschein befuhren wir alsdann den unterirdischen See, um ihn zu sondieren, seine Temperatur zu messen und zu erfahren, ob er lebende Organismen enthalte. Ich wollte auch den Umfang des Bassins ausmessen.

In der Gegend des Eingangskamins bedeckten Skelette den Boden, sie stammten von wilden Tieren her, die sich zu weit an den Rand der Spalte herangewagt und hineingefallen waren.

Der düstere Aufenthalt war indessen von lebenden Wesen besucht, die sich leicht einen heitereren Wohnort hätten wählen können, nämlich von den bereits erwähnten wilden Tauben. Mehrere dieser Vögel bekundeten, obwohl es schon um die Mitte des Tages war, ihre Anwesenheit, indem sie lärmend die Löcher und Winkel der Wand verließen, um zum Kamingrunde zu flüchten und sich dann in einem eigenartigen spiralförmigen Fluge daraus emporzuheben.

Da wir von dem Vorkommen dieser Tauben im voraus unterrichtet waren, hatte ich ein Gewehr bei mir und unternahm eine originelle Jagd, die jedoch bei meinen Gefährten ein gewisses Bangen hervorrief, da sie befürchteten, dass die vom starken Widerhall der Schüsse erschütterten Felsstücke hinabkollern würden.

Bei der Rückkehr merkten wir, dass es leichter war, hinab- als hinaufzusteigen. Wenn in der Tat ein nach oben Wollender, am Stricke hängend, das Gleichgewicht verlor und die bei einem bequemen Aufstieg erforderliche horizontale Lage aufgeben musste, so pendelte er verzweifelt umher, während der Führer, der ihn nicht sehen konnte, trotz der Unebenheit des Weges aus Leibeskräften hinaufzog. Man wird begreifen, in welchen Zustand dadurch die Kleider mancher ungeschickter Exkursionisten kamen. Sie zeigten auch, wenn sie am Rand des Abgrunds auftauchten, arg beleidigte Gesichter.

Kaum hatten wir diesen vulkanischen Spalt verlassen, als schon wieder die Tauben, sehnsüchtig, ihre grabartige Niederlassung wieder vorzufinden, hineinstürzten.

Einige Tage später brachte ich die gemieteten Walfischfänger, die, da sich kein Walfisch gezeigt hatte, keine Arbeit hatten, wieder nach Fayal zurück. Alsdann verabschiedete ich mich von den Bewohnern der hübschen Villa, wo ich die schönsten Stunden meiner freien Zeit verbracht hatte, da ja der Anblick des Glückes anderer eine Milderung der eigenen Schmerzen verschafft. In der herrlichen Bucht von Pico, vor dem schneeigen Gipfel, der zwanzig erloschene Krater beherrscht, nahm dieser Abschied, als die kleine »Hirondelle« sich zur gefährlichen Rückkehr anschickte, einen unvergesslichen Charakter an.

Immer mehr verschwand das Land, immer mehr senkten sich die dunstigen Umrisse dieser stolzen Berge zu den Wellen des ruhig daliegenden Meeres hinab, und die Azoren verschwanden in der Meereswüste mitsamt den Menschen, die ihre fruchtbaren Täler bewohnen. Nun war ich wieder auf dem großen Meere, auf der sammetweichen Fläche, die der Nacht die geheimnisvolle Ungewissheit entlehnt, auf jener Fläche, die, von günstiger Brise geweht, Flotten trägt oder, von Windstößen aufgerüttelt, den Anschein erregt, als ob sie stöhnend ein Ungeheuer gebären wollte. Da war ich wieder auf der weiten Wasserwüste, wo sich unbeobachtet die schrecklichsten Tragödien abspielen und wo die Stimmen der Natur an den Segeln des Schiffes ihr einziges Echo finden.

Bald meint man am Horizonte ein fernes Bild des heimatlichen Herdes zu erblicken, wo sich geliebte Wesen bewegen; man glaubt den Lärm eines sich nähernden Bienenschwarmes zu vernehmen. Dieses Geräusch erweckt jedoch eine leise Angst, die alle Freuden und Leiden erstickt, und der Geist beunruhigt sich über das jenseits der Wellen, der Wolken und Stürme zurückbleibende zerbrechliche Glück.

Das schöne Wetter gestattete mir, ehe ich das Massiv des Archipels verließ, noch mehrere Male, den Apparat hinabzulassen und ihn in der Folge auch in jene große Tiefen zu versenken, über die mich mein Weg führte.

Nicht weit von Pico bediente ich mich eines Instrumentes, das für solche Terrains bestimmt war, wo das Vorkommen zahlreicher Felsmassen eine Anwendung des Scharrnetzes ohne ernste Gefahr nicht zulässig erscheinen lässt und wo das überreiche Vorhandensein gewisser festsitzender Tiere, wie der Korallen, das Interesse an der Vornahme der Operation erhöht. Die Schwabberstange, so heißt das Ding, besteht aus einem langen Eisenstiel, den drei parallele mit Schwabberbesen aus Werg versehene Stangen im rechten Winkel kreuzen. Sobald dieses Werkzeug die schroffen Abhänge bestreicht, fasst es ein ganz eigenartiges Volk von Krustazeen, Sternen, Schwämmen, Würmern und sogar Fischen, die in den unentwirrbaren, am Boden ganze Wälder bildenden Korallenbündeln drinstecken. Geht eine solche Operation zufällig erst am Abend zu Ende, so erzeugt das mächtige Phosphoreszieren dieser zahlreichen Lebewesen den Eindruck, als ob blaue Flammen dem Meere entsteigen würden.

Einer der letzten Fischzüge ließ uns die Helothurien, jene würstchenartigen, fast völlig apathischen Geschöpfe, wiedersehen. Sie haben gar keine Beine, aber ihr wie eine Schuhsohle abgeplatteter Bauch besitzt Saugfüßchen, Stümpfe, die sich langsam fortbewegen. Um ihren Mund streckt sich liebegirrend ein Dutzend Fühlfäden aus. Ist dies ihre Art, Liebkosungen heranzulocken? Die Lungen befinden sich auf dem dem Munde entgegengesetzten Ende, und an dieser Stelle atmen die Helothurien.

Die Farbe der Tiere variiert je nach der Gattung; einige sind lila oder grün, andere sind von einer schreiend roten Farbe, die zuletzt gefangenen erschienen in einem jungfräulichen Weiß. Einige darunter sind mit dem sogenannten bartlosen Schlangenfisch befreundet, und dieser findet im Falle einer Gefahr in ihrem Innern eine Zuflucht. Ich weiß nicht recht, durch welches Ende er in sie hineintritt, ob er ihren Schlund schont, oder ob er ihr Schamgefühl respektiert, ich konnte die seltsame Erscheinung nur in den Glasbehältern feststellen, wo die Helothurien ihre Tage ganz einsam beschließen.

Die Hauptanstrengung der ganze Reise sollte erst kommen, wenn wir von den Azoren genügend weit entfernt sein würden, um Tiefen von ungefähr 3000 Metern zu finden, die äußerste Grenze, die wir mit dem auf der »Hirondelle« befindlichen Kabel erreichen konnten.

Gegen hundert Meilen nördlich vom Archipel ließ es mir ein schönes Wetter als empfehlenswert erscheinen, dieses Abenteuer, das mir den Maßstab meiner ganzen Kraft zeigen konnte, zu wagen. Um Mitternacht wurde vorläufig die Sonde abgelassen. Sie zeigte uns eine Tiefe von 2840 Metern, eine Temperatur von 4 Graden an und brachte eine Grundprobe mit, die sich als weißer Tonsand erwies. Der Apparat benötigte 12 Minuten zur Versenkung und 43 Minuten zum Emporkommen.

Um 2 Uhr morgens wurde das Scharrnetz versenkt, während das Schiff bei stark vermindertem Segelwerk eine Schnelligkeit beibehielt, die ihm gestattete, sein Kabel gut auszubringen. Der Wind beunruhigte mich durch seine Schwäche, und ich fragte mich, ob wir das Unternehmen auch zu gutem Ende führen werden. Eine Windstille konnte für das Kabel wegen der »Klanken« oder Knoten, die der Mangel an Spannung hervorbringen konnte, gefährlich werden. Überall, wo unsere harte Arbeit eine besondere Aufmerksamkeit erforderte, hatte man Laternen ausgesetzt und ihre Feuer warfen bei der Bewegung des Schiffes gegen die Masten, die Segel und das Tauwerk einen zuckenden Schein. Die große Winde ächzte bei der Abrollung des Kabels, und die Bremsen, die die Schnelligkeit des Abstiegs mäßigten, stöhnten. Die Leute, die diese schwere Arbeit vollführten, bewegten sich lautlos, als ob sie im Einklang mit den verborgenen Mächten der Tiefe ein geheimes Werk vollbrächten. Als der Mond aufging, warfen einige flockige Wolken in seiner Umgebung das schwache Licht seiner Sichel auf uns, und ich erblickte das stählerne Kabel, das beim Durchschneiden des spiegelnden Wassers hell glitzerte und funkelte.

Mein Scharrnetz erreichte das Ziel seiner Reise, aber der Wind, der fast gänzlich abgeflaut war, ließ uns im Stich, so dass ich die Abwickelung des Kabels unterbrach, damit es am Meeresgrunde sich nicht verwirre. Als sich diese unsichtbare Brise nun gar drehte, drohte sie unser Schiff mit umzudrehen, und ich musste alles aufbieten, um ein solches, für das Gelingen unserer Manipulation höchst gefährliches Übel abzuwenden. Endlich gegen 7 Uhr früh gestattete uns ein leichter Windhauch, bis zu 3700 Meter Kabel abzulassen, was uns den Anzug des Kabels in einem ausreichenden Winkel vorzunehmen ermöglichte. Der Schoner kam sofort in günstigen Gang.

Diese Zwischenfälle ließen in mir Zweifel über das günstige Ergebnis des Unternehmens aufsteigen, das uns so große Anstrengungen gekostet hatte; und wenn ich daran dachte, dass die kleine »Hirondelle«, dieses Pünktchen auf dem großen Meere, nun mit den tiefsten Abgründen verbunden ist und ihnen die seltsamsten Geschöpfe zu entreißen vermag, so ärgerte ich mich darüber, dass lediglich die Windschwäche einen so vielversprechenden Versuch stören könnte.

Der Aufstieg begann um neun Uhr morgens, und die Arbeit wurde so anstrengend, dass die ganze Mannschaft volle zehn Stunden daranwenden musste. Die Nacht war bereits wieder hereingebrochen, als das Scharrnetz über dem Meeresspiegel zum Vorschein kam. Sofort zeigte das Strahlenbündel einer Laterne den ängstlichen Beobachtern einen an einem äußeren Schwabber hängenden unbekannten Gegenstand.

Die »Hirondelle« triumphierte, als sie von fast dreitausend Metern Tiefe, ohne jede andere Kraft als die ihrer Segel und der von vierzehn Matrosen, die Bewohner einer Welt ans Tageslicht brachte, die nicht einmal jene Expeditionen erblickten, die von großen Staaten auf mächtigen Schiffen ausgerüstet worden sind. Am Boden des Scharrnetzes fanden wir Holothurien, Seesterne und Krustazeen, die alle für uns völlig neu waren. Es war dies der Lohn für eine hartnäckige Arbeit, die einundzwanzig Stunden in Anspruch genommen.

Ich brachte von den Azoren eine seltene Tierherde mit, die während meiner mühevollen Expedition hie und da gebildet wurde. Sie umfasste zwölf Seeschildkröten, die ein Gewicht bis zu siebzig Pfund erreichten. Diese Tiere kommen im Archipel häufig vor; in Ermangelung eines zur Ablagerung und zum Auskriechen der Eier geeigneten Strandes vermehren sie sich dort jedoch nicht. Sie müssen demnach einen weiten Weg zurücklegen, da sich ihre Heimat in den tropischen Gegenden Afrikas und Amerikas befindet. Niemals versäume ich die Gelegenheit, mir diese Tiere für die »Hirondelle« zu verschaffen, denn sie bieten den Seefahrern, die sich nicht im Besitze frischer Lebensmittel befinden, sehr schätzenswerte Aushilfe.

Man fängt die Schildkröten, indem man mit einem Boote geräuschlos hinter ihnen herfährt, wenn man sie an einem ruhigen und sonnigen Tage schlafend findet. Sobald als möglich fasst man sie mit den Armen an ihrem unter dem Spiel der kleinen Wellen erglänzenden Rückenschild und stellt sie seitlich auf, um so ihre Schwimmkraft zu lähmen. Während man sie an Bord bringt, muss man sich vor den heftigen Ohrfeigen ihrer Flossen und vor den Bissen ihres Schnabels in acht nehmen. Am Boden des Bootes, wo man es mit dem Bauch nach oben hinlegt, zappelt das Tier, ist jedoch in der Bewegung hinreichend beschränkt, so dass es niemand erreichen kann. Es protestiert aber gegen diese Behandlung mit einem wütenden Klatschen seiner Flossen, die an sein Brustschild anschlagen.

Die Physiologie der Schildkröten bietet einzelne merkwürdige Erscheinungen, die von einer beträchtlichen Lebenskraft zeugen. So schlägt das herausgenommene Herz noch einige Stunden, und der Schnabel eines abgeschnittenen Kopfes schnappt noch einige Zeitlang ganz kräftig nach Gegenständen, die man ihm hinhält. Sie können wochenlang, ja Monate an Bord bleiben, ohne etwas zu essen, und wenn man ihnen täglich ein Seebad gibt, magern sie sehr wenig ab.

Die Hinrichtung einer Schildkröte ist nichts Alltägliches, namentlich nicht, wenn die Physiologen des Laboratoriums die Gelegenheit zu Beobachtungen benützen. Diese Gelegenheit bot sich bald. Das Opfer wurde nicht weit von der Küche mit dem Kopf an einem Scherblock aufgehängt, und die Gelehrten bildeten, mit Schürzen bekleidet, mit Skalpells, Pinzetten, Tuben und Glasbassins bewaffnet, einen Kreis rundherum. Ein mit seinem Taschenmesser ausgerüsteter Matrose trat vor und strich einfach mit der Schneide dieses vertrauten Gegenstandes über den durch das Körpergewicht langgestreckten Hals des Tieres. Mittels eines Ritzes erreichte er die beiden Seiten des Rückgrates, und die Haut knisterte wie ein zerreißendes Blatt. Während nun eine gefällige Hand den aus seinem Gleichgewicht gebrachten Körper festhält, sucht der Gelegenheitshenker den Zwischenraum zwischen den beiden Wirbelbeinen und durchschneidet mit einem kühnen Ruck die letzte Brücke, die die mächtigen Organe dieses Tieres mit dem zu deren Beherrschung viel zu kleinen Gehirn verbindet.

Der Körper stürzt krachend zu Boden, schwankt auf der Rundung seines Panzers hin und her und zuckt noch einige Zeit; die Flossen bewegen sich lebhaft in der Luft, und die Gelehrten fangen Ströme von Blut auf, das einen ganzen Eimer füllt. Während die abgekürzte Extremität diese hochrote Flüssigkeit entweichen ließ, gab das andere, ganz gebliebene Ende eine Feuchtigkeit von so wunderschöner grüner Farbe, dass sie der Maler im Vorbeigehen wohlgefällig betrachtete und sogar, wie ich glaube, seinen Pinsel darin eintauchte; es war die Galle des Tieres.

Als ich nun meine alte »Hirondelle« von den Azoren nach Frankreich zurückführte, war ich mir wohl bewusst, dass diese Reise eine Reihe von fünfzehn Jahren langen Expeditionen abschließe, während welcher ich auf diesem gebrechlichen

Schiffe von den Aufregungen des Meeres und von den für die Wissenschaft nützlichen Kämpfen die Freuden der Energie und Zufriedenheit gefordert hatte.

Die »Hirondelle« trug wacker die Schätze mit sich, die sie soeben den Ebenen, dem eruptiven Chaos der Abgründe unter Vulkanen entrissen, deren erloschene Krater den Atlantischen Ozean überragen, deren Abhänge sich einst aus der flüssigen Masse herausgehoben.

Ihre Riesenkabel, die bis in die Tiefen der Meeresgründe ihre Stahlstränge zwischen die dichten Massen der phosphoreszierenden Organismen versenkten, hatten ihre endlosen Spiralen auf lange Zeit um die Windungen gewickelt, und die Werkzeuge, denen die geheimnisvolle Verwendung selbst ein geheimnisvolles Ansehen verleihen, ruhten glanzlos, von der Arbeit patiniert, an Bord.

Die nach einer dreimonatigen Arbeit in einem sengenden Klima bronzebraun gefärbten Matrosen richteten schon ihre Gedanken, ihre Blicke und ihr Sehnen nach Osten, wo bald die Röte eines klaren Morgens am Horizont den fernen Streifen zeigen kann, der den Himmel des Vaterlandes erkennen lässt und ihnen hinter den verschwommenen Hügeln die heimatlichen Hütten, die im Grün versteckten Häuser vorspiegelt.

Am 12. September, gegen ein Uhr, signalisierte man vor uns einen Segler, der denselben Weg zu machen schien wie die »Hirondelle«; er war erst lange Zeit kaum sichtbar und wurde dann in der Klarheit des Morgens immer größer.

Ein nahe gekommenes Schiff bewegt stets das Herz der Menschen, die nach langer Entfernung und unter erhebenden Umständen wieder ihresgleichen finden. Die Gefühle einer brüderlichen Solidarität erwachen und festigen bei echten Seeleuten den Willen und die Kraft.

Das unbekannte Fahrzeug erregt die in der Einsamkeit verjüngte Neugierde. Wo geht es hin? Woher kommt es? Was trägt es? Wie heißt es und aus welchem Lande ist es? Diese Fragen beschäftigen das Denken der Seeleute, die ihre Blicke dem Unbekannten zuwenden. Zumeist verschwindet so ein Schiff, ohne dass man etwas von ihm erfährt, ohne dass man irgend etwas mit ihm austauschen kann, und doch folgt man mit Bedauern seiner Silhouette, die hinter dem Horizonte versinkt.

Später frischte der Wind auf, und die »Hirondelle« näherte sich rasch dem Schiffe, einem hübschen Zweimaster, in dessen Haltung man jedoch unerklärliche Sonderbarkeiten wahrnahm. Es beschrieb Kurven, die daher zu kommen schienen, dass es vergebliche Versuche machte, auf unserem Wege zu bleiben, und mit vollen Segeln trieb es ab wie ein Trunkener, der einen Abhang erklimmen will.

Die »Hirondelle« fuhr auf zwei Meilen an dem Schiff vorüber, als dieses seine Flagge als Notsignal setzte, um anzudeuten, dass es sich in gefährlicher Lage befinde. Sofort ließ ich den Kurs ändern und mittels Signal den unglücklichen Schiffer befragen. Er antwortete auf dieselbe Weise »Verlasset mich nicht!«. Als ich näher kam, belehrte mich das Niveau der Wassertracht, dass das Schiff dem Sinken nahe war. Ich ließ sofort ein Boot mit dem Obermaat, meinem alten Le Gréné, abgehen, damit er sich über die Lage erkundige. Von diesem Augenblick an empfand ich eine Art Zärtlichkeit für jene unbekannten Menschen, die mich um Rettung aus Todesnöten baten und deren Schicksal mir nun anvertraut war.

Während ich mir die Frage vorlegte, welcher Art wohl die Havarie des Schiffes sein könne, entdeckte ich an dessen Vorderteil einen starken Sprung, aus dem Schaum hervorquoll, dessen Spuren von Wind und Wellen am Meere dahingetrieben wurden. Es sah aus wie ein Wal, der, von der Harpune zu Tode getroffen, die Überreste seiner Organe verliert.

Dann bemerkte ich die rhythmische Bewegung von Leuten an der Pumpe; nun bestand für mich kein Zweifel mehr, dass ein Zusammenstoß stattgefunden habe.

Nach einiger Zeit benachrichtigte mich mein Boot, dass das gefährdete Schiff die »Blue and White«, ein von der afrikanischen Küste kommender Engländer, sei, der in der vergangenen Nacht mit einem großen Wrack zusammengestoßen war und dessen Mannschaft ein bei dieser Gelegenheit erhaltenes Leck nicht zu bewältigen vermochte.

Obwohl das Wasser bereits in das Innere drang und die Situation verzweifelt war, weigerte sich der Kapitän, sein Schiff zu verlassen, ehe es nicht untergehe. Seine Mannschaft hielt er jedoch nicht zurück.

Ich wollte mich an Bord begeben, was jedoch nicht so leicht war, da das Meer bei auffrischender Brise unruhig wurde und die noch immer unter Segeln gehende Brigg einen ganz unerwartet raschen Gang annahm und furchtbar schwankte. Die Wellen fegten über das schon fast bis auf das Niveau des Meeresspiegels hinabgesenkte Deck. Das Schiff hielt sich nur mehr durch seine wenig durchdringliche Ladung über Wasser, konnte aber nichtsdestoweniger jeden Augenblick sinken. Um die immer wieder vom Meere überschwemmte Pumpe stand die gesamte Mannschaft und setzte ihre zwecklosen Bemühungen mechanisch fort. Ihre Physiognomie zeigte die Abstumpfung von Wesen, die durch eine hoffnungslose Arbeit ermüdet sind. Ihre Hände waren gequetscht und angeschwollen, der Schweiß rann von ihrer Stirne und ihre Haare waren zerzaust. Kein Wort kam über ihre Lippen. Ich näherte mich dem Kapitän, der unbeweglich und grimmig, mit auf das Meer gehefteten Blicken dastand, und sagte ihm:»Mein lieber Kapitän, das Schiff ist verloren; ich kann nichts mehr dafür tun, und Sie haben gerade noch Zeit, es zu verlassen.«

Er erfasste mit beiden Händen die Reling und klammerte sich daran an, als ob er sein eigenes Leben festhalten wollte. Mit dem Blicke und der Stimme eines Menschen, der sich gegen ein niederschmetterndes Schicksal auflehnt, antwortete er mir:»Dieses Schiff gehört mir, in dreißigjähriger Arbeit habe ich es errungen!« Und über sein Gesicht, das durch die Drohungen des Meeres nicht erschüttert wurde, floss eine Träne in seinen wilden Bart.

Doch schon hörte ich Geräusche im Schiffsraum, in dem das Wasser plätschernd die Schotten zerbrach, und ich drang in den Kapitän, da die Gefahr für alle äußerst drohend wurde. Aber verblendet durch den Schmerz, wie etwa ein Vater am Sterbebette seines Sohnes, versicherte er mir, dass sein Schiff vor dem nächsten Morgen nicht sinken werde. Dann erbat er noch eine Stunde Zeit, um es wenigstens unter seinen Füßen versinken zu sehen. Schließlich drehte er sich achselzuckend um, ging in seine Kabine und verschloss sich darin.

Von diesem Augenblicke an übernahm ich das Kommando über die ermattete Mannschaft, die zu pumpen aufgehört hatte und sich damit beschäftigte, einige Kleidungsstücke zusammenzuraffen, ohne dabei, wie dies bei den Matrosen so häufig vorkommt, einige kindische oder sentimentale Lieblingsgegenstände zu übersehen. Der eine tauchte in den schon ganz überschwemmten Schiffsraum, um eine Musikdose hervorzuziehen, der andere lief irgendwohin, einen schon fast ertrunkenen Kanarienvogel zu holen.

Bald wurde das Geräusch im Schiffsraum beunruhigender; große Blasen stiegen aus der Luke heraus, bei der ich horchte, und brachten eine gebräunte, übelriechende, mit Trümmern der Ladung vermengte Flüssigkeit zutage. Mehrere Stöße neigten das zu zwei Dritteilen mit Wasser gefüllte Schiff so gewaltig, dass es sich nur schwer wieder erhob. Meinen eigenen Leuten, die ich in das Mastwerk gesandt hatte, um die Segel zusammenzuklappen, gelang dies in Folge der Verwirrung des Tauwerks nicht mehr, und der Wind trug das dem Tode geweihte Schiff weiter fort.

Es war nicht mehr möglich, an Bord zu bleiben. Ich ließ dem Kapitän, der sich noch immer in seiner Kajüte verbarrikadiert hielt, zurufen, dass ich abfahre; aber es gelang seinen Leuten nicht, ihn fortzubringen.

Plötzlich senkte sich das Vorderteil des Schiffes; ich sah den unmittelbar bevorstehenden Untergang, und auf meinen Befehl sprang alles in die Boote, die sich rasch entfernten.

Die »Blue and White« wurde unzugänglich, und mein Boot hielt sich deshalb so nahe wie möglich daran. Der Kapitän, der durch das Wasser aus seiner Kabine herausgetrieben wurde, erschien, mit den Händen in den Taschen, auf der Deckskajüte. Lange sah er der Entwicklung des Schiffbruches zu, bis er sich dann, über das Achterteil schwingend, zu uns begab.

Bald darauf sank das Schiff; seine Masten beschrieben die letzte Kurve im Raum, und seine Segel breiteten sich platt auf der Meeresfläche aus. Einige Sekunden lang erhob es sich nochmals, wie ein Sterbender, der mit dem Tode ringt. Sein Vorderteil hing nach unten, und das Hinterteil richtete sich in die Höhe. Ein mit zerstäubtem Wasser vermischter Luftstrom drang gurgelnd aus den Luken, und die »Blue and White« verschwand für immer.

Breite und träge Wirbel bezeichneten einen Moment den Ort, und bald gingen die Wellen wieder in ihrem regelmäßigen Gang darüber und verlöschten die letzten Spuren der Katastrophe. Eisvögel flogen sorglos darüberweg, und das Wrack stieg in die Tiefen hinab.

Die schiffbrüchigen Engländer fanden auf der »Hirondelle« Aufnahme, und diese Unglücklichen waren so erschöpft, dass sich einige von ihnen nicht mehr auf den Füßen halten konnten. Der kleine Vogel jedoch hatte nicht aufgehört zu singen. Die Mannschaft der »Hirondelle«, auf dem Deck bis zur Höhe der Wanten gruppiert, wie ein geängstigter Menschenhaufen, der sich in dem Maße, als sich seine Erregung steigert, aneinanderdrückt, hatte mit heiserem Schrei die Katastrophe begleitet. Und der Blick eines jeden blieb lange Zeit festgebannt auf dem geheimnisvollen Schleier, der die Tiefen bedeckt.

Dann ging man auseinander, ohne ein Wort zu sprechen, als ob ein Toter an Bord wäre, und die englischen Matrosen, die sich unter die meinigen mengten, wurden alsdann gepflegt und gestärkt.

Indessen hatte ich auch meinerseits das Schwergewicht ernster Sorge zu ertragen. Der Kapitän wurde nämlich so trübsinnig, dass man sein Benehmen überwachen musste. In der Nacht hatte er Halluzinationen, die seine gesamte Nachbarschaft erweckten. Außerdem schuf dieser Zuwachs an Mäulern an Bord des Schiffes eine schwierige Lage, denn die »Hirondelle«, die am Ende der Expedition stand, hatte nicht mehr viel in ihrer Kammer. Wenn nun in diesem Jahre entgegengesetzte Winde ihre Rückkehr verzögern sollten, so flößten mir die 400 Meilen, die wir noch vom Lande entfernt waren, ernste Besorgnisse ein.

Man musste mit den Lebensmitteln sparen, besonders aber mit dem Wasser, und ich wendete alle Mittel an, die ich in meiner Erfahrung als »Seeräuber« zu finden vermochte. Einigen meiner wissenschaftlichen Gegner gefiel es nämlich, mich vor nicht langer Zeit so zu benennen.

Ich hielt mich zunächst an die Thunfische, jene liebenswürdigen Tiere, die die Glocke ziehen, wenn sie sich gefangen hatten, und auf diese Weise die Matrosen benachrichtigen, die sie an Bord ziehen. Meine Erwartungen wurden nicht enttäuscht, und die Kessel unserer Küche erlebten noch schöne Tage. Später bemerkte ich, dass nicht weit von unserem Schiffe ein Wrackstück schwimme. Ein solches Wrackstück ist zuweilen, wegen der Fische, die ihm folgen, eine Sendung der Vorsehung, ein Lebensmittelmagazin, dessen man sich ohne Mühe bedienen kann, ein auf dem Ozean schwimmendes Gratisrestaurant.

Das abgelassene Boot wurde mit Werkzeug, Angeln, Fischnetzen und Harpunen ausgestattet, mit denen ich selbst den mit Anatifschnecken besetzten Holzpflock, den das Meer zwischen den Kämmen seiner Wogen hin und her schaukelte, absuchen wollte. Bei meiner Annäherung jedoch bog ein mächtiger Haifisch ab und schwamm uns mit der majestätischen Würde eines Großgrundbesitzers entgegen. Sein großer Schwanz zappelte anmutig, und sein Kopf kam nahe der Oberfläche zum Vorschein und sah uns mit Augen an, die grausame Absichten verrieten.

Mir war bei der unerwarteten Begegnung mit diesem Würdenträger einen Augenblick lang der Atem etwas benommen, denn ich hatte noch niemals einen Haifisch inmitten der friedlichen Gefolgschaft eines Wrackes bemerkt. Ich wusste nicht, was dieser gegen mich im Sinne hatte, aber ich wusste, dass sein gepanzerter Rücken gegen Fischstecher und Harpune unempfindlich war.

Ich beschloss, in Erkenntnis meiner Ohnmacht, in diesem unangenehmen Zusammentreffen nicht den ersten Schritt zu tun und meine Expedition weiter fortzusetzen. Unter dem Wrackstück fand ich einige Riesenbarsche. Zunächst verwundete ich sofort einen, indem ich ihm meinen Fischstecher zuwarf; er sank sogleich. Der Haifisch, dessen Umrisse in einer gewissen Tiefe sichtbar waren, warf sich auf den sinkenden Fisch, um ihn zu erhaschen.

Von da ab klebte sich dieser unangenehme Geselle mit seinem Rücken an mein Boot, das er mit seiner Länge an beiden

Enden überragte. Nachdem ich noch mehrere Riesenbarsche gefangen hatte, schien es mir zwecklos, die Gefahr zu verlängern. Man könnte doch in einer Sekunde des Vergessens seinen Arm oder sein Bein in den Bereich des Haifisches bringen, man könnte sogar, bei der Handhabung der Harpune oder bei einer Beiseiteschiebung des Wracks, ins Meer fallen. Schließlich beehrten der Kopf und der Schwanz dieses Tieres mein gebrechliches Boot mit einer Vertraulichkeit, die direkt ungemütlich wurde.

Es führte mich bis zur »Hirondelle« mit einer wachsenden Aufregung zurück. Entweder war es Bedauern, ein neues Wild zu verlieren, das ihm nach langweiligen Mahlzeiten Abwechselung geboten hätte, oder es war Vergnügen, dass ein Konkurrent sich entfernte.

Der Schoner lavierte noch eine Woche. Vor der bretonischen Küste wurde er durch die Meeresstille festgehalten und erreichte schließlich, fast ohne Lebensmittel und ohne Wasser, den Hafen von Lorient. Die tapfere Helferin meiner Seefahrten durch 15 Jahre vollendete so ihre Laufbahn mit einem Werke des Trostes und der Rettung.

Dieses Erlebnis brachte mir noch ein lebendes Andenken ein, das mich lange auf dem Meere begleitete: Es war der von den englischen Matrosen gerettete Vogel, den sie mir als Beweis ihrer Dankbarkeit anboten, als wir auseinandergingen.

Siebentes Kapitel – Der Tod eines Pottwales

Die Pottwale sind große Tiere vom Geschlechte der Wale, die in gewissen Gegenden beider Halbkugeln leben, wo die Temperatur des Wassers immer eine ziemlich hohe ist. Zwischen ihrem Bau und dem der gewöhnlichen Walfische bestehen mehrere bedeutende Unterschiede. Die Walfischbärte, die die Mundöffnung der letzteren umgibt und ihnen gestattet, sich eine sehr feine Nahrung auszuwählen, werden bei den ersteren durch schöne große Zähne ersetzt, die im inneren Rachen sitzen und ihnen kräftige Raubstücke zu vertilgen ermöglichen. Ihr Kopf ist eine ungeheure Masse, der wie der Bug eines Schiffes vertikal zuläuft und ein Dritteil des ganzen Körpers einnimmt.

Die anatomische Verschiedenheit der beiden Gruppen schreibt ihnen einen getrennten Herrschaftsbereich vor. Die gewöhnlichen Walfische leben hauptsächlich in den kalten Gewässern der um den Polarkreis herum gelegenen Gegenden, dort finden sie die dichten Schwärme unendlich kleiner pelagischer Organismen, die sie vielleicht ebenso unbewusst verzehren, wie wir atmen. Die Pottwale leben hingegen nur von Kopffüßlern, die zwar auch pelagischen Ursprungs sind, jedoch nur in temperierten Gewässern gedeihen. Es ist interessant zu beobachten, dass die gewöhnlichen Walfische bei einer weniger substantiellen Nahrung ebensogroß werden wie die Pottwale, deren Nahrung viel derber ist. Vielleicht kommt das daher, dass an der ziemlich gleichmäßig verbreiteten Nahrung der Walfische niemals Mangel ist, während die Pottwale manchmal hungern müssen, da die Geschöpfe, die ihre Nahrung bilden, sich besser verteidigen können.

Vielleicht liegt es einfach daran, dass die Vorfahren beider ihnen eine gewisse Wachstumsgrenze vererbten.

Es besteht auch zwischen den Naturen dieser Ungeheuer ein von den Walfischfängern nur zu oft zu ihrem Nachteil, zuweilen sogar auf Kosten ihres Lebens vernachlässigter Unterschied. Während nämlich die gewöhnlichen Walfische sehr sanft sind, pflegen die alten männlichen, einsam wie Eber lebenden Pottwale sich zu verteidigen und zu rächen. So mancher nach dem Harpunenwurf in den Rachen eines dieser Tiere gelangte Walfischfänger wurde von diesem zermalmt, und so manche Schiffsbesatzung ist bei solchen Kämpfen untergegangen. Man erzählt von Schiffen, gegen die diese Tiere, nicht genug, dass sie ihre schwachen Angreifer besiegt hatten, mehrere Stunden lang mit dem Kopfe stießen, bis diese sanken.

Der Fall des amerikanischen Walfischfahrers »Essex« ist einer der tragischsten in der Geschichte dieses Berufes. Inmitten des Stillen Ozeans zermalmte ein von der Harpune getroffener Pottwal zuerst das Boot, das hinter ihm her war, und wandte sich alsdann gegen das Schiff, das er mit zwei Kopfstößen zerschlitzte. Die »Essex« sank, und die Mannschaft rettete sich auf einigen kleinen Booten, in denen sie, unter den grausamsten Leiden, die Schiffbrüchigen zustoßen können, lange umherirrten.

Auch die Weibchen der Pottwale können sehr gefährlich werden, wenn sie Mutter sind. F. T. Bullen erzählte einen Fall, wo eine solche Pottwalmutter, nachdem man ihr in der Nähe der Magdalena-Bai in Kalifornien ihr Junges geraubt hatte, eine ganze Saison hindurch die Arbeit von dreizehn Walfischfahrern zum Stillstand brachte, indem sie zweiundfünfzig ihrer Boote zerstörte.

Diese Großtaten werden verständlich, wenn man bedenkt, dass ein ausgewachsener Pottwal 25 Meter misst, dass das Gewicht seiner Masse auf 100 Tonnen geschätzt werden kann und dass ihm seine Beweglichkeit gestattet, sechs bis sieben Meter hoch aus dem Wasser zu schnellen.

Bis vor kurzem war die Anatomie dieser Pottwale ziemlich unbekannt. Mir gelang es, in den Jahren 1887 und 1888 auf der »Hirondelle« die ersten Gehirne dieser Gattung mitzubringen, die überhaupt jemals in ein Laboratorium gelangten. Ich habe die ersten genauen Zeichnungen ihres Kopfes geliefert und den Inhalt ihres Magens wie die Parasiten ihres Verdauungsapparates dargelegt. Das Tier, das diese interessanten Objekte lieferte, war von Walfischjägern der Insel Pico am Tage vor meiner Ankunft im Azorenarchipel gefangen worden, wo ich dann einige Wochen lang das Hauptquartier meiner wissenschaftlichen Forschungen aufschlug.

Diese Lücke erklärt sich damit, dass die Pottwale weniger verbreitet sind als die gewöhnlichen Wale, dass sie zumeist Gegenden bewohnen, die von den Kulturstätten weit entfernt sind, und dass eben die Walfischfänger wenig Neigung für die Wissenschaft empfinden. Obwohl die Pottwale auch im Golf von Biskaya auftauchen, so ist doch die Europa nächstgelegene Gegend, wo man sie jagen kann, der Azorenarchipel, wo die topographischen Verhältnisse jedoch das Studium dieser ungeheuren Körper kaum ermöglichen, die da von den Jägern in den verlassenen kleinen Buchten der hafen- und zufluchtslosen Inseln an den Strand gesetzt werden.

Aber hier gestattete mir mein Reiseglück im Jahre 1895, die zoologische Wissenschaft durch einige Mitteilungen über den Pottwal zu bereichern, indem ich dort Gelegenheit fand, der Jagd nach einem solchen Tiere und dessen Fang beizuwohnen.

Man begegnet auf den Azoren zwei Arten von Walfischfahrern. Die einen kommen aus den Vereinigten Staaten mit kaum über 100 Tonnen fassenden Schonern. Ihre Mannschaft ähnelt durch die Buntscheckigkeit der darunter vertretenen Typen der Bemannung von Seeräuberschiffen. Neger, Malaien, Chinesen, allerlei unmögliche, kosmopolitischen Sünden entsprosste Gesichter finden sich da vereinigt mit Deserteuren und Spitzbuben, die durch das Leben auf offenem Meere der Justiz der Menschen sich entziehen. Ein ungeheurer Kessel nimmt die Mitte des Schiffes ein. Hier verarbeitet man die Speckstücke, die dem längs des Schiffes auf einem losen Gerüst angebundenen Pottwal abgenommen werden, zu einer von dem Schaukeln und Rollen des Schiffes hin und her bewegten höllischen Brühe, aus der übelriechende Rauchwolken emporsteigen. Die Mannschaften, deren Gesichter über und über mit Schweiß bedeckt sind, drehen auf den Flammen, die ihre Augen erglänzen lassen, die Stücke des ihnen zum Opfer gefallenen Ungeheuers. Und wenn bei dieser Arbeit das Meer unruhig wird, welch gewaltsame Szenen gibt es da! Denn man setzt sich vielen Gefahren aus, ehe man sich entschließt, die

Frucht einer unter all dem Ungemach des Ozeans errungenen kostbaren Jagd preiszugeben. Um die Ketten, die das Tier festhalten, zu verstärken, wagen sich die Leute mit Gefahr ihres Lebens auf diese schwere, im Wasser schwimmende Masse, die mit ihren Stößen die Seiten des Schiffes bedroht. Dann wartet man noch immer, wacht und sucht es so lange hinzuziehen, bis die Lage gänzlich unhaltbar wird. Dann schneidet man die Taue ab, und die Mannschaft verfolgt mit all den Flüchen, die rohe Wut einzugeben vermag, den mit den Wellen fortfliehenden Kadaver, der anstelle der auf ihn gesetzten goldigen Hoffnungen einen furchtbaren Gestank zurücklässt.

Diese Schoner sind daran erkennbar, dass sie an der Spitze ihrer Masten zwei fassförmige Gehäuse haben, in denen sich den ganzen Tag hindurch zwei Wachtposten befinden, von denen jeder eine Hälfte des Horizontes nach dem Erscheinen von Walen absucht.

Die andere Gruppe der Walfischfahrer setzt sich aus Leuten zusammen, die weniger exotisch sind. Es sind Küstenfischer oder auch abenteuerlustige Ackerbauern, häufig auch Auswanderer, die, durch die Stürme der Neuen Welt gefeit, wieder ins Land zurückkehrten. Sie bilden zu je zehn die Bemannung von zwei Walfischfahrern, die kleinen Gesellschaften mit einem Kapital von einigen dreißigtausend Francs gehören. Ein Drittel der Gewinne gehört den Aktionären, die beiden anderen Drittel werden gleichmäßig zwischen den Mannschaften der beiden Schiffe geteilt. Die Ausrüstung dieser Schiffe, die ganz wundervoll für eine schnelle Fahrt konstruiert sind, besteht aus Segeln, Rudern und Krückrudern, einem gewöhnlichen Steuer und einem Steuerruder; mehreren Harpunen, deren Spitzen sorgfältig in ein Futteral gehüllt sind, und mehreren sehr scharfen Lanzen. Dann 500 oder 600 Meter geschmeidiges, in Kufen rund zusammengelegtes Tau, von wo es über eine auf der Vorderseite des Schiffes angebrachte Gabel gleitet, die durch eine ziemlich widerstandsfähige Scheibe geschlossen wird, damit ein einfacher Stoß das Tau nicht abzurollen vermag, und die doch so elastisch ist, um einen Knoten, der sich trotz aller Vorsichtsmaßregeln zu bilden vermag, hindurchzulassen; ferner ein Instrument, mit dem man dieses Tau begießt, um die Reibung abzuschwächen, falls der getroffene Pottwal zu schnell schwimmen sollte; schließlich ein Handbeil, um das Kabel abschneiden zu können, wenn es sich unglücklicherweise verwirren sollte.

Die Walfischfänger, die an die Gestade oder die Felsen der Buchten dieser ungastlichen Inseln verschlagen sind, warten, versehen mit ihrem gewissenhaft bereitgehaltenen Material, den günstigsten Zeitpunkt ab. Von der Höhe irgendeines Bergvorsprunges beobachtet ein Wachtposten das Meer, wie es die Wachtposten der Schoner von der Höhe ihrer Mastkörbe aus tun, und sobald er die Wassersäule eines Pottwales bemerkt, ruft er die Walfischfänger durch ein Signal zusammen. In fünf Minuten gehen die Boote in See. Zuerst fährt man, wenn der Wind es zulässt, mittels Segel, und sobald man sich dem Tiere nähert, zieht man die Segel ein, um sich mittels Krückruder vorwärts zu bewegen. Die lautlose Handhabung dieser Instrumente täuscht das sonst so feine Gehör der Tiere, die nach F. T. Bullen durch einen falschen Ruderschlag auf Kilometer hin aufmerksam gemacht werden können. Die Krückruder sind auch leichter zu handhaben, wenn es sich darum handelt, ganz nahe an die Tiere heranzukommen, deren Truppe zuweilen 20 oder 30, stets fest aneinandergedrückte weibliche Tiere umfasst.

Der kritische Augenblick naht nach einer mehrere Stunden dauernden Verfolgung, während welcher man das untertauchende Wild oft 20 bis 30 Minuten aus den Augen verliert. Der steuernde Walfischfänger, den man als den Diensttuenden bezeichnet, führt sein Boot in die Mitte der Walfischgruppe, ganz nahe an das Tier seiner Wahl heran. Geführt durch das Urteil und den Blick, die ihn zum Meister gestempelt, erfasst er den Moment, wo der Pottwal gerade Atem schöpft und damit einen verwundbaren Punkt an seiner Seite darbietet, um dem Harpunierer den Befehl zum Zustoßen zu geben. Hat jeder genügend kaltes Blut bewahrt, so wird die an einer Stelle eingedrungene Harpune, wo der Speck nicht zu dicht sitzt, bis zu den edlen Teilen gelangen und durch die Widerhaken darin festgehalten bleiben. Gelangt sie jedoch nur ins Fett, so wird sie beim ersten Abschüttelversuch wieder herausgleiten.

Von dem Augenblick an, wo der Harpunierer in Aktion trat, muss der Walfischfänger dem breiten, horizontalen Schwanz des Tieres geschickt um einige Meter aus dem Wege gehen, da das verwundete Tier diesen wie einen Schwingkolben heftig in der Luft herumschwenkt, um dadurch leichter in die Tiefe zu gelangen. Man muss jedoch auch die andern Wale vermeiden, da diese, durch ihren Gefährten beeinflusst, dasselbe tun. Ein Fehler in dieser Beziehung ist sehr schwerwiegend, denn die Leute können durch den Stoß getötet werden, auch durch die Trümmer des Bootes oder dadurch, dass sie sich in die Schlinge der Leine verfangen und mitgeschleppt werden.

Wenn alles gut gegangen ist, hilft jeder, seinen Aufgaben entsprechend, bei der Abwicklung des Kabels. Während der Diensttuende so steuert, um im Kielwasser des Tieres zu bleiben, und sein nächster Nachbar auf das Kabel achtgibt, rudern die beiden andern mit der Pagaje, um damit, wenn es nötig, bei der Geraderichtung des Schiffes behilflich zu sein. Eine solche gefährliche Fahrt hört erst mit den Kräften des Wales auf. Ein harpunierter Pottwal hält sich, nachdem er zuerst untertauchte, fast immer in der Nähe der Oberfläche. Trifft es aber zu, dass er ganz untertaucht, dann ist für die kleinen Walfischfänger der Azoren alles verloren, und sie schneiden das Kabel ab, um Ikarus' Sturz in die Tiefen des Abgrundes zu entgehen.

Sobald das geschwächte Tier anhält, nähert sich ihm der Fangurist, indem er nach und nach das Kabel einzieht, und der Harpunierer stößt dem Opfer, um seinen Todeskampf abzukürzen, eine Lanze ein, die bis zu den Lungen eindringt. Jetzt heißt es aber, mehr denn je auf der Hut sein, denn die letzten Zuckungen können noch viel Überraschungen bringen.

Endlich ist der Pottwal tot, und die schwere Masse seines Körpers schwimmt regungslos. Die Jäger befinden sich mit ihrer Beute auf offener See und sind auf sich selbst angewiesen. Die Frage, wie sie die Frucht so vieler Mühen und Gefahren heimbringen, erhebt sich. Ist das Wetter gut, so wird ihnen das nach einem angestrengten, 12, 15, 20 Stunden dauernden Bugsieren wohl gelingen. Wenn sie aber durch Meer und Wind in die offene See hinausgetrieben werden, müssen sie ihre Beute preisgeben und das Ungeheuer, das ihren Familien etwas Wohlstand gebracht hätte, zum Wrack werden lassen.

Im Nachstehenden gebe ich nun die Erzählung einer sowohl im Hinblick auf die Menge des vergossenen Blutes wie der Aufhäufung zerstückelten Fleisches grandiosen Schlachtung. Empfindsame Seelen werden dabei von jenem Gefühl befallen werden, das beim Anblick großen Leides erwacht.

Es war am 18. Juni 1895. Ich hatte zu früher Stunde den Anlegeplatz von Angra, der Hauptstadt der Insel Terceira, verlassen, um in den großen Tiefen der Hochsee zoologische Untersuchungen anzustellen, als meine Aufmerksamkeit durch zwei kleine Segler in Anspruch genommen wurde, die von der Küste abgingen, sich schnell von ihr entfernten und die enge Zone des Küstenstriches, auf dem die Küstenfischerei allein möglich ist, überschritten. Dann merkte ich ein zweites Paar solcher Segler, das von einem anderen Punkte abging und dieselbe Richtung nahm.

In der Annahme, dass dies Walfischfänger seien, denen die Wachtposten die Anwesenheit von Pottwalen signalisiert hatten und die nun der Gegend zueilten, wo die mächtigen Wasserstrahlen dieser Tiere erschienen, fasste ich den Entschluss, dem beginnenden Drama beizuwohnen. Man brach die begonnenen Arbeiten ab, schürte das Feuer an, und mein Schiff nahm die Richtung der Flottille.

Ich war indessen darauf bedacht, mich nicht den Wesen zu sehr zu nähern, die das Objekt dieser Jagd bildeten, da ich wusste, dass der stumpfe Widerhall einer fernen Schraube die Pottwale aus ihrer schläfrigen Ruhe, die den Booten allein zum Gelingen verhilft, stören würde und dass ich auf diese Weise das Misslingen eines Unternehmens verschuldet hätte, das für die armen Walfischfänger von so großer Bedeutung ist. Ich hielt mich infolgedessen auf ein und eine halbe Meile entfernt, von wo aus ich die Vorgänge sehr gut beobachten konnte.

Alsbald räumten zwei der Walfischfahrer ihre Segel weg, und durch mein Fernrohr konnte ich erkennen, dass einer von ihnen den Pottwal erreicht hatte, dessen Wasserstrahl von Zeit zu Zeit wie eine weiße Rakete in die Luft spritzte. Auch den zum

Stoß bereiten Harpunier konnte ich wahrnehmen. Das Schauspiel war im höchsten Grade aufregend, und sobald ich wähnte, dass die Harpune losgeschleudert sei, fuhr ich vorwärts.

Bevor ich in die Nähe des Opfers gelangte, hatte sich eine zweite Gruppe von Walfischfahrern nach der offenen See zu entfernt, um die fliehende Herde zu verfolgen. Das getroffene Tier verminderte bereits den anfangs eingeschlagenen wilden Lauf, bei dem es das Schiffchen seiner Angreifer nachschleppte, und als ich ankam, erhielt es vom Harpunierer gerade den ersten Lanzenstich. Bald darauf wurde der Strahl seines Spritzloches stärker, und die daraus in die Luft geschleuderte Wasserstaubsäule färbte sich rosa, wurde später rot, und das Meer in der Umgebung des Tieres, das Blut in Strömen verlor, nahm dieselbe Farbe an.

Nun begann neben uns der Todeskampf eines Riesen. Diese anscheinend schlafende, zuweilen im blutigen Meere untergetauchte Masse schwankte schwer hin und her; ein ungeheurer Schwanz schlug mit Gewalt die rote Fläche, die auf den Wogen lag und die sich auf einige Augenblicke öffnete, um einen Wirbel von weißem Schaum zum Vorschein zu bringen.

Die fünfzig Personen meines Schiffes, amphitheatralisch um das Vorderteil des Schiffes gedrängt, zum Teil auf den aufgehissten Booten sitzend, zum Teil bis auf die Masten hinauf gruppiert, waren stumm vor Erregung. Auch ich folgte, von der mir unbekannten Größe dieses Schauspiels ergriffen, eifrigst dessen Gang, wie einer für immer dahinschwindenden Vision. Ich war entsetzt über dieses in so großem Maße geäußerte Leid, das bei dem Umfang seiner Details intensiver erschien als das Leid kleinerer Wesen. Ich bedauerte diese Meeresgröße, die vielleicht durch Jahrhunderte hindurch ihren Körper unter so vielen Horizonten und in den tiefsten Tiefen herumtrieb, ohne einen Feind zu fürchten; die in den Wellen von tausend Stürmen gespielt hat und jetzt dem Lanzenstich eines Pygmäen unterliegen musste.

All dies vergossene Blut, all dies getötete Fleisch erweckte den Gedanken an den Vorgang irgendeines großen Schadens, wie etwa den Sturz eines Baumes oder den Untergang eines Schiffes.

Plötzlich hörte der Pottwal auf, das Meer zu peitschen, und als ob unsere Nähe sein Hirn belebt hätte, schwamm er eiligst auf uns zu. In einem sekundenlangen Angstgefühl fragte ich mich, was der Anstoß dieses gegen die Flanken des Schiffes gerichteten Körpers, möge er bewusst oder durch den Zufall der Zuckungen ausgeführt werden, wohl bewirken würde, als das Tier, zwanzig Meter vor uns, verschwand. Wird es den Kiel, das Steuer oder die Schraube mit der Kraft seines Rückens, mit den Schlägen seines Schwanzes abbrechen: das waren bange Fragen, die mich neuerdings ein paar Augenblicke erfüllten, da kam der gelähmte Koloss auf der andern Seite des gestoppten Schiffes wieder zum Vorschein. Die Walfischfänger näherten sich ihm, um ihn zum letztenmal mit der Lanze zu stechen, und der Tod trat ein, während die Zuschauer in einer lautlosen Aufregung erbebten, die ihnen den Atem abschnitt.

Das Schiff und die Mitwirkenden dieses Dramas schwammen auf einer blutigen Fläche von der Ausdehnung eines Hektars, die von wolkigem, röterem Gerinnsel, das aus dem Tiere hervorquoll, durchfurcht war und sich bald mit der Umgebung vermengte, wie die von den Bergen steigenden Wolken allmählich mit dem Nebel der Ebene zusammenfließen.

Der Riesenkopf des Tieres zeigte sich ganz nahe am Hinterteil unseres Schiffes; der durch die Erschlaffung der Muskeln herabhängende Unterkiefer schwankte mit den Wogen hin und her, und ich sah, wie aus seinem Rachen, der so groß war wie eine gähnende Höhle, nach und nach mehrere Kopffüßler, Polypen oder Tintenfische von beträchtlicher Größe herausbrachen.

Der Wal lieferte uns auf diese Weise das Ergebnis seiner letzten Fahrt in den Abgründen; eine ganz frische Mahlzeit, die kaum noch seinen Schlund passiert hatte.

Ich begriff den wissenschaftlichen Wert dieser aus Zwischengegenden des Meeresgrundes hervorgebrachten Objekte, wo Tiere leben, die sich durch ihre Schwimmkunst gegen alle unsere Fangmittel bis jetzt verteidigten und deren in gewissen Abenteuern geoffenbarte Existenz als Fabel betrachtet wird.

Schleunigst wurde ein Boot losgemacht, um sie einzusammeln, aber die Dichtigkeit dieser kostbaren Erbrechungen hielt sie unterhalb der Wasseroberfläche und ließ die Befürchtung aufkommen, dass man sich ihnen nicht schnell genug nähern könne, als mir rechtzeitig ein Gedanke kam. Die Kopffüßler waren noch auf zehn Meter vom Schiffe nicht weit von der Schraube sichtbar. Ich befahl »Maschine rückwärts!« und ließ einige Drehungen machen, um die begehrten Objekte in einen Wirbel zu verwickeln, und diese tauchten tatsächlich ziemlich nahe der Oberfläche immer wieder auf und nieder, so dass sie das Boot mit einem Netze auffangen konnte.

Die fünf Polypen und Tintenfische, durch die mein Laboratorium bei dieser unerwarteten Gelegenheit bereichert ward, wurden nach meiner Rückkehr von Herrn Joubin, Professor an der Universität Rennes, beschrieben. Sie sind sowohl der Art wie der Gattung nach Neuheiten, deren Aussehen im lebenden Zustand ein wahrlich ganz außerordentliches sein musste. Eines dieser Wesen, das leider im Wirrwar seinen Kopf verloren hatte, stellt in der Wissenschaft ein Unikum dar, da sein Körper nicht weniger als zwei Meter misst, die Gestalt eines mit einer ungeheuren runden Flosse besetzten Hornes besitzt und teilweise mit Schuppen besetzt ist. Ein anderes Tier, dessen Körper leider verlorenging, wurde nur noch an seinem Kranz von Fühlhörnern erkannt, dass heißt an einem Kopf mit acht Armen, deren jeder, fast so groß wie ein Mann, mit Hunderten von Saugnäpfen besetzt ist, die mit Krallen versehen sind, so spitz und so groß wie die der großen Raubtiere.

In dem Maße, als die Wechselfälle dieses Fanges meine Seele zwischen Hoffnung und Furcht schwanken ließen, begriff ich um so besser dessen Bedeutung. Und das ist sicher, dass noch niemals ein Erbrechen mit größerem Interesse beobachtet wurde.

Ich bereitete den Walfischfängern als Erkenntlichkeit für die Eindrücke, die ich ihnen verdankte, eine angenehme Überraschung, indem ich ihnen anbot, ihren Pottwal bis zu dem Orte, wohin sie ihn haben wollten, zu bugsieren. Und gar bald verbreitete sich die Freude darüber auf allen Gesichtern, die zur glühendsten Hingerissenheit aufflammte, als eine entgegengesetzte Brise eintrat, die zu der ohnehin großen

Ermüdung, die die tapferen Seeleute befallen hatte, noch eine erneute schwere Anstrengung hinzuzufügen drohte.

Welcher Genuß ist das für einen Fürsten, dessen Obliegenheiten es mit sich bringen, gar manche Niederträchtigkeiten der Welt kennenzulernen, aus den Seelen dieser einfachen und guten Leute die Blüten aufrichtiger Freude zu pflücken, eine Dankbarkeit, die spontan aus ihren Herzen zu ihren Lippen aufsteigt und aus ihren klaren Blicken leuchtet.

Man befestigte zunächst an die, wie es schien, festsitzende Harpune ein an unser Achterteil festgemachtes Kabel. Aber die Anknüpfstelle befand sich so sehr an der Seite des Kadavers, dass dieser schwankende Bewegungen solchen Umfangs beschrieb, dass sie zu Beunruhigung Anlass gaben, besonders deshalb, weil sie drohten rotierend zu werden. Wir fuhren, zumal der Wind auffrischte, mit größter Langsamkeit, als plötzlich ein Stoß das Schiff erzittern machte: die Harpune hatte sich aus dem Fleische losgelöst.

Ich wollte nun die Bugsierung des Tieres mittels seiner hinteren Extremitäten versuchen. Es wurde möglich, seinen Körper entlang eine Schlinge gleiten zu lassen, die sich bei dem Schwanze, da, wo er breiter wurde, festlegte, und man fuhr alsdann viel bequemer weiter. Die Portugiesen hatten eine andere Harpune in den Kopf des Tieres gesetzt, um ihr Boot daran zu befestigen und eine Bugsierung auszunützen, dank derer sie sich ausruhen konnten.

Ihre unaufhörlich zu uns gewandten Gesichter drückten einige Befriedigung aus, zugleich schienen ihnen aber auch Gedanken über das Sonderbare unserer Dazwischenkunft aufzusteigen, denn sie blickten mit jener ruhigen und verschlossenen Verduztheit drein, wie sie naiven Menschen eigen ist, namentlich wenn sie dieselbe nicht zu äußern wissen. Auch ich fühlte, dass sich die Erregung, die mich erfasst hatte, langsam auflöste, und ich betrachtete mechanisch ein Schauspiel, das zwar ruhiger geworden, aber doch nicht ohne Größe war. Dennoch gingen die gewaltigen Szenen des beendeten Kampfes noch wie ein Traum an meinem Geist vorüber. Der Walfischfahrer hüpfte leicht über die Wellen, die das Tier aufwirbelte, während das Schiff in die Höhlen der folgenden

Wellen einsank, und die Kiellinie unseres Transportes trug eine Blutspur mit sich, die in der Ferne wie eine letzte Erinnerung an dieses Drama verschwand.

Es war bereits spät, als die »Princesse Alice« ihre neuen Freunde an die kleine Bucht brachte, von der sie morgens abgefahren waren. Die Küste entwickelte sich als ein fortgesetzter Streifen von düster und gefährlich aussehenden vulkanischen Felsen, die ein weißer Gürtel blinder Klippen umgab. Darüber hinweg begann eine sanft zum Meere absteigende Ebene, die mit niedrigen Feigenbäumen besetzt war, mit Reben, die üppig an Geländern längs der schwarzen, die einzelnen Besitztümer trennenden Lavamauern emporrankten, und mit Mais, der mit leisem Geräusch, wie von Vogelschwingen, hin und her wogte. Weiße Häuschen tauchten aus diesem Grün auf und ließen das friedliche Dasein einer Bevölkerung erkennen, die von den eitlen Streitigkeiten der Welt niemals erfasst wird. In einiger Entfernung ragten einzelne kleine Berge, kleine verkümmerte Vulkane empor, die Vorboten der großen Krater, deren Kette sich im Inneren der Insel erhebt und an deren einst von Lavaströmen durchfurchten oder mit Asche und Bimsstein besäten Abhängen üppiger Pflanzenwuchs sich entwickelt.

Wir wurden nun von der zweiten Walfischfahrergruppe eingeholt, die die Pottwale bis zu den äußersten Grenzen des Horizontes vergeblich verfolgt hatte. Als deren Bemannung erfuhr, wie das Ereignis des Morgens sich durch mein Dazutun gestaltet hatte, vereinigten sich ihre enthusiastischen Stimmen mit den Segenswünschen, die die ersteren an mich richteten, seit ich mich anschickte, mich von ihnen zu trennen. In ihren Booten stehend – die Sanitätsvorschriften untersagen nämlich den Küstenfischern eine Berührung mit dem ausfahrenden Schiffe –, schwenkten alle ihre Hüte und schrien in ihrer Sprache der alten Auswanderer: »Good luck for all the time.«

Ich rechnete darauf, noch andere Dinge von diesem Pottwale, der mir bereits die Schätze seines Magens geliefert hatte, zu erhalten, und ich wollte die Dankbarkeit der Walfischfänger dazu benützen, um noch einige Beobachtungen über ein von der Wissenschaft so wenig gekanntes Tier anzustellen. Da die kleine Bucht von Negrito keinerlei Anlegeplatz bot, mussten wir nach der leider sehr wenig sicheren Bai von Angra gehen, von wo aus es uns durch die Dampfpinasse ermöglicht wurde, den interessantesten Phasen der Ausschlachtung zu folgen. Während des Abends legte man das zum Studium des großen Kadavers nötige Material zurecht, das ich so früh wie möglich in Begleitung meines wissenschaftlichen Generalstabes auf dem Landwege zur Arbeitsstätte zu senden beabsichtigte. Noch vor Anbruch der Nacht wurden meine jungen Abgesandten auf einen Ochsenwagen gesetzt, der so primitiv war wie die Wagen des letzten merowingischen Königs und der sie langsam neuen Abenteuern zuführte. In der Tat, hätte ein gefälliger Vermittler gutes Lager und gutes Nachtmahl versprochen, hier in der Nachbarschaft des Negrito, es wäre das ein gewagtes Versprechen gewesen. Was »das übrige« (*Anspielung auf ein geflügeltes Wort aus einer Fabel von Lafontaine: Bon gîte, bon souper et le reste ... »Das übrige« bezieht sich auf das, was der Gast einer hübschen Frau noch nebst gutem Lager und gutem Nachtmahl wünschen kann. Anm. d. Übers.*) betrifft, so wäre jede Schäkerei mit der Würde ihrer Mission nicht vereinbar gewesen.

Durch einen langen Pfiff verkündete die Dampfpinasse in der ersten Morgenstunde, dass sie bereit sei, mich nach der Bai zu führen, wo das ungeheure Schlächterwerk vor sich gehen sollte. Die Personen, die mich begleiten sollten, hatten diesen Anruf nicht erst abgewartet, und ich fand sie schon auf Deck, mit dem kleinen Gepäck ausgerüstet, das Ausflüglern, die sich auf einen ganzen Tag entfernen, vonnöten ist. Jeder von ihnen suchte der Verwirrung zu entfliehen, welche die allmorgendliche Säuberung des Schiffes verursacht, wenn die Matrosen, mit nackten Beinen und Armen, mit dem Wasserstrahl einer Pumpe über das Deck fegen und sich das Wasser überallhin in rieselnden Bächen ergießt und nach allen Winkeln Schmutzgarben verspritzt; wenn eine Menge von Gegenständen abgerückt und wieder an den Platz gestellt wird, um so besser die durch das tägliche Leben an Bord zurückgelassenen Überreste wegschaffen zu können; wenn das erwachende Leben auf sämtlichen Gebieten des Schiffsdienstes die geschäftigen Leute inmitten all der Unordnung hin und her rennen macht.

Von weitem hörte man den verhallenden Lärm aus der kaum erwachten Stadt, über die der Rauch der entzündeten Herdfeuer wie eine Erinnerung an die Träume der Nacht sich lagerte und zu warten schien, dass der Wind des Tages ihn gleichzeitig hinwegtrage mit dem eitlen Getue der Menschen.

Nur einige in der Morgenstille unbeweglich auf dem Wasser lagernde Möwen wohnten unserer Abreise bei, und der Abhang des Brazilberges, der die kleine Bucht beherrschte, hallte wider von den Schreien, die die Möwen ausstießen, wenn sie aufflogen, um sich ein Stückchen weiter wieder niederzulassen. Dieser leichte Lärm wurde bald durch das Getöse der Wogen verdrängt, die an die Uferfelsen anschlugen und deren Schnörkel und Wirbel durch unser mit vollem Dampf dahingehendes Boot möglichst noch vermehrt wurden.

Nicht eine Wolke war am Himmel, nicht ein Hauch in der Luft wahrnehmbar, und nur infolge der Schnelligkeit unserer Fahrt wehte ein frischer Luftzug um unsere Gesichter.

Aber als sich die Sonne erhob, deren Diadem wie eine wundervolle Aureole der Natur über den Bergen der Insel sichtbar wurde, war bereits die niederdrückende Wärme vorauszufühlen, die die feuchte Luft dieser Gegenden so schwer macht, während der vulkanische Boden die nicht ganz verlöschten Flammen früherer Tage noch zu verbergen scheint.

Die Schaluppe umfuhr zunächst den Brazilberg, jene große Eruptionsanschwellung, deren gegen Süden liegende vertikale Wand noch unter der von der Nacht zurückgelassener Schatten lag. Wir fuhren ganz dicht daran vorbei, und das Rasseln des Dampfes verjagte die wilden Tauben, die in den Felsspalten gewöhnlich übernachten und die im Hintergrunde ihrer Schlupfwinkel nicht einmal von dem Anbruch des Tages erweckt werden konnten. Mit einem wilden Fluge fuhren diese Vögel über die Felsenvorsprünge dahin, erhoben sich bis zum Gipfel des Bergkammes und ließen sich dann mit unbeweglich scheinenden Flügeln wie Steine hinabfallen. Dann reihten sie sich längs der Terrasse auf, wo einige früher aufgestandene Sturmvögel seit langem schon auf Fische lauerten, die ihre erste Mahlzeit bilden sollten.

Hinter einer Biegung der Küste trat das Land zurück, ohne etwas von der Kraft seiner voneinander grell abstechenden Farben oder von der Stärke seiner Linien einzubüßen, die sich zwischen Himmel und Erde dahinzogen, in einer von den Dünsten des Tages noch nicht geschwängerten Luft.

Die Schaluppe, die dem Vorgebirge, das die Bai von Negrito bildet, entgegenfuhr, begegnete einer Flotille von Fischern, deren bleiche Mienen von einer mühevollen Nacht sprachen, die jedoch ein fruchtbares Feld für ihre Arbeit gefunden zu haben schienen. Alle diese einfachen Leute sandten uns einen freundlichen Gutenmorgengruß zu.

Bald erschien die kleine Bucht zwischen zwei Landspitzen, deren eine als Klippe auslief, auf der sich das flutende Meer brach, während die andere, die entfernter von uns lag, die Ruine einer jener Befestigungen trug, die einst diese Ufer gegen die Heimsuchungen der Seeräuber und Flibustier verteidigten.

Die Sonne beherrschte die Berge, und die Schaluppe ging nicht weit von dem am Lande durch Ketten befestigten Pottwale vor Anker, der schwer hin und her schwankte wie ein ungeheures Fass, das von den Wogen getrieben wird.

Nach dem, was man mir gesagt hatte, erwartete ich die Jäger von gestern mitten in der Arbeit bei ihrer Beute zu finden, statt dessen schien die einsame Bucht das Opfer jenes großen Dramas geheimnisvoll zu hüten.

Während ich jedoch mittels des kleinen Anhängebootes, das ich mitgenommen hatte, zwischen den niedrigen Klippen an Land ging, kamen zwei oder drei dieser Leute eifrig angelaufen, und ihr Blick, ihr Atem, ihre Haltung erläuterten mir die Stille des Ortes: sie hatten nämlich bis zum Anbruch des Tages das ihnen so günstige Jagdglück gefeiert; in einer sehr schwierigen Unterhaltung, wobei sich englische und portugiesische Phrasen in einem allgemeinen Lallen vermengten, erklärten sie mir mit mühsamer und überflüssiger Umständlichkeit, dass sie die Flut abwarten wollten, um ihren Pottwal besser an Land ziehen zu können, damit er bei der darauffolgenden Ebbe am Trockenen liege. Dies genügte, um uns darüber klarzusein, dass wir einige Stunden lang gähnend unsere

Ungeduld spazierenführen konnten. Sobald wir uns der Unterhaltung, die mit der Zeit lästig wurde, entziehen konnten, machten wir uns auf die Suche nach unseren den Abend vorher ausgesandten Leuten.

Durch die Stimme des Volkes war das Terzett meiner Pioniere nicht schwer zu finden. Sie wurden schon vor uns von derselben Enttäuschung betroffen und irrten nun in der Nähe der Bucht herum. Nachdem ich ihre rührende Geschichte von dem ihnen von edlen Leuten gewährten Nachtquartier vernommen, wo sie eine Legion zudringlicher Insekten frühzeitig vom Lager verscheuchte, entfernte ich mich, um den Rest der Zeit zu einem Spaziergang zu verwenden, und folgte dabei einem Wege, der die Küste entlangführte.

In dieser frühen Morgenstunde belebte sich durch das Erwachen der Geschäfte die Umgebung von Angra, aber nicht mit jenem Lärmgewirr, das der entfesselte Interessenkampf um unsere Städte herum hervorbringt, sondern durch die methodische Tätigkeit bescheidener und regelmäßiger Bedürfnisse. Hier kamen Landleute, die barfuß und in Hemdsärmeln, mit einem über die Schultern gelegten Stab, an dessen beiden Enden Körbe herunterhingen, dahintrotteten, dann andere, die einige reich beladene Esel vor sich hertrieben. Da sah man auch primitive Gefährte, die den altrömischen Wagen ähnelten, voll beladen mit Ernteerzeugnissen, hinter denen lachende Frauen, in schreiende Farben gekleidet, schwatzend folgten. Meine bereits angeregte Phantasie malte sich ein Ceresfest aus, da bemerkte ich aber, dass die Frauen hässlich und klein waren und dass ihre nackten Füße Spuren des Straßenunrats trugen.

Von der Höhe eines Hügels, auf dem man sich von einer steilen Steigung ausruhte, tauchte der Blick zuweilen über die mit Mauern umgebenen Felder, wo die unter dem Dickicht der Anpflanzungen verborgenen Arbeiter ihre Anwesenheit durch ein klagendes Lied verrieten, klagend wie alle Gesänge einsamer Gegenden.

Von der Höhe aus übersah man bis zum Horizont die öde Meeresfläche, deren unaufhörliche Wellen, die einen Augenblick lang bei diesen fernen Inseln verweilten, durch Schaumgürtel der weiteren Ausdehnung der Vulkane eine Grenze zu setzen schienen.

Die Sonne, die sich wie der Weltengott zum Himmel emporhob, erlangte rasch die Gewalt über die ganze Natur, und bald verschwand die Klarheit der Landschaft hinter den warmen Dünsten, die vom Erdboden aufstiegen und die ganze Wolken vertrockneten Staubes aufwirbelten.

Wir näherten uns dann der Bucht, um die für die bevorstehende mühevolle Arbeit nötige Widerstandskraft nicht zu vergeuden, und auf dem Vorgebirge, in der Nähe verräucherter Hütten, die nach dem ranzigen Speck der vorhergegangenen Operationen stanken, trafen wir alle Walfischfänger wieder – von den überstandenen Aufregungen so ziemlich erholt. Ihre Familien hatten sich, um ihnen zu helfen, zu ihnen gesellt, und die kleine Gruppe brachte mir in echt portugiesischer Weise eine Ovation dar, indem unter Hurrarufen einige Dutzend Petarden dicht unter meiner Nase losgebrannt wurden.

Diese kleine Episode, die eine Reihe harter Arbeiten einleiten sollte, nahm sich recht sonderbar aus inmitten der Reste von zehn Pottwalen: massive Wirbelsäulen, monumentale Rippen und Kiefer lagen da im Grase zerstreut, das zu Füßen der Mauern wächst, und auf den Geländen dieses mannigfach verunreinigten Küstenstrichs und hinauf bis zu den Uferfelsen, wo sie von den Sturmwellen gebleicht werden.

Im Laufe eines ermattenden Morgens stieg die Flut langsam an, und der Pottwal schwankte wie ein gescheitertes Schiff, das sich wieder flottmachen will, während mir die Walfischfänger von ihrem Berufe sprachen. Um Schutz gegen die Sonnenhitze zu haben und die schmierigen Baracken dieser braven Seeleute vermeiden zu können, ließ ich aus Segeln, Rudern und Masten ihrer Fahrzeuge auf dem Lavagerölle, das das an diesem Tage ruhige Meer nicht erreichte, ein Zelt aufbauen.

Mehrere arme Kinder, die in der Entfernung stehengeblieben waren, von wo sie allen unseren Bewegungen mit verblüffter Neugierde folgten, näherten sich nach und nach, indem sie an einem Zipfel ihres Kleides herumbastelten. Als sie uns dann lächeln sahen und daraus schlossen, dass wir nicht zu fürchten waren, setzten sie sich zu uns mit der Vertraulichkeit kleiner Vögel. Ich konnte es ihnen nicht verargen, dass sie begierig waren, die Fremden zu sehen und zu hören, die in der Begleitung des Pottwals angekommen waren. Als wir schließlich einen engeren Kreis bildeten, versuchten sie auch, unsere Kleider anzutasten.

Der etwas von ängstlichem Aberglauben eingegebene Nimbus, der uns in den Augen dieser ausgehungerten Kleinen umgab, machte einer wachsenden Popularität Platz, als wir ihnen beim Auspacken unserer Lebensmittel einiges für sie völlig Neues abgaben, das sie mechanisch verzehrten, ohne uns aus den Augen zu lassen.

Auch die Hunde der Nachbarschaft, die durch den Geruch der vom Wind verwehten fettigen Papiere angelockt wurden, wagten sich unter die Kinder. Die einen wie die andern fassten gegenseitig Mut, und mein Hauptquartier wurde ein wenig gemischt.

Inzwischen war die Flut völlig eingetreten; ein Mann ging auf den Walfisch hinauf, den er mit seinen Händen, Knien und nackten Füßen, die von der glänzenden Oberfläche abglitten, erkletterte. Ein anderer, der die Rückkehr des Bootes nicht abwarten wollte und vor Ungeduld brannte, die Arbeit zu beginnen, stieg ins Meer und watete bis zu den Schultern im Wasser, indem er mit seinen Füßen den unebenen Boden abtastete. Die andern ergriffen die Kette, die den Kadaver festhielt, und benützten den Augenblick, wo dieser frei schwamm, um ihn näher ans Ufer heranzubringen.

In dem Maße, als das Meer zurücktrat, zogen die beiden Männer mit scharfen Schaufeln ein Netz von Linien um die im Wasser liegende Partie des Pottwals. Das war der Plan ihrer Arbeit. Man legte die Haken, Winden, Eimer, alle notwendigen Sparren zurecht; Neugierige aus der Umgebung erschienen, und die kleine Bucht belebte sich wie bei einem wichtigen Ereignis. Drei Stunden später war die Ausschachtung im vollen Gange. Speckstücke vom Gewicht einiger 50 Pfund, die mit den Schaufeln auseinandergeschnitten wurden, lösten sich unter Einwirkung eines Werkzeuges ab, das die Leute vom Ufer aus mittels einer Winde anzogen, und die so ans Land gebrachten Stücke wurden sofort an einer Stange, die

die andern zu zwei und zwei auf ihre Schultern nahmen, zur Höhe des Vorgebirges hinaufgebracht.

Das in den tieferen Gefäßen des Wals zurückgebliebene Blut floss durch diese neuen Öffnungen heraus und zunächst in die Bucht und bildete gar bald eine große Lache, die sich nach und nach in die See hinaus ausbreitete.

Bald wirbelten die Möwen, die sich Futter versprachen, um die Stelle und fingen unausgesetzt die schwimmenden Trümmer auf, und die weiße Farbe ihrer Federn hob sich von der blutigen Röte des Wassers ab, wenn sie aufhörte, sich vom tiefen Blau des Himmels abzuheben. Schließlich wagten ganze Scharen vom Blut angelockter Fische kühne Angriffe bis nahe an das Ungeheuer, indem sie hier und dort Blutklumpen auffingen, die an ihre Schnauzen stießen.

Zuweilen verließen die Männer, die im Innern des Pottwals herumschnitten, ihre Arbeit, und schritten, ihre öligen Hände am Rücken haltend, ans Ufer, wo ihnen die Frauen in den weit aufgesperrten Mund Milch oder Schnaps hineingossen. Während dieser kurzen Ruhepause tropfte das schmutzige Wasser von ihren Gewändern herab. Das gerötete Wasser brach sich am Strande in kleinen Wellen mit rosigem Schaum, die der Wind dann auf das Geröll mitten unter die Zuschauer trieb, zumeist Stadtbewohner, die in leichten Wägelchen dahergekommen waren, Müßiggänger, die nicht wissen, was sie mit ihrer Langeweile anfangen sollten, Gaffer, die ihre alberne Neugierde teils an uns, teils am Pottwal befriedigten; junge Weiber, für die das die Gelegenheit zu einer Vergnügungspartie war, Pfarrer der Nachbarschaft im Barett mit leichenblassen Mienen, fadem Lächeln und fettiger Soutane; Ärzte, die sich auf ihrer Krankentour befanden, und Gassenjungen, die ihre Späße trieben wie überall. Dann kam ein starker Mann in einem Überrock und mit Ringen aus Talmigold, zweifellos ein ehemaliger Kapitän, den die Sache interessierte. Er wollte den Walfisch zwei verdutzten hässlichen Weibern, seiner Gattin und Tochter, zeigen, und indem er sie mittels eines gebrechlichen Kahnes, der unter ihrem Gewicht umzuschlagen drohte, nahe an das Monstrum heranführte, erklärte er ihnen, indem er seinen Regenschirm schwang, wie man dieses Tier harpuniert.

Die Walfischfänger hatten ihre Arbeit bis tief in den Nachmittag hinein ausgedehnt, als sie die Einflüsse der Gezeiten störten und sie zwangen, ans Land zurückzukehren. Sie sahen einfach barbarisch aus mit ihren bronzierten Köpfen, von denen der Schweiß in Strömen auf die befleckten Hemden floss, sich dort mit dem geschmolzenen Fett vermengte, in Streifen bis zu ihren nackten Füßen hinunterglitt und dabei einen Geruch ausströmte, der kleiner Pottwale würdig gewesen wäre.

Sie umstellten so die Behälter, wo die ersten Ergebnisse ihres Schlächterwerkes lagen, und indem sie sich mit den Händerücken den noch immer von der Stirne perlenden Schweiß abtrockneten, überschlugen sie im Geiste die Menge Öl, die ihnen der Fang wohl einbringen würde. Die Frauen statteten die Männer dann mit Ersatzkleidungsstücken aus, während sie ihnen ihre ganz schwammig gewordenen Lumpen wuschen.

Unser Pottwal hatte für mich weiter keinen Reiz, da es feststand, dass man an diesem Tage weder sein Hirn noch seinen Magen erreichen würde, und ich begab mich auf meine Pinasse, deren Schraube die blutige Brandung aufwirbelte.

Die gesättigten Möwen, die in länglichen Scharen auf dem Wasser saßen und von den Wogen wie ein Band gehoben wurden, hoben sich in lässigem Fluge nacheinander auf, um uns durchzulassen. Meine festgebannten Blicke betrachteten noch einmal den grünlichen Leichnam, der von dem Zersetzungsgas, das sich rasch anhäufte, angeschwollen war, diesen Kadaver, den jetzt an den Felsen erklirrende Ketten am Ufer festhielten und den die Raubgier der Menschen in Aas verwandelt hatte, ihn, der bis dahin ein Ungeheuer gewesen, das genügend stark gewesen wäre, alle Flotten seiner Verfolger zu zerstören, wenn ein Atom Vernunft seine Handlungen geleitet hätte.

Während wir nun nach Angra zurückkehrten, analysierte ich den seltsamen Gang der Natur, der unter dem menschlichen Schädel diese geheimnisvolle, allen Kräften des tierischen Lebens überlegene Energie entwickelt und die der Mensch, um die durch das moderne Leben ausgebildeten Leidenschaften zu befriedigen, so häufig zur Zerstörung ganzer Gattungen verwendet, die nichts mehr wieder auf die Erde zu bringen vermag. Ich verurteilte die Gleichgültigkeit und Schwäche der Regierenden, die das maßlose Vernichten der Elefanten und Wale zum Zwecke der Gewinnung des Elfenbeins und Öles gestatten, die die Vernichtung der Pelztiere zur Befriedigung einer eitlen und törichten Eleganz zugeben und die Vernichtung von Vögeln mit ansehen, deren wunderbares Gefieder den lächerlichsten Modelaunen schmeichelt und auf leichten Köpfen dahinwelkt, nachdem es den gewissenlosen Händlern ein Vermögen einbrachte; dass sie ferner dem Sporttrieb einzelner alberner Müßiggänger gestatten, zwecklose Tötungen vorzunehmen, deren Barbarei mit den Werken der Kultur und des Fortschrittes in Widerspruch seht.

Ich sah im Geiste die platte Alltäglichkeit der Haustiere die Ebenen erfüllen, wo heute noch Hunderte Arten von Tierherden mit der ganzen Geschmeidigkeit ihrer Wildheit herumtollen, ich sah die tiefe Ruhe des Todes einkehren in den Wäldern, die die Vögel bevölkern, auf den Horizonten der Meere, wo die großen Ungeheuer die Lebenskraft vergangener Zeiten verkünden, und ich beklagte die Verblendung, die der Wissenschaft kostbare Grundlagen für die Geschichte des Lebens, der Phantasie den heilsamen Zauber, der Philosophie ein suggestives Objekt für große Gedanken raubt.

Mein Geist verlor sich zu dem unbekannten Ursprung der menschlichen Intelligenz und trachtete danach, das Wachstum und die Abweichungen dieser im rudimentären Hirn eines Urwesens geborenen Kraft zu erklären, die es allmählich aufhellte und den Menschen zur Herrschaft über alle Tierarten führte.

Am übernächsten Tage begab ich mich wieder auf den Weg nach Negrito, wo man an diesem Tage das Gehirn unseres Wales freizulegen hoffte, das der Wissenschaft als kostbare Beute versprochen war. Es war in der Tat nur noch das Spermazet, das im Kopfe der Pottwale sich absondernde eigentümliche Fett, das in zwei Gehäusen am Höhepunkt des Schädels sich vorfindet, zu beseitigen und dann noch dessen Knochen mit einer mächtigen Hacke zu durchbrechen.

Schon machten sich meine Naturforscher daran, den Magen durchzusehen und unter 100 Kilogramm fast verdauter

Materie einige Bruchstücke von Riesenpolypen hervorzubringen, die genügend erhalten waren, dass man sie später ebenfalls den völlig unbekannten Arten hinzufügen konnte. Man kann sich vorstellen, wie angenehm eine solche Beschäftigung ist, denn diejenigen, die sie vornehmen, müssen in einem violetten, in voller Gährung begriffenen Brei herumwühlen, der angefüllt ist mit den Augäpfeln und Schnäbeln von Kopffüßlern, die sich der Einwirkung der Magensäfte widersetzten, und aus dem sich eine unangenehme Ausdünstung entwickelt. Nach tapferem Widerstreben reagierte ihr eigener erschütterter Magen auf den langsam auf ihn eindringenden Sturm durch Kundgebungen, die gleichsam ein schwaches Echo jenes Ereignisses bildeten, das mir durch die letzten Krämpfe des Pottwals Schätze für die Wissenschaft geliefert hatte.

Die Physiognomie der Örtlichkeit war völlig umgewandelt. Keine Möwen flogen mehr in den Lüften, keine Fische hüpften mehr aus dem Wasser, die einen wie die anderen flohen vor der zunehmenden Zersetzung; allein die Menschen harrten in ihrem Kampfe zugunsten der Wissenschaft oder ihres Interesses aus. Die gesamte Tätigkeit vollzog sich jetzt auf der Höhe des Vorgebirges, über dem eine Wolke gelblichen dichten Rauches schwebte: Die Walfischfahrer begannen nämlich mit dem primitiven Material ihrer Werkstätte das Öl zu produzieren.

Neben den Hütten, wo sie während dieser Periode fieberhafter Tätigkeit lebten, war auf der Klippe zwischen zwei oberflächlich aufgeworfenen Gräben ein mächtiger Metallkessel errichtet. Der eine Graben war dazu bestimmt, die Walfischteile aufzunehmen, der andere, um das daraus sich bildende Öl aufzubewahren. Das Ganze war schlecht und recht unter einem von einem Schiffe herrührenden Gebälke untergebracht.

Mehrere mit Fischhaken bewaffnete Männer reichten aus ihrem Graben die großen Speckstücke in dem Maße heraus, als ihre Kollegen sie mit Hilfe eines Fleischermessers zerteilten. Diese kurzen und kleinen Streifen wurden dann von dem Fischer selbst in den Kessel geworfen. Dieselbe Persönlichkeit heizte den Ofen mit verhärteten und entfetteten Riemenstrei-

fen, die bei der Abschlachtung früherer Pottwale als Reste zu-
rückgeblieben waren. Unaufhörlich rührte er mit einem Instrumente, das bis zum Stiel hinauf rauchte, diese mit fettigen
Blasen bedeckte Höllensuppe herum und schöpfte die Ölflä-
che, die nach oben trat, in das Reservoir. Der beißende Rauch
des Brennmaterials und die Dünste, die aus dieser Küche aufstiegen, trieben, indes wir der Arbeit zu folgen versuchten, die
Tränen in unsere Augen. Wenn wir jedoch zur Seite traten,
um frische Luft zu schöpfen, so umhüllte uns die laue Dunst-
wolke, die aus der Bucht heraufstieg, wo man den Kadaver
verteilt hatte, so dass wir schleunigst wieder zum Kessel zurückkehrten. Die Rache des Pottwals begann.

Die Frauen bewegten sich in den Nebenräumen ihrer
elenden Wohnstätten und waren mit der Waschung der Kleidungsstücke, die die Männer unaufhörlich beschmutzten,
oder mit der Zubereitung der bescheidenen Mahlzeit beschäftigt. Höflich und zuvorkommend näherten sie sich mir, wenn
meine Haltung das Unbehagen meines Magens verriet, und
benetzten mich mit einem in kleinen Fläschchen enthaltenen
Parfüm. Mein Stolz lehnte zunächst diese Zumutung ab, aber
eine Prüfung meines Selbst ließ mich die Dinge richtig ein-
schätzen; ich war ja wie die anderen, die diesem Schauspiel
beiwohnten, ein Akkumulator der in den verschiedensten
Formen sich verbreitenden Düfte geworden. Diese jungen
Azoren-Bewohnerinnen gaben sich übrigens über sich selbst
nicht der geringsten Täuschung hin; an ihrem freudigen Lächeln, das ihre Klagen und die Bekenntnisse ihrer Kokette-
rie begleitete, bemerkte man jedoch, dass das hinter diesen
Übelständen verborgene Glück für sie mehr bedeutete als die
damit verbundenen Unzuträglichkeiten.

Sie verwalteten die Küche mit einer genialen Sauberkeit,
obwohl sie häufig durch die Umstände dabei behindert wurden, denn der Gestank und die fettigen Schmutzflecken der
Umgebung blieben der engen Hütte, wo sie mit ihren Wirt-
schaftsutensilien und den einfachen Lebensmitteln hantierten,
nirgends erspart. Man stieß sich hauptsächlich an verschiedenen, der Reihe nach am Eingange aufgestellten Wirbelstü-
cken von ungeheurer Größe, deren Mark herausgenommen

war und von denen aus den darin hängenden Muskelfetzen das Fett triefte. Diese Gebeine sahen aus wie die für die Richter eines düsteren Femegerichts vorbereiteten Stühle.

Ich war anwesend, um sicherer, als dies auf dem Landwege möglich gewesen wäre, das Hirn und einzelne delikate Stücke des Wals mit mir zu nehmen, aber die Mitte des Tages war vorbei, und ich hatte noch immer nichts. Nun war es nötig, an einen Imbiss zu denken. Die Mahlzeit der Walfischfahrer wurde uns sicherlich von ganzem Herzen angetragen, da sie jedoch einen Anblick bot, mit dem sich der beste Appetit bei uns schwer hätte abfinden können, ließen wir diese braven Leute die ovalen Schnitte eines bis zur Vertrocknung in einem übelriechenden Öl gebratenen großen Fisches allein genießen und holten uns irgendwo anders einige annehmbarere Lebensmittel. Eine Gruppe Kinder führte uns, um uns herum im Staube springend, bei einer brennenden Sonnenhitze bis zu dem kleinen Dorfe von San Matheus, wohin wir mit nur geringer Hoffnung auf unvorhergesehene Ereignisse mitgingen, denn das Innere dieser wenig besuchten Insel besitzt keinerlei Herberge.

Gefolgt von meiner lärmenden Eskorte, die sich an jeder Straßenecke vermehrte, gelangte ich zu einem ganz neuen, weißen und sauberen Hause. Ich betrachtete es in der Meinung, dass man hier ganz behaglich müsse frühstücken können, als sich die Tür öffnete und ein großer kräftiger Kerl, dessen schwarzes wolliges Haar das bronzierte Gesicht bedeckte, mit entgegengestreckten Händen auf uns zutrat. Er war in Hemdsärmeln, wie alle diese Leute, die die Arbeitslust immer zu einer Tätigkeit bereithält, selbst wenn sie schon ihr Schäfchen ins trockene gebracht haben. Mit einer gutmütigen Gebärde verjagte er die Straßenjungen und führte uns in das Innere seines Hauses, sowohl um uns zu beschützen als auch die Tugend der Gastfreundschaft auszuüben; eine Tugend, die den Menschen, welche einfach und fern von den Verführungen der großen Welt leben und die Gifte nicht kennen, welche die sozialen Streitigkeiten verbreiten, zur zweiten Natur geworden ist.

Unser Wirt war einer der zahlreichen Azorenbewohner, die das Elend aus ihrem Vaterlande getrieben hatte und die zurückgekehrt sind, nachdem sie das, was notwendig ist, um die Tage sorglos in einem bequemen Häuschen neben einer geliebten Frau zu verleben, erworben hatten. Ob er an unseren ermatteten Blicken das geheime Verlangen unserer Mägen erriet? Tatsächlich rief er durch die Zimmer und Treppe hindurch seine Gattin und befahl ihr, uns etwas zu essen zu geben, erklärte aber sofort, dass er kein Hotelwirt sei und dass wir uns als Gäste seines Herzens betrachten müssten. Dann führte er uns in einen Salon, der mit den gewöhnlichen Gegenständen angefüllt war, die den primitiven Neigungen eines dekorativen Geschmackes solcher Leute schmeicheln, die kaum die Arbeitsbluse abgelegt haben, um sich den Bürgerrock anzuziehen.

Die brasilianische Herkunft dieser Erinnerungsstücke verlieh ihnen in unseren Augen eine gewisse Originalität, die jedoch einzelne Porträts in Farbendruck entbehrten, die an den Wänden hingen und die Gesichter moderner Größen darstellten; so die Porträts von Bismarck und Boulanger, dem Kaiser Dom Pedro und Papst Leo XIII.

Gar bald kam das ausgezeichnete Paar uns holen, und in ihrem Gesichte strahlte ein Glücksausdruck, der den Herzen wohltat und aus dem das Mitleid für die armen frühstückslosen Reisenden sprach. Wir wurden in ein anstoßendes Zimmer geführt, in dessen Mitte ein Tisch stand; die Wandschränke längs der Mauern waren vollgepfropft mit Vorräten, kleine Säcke mit Mais und Mehl standen in den Ecken, und von der Decke hingen anstelle eines Kronleuchters weiße und blaue Papiergirlanden herunter, die dazu bestimmt waren, die Fliegen zu beschäftigen. Das war der Speisesaal.

Die portugiesische Küche ist zuweilen nicht nach unserem Geschmack; wenn sie jedoch einfach ist, so kann sie ganz wohlschmeckend sein. Nichtsdestoweniger schnitt ich ein verzweifeltes Gesicht, als ich die Herrin des Hauses mit dem liebenswürdigsten Lächeln der Welt dieselben Bratfische heranbringen sah, denen wir bei den Walfischfängern entgangen waren. Es waren kleine Klippfische, hart wie Kork, an denen man bis in die Unendlichkeit saugen konnte, ähnlich wie jene Kinderklappern, die man den zahnenden Babys gibt.

Es lohnt sich wirklich nicht, so weit ein Vermögen erworben zu haben, wenn man kulinarische Genüsse dieser Art beibehalten muss, sagte ich mir, und ich benutzte das Glucksen der Hühner, die unterhalb des Fensters pickten, um hinter einem Lobe auf den Hühnerstall das Verlangen nach einigen weichgesottenen Eiern verblümt vorzubringen.

Als ich die längst ersehnte Mahlzeit begann, überraschte mich mein Wirt mit der Erklärung, dass er zum Zeitvertreib eine Walfischfänger-Gesellschaft gegründet habe, die mit derjenigen, mit der ich seit einigen Tagen in nähere Beziehungen getreten war, rivalisiert. Später sagte er mir auch, dass er selbst jene Walfischfängergruppe kommandierte, die an dem Tage, wo die andere Gruppe den Wal fing, der mir zur Freude und auch zur Qual gereichte, die Wale ohne Ergebnis verfolgte. In seinem Eifer und in seinem Schmerze beschrieb er mir jenen dramatischen Tag, an dem er sich inmitten der Walfischherde befand, ohne, infolge einer zu ungünstigen und zu gefährlichen Situation, einen einzigen treffen zu können. Um die Erzählung der Episode lebhafter zu veranschaulichen, ergriff er sämtliche Gegenstände meines Kuverts: Gabel und Karaffe, Brotschnitten, Messer, Salzfass, die dazu dienen mussten, die Rolle eines jeden der Mitwirkenden zu erklären, und ich hatte bald nur meine Eier allein vor mir. Schließlich vergaß dieser lebhafte Walfischfänger ganz, dass ich bei Tische saß, und bearbeitete meine Schultern und zog mich bei den Armen. Er ließ mich mein zerstreut umherliegendes Esszeug erst wieder aufnehmen, als er mit allen Kräften, keuchend, einen Galopp bis ans Zimmerende ausgeführt hatte, womit er den endgültigen Rückzug der Herde markieren wollte.

Nachdem sich die Leidenschaft gelegt hatte, enthüllte mir mein Wirt, der ganz intelligent war, einige neue und nützliche Details über diese so wenig bekannten Wesen, mit denen wir uns gerade beschäftigten, und bestätigte mir hauptsächlich, dass die Pottwale der Azoren sich ausschließlich von Kopffüßlern nähren.

Eine Stunde später, als ich zur Bai zurückkehrte, teilte mir Dr. Richard, der Chef meines Laboratoriums, ebenfalls die Beobachtungen mit, die er soeben gemacht hatte.

Man wusste bereits, dass der Unterkiefer des Pottwals 40 bis 60 mächtige, bei alten Tieren 27 Zentimeter lange und bis zu 1 Kilogramm schwere Zähne besitzt; man wusste auch, dass der Oberkiefer keine Zähne hat, obwohl Georges Pouchet an einem Fötus das Vorhandensein von Zähnen festgestellt hatte, die im Muskelgewebe des Zahnfleisches verborgen waren. Das in unseren Händen befindliche ausgewachsene Exemplar hatte nicht nur keine Zähne im Oberkiefer, man sah sogar die Löcher, in die sich die Zähne des Unterkiefers einzufügen pflegten, so dass das Tier dadurch einen zum Fangen der Kopffüßler außerordentlich geeigneten Apparat besaß. In der Tat würde die schleimige Masse der Polypen und Tintenfische aus einem zahnlosen Kiefer leicht entwischen, oder, falls auf beiden Kiefern Zähne vorhanden wären, würde sie sich in einer für das Hinunterschlucken sehr lästigen Weise darin verwickeln, während der Apparat, so wie er in Wirklichkeit ist, es ermöglicht, dass sich die Zähne in den entsprechenden gegenüberliegenden Löchern verkeilen und so eine Art Napf bilden, der die Masse aufbewahrt, bis die Schlingbewegung eintritt. Der Vergleich der Studien Pouchets an einem Fötus mit unseren Beobachtungen am ausgewachsenen Tiere führt zu dem Schluss, dass die früheren Generationen der Pottwale an jedem Kiefer Zähne hatten und dass die Veränderung in der Nahrung dieser Tiere später die Entwicklung der oberen Zähne hemmte.

Dr. Richard zeigte mir an den Lippen des Wals einige, mehrere Zentimeter bedeckende Eindrücke zufälligen Ursprungs. Als man sie den Saugnäpfen näherte, wie sie die im Magen des Pottwals aufgefundenen Polypen an ihren mächtigen Armen tragen, erschienen sie genau wie eine durch die kräftige Aufsaugung dieser mächtigen Apparate zurückgelassene Spur. Und ich sah im Geiste die ungeheuren Kämpfe, deren Schauplatz die Tiefen des Meeres bilden, wenn das furchtbare Säugetier hinabsteigt, um unten nach Beute zu suchen.

Ist es ihm mittels kräftiger Anstrengungen gelungen, irgendeinen Riesenpolypen zu erhaschen, so umhüllen die acht Arme des letzteren alsbald den Kopf des Wals und setzen sich mit ihren Saugwerkzeugen daran fest, während der Rest des

Körpers, durch die Schlingbewegungen eingesogen, beim Halse zerreißt. Der Körper fällt dann in den Magen des Wals, aber der Kopf mit seinem Fühlerapparat bleibt am Kopfe des Wales festgeklammert, solange die Saugnäpfe bei fortschreitendem Tode nicht nach und nach ihre Anhaftungskraft verlieren. Wenn nun der Pottwal, ohne das Nachlassen der Kraft dieser Polypenarme abzuwarten, eine andere Beute anfällt, so kann man sich das Schauspiel wohl vorstellen, wie der Kopf dieses Ungeheuers unter den Klammerumarmungen mehrerer Kopffüßler unsichtbar wird.

Die Gedanken an diese seltsamen Vorgänge führte mir einen Zwischenfall ins Gedächtnis, der mir auf meiner Reise mit der »Hirondelle« im Jahre 1887 passierte. Ich befand mich auf dem Wege nach den Azoren im Atlantischen Ozean, als sich eines Tages bei ruhigem Meere am Horizont mächtige Wassersäulen bemerkbar machten. Ohne Anstrengung konnte man wahrnehmen, dass sie durch das Umhertummeln eines mächtigen Tieres verursacht wurden, dessen Körper von Zeit zu Zeit wie ein Turm aufragte und das mit seiner Schwanzflosse mächtige Wassergarben aufwirbelte.

Waren die Bewegungen vorüber, so zeigte die Stelle, wo sie stattfanden, eine weiße milchige Fläche, die auf mehrere Meilen erkennbar war und die sowohl eine Flüssigkeit als auch der Schaum des aufgewirbelten Wassers sein konnte. Trotz meiner Anstrengungen gestattete es der entgegengesetzte Wind der »Hirondelle«, einem bescheidenen Segler, nicht, diesen Fleck zu erreichen, ehe er verschwand und obwohl er ziemlich lange sichtbar blieb. Als ich nachher an die Stelle kam, die der Fleck früher eingenommen hatte, fand ich den frisch abgetrennten Kopf eines großen Polypen. Professor Joubin beschrieb diesen Fund mit anderen Kopffüßlern meiner Expeditionen, und es ergab sich jetzt, dass er zu derselben Gruppe gehörte wie die zahlreichen Polypen, die wir in dem Pottwal fanden, von dem hier die Rede ist, und die samt und sonders Bewohner geheimnisvoller Gegenden der Meerestiefe sind.

Ich glaube wohl annehmen zu können, wenn ich diesen Fall mit den hier berichteten neuen Tatsachen vergleiche, dass ich damals der Zeuge einer dieser äußerst tragischen Szenen gewesen bin, wo ein Pottwal gezwungen war, sich auf der Oberfläche herumzutummeln, um einen, ihm am Kopfe festsitzenden Riesenpolyp abzuschütteln.

Erst vor kurzem harpunierte der Oberwalfischfänger der »Princesse Alice« vor Monaco und im Atlantischen Ozean eine für uns neue Walart, Grampus griseus genannt, die auf dem ganzen Körper getigerte oder runde, auf der ganzen Oberfläche verteilte Narben trug, die von der Haut bedeckt waren und die nach einer eingehenden Untersuchung wohl denselben Vorkommnissen zugeschrieben werden konnten; namentlich da man den Magen des Tieres mit pelagischen Kopffüßlern besetzt fand. Ich selbst habe soeben zwischen Monaco und Korsika zwei Wale Globicephalus melas harpuniert, die dieselben Eigenheiten aufwiesen.

Das Leben der modernen Menschen ist ein durchaus gekünsteltes; wenn sie jedoch in die weite Welt hinausgeführt werden, in noch jungfräuliche Gebiete der Natur, werden ihre Anschauungen, ihre Philosophie und ihr Urteil von brutalen Kontrasten überrascht.

In dieser Weise betroffen fühlte ich mich eines Abends mitten im Atlantischen Ozean, während einer jener großartigen Episoden, welche die Arbeit des Forschers belohnen, indem sie ihm einen Zipfel des Schleiers lüften, der die Geheimnisse des Weltalls verdeckt. Mitten in meiner Verlassenheit auf dem Meere erblickte ich einen vorbeifahrenden Paketdampfer, der in einer Flut von Licht, in einem Wirbel von Dampf und Feuer im Strahlenglanze des menschlichen Genies, die Abgründe des Ozeans überschritt, um von Volk zu Volk die Reichtümer der Kontinente zu tragen. Da kam mir der Gedanke, dass zuweilen, unter der Bahn dieses Boten einer wundervollen Kultur, einige Fuß unterhalb dieser durch ihre Geschäfte und Vergnügungen in Anspruch genommenen Menschenmenge, sich die unbekannten Ungeheuer, die die Natur anscheinend so spät noch leben ließ, um ihre eigene Geschichte anzudeuten, Kämpfe liefern, die entschwundener Zeitalter würdig sind.

In der Bucht von Negrito begann eine neue Bewegung von Menschen und Fahrzeugen. Den behördlichen Vorschriften gemäß machten sich die Walfischfänger daran, die Überreste des Pottwals, deren Zersetzung rasch die ganze Gegend zu infizieren drohte, ins Meer hinauszuführen. Diese Aufgabe ist oft nicht leicht, denn wenn es zwar genügt, die Kadaverreste auf 200 bis 300 Meter weit hinauszuschaffen, damit sie ein günstiger Wind weiter forttreibe, so kann sie ein umschlagender Wind bald wieder zurücktreiben. Dann haben die Walfischfänger Tage und Tage mit dieser ebenso undankbaren wie mühevollen Arbeit zu tun. Es geschieht auch, wenn schlechtes Wetter ist, dass diese Kadaverreste unter unzugängliche Klippen zurückgeworfen werden und durch die Intensität ihrer Fäulnis auf Monate das Leid der Bevölkerung bilden.

Der vom Gas angeschwollene Dickdarm platzt dann an einem schönen sonnigen Tage und bedeckt die ganze Umgebung mit den Rückständen, an welchen die vielfarbigen Krabben sich mästen.

Manchmal treffen sich dann diese unheimlichen Tiere zu einem stark mit Hautgout behafteten »Five o'clock« mit den netten Meergarnelen, die ihre aufgelösten Fühler in dem einladenden Kuchen herumwühlen lassen, wenn die Flut sie nahe genug herangebracht hat; denn da sie von der Natur weniger begünstigt sind als ihre Gefährten, die schnelllaufenden Amphibien, so vermögen sie nicht selbständig die flüssige Umwelt zu verlassen.

Was übrigens auch eintrete, der arme Kadaver schreitet nach und nach durch alle Stufen der Zerstörung von dem ersten Schlag des Menschen bis zu dem Werke der winzigen Kreaturen, die ihn alle auf seine Grundelemente zurückführen und so den verhängnisvollen Kreislauf vollbringen, auf dem nun einmal das Geschick aller Lebewesen sich vollzieht.

Der Tod der Pottwale ist großartig wie ein Bergsturz, und in der Totenstadt, die ihnen die Walfischfänger am Rande irgendeiner Bucht errichten, häufen sich ihre Trümmer wie die Ruinen eines Tempels.

Achtes Kapitel – Kreuzfahrten in den arktischen Regionen

Im Jahre 1898 fasste ich den Entschluss, das Ozeanographische Museum von Monaco zu erbauen; es wurde deshalb notwendig, die durch meine Untersuchungen in den Tiefen des Atlantischen Ozeans gebildete Sammlung von Seetieren zu ergänzen, und ich unternahm meine erste Expedition in die Polargegenden.

Mein neues Schiff, die zweite »Princesse Alice«, die fast 1400 Tonnen fasste, hatte kaum das großartige Material, das ich während 15 Jahren erdacht und vervollkommnet hatte, in Empfang genommen, als ich die Männer der Wissenschaft an Bord vereinigte, die mir überallhin mit jener Treue und Hingebung folgen, dank deren allein man den Triumph schwieriger Unternehmungen erzielt.

Ich wollte jene Tiefen erforschen, die den Meeresgrund des nördlichen Atlantischen Ozeans von jenen Gründen trennen, die Nansen im Polarbecken vorfand; ferner die vom Golfstrom beeinflussten Fjorde auf Spitzbergen und die rein arktischen Gegenden, soweit mir die Eisbänke durchzukommen gestatten würden.

Vorher wurde die »Princesse Alice« durch wertvolle Sympathiebezeugungen eingeweiht. In Havre, dem ersten Hafen, den ich mit ihr anlief, vereinigten sich eine Anzahl hervorragender Männer, darunter dreizehn Mitglieder des Instituts, zu einer denkwürdigen Feier, um dem Schiffe ruhmvollen Erfolg zu wünschen. Acht Tage später stellte ich es auf der Reede von Kiel Kaiser Wilhelm vor, der durch gewaltige Betätigungen seinen Willen bekundet, den Einfluss der wissenschaftlichen Forschung zu vergrößern. Auch hier ward der »Princesse Alice« eine Beachtung zuteil, wie sie die aufgeklärten Menschen aller Nationen den Bestrebungen der Wissenschaft gegenüber an den Tag legen.

Infolge der wohlwollenden Aufnahme, mit der ihr Erscheinen auf dem Meere begrüßt wurde, konnte die »Princesse Alice« Tromsö nicht frühzeitig erreichen. Sie verließ die Stadt, eine der nördlichsten der Welt, am 28. Juli mit einem folgendermaßen zusammengesetzten wissenschaftlichen Personal: Dr. Richard, Chef meines Laboratoriums; Neuville vom Pariser Museum für Zoologie; Buchanan von der Universität Cambridge für Physik; Brandt von der Universität Kiel für gewisse Planktonuntersuchungen; Bruce, ein schottischer Naturforscher, ein Veteran mehrerer Expeditionen nach beiden Polen; Lovatelli, ein italienischer Maler, der seine Kunst den wissenschaftlichen Erfordernissen und den malerischen Eventualitäten der Reise widmen sollte.

Kapitän Carr erfüllte neben mir die Funktionen des zweiten Kapitäns und sollte sich hauptsächlich mit nautischen Berechnungen beschäftigen. Schließlich nahm ich in Tromsö noch einen Eismeister an Bord, den Norweger Erikson, der mir im Verein mit meinem Walfischfänger Wedderburn auf einem Gebiet der Schifffahrt, auf dem ich keinerlei Erfahrung besaß, zur Seite stehen sollte. Wir waren insgesamt 62 Personen an Bord.

Da das Programm dieser Expedition die »Princesse Alice« acht bis zehn Wochen von bewohnten Stätten fernhalten konnte und einen großen Kohlenverbrauch erforderlich machte, wurde die Abmachung getroffen, dass ein norwegischer Reeder zum 15. August einen mit Brennmaterial beladenen Schoner nach der 78° 20' nördlich gelegenen Adventsbai senden solle.

Die Forscher, die auf arktischen Meeren die Kraft ihrer Natur gezeigt haben, erschienen mir, je mehr mich der Charakter dieser Gegenden gefangennahm, als Helden. Ich liebe das einfache Gemüt, den klaren Blick, die ruhige Stimme der Skandinavier, deren naive Seele allem Gekünstelten bei der Suche nach dem Glücke abhold ist.

Ich liebe den Norden, dessen Reize die Menschen vom Getriebe der Ungerechtigkeit und der Begierde weglocken und zu den reinen Ruhmestaten wissenschaftlicher Erkenntnis hinleiten.

Ich liebe den Norden, wo sich der Blick in der klaren Luft wie in einer Quelle der Wahrheit baden kann.

Ich liebe den Kampf gegen die Gewalten des Meeres, das ein vom Schnee gereinigter Wind peitscht, denn stolzer und edler geht die Seele aus solchem Kampfe hervor.

Ich liebe den Norden, weil dort der Tod mit der Würde der Stille einherschreitet und die durch die Lügen der Welt gequälten Wesen in das Kristall der Eisfelder sanft einhüllt.

Nach meinem Besuch von Tromsö, dem gewöhnlichen Ausgangspunkte für die Fahrten nach den arktischen Meeren, veränderte sich das Aussehen meines Personals. Man hatte nämlich die ganz speziellen Kleidungsstücke verteilt, die durch die Kälte erforderlich wurden; eine Kälte, die in den Gegenden, welche wir aufzusuchen beabsichtigten, selbst im Sommer herrscht. Starke Stiefel, die imstande waren, einen mit mehreren Paar Strümpfen umhüllten Fuß aufzunehmen; ein Shettlandtrikot, eine norwegische Weste aus Rentierhaut, ein oder zwei Paar fingerlose Handschuhe und für den Kopf eine die Ohren bedeckende Wollmütze bildeten die uniforme Ausrüstung, in der die Leute der »Princesse Alice« während der ganzen Dauer ihrer Reise lebten, einerlei, ob sie Matrosen oder Heizer, Offiziere oder Kapitäne, Diener oder Gelehrte waren. Besser als eine Verkündigung der Menschenrechte egalisiert die Polarnatur mit ihrer Strenge die Lebensbedingungen; einzig das Ansehen des geachteten Führers erhebt sich über die Miseren aller. Die erste Wirkung unserer neuen Tracht äußerte sich, als wir uns zu Tisch setzten: der Geruch der Stiefel übertrumpfte den Geruch der Schüsseln.

Nun waren wir in die Reihen der Nordpolfahrer eingetreten.

Man hatte das Schiff auch mit einem in diesen Gegenden zur Beobachtung des Meeres notwendigen Gegenstand ausgerüstet, nämlich mit einem »Krähennest«, einer fassrunden, aus Holz hergestellten Schutzvorrichtung, die in halber Höhe der Vorstenge angebracht wird und in der ein Ausspäher den Härten des Wetters standzuhalten vermag.

Die steil abfallenden Berge Norwegens verschwanden eines Abends am südlichen Horizont, und eine Nebelmauer verbarg uns den Norden. Am nächsten Morgen musste man blindlings die Bäreninsel suchen, wo ich mich zunächst hinbegeben wollte. Ihr Vorhandensein wurde mir nur durch eine ungeheure Zahl von Seevögeln angedeutet, die in langem Fluge aus einer dichteren und festeren Nebelmasse aufstiegen, auf die ich langsam zusteuern ließ. In der Tat hoben sich sehr bald hinter dem dichten Schleier die Umrisse eines hohen Vorgebirges ab, und alsbald erschien unterhalb der Nebelfläche, die sich zu zerteilen anfing, und in gleicher Höhe mit dem Meere ein schwarzer Block. Mein Eismeister erkannte den Punkt der Ostküste, wo die Robbenfänger manchmal anzulegen pflegen.

Als die »Princesse Alice« verankert war, durchforschten meine Blicke begierig den arktischen Boden, der sich zum ersten Male vor ihnen auftat, während sich meine Phantasie die ernsten Schauspiele vergegenwärtigte, die zweifellos hier stattgefunden haben. Und richtig: die bescheidene Ruine einer Steinhütte stand an der Stelle, wo wir landeten, am Eingang einer Schlucht, die die Berge dieser düsteren Gegend – eine Gegend, die Eis und Finsternis den befruchtenden Kräften der Sonne immer wieder streitig machen – in zwei Gruppen teilt. Zehn Schritt weiter gewahrte man eine Kiste, in der sich Skelette vorfanden, durch die Einwirkung so mancher Winter gebleicht, in ihrer ewigen Ruhe ein starres Zeugnis menschlichen Leides. Erikson meinte, dass es die Reste von Norwegern seien, die im Jahre 1880 nach der Insel gegangen waren, um während einer Überwinterung Bären zu jagen, wenn diese Tiere auf den Eisblöcken, welche die Seehunde wegtragen, nach dem Süden kommen.

Der Boden dieser traurigen Landschaft ist mit Ausnahme einzelner mit grünlichem Moos und verkümmerten Gräsern bewachsener Strecken völlig kahl; fast überall schreitet man über Gerölle und Felsen. Wenn jedoch die Pflanzenwelt völlig fehlt, so sind die Vögel sehr zahlreich vorhanden, die von den Klippen des Strandes bis zu den höchsten Gipfeln des Innern hinauf in allen Winkeln ihre Nester bauen.

In diesen arktischen Regionen sein Nest bauen heißt soviel als einen kleinen Erdhügel aussuchen, der hinreichend flach ist, dass die Eier nicht hinwegrollen und dass die auskriechenden Jungen von den Stürmen nicht davongetragen werden können. Dies reicht auch vollkommen aus, denn die Bewohner nördlicher Gegenden müssen eine abhärtende Erziehung erhalten. Die Brut muss ferner gegen den Appetit der Füchse geschützt werden, einer für die Anmut dieser jungen Geschöpfe wenig eingenommenen Sippschaft, die darauf ausgeht, die erzwungene Fastenzeit des Winters durch die Mahlzeiten, die ihr die Kinderstuben des Polarkreises bieten, wettzumachen.

Wenn die Ernährung dieser einzigen auf der Bäreninsel vorhandenen Säugetiere während der Überwinterung, nachdem die Vögel die Insel verlassen haben, um nach offenen Gewässern zu ziehen, höchst problematisch ist, so beweist ein Kranz von Gerippen und Federn, der sich längs der Klippe hinzieht, in welchem Überflusse sie während des Sommers leben.

Von unserem Anlegeplatz sah man sie zwischen Mahlzeitüberresten umherirren und darauf lauern, dass ihnen die unruhige Brut oder ungeduldige Vögelchen, die ihre ersten Ausflugversuche machen, in den Mund fallen; solche Fälle sorgen dafür, dass ihr Tisch immer gedeckt ist.

Der Beobachter, der einen vollständigen Überblick über das Klippengesimse hatte, wo zu Hunderten die Nester der Larus glaucoides oder der Uria grylle [Seetaube, Stechente] aneinander gereiht waren, erblickte ein anziehendes Schauspiel, musste sich jedoch dabei fragen, wie es inmitten dieses Gewirres von Jungen und Eiern jeder einzelnen Mutter möglich ist, das ihrige zu erkennen. Ohne Sorge um die Anwesenheit dieses Zuschauers setzten alle Vögel, alte und junge, ihr Familienleben ruhig fort, da ihnen die menschliche Gestalt und das Barbarentum, das sie verbirgt, noch völlig unbekannt war.

Nachdem ich dieses Vertrauen insofern missbrauchte, als ich intime Szenen mehrerer Vogelhaushalte photographisch aufnahm, verfolgte ich die Bewegungen eines Pärchens dieser Seevögel, deren Sitten keineswegs zu empfehlen sind. Es waren Raubmöwen; sie gingen zuweilen irgendeinem Larus [Möwe] oder Fulmarus glacialis [Eissturmvogel] entgegen, der, ein Stück Beute für seine Familie im Munde haltend, in sein Nest zurückkehrte. Durch Gewalt zwangen diese Raubvögel alsdann den braven Familienvater, das Ergebnis seiner Jagd fallen zu lassen, dessen sie sich darauf bemächtigten.

Bei einigen furchtsamen Vögeln genügte es diesen Wegelagerern, sich auf dem Wasser neben sie zu setzen, um das zu erreichen, was sie wollten.

Sie nisteten übrigens abseits auf sumpfigen Erdschollen, und wenn wir uns ihren Eiern oder Jungen näherten, die unter den Erdschollen fast unauffindbar waren, flogen sie gegen unser Gesicht und stießen schrille Schreie aus, oder sie pflanzten sich, auf ihren Schwanz gestützt, vor uns auf und schlugen zornig mit ihren Flügeln herum. Diese eigentümlichen Vögel ähneln in ihrer Haltung dem Habicht, der Möwe und dem Stelzenläufer.

Auf denselben Anhöhen nisteten auch echte Stelzenläufer, Tringas, deren Paare pfeifend um mich herumtrippelten, als ob sie dieses neue Wesen von allen Seiten betrachten wollten.

Schließlich bemerkte man längs des Ufers aus dem Felsen Eiderenten mit ihren Familien hervorkommen, die ohne Scheu um das Boot herumschwammen. Die Männchen mit ihrem glänzenden Gefieder schienen diese zahlreichen Gruppen zu fliehen und überließen den Müttern allein die Sorgen, ihre Jungen spazierenzuführen.

Der Tag verlief recht gut, und die Ausflügler kehrten zurück, angeregt von den Reizen dieser wüsten Landstriche, wo das Gesetz der Menschen die Rechte und Pflichten eines jeden nicht bis in die Einzelheiten geregelt hat. Dennoch führten die Gerüche einer guten Mahlzeit, die eben vorbereitet wurde, alle sehr schnell zu einer gerechteren Wertschätzung zivilisierter Gebräuche.

Nachdem ich die Bäreninsel verließ, wandte ich mich nach Nordosten, obwohl ich wusste, dass dieser Weg jeden Augenblick sich schließen könnte. Der Einfluss des Golfstromes, der bis zum Süden und Westen von Spitzbergen fühlbar ist, hört nicht weit von da auf und macht einem strengeren Regime Platz, das Franz-Joseph-Land umfängt und im Barents-Meer ständiges Treibeis bildet. Sobald die Südwestwinde an diese Grenze gelangen, bringen sie relativ warme Dämpfe mit sich, die sich bei der plötzlichen Berührung mit der Kälte zu Nebel verdichten. Sobald die Ostwinde wieder einsetzen, treiben sie die großen Eisflächen des Barents-Meeres nach dem Süden von Spitzbergen. Nebel oder Eis ist demnach die Perspektive, die den Erforscher dieser Gebiete bedroht, und zuweilen vereinigen sich auch beide gegen ihn.

Walfischfängerschiffe aus Holz, die ganz besonders darauf konstruiert sind, um gegen Stoß und Druck Widerstand zu leisten, können sich ohne Unzuträglichkeiten zwischen diese wandernden Eisfelder begeben. Hier suchen sie dann in Ermangelung der immer geringer werdenden Walfische Robben und Bären, und hier finden sie auch einen Schutz gegen den Sturm.

Das Eisen bietet nicht dieselbe Art des Widerstandes wie das Holz, und wenn es komprimiert oder gewunden wird, vermag es nicht mit der Elastizität, die das Holz auszeichnet, seine frühere Form wieder anzunehmen. Die »Prinzesse Alice«, die ganz aus Stahl gearbeitet war, konnte demnach nicht in jene Eisregionen gelangen, und ihr Kurs wurde hinter der Bäreninsel mit großer Vorsicht geleitet.

Meine erste Aufgabe war es, die Hope-Insel wiederzufinden, die schon wiederholt im Nordosten der Bäreninsel angedeutet wurde und noch niemals von einer wissenschaftlichen Expedition betreten worden ist. Der dichte Nebel und die Unsicherheit der Karte veranlaßten mich, für den folgenden Tag große Vorsichtsmaßregeln zu treffen, zumal die Sonde eine ziemlich geringe Tiefe ankündigte, was uns beunruhigte.

Um den langsamen Gang des Schiffes auszunützen, ließ ich einen Fischzug veranstalten, und diese zoologische Operation brachte mir eine interessante Ablenkung von meinen Sorgen. Die zu Tage geförderte Fauna erwies sich nach der Zahl der Arten und der Fülle der Einzelwesen geradezu erstaunlich. Doch die Sortierung dieser in Sand und Grundschlamm eingehüllten Objekte, die unter dem gleichfalls kalten Strahl einer Pumpe ihre Temperatur von zwei Grad bewahrten, während Nebel und Wind uns ebenso kalt umhüllten, ließ uns den Reiz der arktischen Tiefseefischerei kennenlernen.

Inzwischen passierten immer zahlreichere Lummenscharen das Schiff und schlugen dieselbe Richtung ein; manchmal

kreisten sie um dasselbe oder schwebten einen Augenblick
darüber, als ob sie über dieses Zusammentreffen im Nebel erstaunt wären. Viele dieser Vögel trugen irgendein Beutestück
im Schnabel, das für ihre Jungen bestimmt war, zu denen sie
pfeilgeschwind zurückkehrten. Daraus schloss ich, dass die
Hope-Insel vor uns liegen müsse.

Eine Sondierung zeigte uns 25 Meter Tiefe, eine andere unter großen Wirbeln nur 8 Meter. Plötzlich ließ sich durch die
Dicke des Nebels in nächster Nähe eine dunkle Masse unterscheiden. Es war die südwestliche Spitze der Hope-Insel, ein
hohes, steil abfallendes und auf seinem Grate gezacktes Vorgebirge. Ich ließ sofort die Maschine nach rückwärts gehen, um
Anker zu werfen und Aufhellung des Wetters abzuwarten.

Diese Art, eine von Robbenfängern unbestimmt bezeichnete Insel aufzusuchen, entsprach den Anforderungen der arktischen Schifffahrt, dennoch störte sie einen meiner werten
Gefährten, der an eine besonnene und regelmäßige Schifffahrt
gewöhnt war, und er machte mir darüber bittere Vorwürfe.

Am darauffolgenden Morgen kam das Schiff in eine stär-
kere Strömung, und ich hielt es für angebracht, den Ankerplatz zu ändern. Der Nebel hatte sich außerdem auf ungefähr
50 Meter gehoben und enthüllte so den Fuß der Berge die
ganze Insel entlang. Mit den nötigen Vorsichtsmaßregeln,
fortwährend sondierend, segelten wir nun die Insel entlang,
und nachdem wir die andere Spitze erreicht hatten, legten wir
an einem für die Ausschiffung günstiger gelegenen Orte an.

Die Hope-Insel, 76° 40' nördlicher Breite und 23° 30' östlicher Länge gelegen, ist ungefähr 20 Meilen lang. Die Berge
zeigen zwei durch einen sehr niedrigen Pass getrennte Gruppen, deren Niederung ein großes, mit Flößholz bedecktes Gestade bildet. An keinem anderen Orte der arktischen Regionen habe ich ein merkwürdigeres Beispiel dieser durch das
Treibeis vollzogenen Flößholzanschwemmungen gesehen. Auf
diese Weise werden die Küsten von Spitzbergen mit den Über-
resten sibirischer Wälder bespickt, und Nansen baute darauf
jene Theorie auf, aus der die Fahrt der »Fram« entstanden ist.

Eine Fläche von mehreren Kilometern war mit Stämmen,
Zweigen und Stümpfen bedeckt, durch die man sich den

Weg bahnen musste. Man fand auch einige von Menschenhand bearbeitete Gegenstände darunter, so die Trümmer eines Schiffes, Birkenrinden, wie sie zur Bedeckung der Samojedenhütten verwendet werden, Korkstücke, die als Schwimmvorrichtung bei Fischnetzen gedient haben, Glaskugeln, die einzelne nordländische Fischer verwenden, wenn der Kork zu teuer ist. Es war ein Durcheinander, ähnlich wie nach einer Überschwemmung; ich fand darin den Stiel einer Geige, der sich wohl nach ganz absonderlichen Abenteuern hierher verirrt haben musste.

In dem auf diese Weise auf einer eisbedeckten Erde verbreiteten Reichtum, wo die Vegetation nur einzelne Moosspuren aufweist, erblickte man eine tröstliche Verheißung für jene Menschen, die durch eine Katastrophe dem Elende einer unfreiwilligen Überwinterung ausgesetzt würden.

Unter den von Eis besäten Gestaden ruhen seit der Wandlung der Klimate andere, nunmehr tote und in Kohle verwandelte Waldungen. An verschiedenen Stellen treten sie zutage, als ob auch sie dem unglücklichen Schiffer die Hilfe einer aufgespeicherten Wärme anbieten wollten.

Unter dem zugefrorenen Meere kreisen Unmassen lebender Organismen, die den Robben, Walrossen und Bären die Mittel bieten, diese trostlosen Striche zu bewohnen, den Myriaden von Seevögeln die Möglichkeit, im Frieden der Einöden zu leben.

Unter dem Schnee, den im Frühjahr die Gewitterstürme aus den Tälern fortfegen, erwartet der Moossame den Winter hindurch die Rückkehr der Sonne, und der Huf des Rentieres sucht hier die vergrabene Nahrung. Nur in diesen von ihren Überwinterungsgefährten geöffneten Furchen finden die schwach ausgerüsteten Schneehühner ihren Lebensbedarf.

So scheint es, dass überall auf dem Erdball eine schützende Kraft des Lebens vorhanden ist, die diesem die Mittel bietet, sich auszubreiten und sich zu behaupten.

Doch man fragt sich, wie diese Lebewesen, wie Rentiere, Eisbären, Füchse und Schneehühner, die keine Winterschläfer sind, während der Finsternis der langen Polarnacht ihr normales Leben fortzusetzen vermögen. Es erklärt sich dies durch die

Feinheit der Luft, die die Klarheit der Sterne vermehrt, durch die einheitlich ausgebreitete Schneedecke, die den Lebensverrichtungen einen hellen Hintergrund gewährt, und schließlich durch die Anpassung der Gesichtsorgane.

Auf einem feuchten Gelände der Hope-Insel sah ich die deutlich eingedrückten Fußstapfen eines Bären mit allen ihren Details, und dies brachte mich zu ganz unerwarteten Gedanken. Die Spuren erstreckten sich längs eines Gletscherschnees, der im Ablauf begriffen schien, und ich bin der Meinung, dass sie noch vor ganz kurzer Zeit damit bedeckt gewesen waren. In diesem Fall könnte niemand ihr Alter angeben, ob sie zehn, zwanzig, hundert oder gar tausend Jahre alt seien, oder vielleicht noch viel älter. Ich fragte mich, in welchem Erdwinkel jetzt die Atome dieses Geschöpfes liegen mögen, das vielleicht Zeuge entfernter Zeiten gewesen und dessen Spuren so frisch vor uns lagen, dass man unwillkürlich aufsah und aufhorchte, ob das Tier nicht in der Nähe sei.

Weiter davon befand sich eine kleine Blüte, schüchtern in ihren verkümmerten Blättern versteckt, die sich um sie schlangen, als wollten sie ihr als Mantel dienen. Sie zitterte unter dem Eiswind. Arme Blüte! Ihr Same wurde sicherlich durch Vögel oder durch den Wind von den Weideplätzen der Alpen hinweggetragen und stieß sich nun an den Kanten des kahlen Gesteins, statt sich sanft im Kreise ihrer Schwestern zu wiegen. Der wie sie aus dem Lande der Sonne gekommene Vogel fliegt umher und sucht sein Glück, die Robbe und der Bär durchschreiten die Entfernungen, der Mensch wendet seinen Blick zum Horizont, der ihm das Vaterland wiedergeben wird, nur die kleine Blume wird festgewurzelt an dieser Stelle sterben, wenn sie der Schnee eingehüllt haben wird, und ihr kurzes Dasein wird nur ein einziges Leid gewesen sein.

Gegen Ende des Tages kehrten meine Gelehrten zurück, die in mehreren Gruppen ausgezogen waren, um die zoologische, botanische und geologische Beschaffenheit dieser trostlosen Insel zu studieren. Wegen des großen Nebels, durch den sie sich leicht hätten verirren können, war ich während ihrer Abwesenheit mit großer Besorgnis erfüllt, obwohl wir diese Gefahr durch Pfeifsignale oder durch das Tönenlassen der Sirene verminderten, solange das Schiff hinter dem dichten Mantel verschwand.

Die »Princesse Alice« verließ den Anlegeplatz, um ihre Reise nach Norden fortzusetzen. Ein leichter Nebel umgab sie, der zuweilen durch seine niedrigen und flockigen Wolken das Blau des Himmels erscheinen ließ und sich manchmal so weit öffnete, um in der Ferne das Vorhandensein großer Eisberge erkennen zu lassen, die zweifellos von der Edge-Insel herrührten. Der Gang des Schiffes wurde verlangsamt, und einer dieser wandernden Blöcke schwamm ganz nahe an uns vorüber, in seiner strahlenden Weiße oder den blauen und grünen Reflexen, die je nach der Beleuchtung und nach der Richtung der Flächen zum Vorschein kamen. Er war 10 Meter hoch und hatte einen Umfang von zirka 50 Metern und trug einige Hunderte Vögel, die glücklich darüber zu sein schienen, dass sie gratis reisten.

Diese Begegnung verlieh der »Princesse Alice« die arktische Taufe; wir waren auch deshalb alle auf dem Deck, um das majestätische Gebäude zu betrachten, das in einem Stile ausgehauen, geschnörkelt und geschweift war, den die menschliche Phantasie noch nicht klassifiziert hat, dessen Eleganz jedoch unsere Augen bezauberte.

Bis gegen Mitternacht fuhren wir in dem mehr oder weniger dichten Nebel vorwärts. Dann ließ eine Aufklärung von weitem das ice-blink erkennen, jenen Widerschein, der den Himmel über den Eisfeldern mit einem Strahlenglanz erhellt und den die erfahrenen Seeleute auf 30 Kilometer erkennen. Es ist dann Zeit, zu stoppen. Kapitän Carr und ich benützten diese Gelegenheit, um einige Stunden der Ruhe zu genießen, deren wir nach drei Tagen und drei Nächten der Wache, der Durchforschung des Landes und schwerer Sorgen sehr benötigten.

Ich befahl dem Steuermann der Wache, einem dicken, fetten, gewichtigen Manne, bei dessen Anblick man an eine Kreuzung von Mensch und Robbe glauben mochte, mich zu benachrichtigen, wenn sich die geringste Eisscholle zeigen sollte. Ich schlief einen sanften Schlaf, als mich die Stimme dieses Menschen, die durch das Hinundherschwanken seiner Wangen schwer vernehmbar war, erweckte und mir die Empfindung gab, es sei eine ungeheure Dummheit geschehen. Zwei Minuten später stand ich auf der Kommandobrücke und war von dem Anblick des Eisfeldes, das das Schiff umgab, ganz geblendet; wir waren in eine Menge Eisberge hineingeraten, die uns in Schach hielten. Der dicke Mensch hatte diese außergewöhnlichen Objekte erst seiner Aufmerksamkeit wert gefunden, als ihre Masse schon kompakt war.

Ohne die Komplimente zu unterlassen, die der Mann redlich verdient hatte, verlor ich nicht eine Minute, um das offene Meer zu erreichen, und es gelang mir, das Vorderteil des Schiffes nach Süden zu wenden, von wo wir hergekommen waren. Mit Hilfe Eriksons benützte ich jede Lichtung, die das Eis bildete, und jeden Augenblick, wo die Schraube frei war, um einen Weg zu bahnen und nicht heftig an die starken Massen zu stoßen. Dennoch fielen diese, wenn sie unter Quetschungen und Stößen vom Vordersteven zurückgeschoben wurden, mit solchem Lärm auf die Schiffswand, dass all Schläfer erwachten.

Derjenige meiner Gefährten, der meine Landung an der Hope-Insel nicht gebilligt hatte, protestierte neuerdings gegen den Ansturm der mit der roten Farbe des Schiffsrumpfes bedeckten Eisstücke, die durch die Luftöffnungen seiner Kajüte flogen. Durch diese lärmende Erscheinung aus seinem Bette aufgeschreckt, kam er in einem in mancher Hinsicht leichten Kostüme auf das Deck und warf sorgenerfüllte Blicke auf den engen Horizont, den der Nebel uns sehen ließ und der mit Eisblöcken ganz bedeckt war. Aber von dem silberartigen Klang verfolgt, den diese Kinder der Polarnacht beim Zusammenstoß hervorbringen, zog er sich kopfschüttelnd zurück, auf alles gefasst, und barg seine vom eisigen Winde etwas stark gekniffenen Glieder wieder in seinem Lager.

Seit zwei Stunden zwang ich mein Schiff mit um so unangenehmerer Unsicherheit durch das Treibeis, als ich wegen des Nebels nicht wissen konnte, ob ich den besten Weg nehme, um aus dieser Sackgasse herauszukommen, oder ob ich nicht noch tiefer hineindringe – als auf einmal das Meer freier erschien. Das Schiff konnte nunmehr die unangenehmen Reibungen vermeiden, indem es Windungen beschrieb. Schließlich endigte das Abenteuer in einem Sonnenbade, während der Nebel und die Eisfelder in der Ferne verschwanden. Dass dieser Rückzug so lange gedauert, obwohl ich doch nichts getan hatte, um ein Gefangener des Eises zu werden, erkläre ich mir durch die Vermutung, dass das Schiff, indem es gegen Norden steuerte, durch eine Öffnung von zwei Eisfeldern fuhr, die sich hinter ihm schlossen.

Der Versuch, die König-Karl-Inseln zu erreichen, konnte nur unter der Gefahr fortgesetzt werden, die so kurze Zeit, die die arktischen Meere dem Seefahrer lassen, zwecklos zu vergeuden, und ich entschloss mich daher, mich sofort an die Ausführung des zweiten Teiles meines Programms zu machen. Nicht ohne Bedauern verließ ich den westlichen Teil von Spitzbergen, der wohl sehr schwer zugänglich ist, aber infolge seiner völligen Polarnatur einen großen Reiz bietet, und schlug den Weg nach der Ostküste ein, wo der Einfluss des Golfstromes die Großartigkeit der Effekte vermindert.

Andererseits erinnerten mich die Gefahren der ersten Tage an meine Plicht als Führer, der die ihm anvertrauten Menschenleben gut ausnützen, aber nicht nach Belieben verschwenden soll. Eine Pflicht, die man leicht vergessen könnte, wenn man sich jeder Illusion über das Menschenherz begeben hat und wenn man sein Denken an den erhabenen Härten der Natur gesunden lassen will.

Während die »Princesse Alice« in respektvoller Entfernung die zahlreichen Riffe der »Tausend Inseln« umfuhr, von denen die meisten Karten nur ungenaue Kenntnis geben, entschloss ich mich, den Stor-Fjord zu besuchen, einen tiefen Golf, den im Norden und Westen West-Spitzbergen, im Osten die Edge-Insel und die Barents-Insel begrenzt. Wenige Schiffe sind in die Ginevra-Bai eingedrungen, die den Golf im Norden, ungefähr 200 Kilometer von seinem Anfang entfernt, abschließt. Wenige Menschen dürften auch die Meerenge von Heley gesehen haben, die diese Bai mit dem Barents-Meere, dem König-Karl-Land gegenüber, verbindet. Vielleicht einige Norweger oder Russen, die eine der arktischen Industrien betreiben und mit ihren Schaluppen von 20 bis 30 Tonnen überall hindurchkönnen.

Diese jagen zum Teil Robben, Walrosse oder Bären auf den Eisfeldern, zum Teil halten sie sich in gewissen von den Weißwalen besuchten Buchten auf, einer mittleren ganz weißen Walart, die auf der Suche nach Nahrung längs der Ufer umherstreicht, fangen sie mit festen Netzen und töten sie mit Lanzenstichen, wenn sie sich gefangen haben. Ihr Fett liefert ein sehr gutes Öl. Manche dieser Schaluppen halten sich auch im offenen Meere auf, um dort eine Art Haifische zu fangen, die sich in großen Tiefen aufhalten. Aus der Leber dieser Tiere wird eine andere Gattung Öl hergestellt. Ein Teil dieser Mannschaften endlich jagt nach den Rentieren, die die Täler aufsuchen. Sie verwenden von diesem Wild nur das Fell und das Geweih und lassen das Fleisch liegen, da sie es, infolge des ziemlich schwierigen Terrains, nicht bis zu den Ufern zu transportieren vermögen.

Früher fischte man in den Fjorden von Spitzbergen auch den Kabeljau, doch ist er jetzt von dort aus unbekannten Gründen ausgewandert. Der größte Teil dieser armseligen Fischer hat kaum einige Wochen einer günstigen Periode zur Verfügung. Nur die Robbenjäger können, wenn sie frühzeitig am Eisrande im Süden beginnen und je nach dem Eintritt der Schmelze sich weiter nach Norden begeben, während mehrerer Monate arbeiten. Die kleinen Schaluppen sind mit einem Ergebnis von 1500 bis 2000 Fellen am Ende ihrer Arbeit zufrieden. Die Robben, Walrosse und Bären besuchen die Gewässer Spitzbergens weniger, seitdem sie die Walfischfahrer auch frequentieren.

Man braucht übrigens nicht zu glauben, dass diese verschiedenartigen Jagden mehr Schwierigkeiten darbieten als eine Schifffahrt zwischen Eis und Nebeln. Die neugierigen Bären kommen von selbst zu den Schiffen, indem sie von Eisscholle zu Eisscholle wandern oder einige Kilometer schwimmend zurücklegen, um die Eisfelder zu erreichen, wenn diese in Fjorden steckenbleiben. Man vermag ihnen dann aber nur mit einem sehr guten Boot zu folgen, da ihre Schwimmleistung sehr bedeutend ist.

Sie leben gewöhnlich auf den Eisfeldern, wo sie Robben jagen, und die Walfischfänger pflegen sie dadurch anzulocken, dass sie dem Brennmaterial ihrer Lagerstätten das Fett jenes Tieres beimischen. Dieses wenig angenehm duftende Parfüm, das der Rauch überallhin verbreitet, lockt die Sohlengänger von weit her an. Welcher Triumph für die Kochkunst, dass sie imstande ist, die Eisbären, die früher mit einem rohen Stück Speck zufrieden waren, durch das Aroma eines gerösteten Bratens zu berücken.

Abgesehen von einzelnen Fällen des Lebensmittelmangels, leben die Bären hauptsächlich vom Speck der Robben weil die Fettkörper bei den Bewohnern der Eisregionen die Wiederherstellung der Fetthülle, die sie gegen die Kälte schützt, begünstigen. Auch die Eskimos, die große Fett- und Ölverbraucher sind, beweisen nur ihre Klugheit, wenn sie das Beispiel der Bären nachahmen. Ihr Lebemänner der großen Welt, die ihr aus eurem Magen eine Brutstätte für Gicht und Rheumatismus macht, denkt über dieses Rezept nach!

Die armen Bären müssen zuweilen eine um so peinlichere Fastenzeit durchmachen, als das von ihnen ausschließlich gesuchte und nicht leicht zu fassende Wild am Saume der Eisfläche nicht sehr verbreitet ist. Die Schlauheit, die sie dabei anwenden, und die Geschicklichkeit ihrer Haltung waren für die glücklichen Zeugen dieser Vorgänge oftmals von großem Interesse. Lange Zeit schlichen sie manchmal um ein unwirtliches Eisfeld herum, um eine verirrte Robbe zu fassen; oder sie tauchten unter eine Eisscholle, um in der Nähe der inneren Mündung eines Loches irgendeiner Robbe aufzulauern, die sich durch die Außenöffnung hineinstürzt.

Selten greifen die Eisbären den Menschen an, obwohl sie ausreichende Kräfte dazu besitzen, da sie eine Länge von vier Metern und die Höhe eines Maultieres erreichen. Ihre Pfoten breiten sich auf zwanzig bis fünfundzwanzig Zentimeter aus, und dazu besitzen sie mehr als verhältnismäßig lange Klauen. Ihr Gebiss mit den Eckzähnen, die um sechs Zentimeter ihre Zahnhöhlen überragen, und mit der außerordentlichen Gewalt der Kiefermuskeln ist furchtbar.

Das Walross, ein den Robben verwandtes Säugetier, ist viel größer und kennt seine Kraft, denn es flieht die Menschen nicht, es kommt ihnen sogar aus Neugierde manchmal sehr nahe. Seine Länge umfasst manchmal fünf Meter, und sein Maximalumfang erreicht drei Meter. Seine Eckzähne, die ihm zur Verteidigung dienen, erreichen neunzig Zentimeter; sie sind zur Brust zu gebogen und dienen ihm zum Teil dazu, sich am Eise festzuhalten, zum Teile, um sich gegen die Bären zu verteidigen. Das Walross lebt in manchmal sehr zahlreichen Herden, und eine der Hauptgefahren der Jagd nach diesen Tieren besteht in der großen Solidarität, die die einzelnen Individuen miteinander verknüpft. Außerhalb des Wassers sind seine Bewegungen, wie bei den Robben, durch die Ohnmacht seiner Glieder im Trockenen gehemmt, und das Einfangen wird dadurch erleichtert, im Wasser jedoch wird das Tier wegen seiner Angriffe gefährlich, die es gegen die Boote unternimmt; mit seinen Stoßzähnen bohrt es sie an und bringt sie zum Umschlagen. Der gelehrte Walfischfänger Scoresby, dem man sehr viele interessante Beobachtungen über die arktischen Regionen verdankt, gibt an, dass das beste Mittel gegen ihre Angriffe darin besteht, dass man ihnen eine Handvoll Sand in die Augen streut, denn eine Kugel, die nicht ganz genau in ihr Hirn eindringt, wandelt ihre Neugierde in Raserei.

Am Abend des 2. August tauchten vor uns aus dem Horizonte des Meeres einige Schneegipfel auf, so klar wie der Zahnschnitt einer Säge, obgleich uns noch einige Kilometer von ihnen trennten. Da die Luft der arktischen Regionen fast gar keinen Staub enthält, ist bei klarem Wetter die Gesichtsweite nur den geometrischen Gesetzen unterworfen, und man täuscht sich daher immer bei der Abmessung von Entfernungen.

Um diese Küste zu erreichen, brauchte man noch die ganze Nacht, wenn man diesen Namen dem Zeitabschnitte geben kann, der in den hohen Breiten von den Menschen zum Schlafen benutzt wird und während dessen im Sommer die Sonne von Westen nach Osten schreitet, mit einer kaum bemerkbaren Neigung nach dem Norden. Der erste Anblick eines großen Eislandes erfüllte uns alle mit Bewunderung.

Man sah vom Südkap der Insel bis zur Walesspitze im Stor-Fjord. Auf dieser Länge erhoben sich Bergspitzen von mehr als tausend Metern Höhe, die zumeist mit Schnee bedeckt waren, die manchmal jedoch eine solche Steilheit besaßen, dass sie den Schnee nur in Form von Kuppeln oder schichtenförmigen Terrassen trugen. Jedes Tal enthüllte einen Gletscher, der es von der Höhe seines Passes an bis zum Meeresrande erfüllte und dessen rissige Vorderseiten Eisberge krachend hinabschleuderten. Von der »Princesse Alice« aus konnte man diese durch den ständigen Druck der höheren Partien eines Gletschers bewirkte Naturerscheinung betrachten.

Das Treibeis dieser Abkunft, Treibeis aus Süßwassern, zeigt an seiner Bruchfläche die Reflexe eines herrlichen Blau. Seine Masse ist uneben, zuweilen sehr dicht, da sie durch die Zufälle des Terrains geformt und während ihres Fortschreitens zum Meere auf alle mögliche Weise zerrüttet wird. Dieses Treibeis ist daher viel härter als jenes aus salzigen Wassern.

Mein Schiff fuhr wiederholt durch Gegenden, die durch Eisfelder versperrt wurden und wo sich hohe Eisberge erhoben. Ein herrliches Wetter verlieh den notwendigen Evolutionen einen Reiz, der mit der Erinnerung an die Gefahr, der wir kurz vorher bei der Begegnung mit dem gefährlichen Treibeise ausgesetzt waren, lebhaft kontrastierte.

Hier waren wir nun in der Aargab-Bai, wo Sir Martin Conway im Jahre 1886 nach der ersten Durchquerung von Westspitzbergen landete. Dieser Forscher, der von der Sassen-Bai ausging, hatte nur einige 50 Kilometer zurückzulegen; um jedoch sein Unternehmen richtig beurteilen zu lernen, muss man dieses Land kennen, die Gletscher, die seine Risse füllen, erkunden, Berge von 1500 Metern ersteigen, die auf Schutt aufsitzen und von schneeigen Gipfeln gekrönt werden; sumpfige Täler muss man durchwandern, die von zahlreichen, durch die Schneeschmelze überschwemmten Gewässern durchzogen werden; man muss auf einem solchen Terrain das notwendige Lebensmittelmaterial und das zum Schutze gegen die Rauheiten des Klimas notwendige Material mit sich geführt haben.

In der eintönigen Stille jenes schönen Tages schaukelte das Kielwasser des Schiffes die von der Strömung hineingelangenden Eisschollen, und die kleinen Wellen, die damit in die Spalten hineindrangen, zerbrachen mit einem kristallhellen

Klange. Man sah auch, wie aus derselben kleinen Ursache viel ernstere Wirkungen hervorgingen, nämlich wie ein Eisberg, der, durch die Schmelze seiner untergetauchten Grundlage schon unterminiert, nun das Gleichgewicht verlor und vollständig umpurzelte. Hie und da blieben ungeheure Eisberge, wahrhaftige Gebäude, unbeweglich stehen, nämlich dann, wenn ihr im Wasser befindlicher Teil, der viel größer ist als der andere, auf Grund geraten ist.

Während eines ganzen Tages langsamer und vorsichtiger Fahrt passierte die »Princesse Alice« vor Bergen, Gletschern, Eisfeldern – als wurde ein langes Programm arktischer Schauspiele vor ihr abgewickelt –, als sie gegen Abend die Ginevra-Bai erreichte.

Ein einfacher Vergleich der Karte mit dem, was sich dem Auge darbot, genügte, um mir gegen dieses nach den ungenauen Berichten der Robbenjäger oder den sehr oberflächlichen Angaben der äußerst seltenen Forscher zusammengestellte Dokument einiges Misstrauen einzuflößen. Namentlich in der Ginevra-Bai, wo ich zu bleiben die Absicht hatte, war die Suche nach einem Anlegeplatz, infolge der zahlreichen Riffe, die überall aus dem rapid seichter werdenden Grunde herausragten, und wegen des stärker werdenden Treibeises sehr schwierig. Man musste mit der größten Langsamkeit vorgehen und fortwährend sondieren.

Seeleute, die sich mit einem großen Schiff in die arktischen Regionen wagen, müssen die ernsten Folgen bedenken, die jeder, auch nur der geringste Unfall infolge der völligen Verlassenheit mit sich bringt. Ein einfaches Festlaufen, dem woanders durch die geringste Unterstützung abgeholfen werden kann, kann hier den Verlust des Schiffes mit sich bringen und dessen Mannschaft auf das kahle und eisige Land werfen. Den Schiffbrüchigen bleibt dann nur das einzige Rettungsmittel, mit ihren Booten, vor Eintritt des Herbstes, einen von Schiffern häufiger besuchten Punkt zu erreichen. Ist aber die Jahreszeit schon vorgerückt, so dass ihnen das Treibeis den Weg versperrt, harrt ihrer eine Überwinterung, und sie können von Glück sagen, wenn es ihnen die Umstände des Unfalles ermöglichten, einen Vorrat an Lebensmitteln, Kleidern und

Waffen zu retten. Das Beispiel Nansens zeigt, auf welche Weise sie sich dann behelfen müssen.

Nach verschiedentlichem Herumsuchen auf einem Grunde, der manchmal bis zu acht Metern stieg, legte ich im Norden der Changingspitze, auf der Barents-Insel an.

Der Anblick, der sich mir darbot, war der schönste, den ich jemals auf meinen Seefahrten antraf. Im Norden der Ginevra-Bai umkränzten in Lila schimmernde Hochgebirge auf 50 Kilometer den Horizont. Mehrere sanft sich neigende Gletscher fielen langsam von dieser ganzen Entfernung mit ihrem majestätischen Gewoge herab, und die bleigraue Farbe der stillen Bucht ließ das Weiß der in großer Zahl umherschwimmenden Eisberge grell hervortreten. Sehr weit im Osten, wo sich das Land fast auf das Niveau des Meeres hinabsenkt, erblickte man die Meerenge von Heley, hinter der die König-Karl-Inseln und Franz-Joseph-Land liegen. Im Süden von uns lag Barents-Land, die Trostlosigkeit selbst, eine steile Klippenwand, zu der Eiderenten ihre Jungenschar spazierenführten. Über alle diese Dinge, die den Eindruck der Weite, der Klarheit und der Ruhe hervorriefen, fügte ein blassblauer Himmel den Begriff der Unendlichkeit hinzu, und die bewegte, von dem Entzücken des Geistes ganz erfüllte Seele schwang sich auf, um so viel Größe in sich aufnehmen zu können und immer weiter in die Ferne zu schweifen.

Man durfte sich indessen nicht zu sehr der Augenweide hingeben, denn die Sicherheit des Schiffes erforderte viel Aufmerksamkeit. Ich legte mir die Frage vor, welche Bewegungen diese in der großen Bai wie eine Hammelherde dicht zusammengepressten Eismassen machen wurden, wenn sich die Gezeiten ändern oder wenn der Wind vom Norden wehen sollte. Ich dachte daran, ob sich nicht, wenn der Wind vom Osten käme, der 200 Kilometer hinter uns liegende Fjordeingang mit neuen Eismassen verstopfen würde. Der eintretende Nebel endlich ließ diese Möglichkeiten noch komplizierter erscheinen.

Am anderen Tage marschierten wir zum ersten Male auf dem Festlande von Spitzbergen oder vielmehr auf dem von Barents-Land, das ja von diesem getrennt ist. Meine Gelehrten fanden nicht weit ab vom Fjord kleine Seen, deren Fauna sie studierten, während ich aufs Geratewohl ins Innere ging, um diesen Boden, der so selten von einem Menschenfuß betreten worden, näher kennenzulernen.

Von der Höhe der Klippe machte mir der Anblick der Ginevra-Bai einen tiefen Eindruck, denn ich schwebte sozusagen über all den schon erkannten Herrlichkeiten, aber ich geriet geradezu in Verzückung, als meine Augen jenseits der Meerenge von Heley die Polareisfelder entdeckten, die unüberschreitbare Barriere, an der bis auf Nansen so viel Willenskräfte zu Schanden wurden. Sie erstreckten sich längs der Küste und gingen an der Meerenge vorüber, zahlreiche Eisberge ragten daraus hervor, die sich durch den Druck des Windes und der Strömung zu Haufen aufeinandertürmten. Barents-Land wies im Innern einige hohe rundliche Hügel und sumpfige Täler auf, die zuweilen von einem bedeutenderen Kamm überragt wurden. Schneeflächen erhellten die dunkle Farbe des Bodens, der an einzelnen Stellen durch das kümmerliche Moos der arktischen Regionen ganz gelb erschien. Gletscher waren nicht zu sehen, da die Struktur des Terrains der Bildung solcher nicht günstig ist.

Dieser Marsch durch die wüste Gegend, deren sumpfiger Boden sich häufig als ein Hindernis erwies, wurde den ganzen Tag in der Absicht fortgesetzt, auf Rentiere zu stoßen. Nach den Aussagen Eriksons bewohnen diese Tiere Barents-Land, und in der Tat sah ich davon mehrere ziemlich frische Spuren; aber weiter nichts. Ich bemerkte auch ganz frische Eindrücke eines Bären, und schließlich fand ich ein wirkliches Vergnügen daran, mehrere Familien der Uria grylle, jener auf den Klippen nistenden Seevögel, zu beobachten. Sie gestatteten mir, sie, wie ich wollte, auf 3 bis 4 Meter Entfernung zu photographieren.

Am darauffolgenden Tage machte ich mich mit einigen Leuten, denen eine geographische Ausbeute von Nutzen sein konnte, frühzeitig in der Dampfpinasse auf den Weg, nachdem wir das Boot noch ausreichend mit Kohlen und Lebensmitteln versehen hatten. Der Überblick, den ich von Barents-Land gewonnen hatte, erweckte in mir den Eindruck, dass es möglich sein müsse, sich durch das Treibeis der Genevra-Bai hindurch bis zum entgegengesetzten Ufer einen Weg zu bahnen und dann den größten der dort sich erhebenden Gletscher zu besuchen und hierauf die Meerenge von Heley zu erforschen. Um für unvorhergesehene Umstände gewappnet zu sein, nahmen wir warme Kleidungsstücke und Waffen mit und bugsierten ein kleines Boot hinter uns, um nicht in der Klemme zu sitzen, wenn der Dampfpinasse irgendeine Havarie zustoßen sollte.

Eine Stunde nach der Abreise erschienen die Riffe auf dem Wege; sie waren von Hunderten von Eiderenten bewohnt, die dort ihre Jungen, fern von den zahlreichen Füchsen dieser Gegend, aufzogen. Während die Pinasse in gemessener Entfernung mit geringer Schnelligkeit an ihnen vorbeifuhr, wandten alle neugierig, aber ohne Schrecken ihre Köpfe nach dem neuen Ding, das die Ruhe der Örtlichkeit störte.

Wir unterhielten uns noch in schönen Reden über diese so interessante Naivität bei jenen Tieren, deren Charakter von den Menschen noch nicht beeinflusst war, als ein heftiger Stoß uns durcheinanderrüttelte und das Boot sich gefahrdrohend auf die Seite legte. Man war an eine Felsenspitze gestoßen. Die Aufregung war nicht von langer Dauer, denn das Boot wurde bald von selbst wieder flott, die Maschine arbeitete weiter, und ein Leck, das sich zeigte, bot keine ernste Gefahr. Deshalb wurde der Weg inmitten der Zauber, die sich an dem verheißungsvollen Horizonte darboten, weiter fortgesetzt.

Die ersten schwimmenden Eisberge waren schon ganz in unsere Nähe, und einer derselben trug mehrere wundervolle Vögel, die ruhig auf den Kristallspitzen saßen. Sie waren so groß wie Krähen und von einer strahlenden Weiße mit schwarzen Füßen und gelben Schnäbeln; es waren weiße Pagophilen, eine in den Sammlungen seltene Art, die niemals die Eisfelder verlässt.

Ich beging eine Barbarei, als ich auf diese harmlosen und schönen Tiere schoss, die so zutraulich und glücklich waren. Das Blut, das ihr ganz weißes Kleid stark rötete, schien mich anzuklagen. Nicht einen Schrei stießen sie aus; das letzte, das nur verwundet wurde, ließ sich ruhig den Gnadenstoß versetzen und starb ohne Kampf, wie ein sehr sanftes Wesen.

Man breitete sie auf ein rotes Tuch, worauf sie wie aus Marmor gemeißelt aussahen. Dann entfernte man das Blut, zum Schutze ihres Gefieders und um sie zum Aufenthalte hinter den Glasscheiben eines Museums zu präparieren, vor denen viele Dummköpfe und Müßiggänger ihre Albernheiten zur Schau tragen werden. Arme weiße Vögel! Es ist selten gut, die Bekanntschaft des Menschen zu machen.

Wir drangen in die Eisfelder ein und mussten uns hundertfach in acht nehmen, um den großen und kleinen Blöcken, die immer dichter wurden, aus dem Wege zu gehen.

Manchmal durchschnitt das zwischen Eisblöcke getriebene Boot, deren Ränder sich gegenseitig zermalmt hatten, die Trümmer unter unaufhörlichen kleinen Stößen. Verschiedene sehr flache Eisschollen trugen Robben, denen man jedoch nicht nahe kommen konnte.

Um die Mitte des Tages legte meine Pinasse, nachdem sie alle Hindernisse glücklich überwunden hatte, am Rande des großen Gletschers von Sonklar an, der in seinem westlichen Teile vollkommen glatt war und auf den, so weit das Auge nach Norden reichte, Wagen hätten bequem hinauffahren können. Wir landeten ohne die geringste Anstrengung. Ein ebenso schmutziger wie ungestümer Bergstrom trennte ihn der ganzen Länge nach von einer völlig verschiedenen, rissigen, bergigen und zum Meere mit einem hohen Gipfel abfallenden Gegend. Diese Unähnlichkeit der Teile ein und desselben Gletschers erklärt sich auf zweierlei Weise. Entweder ist der Boden selbst auf einer Seite flach und auf der andern zerklüftet, oder die flache Hälfte des Gletschers ist erstorben, das heißt, dass die Vereisung dort aus bestimmten Ursachen nachgelassen hat. Der zerklüftete Teil würde dann im Gegenteil sehr lebendig sein und rascheren Abfluss besitzen. Der von dem Strome mitgeführte Schmutz, der sich bei solchen Gewässern häufig vorfindet, stammt aus Moränen, die unter dem Eise verborgen liegen, und aus dem durch die Reibung des in Bewegung befindlichen Eises entstehenden Erschütterungen des Bodens.

Diese Ströme, die man bei vielen Gletschern beobachtet, wo sie unüberwindbare Hindernisse bilden, stammen aus dem Abfluss des geschmolzenen Eises oder aus der Entwässerung der angrenzenden Berge und gelangen, dank einer gewissen Beschaffenheit des Bodens, bis zur Oberfläche zurück. Sie können auch von Seen gespeist werden, die sich auf den Gletschern aus ähnlichen Gründen zeitweise bilden. Robben und ganze Scharen von Seevögeln besuchen sehr gerne die Mündung der Gletscherströme, obwohl der Grund nicht leicht zu erklären ist, da diese Tiere sich doch dauernd auf der Suche nach Nahrung befinden und man sich fragen muss, welche Nahrung Gewässer solchen Ursprungs mit sich führen können.

Um die Meerenge von Heley zu gewinnen, fuhren wir die zerklüftete Seite des Gletschers nach Osten entlang, hielten uns jedoch in einer Entfernung von 200 Metern, denn die herrliche Sonne dieses Tages vermehrte die Eisstürze, und jedesmal, wenn sich auf diese Weise ein schwimmender Eisberg bildete, wirbelte er eine fürchterliche Welle auf. Kein Naturschauspiel hatte auf mich noch je solchen Eindruck gemacht wie diese 20 Meter hohe Fassade mit ihren Pfeilern, Spitzen, smaragdgrün schattierten Glockentürmchen, die gähnende Risse aufwiesen und aus tausend Flächen erglänzten, die zuweilen, dem Meere zu, tiefe Höhlen öffneten, durch die ein ruhiges Wasser plätscherte.

Die Bewegung und die Helligkeit hörten mit dem Gletschergiebel plötzlich auf, und schwarze Felsen, die den Grundstock eines hohen Gebirges bildeten, wechselten mit Schneeplatten ab, die den Schiffer daran erinnerten, dass er eine ungastliche Küste vor sich habe, wenn er sich ihr unglücklicherweise anvertrauen musste.

Nach mehreren Stunden Weges zwischen dichten Eisschollen gelangten wir in den Hintergrund der Ginevra-Bai, die ein niedriger und unebener Isthmus zu sein schien, die Barents-Land und Westspitzbergen miteinander vereinigt. Eine Öffnung wurde sichtbar, und ich erkannte sofort, dass es die Meerenge von Heley sein müsse, die so selten von Menschen besucht wurde. Wir wurden von einer Menge Robben empfangen, deren fast menschliche Gesichter neben uns auftauchten und die glanzlose Oberfläche des ruhigen Meeres besprenkelten. Man schoss sie nicht; es wäre eine dumme Verschwendung gewesen, da diese Tiere selbst mit der Kugel im Kopf sofort untergehen, es sei denn, dass sie der plötzliche Tod gerade in dem Augenblick nach der Einatmung erreicht und die Lungen noch mit Luft gefüllt sind.

Der Eingang zur Meerenge schien vier- bis fünfhundert Meter lang zu sein. Ihre Richtung, die zuerst nach Nordost sich wendet, um dann nach Südost zu gehen, gestattet keinen Blick in das danebenliegende Barents-Meer, obwohl es nur drei oder vier Kilometer entfernt ist. Meine Pinasse wurde von der schwachen Strömung der Flut in günstiger Richtung fortgetrieben. Nach einer Verschmälerung der Meerenge wuchs diese Flut plötzlich sehr stark an, und ich hatte Angst, dass wir ihr noch ganz preisgegeben werden könnten. Schon hatte ein starker Wirbel mein Boot erfasst, das nicht imstande war, ihm zu widerstehen. Während ich mit der ganzen Kraft der Maschine dagegen ankämpfte, bemerkte ich, dass das Treibeis in der Ginevra-Bai von derselben Strömung erfasst sei. Die Eisstücke kreisten zunächst und bildeten dann eine lange Reihe, die einige hundert Meter von jedem Ufer dem Bette der Strömung folgte, was unsere Lage noch kritischer gestaltete.

Mit dem Fernrohr untersuchte ich die Gegend der Meerenge, in die wir unweigerlich geraten mussten, und es schien mir, als ob ein kleines Inselchen die Mitte der Meerenge einnehme, da, wo sich diese in einem Winkel bog, und ich beschloss, dort hinter einer Landspitze Zuflucht zu nehmen und den Rückgang der Flut abzuwarten. Wir fuhren mit einer Geschwindigkeit von 15 Kilometern und mussten gleichzeitig darauf bedacht sein, von dem noch schneller herabkommenden Treibeis nicht eingeschlossen und nicht auf ein Riff geworfen zu werden.

Fünf Minuten später hatten wir das Inselchen überholt und riskierten nun, in den Stromschnellen zu kentern, wenn wir in den Raum hineinmanövrieren wollten, dem das kleine Hindernis eine relative Ruhe verlieh.

Nun konnten wir halten, aber unsere Lage blieb nicht weniger bedenklich. Eine leichte Hemmung der Maschine oder eine Vermehrung der Strömung hätte alles wieder in Frage gestellt. Ich hatte mich auch entschlossen, das von mir bugsierte Boot preiszugeben, wenn die Strömung wieder die Oberhand gewinnen sollte.

Der Ausgang der Meerenge, nach der Seite zum Barents-Meer zu, war nun auf zwei Kilometer sichtbar, und man merkte, dass er völlig von Eisschollenhaufen versperrt war. Gegen dieses starrende Treibeis wurden nun die schwimmenden Eisberge von der Strömung unter beängstigendem Getöse angetrieben. Dieses furchtbare Chaos harrte nun unser.

Obwohl wir da in ein Wespennest geraten waren, musste ich doch das Schauspiel, das sich um uns abrollte, bewundern. Ich war stolz, trotz meiner winzigen Kleinheit eine Rolle in diesen Geschehnissen zu spielen. Das Gefühl, das die Seele zum Großen und Starken hintreibt, und Besorgnis um unser Geschick wechselten in meiner Stimmung ab. Hätte ich meine Boote an das südliche Ufer der Meerenge bringen können, so hätten wir in zwei Marschtagen auf Barents-Land die Anlegestelle der »Princesse Alice« erreichen können, so war aber gar nicht daran zu denken, die an uns vorbeischwimmende Eislinie zu überschreiten; hätte ich meine Boote an das Nordufer gebracht, wären sie dort zerschellt, und wir wären ohne jedes Mittel, unser Schiff wieder erreichen zu können, auf Westspitzbergen verschlagen gewesen. Nur zwei Alternativen wären uns dann geblieben: wir hätten warten müssen, bis unsere Gefährten, über unser Verschwinden beunruhigt, später die Küste abgesucht hätten, oder wir hätten Spitzbergen auf seiner größeren Breite durchqueren müssen, um die Advent-Bai an der westlichen Küste zu erreichen. Der erste Ausweg ließ nur geringe Hoffnung zu, denn unsere Retter hätten ja in dieselbe Falle geraten können wie wir. Der zweite Ausweg bot mit unserem geringen Lebensmittelmaterial nur sehr zweifelhafte Aussichten. Schließlich hätten die im Herbste zurückkehrenden Bären sich an unseren vereisten Gliedern als einem einfachen Hors d'œvre zwischen zwei monotonen Robbenmahlzeiten gütlich getan.

Während meine Gefährten diese kurze Frist zu ähnlichen Überlegungen benutzten, schien es mir, dass unsere Lage weniger kritisch sein würde, wenn wir den von der Insel nördlich gelegenen Arm der Meerenge, wo der Strom leichter zu überwinden war, hinauffahren würden. Ich machte einen vorsichtigen Versuch, und die Pinasse fuhr ganz nahe an dem Ufer entlang, die Felsspitze, die immer einen starken Strudel hervorrief, aufmerksam vermeidend. Auf diese Weise gelangten wir jede Minute um einige Meter vorwärts. Bald waren wir von Robben umgeben, und diese Tiere, die sich über uns lustig zu machen schienen, näherten sich uns viel mehr als bei unserer so glänzenden Einfuhr in die Meerenge; ihre großen Augen starrten uns an, als ob sie uns fragen wollten, wie wir über ihren Aufenthaltsort dächten.

Nachdem es glückte, die kleine Insel zu umschiffen, setzte ich meinen Versuch weiter fort, und es gelang mir, wenn auch unter großen Schwierigkeiten, gegen die Strömung anzukämpfen. Und so übermütig ist die menschliche Seele, dass wir bereits sieghafte Blicke auf die Stromschnellen und die Eisbarrieren richteten.

Eine Stunde später öffnete sich vor uns, wenn auch nicht in sehr angenehmer Weise, die Ginevra-Bai. Eine große Menge Eisschollen trieben der Meerenge zu, und wir hatten große Mühe, uns da durch einen Weg zu bahnen, um so mehr, als die Schollen sich fortwährend überstürzten und im Kreise bewegten. Ein respektabler Eisberg, dessen Taillenumfang wohl 400 Meter betrug, tanzte ebenso Walzer wie die anderen.

»Seal ahead!« rief plötzlich der Walfischfänger Wedderburn, der immer auf der Lauer lag, und ich erblickte eine auf einer weißen Eisscholle lagernde, sich schwarz davon abhebende Robbe. Die Pinasse fuhr in der Richtung des Tieres und hielt 50 Meter vor diesem entfernt an, ohne dass es irgendwie davon betroffen erschien. Es blickte sich nach allen Seiten um, als ich ihm eine Kugel in den Hals schoss. Dann fiel es mit dem Gesicht auf das Eis, ohne dass der Körper irgendeine Bewegung machte, und mehrere Minuten lang quoll das Blut in Strömen und bildete auf dem Schnee der Eisscholle eine große Lache. Ich hatte eine Phoca putrida erlegt, deren schwarzes, samtartiges Fell gelb gesprenkelt war; sie wog 70 Kilogramm. Hiernach trafen wir eine alte Phoca barbata, die noch viel größer war und dasselbe Schicksal erlitt; sie wog 350 Kilogramm und konnte nur mit Mühe in das Boot gebracht werden.

Das Schiff erschien alsdann jenseits des spärlicher werdenden Eises. Bei der Klarheit der Luft schätzte man seine Entfernung auf ungefähr zwölf Kilometer, wir erreichten es jedoch nicht vor 10 Uhr abends.

Es war am 6. August. Ich fuhr wieder ins Meer hinaus, beeinflusst von jener Leidenschaft, die den Seefahrer vom Momente seiner ersten Berührung mit dem arktischen Leben an befällt. Wir brauchten einen Tag, um das Südkap von Spitzbergen zu erreichen, das die »Princesse Alice« aus Furcht vor den es umgebenden, nicht genügend bekannten Riffen behutsam umfuhr.

Wir mussten die Fjorde durchforschen, um die Fauna, die ihre fast süßen Wasser belebte, kennenzulernen. Es erschien auch angebracht, auf dem Meeresgrunde der Tiefseefischerei zu obliegen. Nachdem ich das Südkap umschiffte, unternahm ich eine Operation dieser Art bei einer Tiefe von 1535 Metern. Diese war jedoch noch viel mühevoller als die vorhergehende Operation auf der Hope-Insel, denn ein sehr kalter, mit Graupeln und Schnee vermischter Wind wehte in häufigen Schauern.

Die Sonde zeigte einen grauen Schlammgrund an; leider gab es nicht nur dies, denn das Scharrnetz kam zerrissen an die Oberfläche zurück. In diesen Gegenden, wo die Eisberge dicht aneinandergedrängt herumschwimmen und von den Bergen mitgenommene Steine und Felsstücke umherstreuen, wird das Fischen in der Tiefsee sehr misslich. Durch den eingetretenen Unfall wurde es überdies ernstlich gefährdet.

Andererseits hatte ich mir vorgenommen, im Verlauf dieser Reise regelmäßige Untersuchungen über das durch Hensen entdeckte Plankton, das in den arktischen Regionen noch niemals untersucht worden, anzustellen. Man gibt diesen Namen jener Masse von Seeorganismen, die zu klein sind, um sich freiwillig auf einer ausgedehnten Fläche fortbewegen zu können und die auf die schwankenden Bewegungen ihrer Umgebung angewiesen sind. Eine große Anzahl von Krustazeen gehören dazu, und sie allein sind es, von denen sich die Wale nähren. Hensen hält es für möglich und nützlich, diese Massen abzuschätzen, die der Ausgangspunkt der organischen Entwicklung des Meeres zu sein scheinen.

Man versenkt ein Sacknetz mit fester Achse in eine gleichmäßige Tiefe und holt es mit einer gleichmäßigen Schnelligkeit wieder zurück, um festzustellen, welches Quantum Plankton die durchforschte Stelle enthielt. Diese gleichmäßig an verschiedenen Punkten des Ozeans angestellten Untersuchungen ergeben eine befriedigende Berechnung. Wir haben die Tiefe der Versenkung des Netzes auf 400 Meter beschränkt, da die vorhergehenden Untersuchungen erwiesen hatten, dass die Planktonorganismen weiter unten seltener werden. Übrigens kann man bei derartigen Operationen natürlich nur eine relative Genauigkeit erlangen.

Die Advent-Bai, in die ich hierauf gelangte, ist der klassische Anlegeplatz Spitzbergens geworden, seitdem viele Neugierige den Robben-, Bären- und Rentierjägern in dieses Land folgen. Mit den Coal-, Green-, Sassen-, Skan- und Safe-Baien vervollständigt sie eine Reihe kleiner ziemlich sicherer Anlegeplätze, deren Anlauf kein Wagnis mehr ist, seitdem man dort einige Sondierungen vorgenommen hat. Wenn jedoch der Is-Fjord, an dessen Ufern alle diese Anlegeplätze wie die Zellen nebeneinanderliegen, mit den blauen Bergen und den Gletschern, die ihn einrahmen und sich bis zu den äußersten Grenzen des Horizontes hinziehen, einen wundervollen Anblick bietet, so ist die Advent-Bai der einzige Punkt Spitzbergens, wo ich nichts das Auge oder die Phantasie Ansprechendes gesehen habe.

Auf einer durch die Einwirkung des Treibeises und der Gletscher gebildeten niedrigen Landzunge, wie man sie in der Geologie als Pfeil bezeichnet und die die kleine Bai gegen die Wogen des großen Fjords schützt, haben Norweger aus Trondheim erst vor kurzem ein hölzernes Schutzhaus erbaut, in dem einige Touristen absteigen, die mit den im Sommer regelmäßig von Hammerfest aus verkehrenden Dampfern ankommen. Diesen Touristen stehen zwei mit Schlafstellen besetzte Räume zur Verfügung. In der Regel laufen sie auf den kahlen Bergen der Umgebung umher und kehren, stolz auf ihr Unternehmen, mit der Überzeugung zurück, dass sie nun Spitzbergen kennen. Viele lassen dann zur Erinnerung ihres Aufenthaltes und zur Erbauung künftiger Reisender ein auf

Stangen befestigtes Zeichen zurück, ähnlich wie jene Plakate, die die Kaufleute dort ins Feld stecken lassen, wo die Eisenbahn vorüberfährt.

So wird denn Spitzbergen selber in seiner polaren Abgeschiedenheit von der Sippschaft durchstöbert, die unter dem Zeichen des Touristentums jede Gegend verunziert, über die sie sich mit ihrer Dummheit und Unwissenheit ausbreitet. Die wunderbaren Schönheiten eines solchen Landes so den bewusstlosen Blicken dieser eindrucksunfähigen Geschöpfe ausgeliefert! Ich litt angesichts dieses Schauspiels, als ob ich ein anbetungswürdiges Weib von Idioten profaniert sähe.

Es befanden sich Bösewichter darunter, die mit einer Flinte unterm Arm am Strande herumpromenierten und ohne Grund harmlose Vögel wegschossen, mit denen sie nichts anzufangen wussten und die sie, wenn sie sie auf ihr Schiff brachten, wieder wegwarfen, sobald sich ihre Augen am Blute und am Todeskampfe der armen Tiere satt gesehen hatten.

In der Nähe des für diese Maulaffen bestimmten Gebäudes haben vier sehr arme norwegische Jäger eben eine Hütte errichtet, um dort etwas Geld mit Rentier- oder Robbenfellen zu verdienen. Sie beabsichtigten unter für Spitzbergen ganz neuen Bedingungen dort zu überwintern, denn sie hatten zwei Frauen mit sich genommen. Dieses gemeinsame Leben während eines langen arktischen Winters hat etwas Rührendes an sich. Bei der Härte der polaren Natur, die der überwinternden Frauen harrte, und angesichts der zweifelhaften Verlockungen, die sie ihren Gefährten boten, fragte ich mich, auf welcher Seite die gegenseitigen Verpflichtungen einen größeren Mut erforderlich machten.

Der Is-Fjord, der bis auf ungefähr hundert Kilometer ins Land hineindringt, besitzt eine Küstenentfaltung von ungefähr 400 Kilometern; die Hydrographie des Fjords ist in bezug auf Sondierung unbekannt, in bezug auf Positionen sehr ungewiss. Erikson meinte, dass der Fjord für Schiffe fast überall unpassierbar sei.

Drei große Baien, von denen jede Interesse bietet, schneiden tief in den Fjord hinein: die Sassen-Bai, in die einen Wasserlauf mündet, der sich auf viele Kilometer in einem blühenden Tale verzweigt, in dem Rentiere und Gänse weiden; die Klaas-Billen-Bai, die kürzlich von Sir Martin Conway besucht wurde und die dem Geologen kostbare, längs ihrer Berge verstreute Fossilien bietet; die unvollständig durchwanderte North-Bai, die durch die Lage ihres Endes merkwürdig ist, welches fast mit der sich nach dem Norden von Spitzbergen öffnenden Wijde-Bai zusammenzustoßen scheint.

Die Küsten des Is-Fjords weisen in der nächsten Nähe des Meeres Steinkohlenlager auf. Die Kohle ist von guter Beschaffenheit, wenigstens die vom Kap Boheman, obwohl die oberen Lager durch den Frost etwas verdorben wurden. Verschiedene kleinere Schiffe haben davon schon ihren zur Fortsetzung der Reise erforderlichen Brennmaterialbedarf gedeckt.

Man darf sich auf die Durchforschung dieser Riesengebiete nicht zu leichtsinnig einlassen. Bei der Unkenntnis über den Meeresgrund und über die Anlegeplätze, in der man sich befindet, muss man die Fahrten mit einem Boot machen, das mit Lebensmitteln und gutem Schutz gegen die Kälte reichlich versehen ist, zumal das Innere des Landes kein Brennmaterial liefert und auch auf das Vorkommen von Wild kaum zu rechnen ist. Wohl sieht man an allen Ufern eine Menge Schwemmholz, aber es geht nicht an, dieses auf die Berge und auf die Gletscher hinaufzutransportieren. In einigen Tälern findet man Rentiere, auf verschiedenen Bergen weiße Rebhühner (Lagopedes) und vor den Gletschern Robben. Aber wenn die Erbeutung dieser Tiere meist auch leicht ist, beruht sie doch zu sehr auf dem Zufall, als dass man darauf rechnen könnte. Es ist demnach äußerst notwendig, Lebensmittel mitzunehmen, besondere Petroleumlampen und Schlafsäcke, um auf alle Fälle gewappnet zu sein. Man muss die Vorräte auch auf eine längere Zeit bemessen, denn die Überraschungen des Wetters und die Hindernisse des Terrains können den Fortgang der Expeditionen um vieles verzögern.

Das mit unserer Wiederverproviantierung mit Kohlen beauftragte Schiff war noch nicht erschienen, und da die »Princesse Alice« ihre Zeit besser verwenden wollte, als dies in der Advent-Bai möglich war, fuhr sie wieder ins Meer hinaus, um höhere Breiten aufzusuchen. Sie fuhr das Prinz-Karl-Land entlang, die Seven-Ice-Berge und schließlich nach der Dänen- und der Amsterdam-Insel. Am 14. August drang sie in die Smeerenberg-Bai ein und ankerte bei der Virgobucht zwischen den beiden genannten Inseln.

Diese Gegend ist vom Is-Fjord sehr verschieden. An der Ostküste der Bai erhebt sich eine Kette zackiger Berge, die ebenso viele kleine Gletscher umfasst, als Täler am Ufer auslaufen, und im Hintergrunde erhebt sich ein herrlicher Gletscher, der die ganze Breite einnimmt und seine sanfte Neigungsbahn bis zu einem fernen Gebirgsrücken ausdehnt.

Der düstere Anblick der Berge wird trotz des hohen Breitengrades von 79° 45' an einzelnen Stellen von grünen Strecken unterbrochen, die das Auge überraschen und ein milderes Naturwalten zu verheißen scheinen. Diese Anlagen wurden von Seevögeln geschaffen und durch ihr fortwährendes Hin und Her, wenn sie ihre Jungen an den unzugänglichen Felsrampen aufziehen, unbewusst auch kultiviert. Sie haben zunächst die Böschungen, die ihr Nest überragen, mit Guano belegt, dann haben die verschiedensten Samen, die sie in ihren Federn, ihren Füßen und ihren Schnäbeln mitbringen, wenn sie von ihren jährlichen Wanderungen zurückkehren, hier ein vorbereitetes Terrain gefunden. Jetzt nach Myriaden von Jahrhunderten hat diese Arbeit der Natur den exilierten Flechten, Moosen und Kruziferen ein polares Heim geschaffen.

Die Virgobucht wird noch auf lange Zeit ein trauriges Angedenken an die Anwesenheit von Menschen bewahren. Hier war es, am Fuße der amphitheatralisch sich erhebenden Berge, wo der berühmte Andrée seinen Ballon füllte, und die Ruinen des zu diesem Zwecke errichteten Gebäudes liegen schon am Erdboden umher. Aber auch das von dem Engländer Pike errichtete Holzhäuschen erinnert an eine andere kühne Expedition. Der leichte Charakter des einen Gebäudes spricht aus der Gebrechlichkeit seiner Ruinen, während der ernstere Geist des anderen in der neuen Verwendung des kleinen Gebäudes weiterleben wird. Es ist nämlich ein Zufluchtsort für die Schiffbrüchigen des arktischen Eises geworden, und fast alle Seeleute, die in glücklichen Tagen nach Smeerenberg gelangen, machen es sich zur Pflicht, etwas dem Vorrat an Konserven, Kleidungsstücken und Brennmaterial hinzuzufügen, in Voraussicht künftiger Not, die sie unter gefahrvollen Umständen wieder an diesen Ort zurückführen könnte.

An der Nordwestküste der Insel haben die Menschen der verschiedensten Epochen zahlreiche Spuren hinterlassen, die, wie die Spuren von Andrée, einzig von ihrem Tode sprechen. Fast überall, wo die Einwirkung des Eises durch die Anschwemmung von Schlamm und Moränensteinen eine niedrige und flache Küste vor den Bergen gebildet hat, bemerkt man kleine Erhebungen, die Gräber enthalten.

Auf der Holländerspitze, einer mit Lagunen besäten Zunge der Amsterdam-Insel, heben sich von dem von schwimmenden Eisbergen durchlaufenen Horizonte zahlreiche solch düsterer Zeugen menschlichen Schmerzes ab. Die kleine Albert-Insel im Süden besitzt ebenfalls solche Grabstellen, und an der Ostküste von Smeerenberg fand ich sogar einen ganzen Kirchhof von ungefähr 200 Gräbern. Die Leichen liegen in Särgen, die im steinigen Boden eingegraben sind, und große Steine bilden auf jedem Grabe eine Art Tumulus, der den Inhalt gegen die Bären und Füchse so lange schützte, als das Fleisch der Begrabenen den Hunger dieser Bestien in Versuchung führen konnte. Zahlreiche, durch unbekannte Ereignisse geöffnete Gräber lassen zwischen losen Brettern die verwitterten Knochen ihrer Bewohner erkennen. Einige dieser Gräber sind noch mit Täfelchen versehen, auf denen man mühevoll einige Buchstaben eines Namens und eines Datums in holländischer Sprache zu entziffern vermag.

Das Plateau, auf dem sich der selbst vom Tode verlassene Kirchhof erhebt, ist jetzt dem Anprall des Treibeises ausgesetzt, und es ist anzunehmen, dass die Überreste der einer ungetreuen Erde anvertrauten Seeleute vom eifersüchtigen Meere zurückgeholt werden. Als ich mich über den Rand der unablässig bearbeiteten Böschung beugte, sah ich zwei bereits nach unten geneigte Särge. Seit dieser Zeit sind die darin eingeschlossen gewesenen Knochen sicher bereits in die Fluten gestürzt, und dann erst werden sie ungestörte Ruhe gefunden haben.

Die Totenstadt von Smeerenberg wie die Mehrzahl der die zugänglichen Küsten Spitzbergens bedeckenden Gräber rufen die Erinnerung an die Kämpfe und Leiden von Generationen hervor, die kräftiger waren als die unseren. Scoresby beschrieb unter dem Einfluss seines Forschergeistes und unter der Kontrolle seines ehrenhaften Gewissens die Geschichte einer Zeit, während welcher dies Land von einer so außerordentlich großen Zahl von Walfischfängern und Walrossjägern besucht war, dass einzelne östliche Buchten im Sommer eine ganze Bevölkerung aufzuweisen hatten, die mit der Zubereitung der Häute und Öle beschäftigt war. Dies war zu Anfang des 17. Jahrhunderts, und die Walfische waren damals in jenen Küstenstrichen so reichhaltig vorhanden wie heute die Delphine in unseren Gegenden. Die Unvorsichtigkeit der Menschen hat diesen Reichtum durch einen törichten Wettbewerb der Interessen fast völlig zum Versiegen gebracht.

Verschiedene Dokumente berichten uns, dass die Norweger seit dem 11. Jahrhundert dem Walfisch in den skandinavischen Fjorden nachspürten; regelmäßig und zu Handelszwecken wurde diese Jagd erst seit dem 16. Jahrhundert betrieben. Die französischen und spanischen Basken entfalteten diese Jagd mit großer Energie im Biscaya-Busen, wo, ziemlich zahlreich, eine heute unter dem Namen Balaena Biscayensis bekannte Walart lebte. Die Basken wurden immer unternehmender und erstreckten ihre Fahrten bis nach Island, Neufundland und nach Grönland; die Engländer folgten ihnen, und zu Anfang des 17. Jahrhunderts besaßen alle nordischen Völker ihre Walfischfahrer.

Inzwischen hatte ein Seefahrer, wahrscheinlich ein Holländer, Spitzbergen entdeckt und dessen Überfluss an Walen, gleichzeitig auch die Bequemlichkeit einzelner Buchten erkannt. Alsbald rief die internationale Konkurrenz zahlreiche Konflikte hervor. Engländer, Franzosen, Holländer, Spanier, Hamburger und Dänen standen sich gegenüber. Es ist anzunehmen, dass sich die Stärke einer jeden Nationalität die Waage hielt, denn sie unterdrückte das Recht keiner, und alle diese Seefahrer einigten sich dahin, die Benutzung der verschiedenen Buchten unter die verschiedenen Nationen zu verteilen. Die Engländer nahmen die besten: Bells- und und Is-Fjord im Süden, Magdalene im Norden von Westspitzbergen. Die Hamburger entdeckten und besetzten eine Bai in der Nähe der »Sieben Eisberge«, die sie nach diesen nannten. Die Dänen ließen sich auf der ihren Namen tragenden Insel nieder. Die Franzosen und Spanier besuchten die nördliche Küste, fabrizierten aber das Öl zumeist auf ihren Schiffen. Die Holländer, die die Amsterdam-Insel und verschiedene andere Punkte erwählten, wurden die hauptsächlichsten Besetzer der Smeerenberg-Bucht. Es wird nun verständlich, warum man auf den Inschriften des alten Kirchhofes noch holländische Worte entziffert. Ihre Tätigkeit nahm während der Glanzperiode dieser Expeditionen einen solchen Umfang an, dass die Insel in jeder Saison von zwei- bis dreihundert Schiffen besucht wurde, die mit 12.000 bis 15.000 Mann besetzt waren.

Diese Abenteurer aus aller Herren Länder bildeten sich ein, dass ihre Unternehmungen noch ergebnisreicher werden müssten, wenn einige von ihnen auf Spitzbergen überwintern würden, und wollten sich nun versichern, ob Menschen einer derartigen Probe standzuhalten fähig sind. In England konnte durch die größten Belohnungen niemand dazu bewogen werden, und sogar zum Tode Verurteilte wählten lieber den Tod als die Aussicht auf eine Begnadigung, die man ihnen für den Fall versprach, dass sie ein Jahr lang auf Spitzbergen bleiben wollten. Einmal entschlossen sich doch einige, die die Todesstrafe erleiden sollten, das Anerbieten anzunehmen. Als sie jedoch diese wüsten Landstriche sahen, die fast völlig mit ewigem Schnee bedeckt waren, erfasste sie eine höllische Angst, und sie verlangten, dass man sie lieber zum Richtblock führen solle. Der Kapitän, der sich in arger Verlegenheit befand, aber ein humaner Mann war, erhörte ihre Bitte. Er wurde darob offenbar nicht getadelt, denn man hat die Unglücklichen nachher begnadigt.

Bald trat das ersehnte Experiment ganz von selbst ein, als verschiedene Trupps von Seeleuten infolge von Katastrophen dort verlassen wurden. Die ersten Trupps kamen sämtlich um. Im Jahre 1630 ereignete es sich aber, dass acht Mann, die im Bellsund Rentiere jagten, während ihr Schiff gezwungen war, einem vorzeitigen Eindringen des Treibeises aus dem Wege zu gehen, ohne ernsten Schaden bis zum Frühjahr dort zubrachten. Durch dieses Ergebnis angeregt, ließen die Holländer auf der Insel Jan Mayen bei Grönland sieben mit Vorräten wohlversorgte Männer überwintern. Man fand sie sämtlich tot auf. Sieben andere, die man zur selben Zeit auf der Amsterdam-Insel zurückließ, bestanden die Probe siegreich.

Die Ursache dieser ganz guten und ganz schlechten Ergebnisse muss in der Beobachtung der Hygiene gesucht werden. Die früheren Pökelsorten und die heutigen Konserven erzeugen den Skorbut, jene Vergiftung des Blutes, die mehr Seefahrer ums Leben brachte als die Schiffbrüche. Der überall verhängnisvoll wirkende Alkohol wird hier direkt tödlich, indem er durch seinen Missbrauch die Widerstandskraft der Nerven vermindert. Die verdorbene Luft und die Unsauberkeit eines engen Lagerraumes, die Langeweile und die moralische Depression, die die lange arktische Winternacht hervorbringt, tragen dazu bei, dass gewisse Organismen eine leichte Beute des Skorbuts werden.

Ich versank ganz in die Erinnerungen an diese alten Dinge, die durch eine Verkettung von Träumereien in meinem Hirn erwachten, und meine Augen glitten von der Klippenhöhe über die wüste Fläche dahin, als ich ein Feld kleiner Eisschollen mit steigender Flut in die Bucht eindringen sah. Nun hieß es sich beeilen, um fortzukommen, und die Petroleumpinasse fuhr bald durch eine breiige Eismasse, die unter dem Anstoße des Vorderstevens wie zerbrechendes Glas erklirrte.

Die Smeerenberg-Bai wird für alle Zeiten den Nimbus einer für die Annalen der Wissenschaft und der Schifffahrt bedeutenden Ruhmestat tragen. Hier war es, wo im Jahre 1896 die nach der wunderbaren Expedition Nansens aus den Eisfeldern von Spitzbergen kommende »Fram« vor Anker ging. Mehrere der Eisberge, die diese Bucht besitzt, erhielten deshalb die Namen hervorragender Norweger. Wir haben mit großem Interesse festgestellt, dass die »Princesse Alice« genau an derselben Stelle vor Anker ging wie die »Fram« und genau zwei Jahre später am gleichen Tage.

Am 17. brachte ein herrliches Wetter mir in Erinnerung, dass man in den arktischen Regionen das Lächeln des Himmels ebenso benützen müsse, wie man bei einer launenhaften

Frau den Augenblick erfassen muss, wo ihre Augen eine Kühnheit zu rufen scheinen, und ich nahm den Weg in nördlicher Richtung. Die Berge senkten langsam ihre zackigen Gipfel, auf denen das Weiß der Schneefelder einen größeren Raum einnahm als die düstere Nacktheit des Bodens, und meine nunmehr dem Nordpol zugewandten Augen befassten sich vor allen Dingen mit den Eisbänken, die nicht weit entfernt sein konnten. Tatsächlich zeigte am Abend des ersten Tages bereits jene Mauer, an der schon so viel Willenskraft zuschanden wurde, ihre weiße Linie, die zuerst wie ein flaches Band aussah, die aber nach und nach die Unebenheiten ihrer Oberfläche vom blauen Himmel abhob: einzelne Blöcke, die durch die Strahlenbrechung so vergrößert werden, dass sie scheinbar so hoch wie vielstöckige Häuser waren.

Als sich das Schiff näherte, nahmen diese Dinge ein ganz verändertes Aussehen an. Die weiße Linie erweiterte sich zu einem Felde, das das Meer, so weit das Auge reichte, völlig bedeckte. Es war kein festes Feld, was wir sahen, vielmehr ein Saum loser Eisschollen, die mehr oder weniger dicht aneinandersaßen und die dem festen Eisfelde vorangehen und sich diesem je nach dem Winde nähern oder sich von ihm entfernen.

Ich durfte es nicht riskieren, mit meinem Schiffe in die Öffnungen einzufahren, die sich zuweilen zwischen den Eisschollen wie Lichtungen zeigten und durch die ich mich dem Nordpol noch mehr genähert hätte. Diese Öffnungen wechselten zu rasch und konnten uns leicht in eine Lage bringen, die meine Sorgen vom Barent-Meer wieder erneuert hätte. Hier wie dort beobachtete ich trotz der Versuchung der Bären und Walrosse, die auf dem Eisfelde oder in dessen Nähe leben, große Vorsicht. Zwei Tage lang hielt ich mich an der Grenze dieses Treibeises, um Sondierungen und Tiefseefischfänge vorzunehmen. Aber ich muss gestehen, dass meine Gedanken weiter flogen, angezogen vom Nordpol, der polaren Sphinx, die ebenfalls Rätsel stellt und die Ankömmlinge verzehrt.

Ich war vom Is-Fjord seit einer Woche fortgewesen, als mich das Ende dieser Exkursion wieder dahin zurückbrachte. Die Sonne vergoldete die beschneiten Berge hinter einem

leichten Regenschauer, der die erste Herbsttraurigkeit anzukündigen schien. Dann verschwand sie, nachdem sie in frei-
giebigster Weise ihr Licht den arktischen Regionen gespendet
hatte. Man fühlte bereits jenen geheimen Einfluss, der die
Menschen und Vögel, die mit dem rhythmischen Getöse ihrer
Maschinen oder mit dem geräuschlosen Flug ihrer Flügel hier-
hergekommen, zum Verlassen dieses fluchbeladenen Landes
treibt. Von nun ab wird die Polarnacht all die Lebewesen, denen geheimnisvolle Gesetze den ewigen Kampf mit all den
Härten einer eisigen Natur auferlegen, umhüllen.

Dennoch vermochte ich mir das ernste Bild einer Überwinterung in dieser Einöde ohne Entsetzen vorzustellen.
Denn gerade die Einsamkeit gibt dem Herzen an Orten, wo
es keinerlei Erinnerungen wiederfindet, die Ruhe, die beste
Kraft zum Kampfe gegen die Undankbarkeit und Ungerechtigkeit der Menschen.

Die Reusen, jene Apparate, die mir so oft die Wunder des
Meeresgrundes heraufgeholt haben, sind in den arktischen Regionen unverwendbar, weil das Eis ihre Bojen wegtreiben oder
die Nebel sie unauffindbar machen würden. Ich benützte die
Gelegenheit meines Aufenthalts im Is-Fjord, um eine solche
Reuse zu versenken, und zwar direkt am Eingang der Bucht,
weil die Unzuträglichkeiten da viel geringer sind als auf offenem Meere. Man musste sich mit einer Tiefe von ungefähr
400 Metern begnügen. Aber selbst auf dieser bescheidenen
Tiefe macht man in einer durch dieses Hilfsmittel noch nicht
erforschten Erdgegend immer interessante Bekanntschaften.

Je mehr ich mich der Advent-Bai näherte, überfiel mich
eine große Unruhe, wenn ich an den norwegischen Kohlen-
händler dachte, den ich dort schon gelegentlich meines ersten
Vorbeifahrens erwartet hatte. Was hätte ich tun sollen, wenn
das Schiff noch immer nicht angelangt wäre? Man zählte den
21. August, befand sich also in einer Jahreszeit, in der ein Schiff
wie die »Princesse Alice« an den Rückzug denken musste.

Ich war mit den Kohlen sehr sparsam umgegangen, weil ich
mein hauptsächlichstes Betriebsmittel nicht von dem Schicksal
eines kleinen Seglers abhängig machen wollte; so gelangte ich
mit einem Rest an Brennstoff am verabredeten Orte an, wohl

wissend, dass man daselbst nicht mehr als eine Woche vergehen lassen könnte, um einen Entschluss zu fassen, sonst würde ich in ernste Verlegenheit geraten. Wenn der Segler nach einer Havarie irgendeine Bai des Südens erreicht hatte, wie sollte man ihn in diesen ungeheuren Fjorden finden? Und während einer solchen Suche könnte er, um uns zu helfen, im Is-Fjord anlangen. Oder war er infolge schlechten Wetters einfach wieder nach Norwegen zurückverschlagen worden? Von dem Augenblicke an, wo, nach Eriksons Ansicht, das Treibeis die Fjorde zu überfallen drohte, durfte ich meine eigene Mannschaft solch großen Gefahren ohne dringende Veranlassung nicht aussetzen.

Der Anlegeplatz enthüllte sich nach und nach hinter der flachen Landzunge, die ihn umschließt, und ich sah ängstlich nach einem Maste aus. Nur drei kleine sloops, wie die seltenen Schwalben einer elenden Gegend zur Abreise vereinigt, waren zu sehen. Ein Führer muss über jede Unruhe erhaben sein und seine Blicke fest auf das Ziel richten, und aus diesem Grunde wollte ich durchaus nicht, dass unsere Zeit in der Advent-Bai vergeudet werde, und nachdem ich mich zu einer Woche Wartezeit entschlossen hatte, führte ich die »Princesse Alice« neuerdings in die Sassen-Bai, von wo aus ich eine Erforschung von Sassental zu unternehmen hoffte.

Der Tag war herrlich, und die Sonne schien die Wesen, die sie nunmehr bald der Herrschaft der Nacht überantworten musste, mit ihren letzten Gunstbezeugungen einschläfern zu wollen. Als wir jedoch in die Sassen-Bai einfuhren, begrüßten uns düstere Wolken, die ein kalter Wind von den Bergen und Gletschern vor sich herfegte, mit einem dichten Schneegestöber. Das Land verschwand, und man musste in dieser Bai, die als einzigem Erikson bekannt war, dennoch ohne jeden Anhaltspunkt weiterfahren, um nicht verschlagen zu werden. Der Schnee war körnig, und bei den heftig wehenden Böen verletzte er die Augen derart, dass man sie kaum offenhalten konnte. Man musste aber die größte Aufmerksamkeit anwenden, denn um uns herum schwammen eine Menge Eisberge, die vom Postgletscher herkamen.

Zum Glück konnte ich trotz alledem mein Schiff auf zwanzig Kilometer in einer von Beginn des Sturmes eingeschlagenen guten Richtung halten, und nach drei Stunden Dauer dieser äußerst schwierigen Fahrt konnte ich durch eine Lichtung die Silhouette jener Gebirge erkennen, die das nördliche Ufer der Sassen-Bai bilden. Wir befanden uns dicht bei der Bjornabucht, vor der Tempel-Bai, wo wir vor vierzehn Tagen vor Anker gingen. Nur die Landzunge, die diese Bai abschließt, trennte uns noch davon.

Aus Furcht vor dem Treibeise vom Postgletscher, das bei solchen Windstößen leicht die Bucht überschwemmen konnte, hielt ich mich unter Dampf und wartete, durch die Landzunge geschützt, ein besseres Wetter ab. Unter peinlichsten Vorsichtsmaßregeln und einem langwierigen Herumlavieren, wobei sich eine Tiefe von 40 Metern so dicht beim Lande ergab, dass das Schiff nicht einmal Platz zum Schwenken gehabt hätte, konnte ich dieses endlich unter Bedingungen verankern, die uns ein Abwarten möglich machten.

Der eisige Wind, der das Thermometer bis nahezu null Grad brachte, hörte dann gleichzeitig mit dem Schnee auf, und unsere schmerzenden Augen wurden durch ein herrliches Schauspiel entschädigt. Der Tempelberg mit seinen Terrassen überragte das Wasser der Bai um 500 Meter, und der frisch gefallene Schnee ließ in mehr oder minder scharfen Konturen die verschiedenen Winkel, Säulen und Bogen hervortreten, deren Gesamtheit dem Berge den bezeichnenden Namen gegeben hat.

Ziemlich regelmäßige Aushöhlungen teilen dieses Riesenwerk der geologischen Archäologie, dessen Grundstock in dem Material seiner eigenen Verwitterung ruhte, auf weite Kilometer hin in deutlich unterscheidbare Massen. Mit Schnee bedeckte Schuttkegel lehnten sich bis hoch hinauf an die Bergwand wie gehemmte Lawinen, und am Fuße des Berges bot die Anhäufung fast würfelförmiger Felsstücke, die von den verschiedenen Lagen herabgefallen waren, das Bild einer Ruinenstadt. Die Schneefläche, die die Oberfläche weiß färbte, unterstützte noch diese Täuschung. Die ganze in Sicht befindliche Gegend trug den Stempel strengster Winterkälte.

Später wurde die »Princesse Alice« nach dem Ankerplatz der Bjornabucht geführt, in die mit dem Unwetter zahlreiches

Treibeis hineingefegt wurde, dessen Trümmer noch die angrenzenden Ufer bedeckten.

Die Vorbereitungen für meine Expedition in das Sassental füllten den Abend aus. Es war keine geringfügige Angelegenheit, für die Ernährung mehrerer Personen auf eisiger Erde zu sorgen und dabei nicht die Tatsache außer acht zu lassen, dass schlechtes Wetter die kleine Truppe gänzlich isolieren oder sogar das Schiff zum Verlassen des Ankerplatzes nötigen konnte. Frühzeitig machte ich mich am anderen Morgen in einem Schmalboot, wie es die Walfischfänger zu benützen pflegten, mit fünf verlässlichen Männern auf den Weg: dem Eismeister Erikson, dem Oberwalfischfänger Wedderburn, meinem Jäger Hieber und zwei Matrosen. Die Dampfpinasse bugsierte uns sowie das Anhängeboot, mit dem wir am anderen Ufer der Tempel-Bai, unweit vom Sassenfluss, landen wollten, da dort die Untiefe größeren Fahrzeugen nur bei steigender Flut ein Herankommen möglich macht. Mein kleiner Konvoi gebrauchte drei viertel Stunden zur Überfahrt, während der ich eine merkwürdige Erscheinung feststellen konnte. Obgleich nämlich die Lufttemperatur um ein Grad über dem Gefrierpunkt stand, bedeckte sich plötzlich die Bai mit einer Eisfläche, und meine Schiffe verursachten bei ihrer Fahrt ein Geräusch, das wie das Geräusch zerreißenden Papieres war.

Das Schmalboot wurde ans Land gezogen, um der kleinen Expedition als Stützpunkt zu dienen und um es von Ereignissen unabhängig zu machen, die dem Schiffe zustoßen könnten. Mundvorräte für zwei Wochen wurden in dem Boote niedergelegt. Meine Bagage bestand aus drei Zelten, sechs Schlafsäcken aus Rentierpelz, für drei Tage Lebensmittel, verschiedenen Wirtschaftsgeräten und einer Alkohollampe zum Kochen. Mehrere Matrosen, die noch am selben Abend an Bord zurückkehren sollten, halfen uns diese impedimenta tragen, wodurch es uns möglich wurde, schneller zu marschieren und weiter im Innern zu kampieren. Unsere Forschungsexpedition würde sich daher am nächsten Tage in eine größere Entfernung vorwagen können.

Noch ehe die Karawane 500 Meter zurückgelegt hatte, zeigte sich nahe am Abhange der Moränenböschung ein Rentier. Es suchte im Umhergehen nach Moos, das in dieser armseligen Gegend nicht sehr zahlreich war. Seine Bewegungen hatten es von weit her erkennen lassen, obgleich sich sein silberartiges Fell wenig vom Erdboden abhob. In jedem anderen Lande hätten Hirsche oder Rehe sofort Reißaus genommen; es scheint aber, dass die Gewohnheiten dieser einzigen Repräsentanten der Hirschfamilie auf Spitzbergen von der Dummheit in eigener Person geleitet werden. Auf den Steinen schleichend, näherte ich mich dem Tiere und sandte ihm eine Kugel zu, ohne mehr Verdienst dabei zu haben wie für einen Schuss auf eine breite Scheibe.

Meinem Programm entsprechend, fingen wir an, das rechte Ufer des Tales entlangzuziehen, hatten jedoch bald unter der Unbequemlichkeit des Terrains zu leiden. Das Tal hat eine Breite von fünf bis sechs Kilometern und ist fast durchweg mit kleinen Wasserläufen, die einen Bach bilden, besetzt. Das übrige besteht aus moosigem Bruchland, in dem hie und da einige Blumen vorkommen, und aus einem Schuttwall, der den Fuß der Berge umsäumt.

Bald wurden wir durch die Sümpfe aufgehalten, in denen man bis zu den Knien versank, bald durch die chaotische Anhäufung von Felsen, so dass unser Marsch fünf Stunden lang unter Umständen vonstatten ging, die oft unangenehm, dabei aber immer interessant waren, da sie mich die Physiognomie des inneren Spitzbergen kennenlernen ließen.

Das Massiv, zu dem das Gebirge gehört, an dessen Abhang ich entlangwanderte, wurde »Colorado« benannt, weil es gewisse, wenn auch auf einer viel niedrigeren Stufe befindliche geologische Erscheinungen bietet, die denjenigen des Colorado in Nordamerika ähneln. Die Gießbäche haben hier sogenannte cañones gebildet, die sich in tiefen Spalten – schmal genug, dass man sie mit einem kühnen Sprung überschreiten könnte – bis in die Stromrinne des Sassenflusses ergießen.

Nachdem ich zehn Kilometer ins Innere vorgedrungen war, habe ich mich lange aufgehalten, um die Aussicht zu genießen, die in einem nunmehr viel größeren Rahmen den Charakter friedlicher Schönheit zeigte. Weit und sumpfig zog sich das Tal zwischen zwei vom Weiß des Schnees gestreiften

Berglinien dahin. Der Schnee ließ die vollständige Horizontallage der Schichtenbildung erkennen. Ein ebenso regelmäßiges Plateau bedeckte die Berge ihrer ganzen Länge nach, während breite Schluchten sie in fast gleichmäßige Abschnitte teilten. Kein Gletscher war zu sehen, und von einer gewissen Höhe aus erweckten die Felder mit dem gelblichen Moos zwischen den Wasserarmen und dem Teppich aus zerbrochenem Gestein die Illusion einer reichen Vegetation. Sah man aber nach der Richtung des Eisfjords, so gewahrte man weit über seinen Wassern die Gebirge des Nord-Fjord in der abwechselnden blauen Färbung ihrer steilen Abhänge und dem Weiß ihrer gefrorenen Flächen.

Große Gänseschwärme sah man da, die ruhig ihre Weideplätze wieder aufsuchten, nachdem sie sich in der Sassen sattgetrunken, oder schreiend davonflogen, sobald sie meine Karawane hinter einer Bodenerhebung überraschte. Diese Wandervögel lernen nämlich während ihrer winterlichen Wanderungen in unsere Gegenden den Menschen fürchten.

Noch andere Vögel verleihen dem Sassental eine kaum erwartete Belebtheit. So die Eissturmvögel (Fulmarus glacialis) die, aus dem Innern kommend, bis zum Meere hinabsteigen. Diese Vögel flogen nicht in Scharen, sondern jeder einzeln, sind jedoch so zahlreich vorhanden, dass ich auf einer Zone von 300 bis 400 Metern, über die sich meine Beobachtung erstreckte, ungefähr 60 in der Minute zählte. Sie flogen etwas höher als unsere Köpfe und näherten sich uns, sobald wir uns ihnen durch unsere Schritte verrieten. Einige hielten mit einer Bewegung des Erstaunens inne, als sie unsere Gestalten erblickten, die den ewigen Gefährten der Bären und Seehunde sicherlich missfallen mussten.

Als ich 14 Tage früher die Tempel-Bai besuchte, war dieser Vogelstrom in Bewegung, und man kann sich das ungeheure Gesamtresultat eines solchen Vorbeifluges vorstellen, wenn man bedenkt, dass er die ganze Breite des Tales ausfüllt. Ich kenne die Ursache dieses Exodus nicht. Conway, als er im Jahre 1896 Spitzbergen durchquerte, hat dieselbe Erscheinung in demselben Tale konstatiert. Nur dass es damals Juli war und die Sturmvögel in umgekehrter Richtung flogen.

Die Rentiere, die klassischen Tiere des Sassentales, blieben trotz der zahlreichen Spuren, die man fand, und der zahlreichen Geweihstücke, die den Erdboden bedeckten, völlig unsichtbar. Erikson war der Meinung, dass sie durch eine kleine Gruppe norwegischer Jäger und durch die Besitzer einer aus dem Süden stammenden Yacht mehr in das Innere des Landes getrieben sein mussten.

Die Norweger beuten hier mit wenig Klugheit eine kostbare Reichtumsquelle aus, indem sie ohne Unterschied männliche und weibliche, junge und alte Tiere töten und schließlich nur deren Fell verwenden, da das Terrain zu ausgedehnt ist, um den Transport so vielen Fleisches zu gestatten. Aber diese Leute sind sehr arm und finden hier ein Mittel, ihr Schicksal etwas zu erleichtern. Dies trifft jedoch nicht auf gewisse Amateure zu, die die Rentiere dieses Tales lediglich aus Vergnügen am Totschießen niedermachen – unrühmlich und unentschuldbar. Stundenlang folgten wir den Spuren ihrer Heldentaten in der Gestalt von Kadavern, deren gutes und schönes Fleisch von Füchsen gefressen und deren Fell vom Winde zerzaust wurde. Dieselben Amateure haben an der Küste Hekatomben von Eiderenten errichtet und schonten dabei nicht einmal die aufopferungsvollen Mütter, die sich lieber töten lassen, als die unter ihren Flügeln sich verbergenden Jungen im Stich zu lassen.

Die Dekadenz der Gesellschaft kann sich in den verschiedensten Formen äußern, doch bildet das Vergnügen, ohne Gefahr zu töten, leiden und verbluten zu sehen, eins der Hauptcharakteristiken. Es hat den Anschein, als ob das Gefühl der eigenen Ohnmacht die Leute mit einem Hass gegen die Fruchtbarkeit anderer Wesen und einem zerstörungssüchtigen Sadismus erfüllt. Eine gesunde Gesellschaft verherrlicht das Hervorbringen von Lebewesen als die edelste Äußerung der Lebenskraft und beschützt es als ein Beispiel des Gedeihens.

Gegen zwei Uhr nachmittag hatte ich einige zwanzig Kilometer zurückgelegt, und der vom Fuße der Böschung ab sumpfige Boden bot keine für ein Lager günstige Stelle. Ich wählte schließlich zwischen Steinen und Sumpf einen halbwegs geschützten Raum. Um die Schlafsäcke nicht auf die schwammigen Erdschollen ausbreiten zu müssen, gab man ihnen eine Unterlage von platten Steinen. Für unsere kleinen Zelte wurde der Halt auf diesem Terrain sehr problematisch, und der Wind hätte sie ohne viel Federlesens wegfegen können. Die Zeichen des Himmels beseitigten aber diese Furcht, und die eisige Brise, die vom Westen kam, war nur leicht.

Ich ließ meinen Jäger Hieber zurück, um das Lager einzurichten, und begab mich in Begleitung von vier Mann weiter ins Innere, von dem festen Wunsch beseelt, Rentiere zu finden.

Die Sonne sank mit solcher Langsamkeit, die Luft war so rein, es war derartig schön und ruhig in diesen Polarbergen, dass einem der Begriff der Zeit völlig verlorenging. Ich befand mich bereits 10 Kilometer von meinem Lager entfernt, als ich von der Höhe eines Hügels, etwas weiter ab, weidende Rentiere bemerkte.

Um mir den Erfolg einer Jagd zu sichern, die mich schon so viele Kilometer gekostet hatte, näherte ich mich den Tieren mit derselben Vorsicht, als ob es sich um ein sehr schwer zu behandelndes Wild handelte, und das letzte der vier Stück war bereits um 6 Uhr abends in meiner Gewalt. Wenn ich nun auch zufriedengestellt war, diese Rentiere erlegt zu haben, empfand ich doch zugleich das Erniedrigende dieser unter eines Jägers unwürdigen Bedingungen vollzogenen Handlung. Die blöde Neugierde dieser Tiere ließ diese mir fast in ebendemselben Maße nahe kommen, als mich meine Vorkehrungen ihnen näherten, und fast ohne meinen Platz zu verlassen, sandte ich einem jedem seine Kugel. Solche Taten gehören nicht zum Waidwerk, aber es war ein gutes Geschäft gewesen, durch das unsere Nahrungsvorräte verbessert wurden.

Meine Matrosen luden die Tiere, deren stärkstes 70 Kilogramm wog, auf ihre Schultern, und gegen Mitternacht kehrten wir in unser Lager zurück.

Unsere Zelte befanden sich in einer wunderbaren Lage am Fuße des »Colorado«, der sie mit seinen terrassenartigen Abstufungen, seinen Schluchten und Schuttablagerungen überragte. Sie beherrschten zum Teil das Sassental mit seinen Weideplätzen von großen gelblichen Moosen und den zahlreichen Wasserarmen, die seinen Strom bilden. Darüber hinaus überragte eine Linie ganz weißer Gipfel die mit dem frisch gefallenen Schnee bedeckten Plateaus, die das Tal im Süden begrenzten. Ein kleines Bächlein, das fast überall gefroren war, wo Moosbüschel seinen Lauf hemmten, plätscherte lieblich und vermischte sein Geräusch mit dem knisternden Flügelschlage der noch immer vorbeifliegenden Sturmvögel. Nichts weiter war auf einem Boden zu hören, wo es keinen Baum gibt, wo das Gras zu kurz und zu selten ist, als dass die Wellenbewegungen einer Wiese, wie bei uns, beim leichtesten Windhauche ihr Murmeln ertönen ließen.

Mein Jäger Hieber streifte mit Ungeduld auf den die Gegend beherrschenden Anhöhen in der Nähe des Lagers umher. Er war sicherlich besorgter um unsere Abwesenheit als über die matte Küche, mit der er sich beschäftigte, denn diese beschränkte sich auf fade, aufgewärmte Konserven.

Es ist übrigens ein trauriges Lagern auf der nackten gefrorenen Erde, wo keine Rauchsäule den müden Reisenden benachrichtigt, dass eine lockende Mahlzeit Genüsse und Kräfte spenden wird, wo von keinem Herd ein lustiges Feuer ihm entgegenprasselt.

Ein kleiner Erdwall schützte die geräuschlose Lampe, die unsere Konserven genießbar machte, das war alles. Und kaum war dieses reizlose Essen in mein Zelt gebracht, hatte es der kurze Weg schon wieder ausgekühlt.

Meine erste Hochzeitsnacht mit der arktischen Erde brachte mir unvorhergesehene Sensationen. Ich befürchtete, als ich mich meines Schlafsackes bediente, nicht genügend gegen die Kälte geschützt zu sein, aber bald zwang mich im Gegenteil die Wärme, alle meine Kleider, die ich anbehalten hatte, abzulegen, und dennoch fror das Wasser in einer Tasse augenblicklich. Diese häufig beobachtete Erscheinung rührt vielleicht daher, dass eine ständig kalte Gegend den Stoffen keine Anhäufung von Wärme gestattet, während die Luft Eispartikelchen enthält, die das Einfrieren einer Flüssigkeit, auf die sie fallen, leicht bewerkstelligen.

Das fortwährende Licht quälte die Augen, indem es dieselben wie mit magischen Fingern beständig öffnete. Während der schlaflosen Stunden hörte man das leichte Wehen der Brise über den Zelten, den Schrei der Sturmvögel, die immer vorbeiflogen, und auch in weiter Ferne das Gezeter der Gänse. Am anderen Tage machte ich mich nicht sehr früh auf den Weg, obwohl wir von den 40 Kilometern des vorhergehenden Tages genügend ausgeruht waren. Gewisse Anzeichen der auf Spitzbergen so unbeständigen Meteorologie verkündeten mir das bevorstehende Ende des schönen Wetters, und da ich für den Fall eines neuen Schneesturmes nicht genügend gerüstet war, beschloss ich, noch an demselben Tage den Weg zur Küste einzuschlagen.

Nachdem ich Instruktionen erteilt, die meinen Leuten das Wiederfinden des Weges sichern sollten, sobald die zur Mitnahme der eventuell getöteten Rentiere erwarteten Kameraden eingetroffen wären, machte ich mich allein auf den Rückweg, wobei ich die »Colorado«-Berge besuchen wollte.

Ich hatte auch den Wunsch, während eines ganzen Tages mit der arktischen Natur allein zu sein, wie man mit einer Frau, die man liebt, allein sein will. Der Besitz erscheint vollkommener, und die Genüsse, die man empfindet, sind tiefer, sobald die Sinne in der Sicherheit einer unverletzlichen Einsamkeit erzittern.

Auf diesen langen Wanderungen überschritt ich Schluchten, Cañones, Gießbäche und Sümpfe. Ich sog meine Augen und meinen Geist voll mit dem Reiz dieser Gegend und verweilte überall, wo ich einen Eindruck auflesen konnte. Spätabends gelangte ich an das Meeresufer vor die Tempel-Bai, die mit schwimmenden Eisbergen bedeckt war, die der Ostwind vom Postgletscher herbeiführte.

Eine Stunde später erfuhr ich, als ich an Bord kam, dass am vorigen Tage die Jäger der »Princesse Alice« bei dem Besuche einer ganz nahe dem Ankerplatze liegenden Schlucht mit Revolverschüssen drei herrliche Rentiere getötet hatten: alte Schlauberger, die sich nach den kürzlich vorgekommenen Massaker einfach hinter die ersten Vorberge des Gebirgsstockes zurückgezogen, um das Ende eines Sturmes abzuwarten, der das Gros der Herde in das Innere des Landes hineintrieb.

Man musste die Ankerlichtung auf den nächsten Tag verschieben, um die Rückkehr der Mannschaft abzuwarten, die man zum Einholen dieser ganz an Ort und Stelle gelassenen Jagdbeute ausgesendet hatte. Wir besaßen nun einen beträchtlichen Vorrat an frischem und ausgezeichnetem Fleische, der uns noch angenehme Mahlzeiten versprach.

An demselben Abend kehrte die »Princesse Alice« in die Advent-Bai zurück, und wir stellten mit Traurigkeit fest, dass das Kohlenschiff noch immer nicht angelangt war. Der Untergang dieses Schiffes erschien nunmehr fast gewiss, da es doch seit mehreren Wochen Norwegen verlassen haben musste. Ich beschloss nun, am anderen Tage die Anker zu lichten, und, um mein Gewissen zu beruhigen, die am Wege liegenden Buchten zu durchsuchen.

Um meinen Abschied von Spitzbergen zu feiern, machte ich noch eine kleine Wallfahrt zu einer fast verfallenen Hütte, die sich vom Westhimmel abhob, jenseits einiger Gräber, deren Kreuze zwischen Steinen und Moosen emporragten. Hier sah man die ganz frischen Spuren eines düsteren Dramas, das sich im vorletzten Jahre abgespielt hatte. Drei Norweger und ein Lappe, die zur Rentierjagd hergekommen waren und frühzeitig vom Treibeise überrascht wurden, mussten hier mit den Resten ihres zertrümmerten Bootes eine Überwinterung improvisieren. Die Hütte war so tief in den Boden gegraben, als die gefrorene Erde es eben gestattete, und ihre Bedachung war aus Holz und Häuten gezimmert.

Die unglücklichen Leute litten derartig unter der Kälte, dass sie im Januar dieses Versteck verließen, um durch Überschreiten des Treibeises im Eisfjord eine einstens von Nordenskiöld beim Kap Thordsen besser erbaute Hütte zu erreichen. Während der Übersetzung, die vierzehn Stunden dauerte, erfroren einem von ihnen, Nielson, der schon vom Skorbut befallen war, Füße, Hände, Nase und Augen. Dieser wurde später mit Lebensmitteln für drei Wochen von seinen Begleitern zurückgelassen, als diese nach der Advent-Bai zurück mussten, um Lebensmittel zu suchen, und dabei das Glück hatten, zwei Bären zu erlegen. Als sie jedoch mit Schlitten, die sie sich angefertigt hatten, nach Kap Thordsen zurückkehren wollten, fanden sie, dass ein augenblicklicher Eisstoß den Fjord unüberschreitbar machte. Inzwischen starb einer von den dreien, der Kapitän, nach 27tägigem Todeskampfe unter dem Elend des Skorbuts und der Kälte.

Sir Martin Conway fand die beiden Überlebenden am 19. Juni 1896, als er seine herrliche Forschungsreise durch das Innere Spitzbergens unternahm. Aus ihrem Munde vernahm er die Details ihres Martyriums. Ein Besuch der Hütte auf Kap Thordsen, wo Nielson schon seit langer Zeit gestorben sein musste, gab nicht die geringste Aufklärung über sein Schicksal. Ob er, nachdem ihm die Lebensmittel ausgegangen waren, nach der Advent-Bai zu gelangen suchte und dabei in den Eismassen versank oder ob Bären seinen von der Kälte gebläuten, vom Skorbut geröteten Körper einfach aufgezehrt hatten, wird man niemals feststellen können.

Mein Herz war ordentlich beklommen, als ich im Hintergrunde der Hütte das Bett, den Ofen und den Tisch erblickte, die so aussahen, als wären sie eben verlassen worden, und eine, in sonderbarer Weise mittels Robbenfellen ausgebesserte Hose, lauter Spuren einer harten Leidenszeit. Ein bisschen Kohlenstaub und einige Bindfadenenden, die umherlagen, gaben diesen traurigen Denkwürdigkeiten den Anschein unmittelbarer Frische. Ein ganz nahe an einem Erdvorsprung errichtetes Kreuz kündete den Besuchern, dass der Tod hier eingekehrt war.

Unmittelbar nach meiner Rückkehr verließ die »Princesse Alice« ihren Anlegeplatz, und die Umstände der Abfahrt versetzten mein Gemüt in eine greuliche Unruhe. Das Meer vor uns schien noch ganz frei vom Treibeise zu sein, und ich suchte auf seinem Horizonte den Strahl des ice-blink, jener Aureole der Eisfelder, als meine Blicke plötzlich einen kleinen Segler entdeckten, der sich bemühte, den Is-Fjord zu erreichen. Das Kohlenschiff war da! Es hatte wirklich Glück gehabt, dass es noch in der letzten Stunde uns traf und aus seiner gefährlichen Lage gerettet werden konnte.

Nachdem es zwanzig Tage lang unter der Führung eines unfähigen Kapitäns herumgeirrt war, hatte es solche Havarien erlitten, dass es nur dadurch flottgehalten wurde, dass die Mannschaften unablässig die Pumpen in Bewegung hielten; und da die Lebensmittel erschöpft waren, hatte man sich von Seevögeln nähren müssen.

Das Umladen von Kohlen zwischen zwei Schiffen, die nur über ihre eigenen Kräfte verfügen, ist nicht leicht, deshalb musste ich den Schoner nach der Advent-Bai bugsieren, in die ich nun zum fünftenmal zurückkehrte. Da die »Princesse Alice« vor zwei Tagen nicht abdampfen konnte, beschloss ich, diese Zeit zu einer Erforschung der Klaas-Killen-Bai zu verwenden. In den ersten Morgenstunden des folgenden Tages entfernte ich mich mit sechs Mann in der Dampfpinasse, die ein mit dem notwendigen Material versehenes Schmalboot hinterherschleppte.

Man musste zunächst die ganze Breite des Is-Fjords überschreiten, was durch die Kraft eines vom Sassental her wehenden Windes ziemlich hart wurde. Als ich dann gegen Mittag die Gips-Spitze jenseits der kleinen Insel Goose erreichte, legte ich meine Schiffe in der Nähe des Ufers an, um eine ruhige Mahlzeit einzunehmen und mich durch ein Erklettern der Felsen etwas zu erwärmen, denn seit dem Morgen wurden wir von einem Sprühregen überschwemmt, der uns ordentlich durchpeitschte. Die Klaas-Killen-Bai lag übrigens absolut ruhig zwischen den sieben- bis achthundert Meter hohen Bergen, die im Osten denselben Charakter aufwiesen wie die Berge der Tempel-Bai, nur dass sie noch höher waren, während sie im Westen ein ganz anderes System, mit spitzen Bergen zwischen den Tälern, darboten. Tausende von Vögeln, ganze Banden von Enten, zahlreiche zu Paaren sich zeigende Larventaucher flogen so vertraut um uns herum, dass man hätte glauben können, man befinde sich auf dem Teiche irgendeines Parkes.

Gegen vier Uhr enthüllte sich hinter einer Spitze der herrliche Nordenskjöld-Gletscher, nachdem sich sein Vorhandensein bereits durch schwimmende Eisberge und immer zahlreicher werdendes Treibeis in der Bai angekündigt hatte. Die Vorderseite dieses Gletschers ist nicht sehr hoch und nicht sehr zerklüftet, aber der Raum von mehreren Meilen, der sie vom Gebirgsrücken trennt, zeigt große wellenförmige Erhebungen von an ihrer Oberfläche völlig glatten Hügeln. In einiger Entfernung nach dem Innern durchbohrt eine düstere Bergspitze, ein nunatak, das Eis, als ob der Gletscher einen Riesen zeugen würde.

Zahlreiche Robben kreisten herum und zeigten hie und da ihre Köpfe. Die Stille des Wetters ermöglichte mir, mehrere zu erlegen. Eins dieser Tiere war zuerst mit einer Wunde untergetaucht, sprang dann wieder auf eine Eisscholle und zeigte dort die Symptome des nahen Todes. Sofort stürzten sich zwei Vögel von blendender Weiße, die sanft und ohne Geräusch über die Eisfelder schweben – es waren zwei Pagophilen – auf das Tier, um das in Strömen fließende Blut aufzusaugen. Ihr glänzendes Gefieder war bald rot befleckt, während sich ihre schwarzen Füße in dem Blutgerinnsel verwickelten. Sie ließen mich so nahe herankommen, als ich nur wollte, und zogen sich mit verdrießlicher Miene auf die entgegengesetzte Seite der Eisscholle zurück, als der Vordersteven meiner Pinasse an diese anstieß. Ein Mann klatschte mit den Händen, und die beiden Vögel flogen auf, alsbald erlegte ich sie mit zwei Flintenschüssen für unsere Sammlung.

Nachdem ich bei der Erforschung des Grundes der Bai festgestellt hatte, dass mindestens ein Drittel davon unschiffbar sei, näherte ich mich einer Einbuchtung an der westlichen Seite, die auf der Karte Conways mit dem Namen »Minies« verzeichnet steht. Dort wollte ich eine Stelle suchen, die eine Lagerung am Lande zulassen würde, oder, falls dies nicht ginge, eine Anlegestelle, um die Nacht in meinen Fahrzeugen zuzubringen. Um auf diesem aus Gerölle und sumpfigen Abhängen bestehenden Boden eine Stelle zum Ausschiffen zu finden, musste man weiter nach dem Süden vorgehen.

Schließlich musste ich anlegen und mich an Bord der Schiffe einrichten. Die Zelte und die Segel bedeckten den Hinterteil und den Vorderteil der Dampfpinasse, und die Schlafsäcke fanden ihren Platz in einem oder dem andern der Fahrzeuge. Das Schmalboot war jedoch gar nicht begehrt, da die erlegten Robben es ziemlich ausfüllten und verpesteten.

Während dieser Vorbereitungen durchwanderte ich das Gebirge, um Fossilien zu suchen, deren zahlreiches Vorhandensein in dieser Gegend von einem Reisenden bereits angeführt wurde. Obgleich ich erst sehr spät wieder zurückkehrte, brachte ich dennoch nichts anderes mit als einen sehr großen Appetit.

Dieser war durch die seit dem Morgen zurückgelegten 90 Kilometer und die scharfe Luft Spitzbergens wohl gerechtfertigt und konnte mit einer korrekteren Mahlzeit befriedigt werden als im Sassental, da die Heizvorrichtung der Dampfmaschine auch für kulinarische Kombinationen verwendet werden konnte und da sich meine Wirtschaft auf den Bänken eines Schiffes leichter organisieren ließ als auf einem sumpfigen Erdboden.

Die Ruhe in den Schlafsäcken, der wir uns nach der Betrachtung einer herrlichen Landschaft hingaben, die sich ganz anders ausnahm als die Landschaft meiner vorhergehenden Expedition, war geradezu ideal zu nennen. Das ruhige und unbewegliche Wasser, das uns umgab, trug einige Eisberge, deren Bewegungen mich keineswegs beunruhigten, da ihnen die geringe Tiefe, in der wir ankerten, eine Annäherung unmöglich machte. Die hohen Berge der Umgebung und auch die in der Ferne erstrahlende Weiße des Nordenskiöld-Gletschers spiegelten sich in der Bucht. Häufig steckte eine Robbe ihr erstauntes Gesicht ganz nahe dem Boote aus dem Wasser hervor, und mit derselben Ungeniertheit flogen oder schwammen die Vögel an uns vorbei.

Am andern Morgen nahm ich den südlichen Weg wieder auf, indem ich dem Ufer folgte, um die Skan-Bai bei Kap Thordsen zu besuchen. Der Wellengang, der immer mehr und mehr zunahm, bewies mir, dass sich der am Vorabend im Is-Fjord eingestellte Wind verstärkt habe. Deshalb wandte ich mich der kleinen Goose-Insel zu, um bei der verhältnismäßigen Ruhe dieser Region allmählich vorwärts zu kommen.

Um Mittag legte ich hinter einer Klippe der kleinen Insel an, um geschützt zu frühstücken und ein Urteil über die Lage zu gewinnen.

Der Is-Fjord erschien, von einer kleinen Anhöhe betrachtet, ganz weiß durch den von einem örtlichen Sturm aufgewirbelten Schaum. Doch musste er durchquert werden, denn die Dringlichkeit, Spitzbergen zu verlassen, wuchs, und ich fürchtete, dass ich, wenn ich nur einige Stunden verlieren würde, auf lange Zeit mit meinem Schiffe hinter der Goose-Insel oder in der Klaas-Killen-Bai blockiert werden könnte.

Ich setzte deshalb meine Fahrt fort und steuerte so, dass ich möglichst wenig ungünstige Wellen erhielt, war aber stets in der Gefahr, in die unendliche Nord- und Dickson-Bai verschlagen zu werden, wenn irgendeine Havarie den Gang der Maschine beeinträchtigen sollte.

Je mehr ich vorwärts kam, um so heftiger wurden Meer und Wind, und die Pinasse schwankte derartig, dass ihre Feuer jeden Augenblick verlöschen konnten. Die meiste Sorge machte mir jedoch das bugsierte Schmalboot, dessen heftiges Schwanken, das mit dem Schwanken der Pinasse nicht übereinstimmte, ganz gefährliche Erschütterungen unseres Unterdecks hervorrief, als wir dem Wind entgegenfuhren. Später, als wir gezwungen waren, mit der Meeresströmung zu fahren, wurde es noch schlimmer. Bei einzelnen Wellenschlägen wurde das Schmalboot, dessen Bugsierkabel nicht genügend lang war, gegen das Hinterteil der Pinasse geschleudert und hätte diese sicherlich zum Sinken gebracht, wenn nicht Daniel, der Matrose, der sie, unter Decken vergraben, steuerte, diese Stöße durch ein geschicktes Manöver fortwährend hintertrieben hätte. Plötzlich befand sich das Schmalboot neben uns in einem Wasserwirbel, der es zurücktrieb, und unmittelbar darauf versetzte die Pinasse, nachdem sie in dieselben Wellen verwickelt wurde, dem Schmalboot einen fürchterlichen Stoß.

Jetzt brach das Schlepptau, und es musste trotz der Schwierigkeit dieser außergewöhnlichen Fahrt wieder hergestellt werden.

Es war außerdem sehr kalt, und das Meer bedeckte uns mit eisigen Duschen. Zwei Stunden dauerte dieser Kampf, bis sich der Schutz des anderen Ufers fühlbar machte. Schließlich sandte uns aber auch die Advent-Bai, sobald wir an ihre Mündung gelangten, starke Böen entgegen, und mein Schiff hatte nun, um die letzten Kilometer zurückzulegen, einen neuen Ansturm zu bewältigen.

Gegen Abend konnte ich mein Schiff erreichen, befriedigt durch den Erfolg, unter hartem Kampfe 120 Kilometer einer fast noch ungekannten Gegend durchquert zu haben. Infolge des Sturmes musste die Abreise verschoben werden. Ein zweiter Anker wurde versenkt, und während der Nacht tobte der Sturm so wütend, dass das Schiff vor Anker trieb. Ich musste die Maschine in Bewegung halten, und der ganze darauffolgende Tag war voll ernster Besorgnis.

Der norwegische Schoner wurde noch mehr vom Winde getrieben, und seine Anker fassten nicht eher Boden, als bis das Hinterteil des Schiffes schon das Land berührte. Es blieb 24 Stunden in dieser Situation. Nichtsdestoweniger empfand ich eine angenehme Genugtuung, wenn ich daran dachte, was aus uns mit der Pinasse und dem Schmalboot geworden wäre, wenn ich nicht mit aller Kraft gegen den beginnenden Sturm zugefahren wäre.

Endlich am 30. August, in früher Morgenstunde, fuhr ich ab. Den Schoner ließ ich zurück, da sein Kapitän meinen Vorschlag, ihn bis an die Südspitze Spitzbergens zu bugsieren, nicht annahm. Trotz seiner Unkenntnis über die Verhältnisse des Landes, wollte dieser Mann gern fünf oder sechs Rentiere mit nach Hause bringen. Das war eine große Dummheit, und nur aus Mitleid für seine Matrosen ließ ich ihm einigen Nahrungsvorrat zurück. Da ich von der Sorge, unter der ich während eines Teiles dieser Expedition fortwährend gelitten hatte, nunmehr befreit war, fiel mir dabei die Schnurrigkeit ein, die einer meiner Matrosen einmal an den Tag legte, als er einem an der Küste Frankreichs angetroffenen Fischerboote mit einem Brotlaib und einer Flasche Wein zu Hilfe eilte. »Da!« rief er dem Kapitän zu, »hier ist eine Zahnbürste und ein Liederbuch.«

Es blieb nunmehr noch übrig, die am Eingang des Is-Fjords ausgelegten Reusen aufzunehmen. Die Boje wurde leicht wiedergefunden, obwohl ihr Merkzeichen und ihr Mast vom letzten Sturm beschädigt wurden. Meine Genugtuung war außerordentlich, als ich diese Reuse vollgefüllt sah mit einer Gattung dicker Garnelen. Ungefähr 1800 befanden sich darin. Ein Teil ward für das Laboratorium verwendet, und der Rest wurde während acht Tagen an den verschiedenen Tischen an Bord verzehrt.

Meine erste Reise in das Polargebiet endigte hiermit. Niemals hatte ich eine so anregende Fahrt gemacht, niemals bin ich so tief in die menschliche Natur hineingedrungen. Oft, wenn ich auf den Berggipfeln stand, die den Ausblick auf ein stilles und einsames Tal gewährten, das mit uraltem Schnee bedeckt war, den die Jahrhunderte zum Gletscher kristallisierten, bewegte der Begriff der Jahrtausende, die zur Erkaltung dieses Klimas beigetragen haben, mein Gemüt. Ich dachte daran, dass einstens an dieser Stelle eine mächtige Vegetation heranwuchs und die Wärme der Sonne in sich aufnahm, dass belebte Wesen einen wohlwollenden Himmel genossen und dass jetzt ihre Erinnerung nur mehr durch die Eindrücke in den Steinen festgehalten wird, die, solange unser Planet auf seinen Bahnen kreist, ihre einstige Anwesenheit bezeugen werden.

Ich blieb unbeweglich, um die Stille, die mich umgab, noch zu vertiefen, und fast machte ich dem Leben einen Vorwurf daraus, dass es durch die Bewegung, die es in unserem Innern hervorruft, wenn es durch unsere Organe hindurchkreist, meinen Genuß dieser unendlichen Ruhe störe. Während einer solchen Ruhe auf einem jungfräulichen Naturgebiete, weit entfernt von der brüllenden Menschheit, empfand ich viel eindringlicher die Rolle des Herzens in der Erregung des Gedankens. Fern von der Menge, in der majestätischen Reinheit der arktischen Weiten, schrumpfen die Angelegenheiten, die die Leidenschaften der Menschen hervorrufen, auf ein winziges Maß, während das Ideal des Lebens im Strahlenkranze der Gerechtigkeit und Wahrheit sich hoch emporhebt.

Auf Spitzbergen findet man keine Fröhlichkeit für den Geist, aber man erfährt dort jene reine Heiterkeit, welche alle Trauer einlullt. Nackte Bergspitzen, die zuweilen ihr schneeiges Leichentuch durchbohren, Eisfelder, die die Buchten ausfüllen und die Vorgebirge belagern, Eisberge, die wie Gespenster umherschwimmen; die traurige Pflanzenwelt, die die unter dem Boden lagernden Wälder überlebt; die Schlaffheit der Tiere und schließlich die Nacht, die alljährlich dieses Land auf lange Zeit umhüllt: all dies verkündet uns eine Müdigkeit des Lebens, den Todeskampf einer Welt, die Rückkehr der der Umwandlungen überdrüssigen Materie in den ätherischen Weltraum.

Wie gut wäre es da – inmitten der Erinnerungen an verlorenes Lieben, an grausame Trennungen, an versunkene Träume von Glück und Lust, fern von allen aus den menschlichen Lastern geborenen Leidenschaften – wie gut wäre es da, zu sterben.

Über die wissenschaftlichen Unternehmungen des Fürsten Albert I. von Monaco in den Jahren 1885/88.

von
Dr. Emil v. Marenzeller
(Vorgelegt in der Versammlung am 4. Dezember 1889)

Wer sich mit Ozeanographie oder mit der Fauna des Meeres besonders in großen Tiefen beschäftigt, der wird mit steigendem Interesse die ab und zu in den »Comptes rendus« der französischen Akademie erscheinenden Berichte des Erbprinzen, nunmehrigen Fürsten Albert I. von Monaco über die Arbeiten an Bord seiner Jacht »Hirondelle« gelesen haben. Wir haben es hier nicht mit einem in großem Stile angelegten Unternehmen zu tun, das von vorneherein zu hohen Erwartungen berechtigte. Das Schiff bietet mit seinem Gehalte von 200 Tonnen kaum Platz für den umständlichen Apparat, den die erworbene Praxis vorschreibt, der 20 Mann starken Besatzung stand keine andere Hilfskraft zur Seite als ihre Hände, denn das Schiff ist nur eine Segeljacht, man musste sich aller Vorteile eines großen, mit Dampfkraft versehenen Fahrzeuges begeben, die Dimensionen der Fanggeräte verringern, die nötigen Maschinen zum Loten, zum Herablassen und Aufholen der Apparate, zum Aufrollen der Drahtseile auf Handarbeit einrichten, die großen Tiefen meiden und sich in einen bedeutenden Verlust an Kraft und Zeit gefasst ergeben; aber die Ungunst dieser äußeren Verhältnisse wurde durch einen Umstand ganz besonderer Art ausgeglichen, der dem Unternehmen seinen eigenartigen Stempel aufdrückt. Der intellektuelle und materielle Urheber stellte sich in Person an die Spitze desselben. Als Seemann von Beruf konnte er die Führung seines Schiffes selbst in die Hand nehmen und den Erfolg durch die vollste Hingebung an die zu lösenden Aufgaben sicher stellen. Wiewohl der Fürst sich hauptsächlich den physikalischen

Fragen widmete, nahm er doch an allen anderen Arbeiten den regsten Anteil. Mit einem seltenen Blick für das Zweckdienliche begabt, erkannte er bald die Mängel älterer, bisher üblichen Vorrichtungen, und man dankt ihm bereits eine Reihe von Verbesserungen und mehrere ganz neue Apparate. Die an Bord der »Hirondelle« gemachten Erfahrungen bilden für jede folgende Tiefsee-Expedition eine wahre Schule. Auf die großen Verdienste des Fürsten in dieser Richtung werde ich ausführlich in meinem für den 5. Februar angesetzten Vortrag über den modernen Apparat zur Erforschung der Meerestiefen zurückkommen. Ich will für jetzt nur erwähnen: Die sehr erfolgreiche Einführung von Fischreusen ähnlichen Vorrichtungen zum Fange von Fischen und Krebsen in großen Tiefen, ein auf ganz neuen Prinzipien beruhendes Netz zum Fange pelagischer Tiere in bestimmten Tiefen, eingerichtet zum willkürlichen Öffnen und Schließen, ein großes Oberflächennetz eigener Konstruktion, ein neues Dynamometer, auf der Kompression von starken Stahlfedern beruhend, endlich ein neues Tiefseelot. Die Entschlossenheit und Tatkraft des Führers teilte sich auch allen anderen Teilnehmern bis zum letzten Mann mit, und dieser ausgezeichnete Geist, welcher die Besatzung der wackeren »Hirondelle« beseelte, erklärt es uns, wie es möglich war, mit verhältnissmäßig kleinen Mitteln Bedeutendes zu leisten.

Der Plan des Fürsten, die Meeresströmungen im nördlichen atlantischen Ozean besonders in ihrer Rückwirkung auf die französischen Küsten zu studieren, bot den ersten Anlass zu den innerhalb der letzten vier Jahre alljährlich wiederholten Campagnen der »Hirondelle« und bestimmte auch das Ziel der Fahrten, bei deren erster (1885) und dritter (1887) auch Prof. G. Pouchet mitwirkte. Das Mittel waren die sogenannten Flaschenposten. Hohlkörper verschiedener Art, die man mit einem entsprechenden Dokumente versieht, werden an bekannten Punkten ausgesetzt und gestatten, sobald sie an einem entfernten Orte wieder aufgefunden werden, einen Schluss über die Bewegung des Wassers. 1885 wurden 169 Schwimmer in einer 170 Seemeilen langen Linie, die ihren Anfang etwa 250 Seemeilen nordwestlich der Azoreninsel

Fayal nahm, dem Meere übergeben, 1887 von einem unbedeutend südlicher und westlicher liegenden Punkte ausgehend 931 in einer 600 Seemeilen langen, gegen die Bank von Neufundland gerichteten Linie, die den Golfstrom querte, und außerdem 65 Stücke in einer 128 Seemeilen langen Linie, die von dem 49° 31' nördl. Br. und 31° 27' westl. L. bis zu 48° 58' nördl. Br. und 28° 27' westl. L. verlief, somit bedeutend östlicher und nördlicher als die vorigen gelegen war. Außerdem wurden 1886 in einer beiläufig dem 20° westl. L. folgenden, 444 Seemeilen langen Linie, die sich vom 42° 34' bis 50° nördl, Br. erstreckte, also nicht zu fern der französischen Küste, 510 Flaschen ausgesetzt. Von diesen 1675 Schwimmern wurden bis jetzt 170, und zwar an der Küste von Norwegen, England, Frankreich, Spanien, Portugal, Marokko, der Azoren, von Madeira, der kanarischen Inseln, der Antillen, auf hoher See im atlantischen Ozean und im Mittelmeere aufgefischt. Es ließ sich daraus das Vorhandensein einer circularen Strömung der oberflächlichen Meeresschichten in der Richtung von links nach rechts um einen südwestlich der Azoren gelegenen Punkt als Zentrum konstatieren. Die Circumferenz dieser ringförmigen Wassermasse streift den Süden der großen Bank von Neufundland, steigt sodann nach Ostnordost und zieht sich, ohne bedeutend den 51° nördl. Br. zu überschreiten, bis in die Nähe des Canals la Manche, geht, nachdem sich ein Zweig abgelöst, der die Küsten von Irland, Schottland und Norwegen bespült, an dem Eingange desselben vorüber, biegt sich nach Süden um, berührt Westeuropa und Afrika bis zur Höhe der canarischen Inseln, wendet sich hierauf nach Südwest, erreicht den Aequatorialstrom, verschmilzt mit dessen nördlichem Rande, nimmt weiter die Richtung nach Nordwest gegen die kleinen Antillen und verbindet sich endlich mit dem Golfstrom. Außer mit diesen die Strömungen betreffenden Versuchen bereicherte der Fürst unsere Kenntnisse der physikalischen Verhältnisse des atlantischen Ozeans durch zahlreiche Lotungen und Bestimmungen der Temperatur an der Oberfläche und in der Tiefe. Auch barometrische Beobachtungen liegen vor. Behufs Messung der Schwankungen in der Temperatur, sowie der Erleuchtung des Wassers zu den verschiedenen Tageszeiten wurden selbstregistrierende Apparate konstruiert.

Bei der ersten Campagne wurden nur Sammlungen pelagischer Tiere gemacht, aber schon während der zweiten (1886) wurde mit dem Dredschen, und zwar im Golfe von Gascogne begonnen. Aus diesem Jahre datiert auch der erste Versuch mit den Tiefseereusen. Die zoologischen Tiefseearbeiten wurden in den folgenden Jahren auf den Fahrten nach den Azoren und Neufundland in viel größerem Umfange wiederholt, und es wurde auch die Landfauna und insbesondere die Fauna der Süßwasserbecken der Azoreninseln Fayal und San Miguel durchforscht. Schon von der ersten Reise an hatte der Fürst in der Person des Baron Jules de Guerne einen ebenso kenntnisreichen Zoologen, wie unternehmenden Gefährten zur Seite, der sich in der angenehmen Lage befindet, die Wissenschaft um ihrer selbst Willen zu pflegen. Ihm fielen die unmittelbaren zoologischen Beobachtungen, sowie die Anlegung der Sammlungen zu und er hat bereits die Ergebnisse seiner Untersuchungen über die Fauna der genannten Inseln während seines ersten Aufenthaltes (1887) in einer gründlichen und für die Tiergeographie wichtigen Arbeit niedergelegt. Bei der letzten Ausfahrt wurde Baron de Guerne von dem Sekretär des Fürsten, dem Zoologen Jules Richard unterstützt. Gedredscht wurde an den Azoren in Tiefen bis 2870m. Überraschend waren hinsichtlich der Zahl, der Neuheit der Arten und ihrer vorzüglichen Erhaltung die Leistungen der wesentlich vereinfachten und verbesserten Tiefseereusen, welche bis zu 2000m Tiefe herabgelassen wurden. Zur Vervollständigung der Studien des Baron de Guerne über die Land- und Süßwasserfauna der Azoren versah der Fürst denselben 1888 mit einem transportablem Boote und einer Feldlagereinrichtung. Mit diesen Mitteln war es möglich, im Ganzen 14 Seen, darunter fünf, welche noch nicht bekannt waren, zu untersuchen. Bei der letzten Expedition ließ der Fürst durch den Maler Herrn Marius Borrel auch Farbenskizzen von Tieren nach dem Leben und Ansichten von Gegenden in Aquarell entwerfen, er selbst machte diesmal und früher zahlreiche photographische Aufnahmen.

Die wissenschaftliche Tragweite der vier Campagnen der »Hirondelle« in ozeanographischer und zoologischer Hinsicht wird erst voll und klar zu Tage treten, bis die Bearbeitung des reichen Materiales vollendet sein wird, allein man kann sich schon aus den zahlreichen vorläufigen Mitteilungen, die von Seite des Fürsten und anderer Gelehrten erfolgten, ein zutreffendes Urteil bilden. Ich habe aus diesem Grunde nachfolgend eine Zusammenstellung derselben wiedergegeben. Die ausgearbeiteten Abhandlungen sind bestimmt, zwanglos erscheinende Teile eines Prachtwerkes in Folio zu bilden, das auf Kosten des Fürsten und unter seiner Aegide erscheinen wird, mit dem Titel: »Resultats des campagnes scientifiques, accomplies sur son Yacht par S. A. le Prince Albert de Monaco, publiés sous sa direction avec le concurs de M. Jules de Guerne, Charge des travaux zoologiques à bord.« Bis jetzt sind die Mollusken der Azoren, bearbeitet von Ph. Dautzenberg, mit 25 neuen Arten der Vollendung nahe, die Fische von R. Collet und die Decapoden von A. Milne-Edwards am weitesten fortgeschritten. Bei der Umsicht und dem Eifer des Fürsten und seines Beraters steht es außer Zweifel, dass die wissenschaftliche Verwertung des aufgesammelten Stoffes und somit das Hirondelle-Werk einen raschen Fortgang nehmen wird, mögen auch, wie es zu hoffen steht, neue Unternehmungen, neue Forschungen denselben aufs Neue vergrößern.

Über den Autor

Albert I. von Monaco wurde 1848 als Albert Honoré Charles Grimaldi in Paris geboren. Von 1889 bis zu seinem Tod im Jahre 1922 war er regierender Fürst von Monaco.

Er gründete das Ozeanographische Museum in Monaco, das Ozeanographische Institut in Paris, ein Museum für Paläontologie des Menschen, eine Internationale Friedensakademie und veranstaltete eines der ersten Autorennen der Welt, die Rallye Monte Carlo.

Zeit seines Lebens war Albert ein leidenschaftlicher Seefahrer. Bereits als 17-Jähriger trat er in die spanische Marine ein und nahm für die französische Marine am deutsch-französischen Krieg 1870/71 teil. Fasziniert von Jules Vernes »20 000 Meilen unter dem Meer«, das er als 20-Jähriger in die Hand bekam, wurde er selber zu einer Art Kapitän Nemo. Auf seinen eigenen Forschungsschiffen (Hirondelle, Princesse Alice, Princesse Alice II und Hirondelle II) führte er zahlreiche Expeditionen durch und verbrachte während vier Jahrzehnten seines Lebens einen Großteil des Jahres auf dem Meer. Seine Regierungsgeschäfte erledigte er, als die technische Entwicklung dies erlaubte, gern auch vom Schiff aus über Funk.

Als Frankreich von der Affäre um den Offizier Alfred Dreyfus erschüttert wird, ergreift Albert sofort öffentlich Partei für ihn. Dreyfus wurde vorgeworfen, ein deutscher Spion zu sein – Beweise gab es dafür nicht, die Anklage hatte vermutlich antisemitische Motive. Mit seinem ausgeprägten Gerechtigkeitsempfinden empört und engagiert sich Albert gegen die Verurteilung Dreyfus'. Er spricht beim französischen Präsidenten vor, um eine Wiederaufnahme des Verfahrens zu erreichen und reist schließlich sogar zu Kaiser Wilhelm II. (mit dem er bis zum Ersten Weltkrieg in freundschaftlichem Verhältnis steht), um ihn zu der öffentlichen Erklärung zu bewegen, dass Dreyfus kein deutscher Spion sei. Unter anderem als Folge dieser Affäre ruft der erklärte Pazifist Albert eine Internationale Friedensakademie ins Leben, die bei internationalen Konflikten vermitteln soll.

Albert I. von Monaco verfolgt während seines Forscherlebens vielfältige ozeanographische Tätigkeiten: Unter anderem ruft er bei einer internationalen ozeanographischen Konferenz in Berlin ein Projekt zur Kartierung des Meeresbodens ins Leben, an dem Geographen aus aller Welt, auch berühmte Persönlichkeiten wie Fridjof Nansen, teilnehmen. Er betreibt, fördert, finanziert und publiziert dies Projekt, für das Zehntausende von Lotungen durchgeführt werden. Nach seinem Tode schläft es für viele Jahre ein. In einem anderen Forschungsprojekt will er mithilfe von tausendfach auf dem Atlantik ausgesetzter Flaschenpost die Verzweigungen des Golfstroms untersuchen. Immerhin über 200 dieser Flaschen werden an verschiedenen Küsten der Welt gefunden, landen schließlich in seinem ozeanographischen Institut und können dort ausgewertet werden. Während einer Expedition zu den Azoren entdeckt er die Princess Alice Bank. Vor allem aber erforscht er die Welt der Tiefsee: Mit selbst erfundenen oder weiterentwickelten Apparaten vermisst er die Tiefsee und gewinnt Proben aus Tausenden Metern Meerestiefe, um Art und Verteilung der Tiefseebewohner zu ermitteln. Dabei entdeckt er viele bis dahin unbekannte Arten, eine davon wird nach ihm benannt, ein Tiefseetintenfisch (Lepidoteuthis grimaldii), von dem bis heute nur wenig bekannt ist.

Auch in Regierungsgeschäften ist er nicht untätig. Er modernisiert sein Fürstentum und führt eine Verfassung ein (die er allerdings mit dem Ersten Weltkrieg wieder aufhebt). Die Rallye Monte Carlo veranstaltet er mit dem Ziel, Touristen und damit Devisen ins Land zu klocken (was auch gelingt). Als Pazifist versucht er, seinen Einfluss bei Wilhelm II. geltend zu machen und den Ersten Weltkrieg zu verhindern, was aber bekanntermaßen scheitert. Doch auch während des Krieges interveniert er weiterhin häufig mit diplomatischen Mitteln und kann damit manche Zerstörungen und Auswüchse verhindern. Im Krieg erklärt er Monaco für neutral, unterstützt aber die Alliierten mit Hospitälern und Soldaten.

Albert I. von Monaco heiratet zwei Mal in seinem Leben, bei der ersten (arrangierten) Ehe ist er 20, die Braut Mary Victoria Hamilton 18 Jahre alt. Schon nach wenigen Monaten flüchtet sie nach Baden-Baden und bringt dort den späteren Fürsten von Monaco, Louis II., zur Welt. Die Ehe wird schließlich geschieden und vom Papst annuliert, Albert heiratet erneut: Diesmal eine reiche Amerikanerin, Alice Heine, die zuvor schon mit dem Herzog von Richelieu verheiratet war und nun eine verwitwete Herzogin ist. Sie macht Monaco (während Albert wie gewohnt auf See ist) zu einem kulturellen und mondänen Anziehungspunkt für die damaligen Schönen und Reichen. Aber auch diese zweite Ehe geht in die Brüche. Albert ist zutiefst gekränkt und versucht schließlich, jegliche Erinnerung an seine zweite Ehefrau zu beseitigen, indem er jegliche Dokumente über sie vernichtet.

Albert I. von Monaco stirbt am 26.6.1922 in Paris und wird in Monaco beigesetzt.